长篇历史小说

何辉·著

大宋王朝

VII

笔与剑

作家出版社

图书在版编目（CIP）数据

大宋王朝. 笔与剑 / 何辉著 .—北京：作家出版社，2021.11
（2022.2重印）

ISBN 978-7-5212-1339-3

Ⅰ.①大⋯ Ⅱ.①何⋯ Ⅲ.①长篇历史小说—中国—
当代 Ⅳ.①I247.5

中国版本图书馆 CIP 数据核字（2021）第 019641 号

大宋王朝：笔与剑

作　者：何　辉

策划统筹：向　萍

责任编辑：翟婧婧

装帧设计：曹永宇

出版发行：作家出版社有限公司

社　　址：北京农展馆南里 10 号　　邮　编：100125

电话传真：86-10-65067186（发行中心及邮购部）
　　　　　86-10-65004079（总编室）

E-mail:zuojia @ zuojia.net.cn

http://www.zuojiachubanshe.com

印　刷：唐山嘉德印刷有限公司

成品尺寸：152×230

字　数：268 千字

印　张：19.5

版　次：2021 年 11 月第 1 版

印　次：2022 年 2 月第 2 次印刷

ISBN 978-7-5212-1339-3

定　价：52.00 元

目　录

卷

一

一

"休要再喝了。"周远拍着王承衍的肩头说道。他还是凶巴巴的一张脸,但是眼神中却充满了关切。

"是啊,别喝了,少将军。"高德望也在一旁搭腔。

王承衍动作迟钝地缓缓将酒杯举起,仰头又喝了一杯,周远和高德望的劝告,他仿佛一丁点儿都没有听见。

周远伸手将那只铜制的酒注子从王承衍手边移开去。王承衍不满地瞥了周远一眼,伸长了手,去抓远离他跟前的那只酒注子。他脸色煞白,双目血红,眼光中透着寒意。

高德望从凳子上站了起来,探出身子,猛地用一只手抓住了王承衍的手臂。

"把酒给我。"王承衍缩了一下手臂,想从高德望的手中挣脱出来。但是,过量饮酒已经使他变得虚弱无力。

"少将军,人死不能复生。你这是何苦呢!"周远叹了口气,用一只手使劲地按住了王承衍的肩膀。

"我很想跟她说说话。"王承衍嘟哝了一句。

"什么?"

"想和她说说话。"

"她不在了。"

"知道。我知道。我就是想与她说说话。"

周远、高德望两人对视了一眼,都沉默了。

"我们也想啊!"高德望抬起手,使劲揉了揉眼睛。

"是我害死了宵娘。是我害了她！"王承衍突然将肩膀一耸，头往前一探，口一张，酒水和食物"哗哗"地从口中狂吐出来。

高德望皱起眉头，慌忙松开王承衍的手臂，伸手去扶他的身子。

一旁，一个店小二跑过来，手忙脚乱地帮着移去桌子上的酒杯、碗筷。

"哎呀！真是的，真是的，又吐了。这都第几回了啊！臭死了，臭死了！"店小二一边收拾，一边皱着眉头，嘀咕着抱怨。

正在这时，三四个仆从簇拥着一个头戴幞头、身穿圆领大袍的人走了过来。此人脸微圆，下巴留着短短的胡须，从脸上看去，年龄大约也就三十六七岁，可是两边的鬓角却已经有些斑白了。

"贤侄啊！我正找你哟！果然在这里喝酒啊！哎呀，大中午的，怎么都喝成这样了。快快，你们几个，快帮着收拾。"那人扶住王承衍的肩膀，一边扭头吩咐几个仆从。

王承衍仿佛费了很大气力，才抬起头。他迷惘地看了看来人，愣了愣，方才含含糊糊地说道："原来是吕伯父。你怎么来了？"

那人叹了口气说道："我是先去了府上，是你家管家告诉我的！"

"这位是——户部——吕侍郎。"王承衍口齿不清地向周远、高德望介绍。看得出来，他是在靠意志硬撑着使自己不醉倒。

原来是户部侍郎吕余庆！吕侍郎怎么会亲自来找少将军？周远、高德望心里俱暗暗吃惊。他们久闻吕余庆大名，此刻却是第一次见到。朝廷上下都知道吕余庆是今上的潜邸旧臣，颇被皇帝看重。

"这般情形，真是让大人见笑了。仓促之际，未能施礼，望大人海涵！"周远说道。

"不必拘礼，不必拘礼，快把贤侄扶回去歇息吧！"吕余庆说话间，双手伸到王承衍的腋下，使劲托了王承衍一把。

于是，众人手忙脚乱将王承衍拽起，小心扶出了酒店。

吕余庆令仆从叫来一副檐子，让他们扶着王承衍坐上檐子，自己则骑上马，在檐子旁边骑行。周远与高德望并辔而行。高德望骑在马上，手中牵着王承衍的坐骑，跟在吕余庆之后。

骑行片刻后，吕余庆在马上扭头看了周远一眼，问道："你就是周远吧？”

周远那张冷峻的脸，让吕余庆感到有些不舒服。吕余庆从一些传闻中听说过周远的故事。对于这个曾经绑架了长公主阿燕和李处耘女儿李雪霏而后改邪归正的杀手，他多少怀着一些戒备之心。

“正是在下。”

“我正想向贤侄打听潭州的情况，没想到醉成这个样子。只好请教你。”

“侍郎大人客气了！”周远听了，催马快走几步，与吕余庆并辔而行。

“与我说说潭州吧。地理、风物，经张文表之乱后的市井状况，都跟我讲讲吧。”

周远见吕余庆以请教的口吻和颜悦色地发问，心下对他大有好感，当即将自己之前在潭州的所闻所见一一道来。

听到张文表被擒杀、潭州城被屠城的经过，吕余庆不禁唏嘘不已。

“你一直跟着承衍贤侄，高德望又曾是陛下的贴身卫士，不瞒你们两位，其实这次是陛下让我来看承衍的。承衍因宥娘之死而酗酒，陛下已经有所耳闻。近日，陛下命我权知潭州。我不日便要南下，陛下吩咐我，让我借着向承衍打听潭州之事，劝他走出宥娘之死的阴影。没有想到，一来便赶上他喝得酩酊大醉。这可真是不好向陛下交代啊！唉，那个宥娘，我虽未亲眼见过，但从陛下口中听到她的故事，也不禁暗暗钦佩。单凭那份勇气，也令无数男儿汗颜！好一个绝代佳人哪。可惜，可惜，红颜薄命，命里有劫。”吕余庆叹了口气，无奈地摇了摇头。

周远听了吕余庆的话，回想起宥娘的容颜风采，一时间不觉黯然神伤，耷拉下脑袋，默然无语。

“去买一两头白犬。”吕余庆道。

“啥？”高德望愣了一下。

周远也抬起头，迷惑地看着吕余庆。

“喝酒伤肝，宰头白犬，给他补补。白犬的血更能补肝气，好好让他养养吧。"

"白犬原来还有这般功效。"高德望抬手挠了挠头说道。

"只要能让少将军好起来，便是割了我的肉，饮了我的血，又有何不可！何况杀一两头白犬。侍郎放心就是了。"周远沉声说道。

"我的心思，与周兄一样。"高德望道。

周远看了高德望一眼，探出手在他肩头重重地拍了一下。

吕余庆听周、高二人这般说，心中一热，暗暗赞道："此二人真热血壮士也！难得他们对承衍一片赤诚啊！"

将王承衍送到位于绣巷的宅子后，吕余庆嘱咐周远、高德望好生照顾王承衍，便告辞前往皇宫去了。

吕余庆赶到皇宫，却没能够见到皇帝赵匡胤。原来，赵匡胤用完午膳，便在赵普等人的陪同下，前往玉津园了。赵匡胤料到吕余庆会回来报告，已经在皇宫内留了话，令吕余庆赶往玉津园见他。

既得了令，吕余庆当下不敢逗留，匆忙骑马赶往玉津园。他在玉津园门口一下马，便有一个侍卫迎了出来。吕余庆跟着那名侍卫，进了玉津园大门。

此时正值阳春三月，玉津园内繁花似锦，树木苍翠。

天气晴好。一小团一小团的柳絮在天空中慢悠悠地飘浮着。侍卫带着吕余庆穿长廊、走花径，不紧不慢地往前走。柳絮不时迎面飘来。吕余庆任由它们飘飞到自己的额头上、脸上、鼻子上，仿佛对它们没有丝毫感觉，只顾在心里琢磨着此时皇帝召见自己究竟有何急事。

不一会儿，吕余庆跟在侍卫后边，来到一片空地前。

"陛下正在那边与符王宴射呢！"那个侍卫抬手往远处一指。

吕余庆顺着侍卫的手指往远处望去，但见赵匡胤和符彦卿并排站着，赵匡胤正手持弓箭，与符彦卿在交谈，两人不时会看看百步之外的树桩上的箭靶子。在赵匡胤和符彦卿的身后，立着三个人，吕余庆一眼便认出，其中一人是枢密使赵普。另外一个，吕余庆也很快认了出来，正是赵匡胤的贴身带剑内侍李神祐。此外，还有一个人，那人身披左衽墨绿色战袍，身材不高。因为距离有些远，仅仅看身材举止，吕余庆一下子却认不出那人是谁。在这几个人的身后十来步远，是青色幕布围成的幕帐。从吕余庆站的地方，看不见幕帐里面的情况。

吕余庆站在原地，远远望着赵匡胤与符彦卿的举止，并没有立刻往那边走去。

这时，吕余庆看到符彦卿往旁边退了两三步，赵匡胤则从腰间的箭壶中抽出一支点钢箭，搭上弓，然后缓缓地举起了手中的弓，慢慢拉满了弓弦。

听得"嗖"的一声，吕余庆远远看到那支箭飞向了箭靶子。

赵普、符彦卿等人的喝彩声响了起来。

应该是中的了！陛下真是艺不离身啊！吕余庆暗暗赞叹，依旧立在原地没有动。

赵匡胤不停地弯弓搭箭，转瞬间又连射了六箭。喝彩声也连着响起了六次。

赵匡胤再次弯弓搭箭，可是，不知为何，他旋即慢慢放下弓箭。

这时，吕余庆看到赵匡胤忽然举起右臂，往他这边招了招手。

陛下一定是看到我了！吕余庆迟疑了一下，便急匆匆往赵匡胤、符彦卿站的地方走去。

"余庆，你来得正好！"赵匡胤不等吕余庆走到跟前，便大声说道。

"微臣吕余庆参见陛下！"吕余庆欲行参见礼。

"免礼，免礼。符王，咱这箭就射到这里。今日这柳花，也颇有些碍事，不能让符王尽兴了！实不相瞒，今日召诸位来，乃是有事相询。既然余庆来了，咱们就入席，边吃边说如何？"赵匡胤先阻止了吕余庆行拜见礼，扭头又冲符彦卿说道。

"老朽何幸，得陛下垂询，敢不从命？况且，即便比下去，老朽今日恐怕又得输一次。"符彦卿说完，哈哈一笑。

赵匡胤听符彦卿这么说，也是哈哈大笑，走上前两步，扶着符彦卿的手臂，两人一同往青色幕帐围子走去。

符彦卿说话间，吕余庆朝着赵普等人微微俯身垂首鞠躬。赵普冲吕余庆点了点头，算是回了礼。李神祐和那个军校打扮的人，则向吕余庆鞠躬回了礼。

赵普等人跟在赵匡胤、符彦卿身后，也往青色幕帐围子走去。

待进了青色幕帐围子的门，吕余庆看到里面的草地上只摆着几张食案，食案后都摆着坐垫。围子内的一侧，立了三个身着司膳服的人。这三人的身后，摆着一张大案子，案子上摆着数个大食盒。在三个御厨的旁边，还有一个穿着御厨服的人在弄茶炉子。

"神祐，你去招呼一下，让他们把酒菜端上来。"赵匡胤冲李神祐吩咐了一句。

"是，陛下！"李神祐应诺，往旁边去了。

于是，赵匡胤又令符彦卿等人落座。

赵匡胤自己坐在了面南的正位上，赵普、符彦卿分别坐在了他的左右两侧，吕余庆挨着赵普而坐。吕余庆的对面，则坐着那个军校模样的人。

众人刚刚坐定，三位司膳便端上了酒菜。酒菜很简单，每人都是一壶酒，一盘羊肉，两碟菜蔬，其中一盘是雪菜春笋，一盘是炒青菜。

"肉和菜都有些凉了，诸位将就一下，酒倒是刚刚温好的。"赵匡胤笑着说道。

吕余庆看着食案上的简单酒菜，内心不觉掀起了波澜。不知为何，他的脑海中浮现出《孟子》中的几句话："食前方丈，侍妾数百人，我得志弗为也；般乐饮酒，驰骋田猎，后车千乘，我得志弗为也！"

"陛下位已至尊，宴射如此简单，颇合古制，颇合孟子之志也！我大宋一统天下，开太平之世，有望啊！有望啊！"吕余庆微微低着头，默默想着。

"几位司膳，你们都退下去吧。神祐，你到幕帐外走走。"赵匡胤对司膳们说道，说完，对李神祐使了个眼色，示意李神祐去幕帐围子外警戒。

屏去无关人员后，赵匡胤方才缓缓举起了酒杯，肃然说道："来，诸位与朕一起喝一杯！大宋天下之事业，还有赖诸位啊！"

诸人听赵匡胤一开始便说出这般话语，都不禁暗暗有些吃惊，一时间都举起酒杯，纷纷慨然回应。

一杯酒下肚后，赵匡胤指了指吕余庆对面那个军校模样的人说道："余庆，对面是华州团练使张晖，你大概是第一次见他。"

吕余庆一听，说道："原来是张团练，真是久闻大名啊！"他冲张晖抱了抱拳。他知道赵匡胤之前曾经将张晖从华州召回京城问计，随后又让张晖回了华州。如今，在玉津园见到张晖，他料想赵匡胤一定是特意将张晖从华州召回来的。

"看过承衍了？"赵匡胤放下酒杯，突然冲着吕余庆问了一句。

"刚刚喝了一通酒，醉得厉害。"吕余庆无奈地摇了摇头。

赵匡胤眼睛眯了一下，微微叹了口气，自言自语地说了一句："真是个傻小子！"

"宵娘之死，对他打击太大了。"吕余庆说。他听赵匡胤说起过宵娘之事，知道王承衍是在自暴自弃，借酒消愁。

"本想交给他一个新任务。看样子，现在还不行。"赵匡胤看了吕余庆一眼，停顿了一下，继续说道，"如今，荆湖已收，慕容延钊将军正着力扫除张文表余孽。荆湖之地，不会再有大的军事行动。朕已决定派余庆权知潭州。安定一方，发展民生，并不比那用刀剑杀敌容易。余庆，治理潭州的重任，朕就交给你了！"

吕余庆听了，慌忙从席间立起，欲朝着赵匡胤稽首，口中说道："谢陛下信任，微臣必不辱使命。"

"坐下，坐下！"赵匡胤伸出手臂，张开手掌做出下按的手势，示意吕余庆不必拘礼。

赵普朝吕余庆斜睨了一眼。

吕余庆装作没有看到，应诺一声，缓缓坐了回去。

"张晖，今日朕让你来，乃是为了让你说说后蜀的情况。前些日子朕令你画的后蜀山川地图，进展如何了？"

"启禀陛下，尚有夔州等几处要害的情况没有摸清楚。"张晖说道。

吕余庆看了看张晖，只见他脸庞黝黑，颧骨高高突出，一对眸子又黑又亮，说话间，语气沉着而坚定。

"符王，掌书记，余庆，朕今日是想听听你们几位的意见，希望你们能有拿下后蜀的妙计啊！张晖，你且将摸查到的情况，细细说一说。"

"是！"张晖应诺道。

当下，张晖将他所摸查到的后蜀朝廷人事、军事要隘、山川地理等情况向席间各位细细道来。

"符王，你觉得如由你来率军，拿下后蜀可有难处？"赵匡胤看着符彦卿说道。

赵普不待符彦卿回答，便插嘴说道："陛下，用兵不如劝降。"

赵匡胤对于赵普插话虽感不悦，但他心知赵普是不想让他再授兵权于符彦卿，当下也不发作，扭头问道："劝降得有机会，也要有合适的游说对象。莫非掌书记已有妙计？"

"陛下可记得写《羊马城记》的李昊？"

"嗯，你说的是那位后蜀的宰相。"

"不错，他也是前蜀的宰相。当年前蜀亡国时，正是他写的降书。微臣将他写的《羊马城记》之文翻来覆去读了无数遍，细细揣摩此人的心志，微臣以为，在他的内心，隐藏着对中原正统王朝的尊崇。荆湖入我大宋之前，微臣也曾经向陛下说起过李昊内心的这种意愿。如今，荆湖已归，必然会进一步刺激后蜀的人心。微臣相信，李昊的内心，一定已经开始琢磨今后如何处理后蜀与我大宋的关系了。"

赵匡胤听了，微微点头，沉吟道："掌书记的意思是，从李昊作为劝降的入口？"

"正是。"赵普语气坚定地说。

"余庆，你以为如何？"

"那篇《羊马城记》之文，微臣也曾读到过抄本。微臣以为，赵枢密之言，甚是有理。墙崩因隙，器坏因衅。后蜀若是一面墙，李昊便是墙上的罅隙。有时候，笔能够发挥剑无法发挥的作用。锋利的刀剑不一定能够深入罅隙，但是笔墨却可以慢慢渗入。"吕余庆不紧不慢从容说道。他平日喜读书，说起话来，比赵普显得更有书卷气。

"好！如果能够劝降成功，能够免去兵灾之苦，那是天下之福。不过——"赵匡胤沉吟了片刻，继续说道，"不过，军事方面，也不能不未雨绸缪。符王，你觉得，拿下后蜀难吗？"这回，赵匡胤没有假设由符彦卿来带兵。

"陛下神武，荆湖已下，乘胜取后蜀，应该不难。只是，老朽年事已高，不能为陛下带兵出征了。"符彦卿察言观色，知赵匡胤已经收回授自己禁军统帅权的念头，当下顺水推舟，表明了不愿再领兵权的态度。

赵匡胤看了看符彦卿，微微颔首，沉默着垂下了眼帘。一个又一个念头，在他的脑海里浮现出来：也罢，符彦卿确实年事已高，再勉强他带兵，或不是明智之举！既然符彦卿不可用，该让哪位大将统率大军取后蜀呢？不如，我亲自率大军西进——不可不可，如今南唐的实力依然不可小觑，我若亲自率大军远征后蜀，若被战事拖住，恐怕南唐会趁机谋取中原。慕容延钊在上次密札中说又染重疾，估计也无法带大军西进，只能继续让他留守湖南了。石守信？也不可，我已经亲自劝他放下兵权安享晚年，再起用他，岂非出尔反尔，令天下人笑话！

赵普等人见赵匡胤陷入沉思，一时间都不再说话。

幕帐围子里安静下来。

这时，一阵大风刮过，像一只大手轻轻拂过青色的幕帐，在青色的幕布上掀起了"涟漪"，发出"呼啦——呼啦——"的声音。

赵匡胤忽然抬起头，说道："听，多像战旗迎着大风发出的猎猎之声啊！"

二

"能这般出来走走，真是好自在啊！"赵匡胤在马背上微微侧身，冲骑行在自己身后的李神祐说道。

李神祐用警惕的眼神往前后看了看，方才压低声音道："陛下何必亲自去看望王承衍，想要劝他，传他到宫内来便是了。"

赵匡胤呆了一呆，低声说道："是朕欠了他一条命啊！朕知道他心里的苦！"这一刻，赵匡胤眼前一花，仿佛看到阿琨和柳莺忽然在马头前走过。转眼间，柳莺姑娘已经走了两年多了啊！阿琨也不知去了何处？一时间，他心潮翻滚，两眼愣愣地盯着前方，仿佛失了魂一般。他沉默了，不再说话。

李神祐叹了口气，不敢再多说什么。

两人骑着马，缓缓往御街东边的绣巷行去。没过多久，便到了王承衍的宅子门前，李神祐下了马，"笃笃笃"地敲响了大门。

不一会儿，大门"吱呀"一声打开了。

"请问王承衍将军可在家中？"李神祐冲来开门的人问道。

"这位大官人是——"来开门的人是王承衍的管家孙忠。

"阁下是——"

"在下是王将军的管家孙忠。"

"哦，原是孙管家，那你快去向王将军通报，就说——就说是他父亲的老朋友赵大官人来看望他了。"

孙忠看了一眼李神祐身后，见一人骑在马上，身穿赤色圆领长衫，腰间系着一条宽大的镶玉牛皮腰带，腰带上悬着一柄宝剑，还别着一柄短剑。那人长了一张国字脸，浓眉大眼，看上去气宇轩昂。孙忠见来人气度不凡，当下不敢怠慢，说了句"稍候"，便匆匆往里面去了。

片刻间，王承衍匆匆往门口赶来，身后跟着管家孙忠。

王承衍得到了孙忠的通报，心下疑惑，一时想不起来自己父亲的哪位朋友会来看他。但是，当看到赵匡胤时，他顿时明白是怎么一回事了。他早就听说，当今皇帝赵匡胤经常会私服前往大臣家中探望。可是，他怎么也没有想到，赵匡胤会亲自私服探望他。

"原来是赵伯父，小侄未能远迎，失礼了！"王承衍思维敏捷，心知赵匡胤微服私访，定然不想被道破身份。

赵匡胤听王承衍称自己为"赵伯父",微微一愣,不禁暗暗赞叹王承衍的机敏。他在马上冲王承衍点了点头,便翻身下马,却沉默着不说话。

孙忠慌忙去为赵匡胤牵马。

王承衍一时间不知如何是好,呆了呆,方道:"伯父请进。"说着,往旁边一闪,请赵匡胤进宅子大门。

赵匡胤沉着脸,看了王承衍一眼,便往宅子里走去。

王承衍跟着赵匡胤进了大门。

不一会儿,王承衍请赵匡胤、李神祐进了正厅。

孙忠上了茶,便遵嘱退了出去。李神祐也随着孙忠退到了正厅之外。

赵匡胤坐着。王承衍站着。两个人都闷着头,不说一句话。

终于,王承衍忍不住轻声说道:"不知陛下亲临寒舍,有何吩咐?"他既从韩熙载那里得知是赵匡胤利用窅娘往南唐送了假消息,最终导致窅娘被杀,心底对赵匡胤暗自抱怨,所以语气中也带着不敬。

"朕赐你的宅子,就不能来瞧瞧!"赵匡胤"哼"了一声,心中暗道,看他这神色,这傻小子是心里对我有气啊!

王承衍确实是心里有气,正想说"陛下不如把宅子收回去",转念一想,如果宅子被收回了,周远、高德望二人倒是没有去处了,当下憋着一口气,沉默不语。

赵匡胤斜了王承衍一眼,问道:"周远、高德望二人呢?"

"二人今天去宫里当值了。"

赵匡胤点了点头,不再问二人的情况。

王承衍、周远、高德望三人从南唐回来后,赵匡胤便赐了官职给他们,可是王承衍赌气,推辞了任何赏赐。周远本想离开京城回到草原上去,可是赵匡胤舍不得他这个人才,以责令他继续戴罪立功为由,未准他离开。因此,周远便与高德望一起,被赐封为散员。

"你以为天下就只你一人痛苦吗?"赵匡胤沉声反问道。

王承衍愣了一愣，不知如何作答。

赵匡胤继续口气严肃地说道："人死不能复生。你这样沉溺酒海，就对得起睿娘了吗？看到你这个样子，她若在世，也定然瞧不起你！她选择了效忠于南唐，因为那是她的第二故乡。她选择了效忠于韩熙载，因为她有她的志气。所以，朕说她是个战士。虽然李处耘的手下杀了她，但是，她不是以懦夫的方式死去的。再瞧瞧你，成了什么样子！你爹若看到你这样自暴自弃，又会做何感想？朕本不想你这般沉沦下去，才来看看。没有想到，你到现在还没有醒悟过来。"

王承衍依然闷着头，一副悲哀沉郁的模样，但是，他的心，开始颤抖了，脸上也渐渐露出了惭色。

赵匡胤将王承衍神色的细微变化瞧在眼里，顿了顿，继续说道："朕准备拿下后蜀，不过，朕还是希望能够避免兵戈，所以想派人私下前往成都，通过后蜀宰相劝降后蜀皇帝孟昶。你曾经以朕的私人使者名义暗中出使南唐、荆湖、湖南，应该是最为合适的人选。有没有兴趣去成都走一遭？"

王承衍咬咬牙，呆了片刻，从嘴里挤出几句话来："南唐的唐丰、唐镐是因我而死的，如果我没有去南唐，睿娘也不会死。是我害死了他们。陛下，请准许我回军镇吧，我宁愿在战场上与敌人刀枪相见。暗中策动与劝降的事情，我恐怕再也做不到了。"

赵匡胤听了，不再说话，从椅子上缓缓站起来，盯着王承衍的眼睛，说道："你是最合适的人选。好好考虑一下，如果愿意接受这个任务。就尽快来找朕吧。"说完，赵匡胤伸手拍了拍王承衍的肩头，然后迈开大步，往正堂门口走去。

"如果劝降不行，就一定动兵？"王承衍忽然问道。不过，他身子一动不动地站着，并没有转过身来看着赵匡胤。

赵匡胤停下脚步，呆了一呆，心想："王师当为义战，无故发兵，岂能服天下。当然非得有发兵的理由才可。"但是，他并未将这个想法说出来，只是"嗯"了一声，便头也不回地往堂外走去。

王承衍的背部颤了一下，依然呆立在原地。

"神祐，走！"赵匡胤招呼了一声，继续向正堂门口走去。

"是！"

周远、高德望二人当值回来的时候，王承衍一个人在正堂八仙桌旁呆坐着，手中端着一只酒碗，酒碗中还有一口残酒。八仙桌上，放着一坛米酒，没有菜。

周远一言不发地在王承衍对面坐了下来。

"忘掉宥娘吧！"周远说道。

王承衍端着酒碗的手颤了一下，低声说道："她一个人，就那么孤单单离开了。那个时候，又是那般的冷……"

"少将军，那不是你的错！"周远说着，叹了一口气。这句安慰的话，他已经不知说了多少遍了。

"少将军，宥娘一定不会怪你的。"高德望亦在一旁说道。

"可她又能怪谁呢？连个可以怪罪的人都没有啊！"两行眼泪已经无声地从王承衍的眼中流淌下来。

三人沉默了许久，王承衍忽然低声说道："陛下来过了。"

周远和高德望听了，俱是一惊，对视了一眼，心中均想：陛下竟然会亲自来探望！

王承衍一仰头，将酒碗中残酒喝尽了，伸手拎起酒坛子，又往自己的酒碗中倒了酒。

"二狗子，你去取两只碗来！"周远冲高德望使了个眼色。

高德望会意，匆匆跑了出去，转眼便拿来两只酒碗。

周远给自己和高德望各倒了一碗酒。

"少将军，我们陪你喝。"周远说道。

王承衍抬起眼皮，看了周远一眼，微微点了一下头。

"还想回草原吗？"这句话，是王承衍冲周远问的。

怎么会突然问起这个？周远顿觉纳闷。

"不瞒少将军，我曾经一度想要回到草原上去。那里，是我的故乡。不过，一切都变了。变得太快……回去又能怎样……妻儿都没了，能陪我回去的人不在了……少将军，你是有什么事情，要令我去办吗？"

"陛下今天前来，想让我暗中去劝降后蜀宰相李昊。"

"你答应了？"

"没有。"

"少将军是想令我和二狗子去吗？"

王承衍摇了摇头。

"如果少将军改变主意了，在下愿意追随少将军。"高德望毫不犹豫地说道。

"少将军如愿意去，在下义不容辞！"周远说道。他心里想："如此一来，少将军定可以把对育娘的怀念慢慢放下了。"

"陛下一定会有更加合适的人选。"

周远轻轻笑了一下，说道："既然少将军已经下定决心不去后蜀，又何必担心陛下是否能够找到更加合适的人选呢？少将军，别再欺骗自己了。陛下令你去，一定是深思熟虑的选择。如果换了一个不合适的人去后蜀，劝降失败了，难道这是少将军想要看到的吗？"

王承衍脸色变得凝重起来。

"如果我改变了主意，你与二狗子愿意同去吗？"王承衍说着，看了看周远和高德望。

"如果我们劝降失败，就会大起兵戈。"王承衍盯着周远的眼睛，继续说道，"你们愿意承担这样的风险吗？"

周远和高德望对视了一眼，坚定地点了点头。

正在这时，管家孙忠走入正堂，他的身后，跟着一个年轻姑娘。年轻姑娘的身后，跟着一个丫鬟和一个男仆。男仆怀中，捧着一个长长的紫檀匣子。

那个年轻姑娘不是别人，正是枢密副使李处耘的次女李雪霏。

"少将军，雪霏姑娘来了。"孙忠说道。

王承衍这时方才注意到李雪霏已经步入正堂，站在他们的面前了。

"孙管家，你去忙吧。"王承衍冲孙忠点点头，并不正眼去看李雪霏。

"是！"孙忠看了李雪霏一眼，叹了口气，匆匆离开了。

"有事情吗？"王承衍冷冷地问道。

李雪霏脸上一红，嘟嘴说道："没事就不能来吗？"

王承衍不答。他心中依然怨恨李雪霏的父亲李处耘指使手下暗中处决了宥娘。

"我无意中得到一柄唐代铸造的陌刀，便想着送给承衍哥哥，所以才来的。快，把它拿上来。"李雪霏说着，扭头吩咐身后的那个男仆。

那个男仆听令，双手托着那个长条紫檀木匣子，走到王承衍跟前，恭恭敬敬地献上。

王承衍铁青着脸，瞥了一眼紫檀木匣子，却并不去接，口中说道："无功不受禄，请收回吧。"

自从宥娘死后，王承衍便一直对李雪霏态度冷淡。李雪霏知道是自己的爹爹令人杀了宥娘，心中有愧，因此对王承衍的冷淡也一忍再忍。因为对王承衍一往情深，所以她千方百计想要讨好他。今日她想要送给王承衍的这柄陌刀，并非她无意间所得，而是死缠硬磨，求她父亲李处耘从湖南的战利品中给她挑出来的。就在半个时辰之前，这柄陌刀刚刚从朗州送到，她便急急带人给王承衍送来。此刻她被如此冷淡对待，难免心中难过。

周远见气氛尴尬，慌忙走到那个男仆跟前，接下那个紫檀木匣子，口中说道："让我见识见识，据说好的唐制陌刀可是稀世珍宝啊！"

周远将紫檀木匣子放在八仙桌上，打开匣子盖，取出了那柄陌刀，在手里掂了掂。

"好沉，少说也得有十斤。"说话间，周远"噌"一声从鞘中抽出了长刀。

"好一柄唐制陌刀！"周远故意放大声量，夸张地赞叹一声。

王承衍忍不住瞥了一眼，但见那刀长约四尺，刀头呈角状，刀身挺直而修长，刀刃隐隐泛着红光。在唐代，陌刀是步军冲锋陷阵时用的主要兵器，唐代的一些主要将领也喜欢使用陌刀作为主战兵器。据唐《卫公兵法》记载，唐军按其职能分为弓手、弩手、驻队、战锋队、马军、跳荡（锐卒）、奇兵① 等多种。每当战斗展开时，敌人在一百五十步时，弩兵便开始用各种弩进行射击；敌人进击到六十步时，弓箭手开始射箭；当敌人攻入二十步时，弓弩手发箭后，执陌刀、棒，与战锋队齐进，迎面奋击敌人。在这轮进攻中，步兵的陌刀发挥着主要的攻击作用。当步兵进击时，奇兵、马军、跳荡不准轻举妄动；如果步兵的战况不顺利，跳荡、奇兵、马军即迎前腾击，这时，步兵后退，稍事整顿后，为再援做准备；如果马军、奇兵、跳荡进攻不顺利，所有的步兵必须配合马军同时作战。敌军退却，马军不得轻易追击，必须确认敌人真正溃败后，才能掩杀。唐军步马兵结合，攻守有职，步兵为先锋，奇兵为侧辅，步兵配以弓弩、陌刀，奇兵负责步兵战后的突击与追击。唐军的步兵持长柄的陌刀，进攻时，如大墙一般整齐推进，往往所向披靡，因此，陌刀也成为一种战士至为尊崇的杀敌利器。

王承衍自小跟随父亲熟读兵书，操练武艺，熟悉各种兵器，一瞥之下，便知那刀确实是一柄上好的唐制陌刀。尽管心中喜爱那柄陌刀，但是，他依然没有领受此刀的想法。

"周远兄，请将刀退回给雪霏姑娘！"

周远听了，一脸无奈，只好将刀收回刀鞘，放回紫檀刀匣，合上了盖子。

遭受了无礼的拒绝，李雪霏鼻子一酸，泪水便止不住涌了出来。她狠狠一跺脚，冲到桌子前费劲地捧起紫檀匣子，重重摔在了地上。

紫檀匣子"哗啦"一声散开了盖子，那柄陌刀便滚到了地板上。

"既然没人要，扔了便是！"

李雪霏说完，掩面而去。

男仆和丫鬟见主人受气而出，也匆匆跟了出去。

"这是何苦呢？人家雪霏姑娘也是一片好心！"周远无奈地看了王承衍一眼。

"是啊，少将军，宵娘之死，也不该怨雪霏姑娘，要怨也怨她

---

① 唐代军制中的兵种之一。负责突然袭击的部队。

爹，你这般对她，她该有多伤心啊！少将军，你快追上雪霏姑娘，道个歉吧。"高德望也忍不住劝道。

见李雪霏哭着离去，王承衍心里也是感到一阵剧痛。"宵娘的死，确实与雪霏无关，我为何要这般伤害她呢？"他心里有那么一瞬间想要立即起身，去追上雪霏，去当面道个歉，可是，他终于还是铁青着脸，坐在那里，一动没动，任由李雪霏泪水满面地飞奔离去……

三

自慕容延钊攻克岳州以来，湖南的捷报不断。派吕余庆权知潭州后，赵匡胤将统一后蜀的计划，提上了议事日程。

赵匡胤料到王承衍会改变主意，但是，他没有料到王承衍会如此快地来找他。

"想清楚了？"

"不，微臣恐怕永远不会明白。陛下，为了统一天下，究竟会牺牲多少无辜的人？值得吗？"

"宵娘不算无辜者。她是个战士。"

"唐丰呢？"

"……乱世中的战场难道有边界吗？好吧。你，为何又愿意了？"

"我只是想救更多无辜的人。"

"我们总是试着不去伤害无辜的人，可是有时我们确实无能为力。做好我们应该做的，这便是我们的命运。"

赵匡胤回味着王承衍来见他时对话的情形。关于唐丰是否无辜的那个问题，他当时并没有直接回答。"是啊，唐丰呢？他难道不是无辜的吗？"当他再次回忆起这段对话时，他感到内疚——对唐丰、对宵娘的死感到内疚，尽管他在心里依然告诉自己："不，这些是必须付出的代价！"

接着，他又仿佛变成了另外一个人，举起手臂，在眼前挥了一挥，仿佛要把唐丰和育娘的面容从眼前挥去，就像要赶走两只苍蝇。他冷笑一声，嗫嚅道："你是越来会操纵别人了！"这话，仿佛是对着面前的某个人说的，实际上是在自言自语，语气中充满了冷冷的厌恶。旋即，他的脸上又露出一丝冷笑，透出一股奇怪的得意之色。就在此刻，他突然感到头部一阵剧痛。见鬼！老毛病又犯了。他抬起手掌，冲着自己的脑门使劲拍打了两下。

还有另一件事让他大为费心。这年入春以来，汴京地区雨水很少，到了三月底，旱情已经日渐严重。二月底的一天，他下令在各州县复置义仓，官方在收夏秋二税时，每石粮食，分出一斗，另行储藏起来，以备凶年。

进入夏四月，京城地区继续干旱。时雨不降，黍禾的种植皆受影响。种植大豆、小豆、胡麻的农人也因干旱而怨声载道。

"莫非是冒犯了上天，上天以大旱相惩？"京城的大旱令赵匡胤心绪不宁。头痛病再次犯了。"真不是时候！你这是与老天串通了一起折磨我吗？！"他暗自咒骂，仿佛头痛病是一个死缠烂打的老对手。

这天夜里，他做了一个梦。

那个地方，像是一个市场。具体在哪里，他分辨不出来。天空中到处飘浮着白色的柳絮。铺子一排一排，一列一列，售卖着各种东西，有卖古琴的，有卖褙子的，有卖头面首饰的，有卖纸笺的，有卖鞍辔、弓箭、刀剑的，有卖时果、腊脯的，有卖各色点心的……远处，隐约可见寺庙大殿的屋顶。那是大相国寺吗？好像又不是啊……他缓步在市场中穿行。这件褙子看着好眼熟啊！紫红色的底，绣着绿色的缠枝花纹。嗯，母亲以前有那么一件。这件，看着也好熟悉啊。绣着明亮的黄色碎花的红褙子。看上去，仿佛数不清的小蝴蝶，飞舞在一片红色的花海中。对了，跟柳莺姑娘穿的那件很像很像。周围，人群熙熙攘攘。但是，他看不清他们的脸。他经过一个铺位，地上摆着几个大大的木盆。所有的木盆里都养着鱼，有草鱼、鲢鱼、江团。大官人，买两尾鱼吧！卖鱼翁问道。哦，不了，我不是来买鱼的。他回答道。可是，我为何来这市场呢？他有些困惑。不如买下那两件褚子，给母亲带回去。他抬起头，那鱼铺子忽然往远处无限延伸下去。在那卖鱼翁的背后，雾气缭绕。是一个厨房。有一个女子拿着擀面杖，擀面杖正压在一个面团上。这个女子的对面，站着另一个年轻的女子。他顿时一阵恍惚，那拿着擀面杖的，不是妹妹阿燕吗？她对面，难道不是少女时代的阿琨吗？在这两个女子的后面，还有一个女子在氤氲的深处远远站着。他看不清她的面容，但是，他有一种清晰的感觉，那是阿琨的母亲。他大声呼喊妹妹阿燕。可是，那个女子抬起头，看了他一眼，微微一笑，便被厨房里的雾气完全笼罩了。整个厨房，所有的人和物，都隐没在无限深远的黑暗中。大官人！买两尾鱼吧！哦！不，不了。他迷迷糊糊地往前走去。在一个铺子里，他看到了一面古琴。他轻轻抚摸着它。莫非我在扬州？在那里，我给如月买过这样一面古琴。不行，今天要去视察疏通汴河的工程，不能带着古琴去。改天来买吧。真是一面好琴啊。刮起一阵大风。他抬头看去，市场外侧有一道青色的幕帐。大风在青色的幕帐上吹起"涟漪"，发出"呼啦呼啦"的声音。多像战场上的战旗迎风发出的猎猎之声啊！有一个年轻的战士，正蹲在地上。这个战士，正用手指捏着一团白色的柳絮去敷小腿上的创口。这个战士看起来有些眼熟啊。嗯，好像是高德望啊。另有一个武士，骑着一匹铁青色的大马，远远立在青色的幕帐前。那个武士看上去也好眼熟啊！父亲？父亲！是你吗？匡胤！匡胤！快上马，敌人马上冲过来了！他听到那武士的呼喊声，心中一惊，往四周看去，人群熙熙攘攘，都沉醉在购物的愉悦中。究竟还要牺牲多少无辜的人？王承衍突然站在他的面前，质问道。他一惊，向着周围人群歇斯底里地大喊起来。快跑啊！快跑啊！要打仗了！敌人杀过来了！他在市场中跌跌撞撞地奔跑着，狂呼着，可是仿佛没有一个人理会他。所有的人，都拿奇怪的眼神看着他，仿佛他是一个野人、一个疯子。幸好战马就在身边，是的，战马就在身边。他呼啸一声，他的坐骑飞奔过来。他骑上了战马，从腰间抽出剑来，高高举起，往前冲去。在一片飞扬的尘土中，他隐隐约约看到无数敌人的身影，漫天的箭雨向他飞来……我刚才把那两件褚子买下来多好啊，他在马背上想着……不，这一切都是梦吧。父亲、母亲都已经不在了。柳莺姑娘也死了。阿琨也不知所终了。不，这不过是梦。不，这战场是虚幻的。不，现在还不会死！还有战斗的机会……一刹那间，他惊醒过来，透过床帐，看窗棂外，漆黑一片，天尚未明，心头只觉无比惆怅与悲哀……

次日，甲申日，赵匡胤命几个使者，遍祷京城祠庙，向老天祈雨。

奇怪的是，当天晚上，果然天降大雨。

突如其来的大雨，虽然迅速缓解了京城地区的干旱，但是赵匡胤却仿佛被一种无形的力量重击了一下。难道老天真的能够听到人间的祈祷不成？如果真是这样，那么攻灭湖南时造成的杀戮，一定得罪了上天！这一想法连续折磨了他数日。

接下去，是接连几夜的失眠。头痛欲裂！于是，他颁布德音，赦免了荆南、潭州、朗州的死囚犯，从轻判罚，被判流放罪以下的罪犯则全部释放，连配役的人也都放回家了。他还下令，免除两年的税以及场院课利。至于荆南、湖南地区原有的文武官吏，则一概留用，并给予赏赐。立了功的官吏，则得到晋升。所有参加征讨湖南的将士，都得到了大大的奖励。同时，他下令行营将士们，将掠获的牲口，全部退还给原来的主人。

下了这些命令后，赵匡胤稍稍感到心安，头痛也慢慢减轻了。这种变化，似乎给了他某种微妙的心理暗示。随后几日，他又做出了一连串决定，以期进一步稳定荆南、湖南局势。他派遣刑部郎中贾玭等通判湖南诸州，遣给事中李昉去南岳祭祀，随后又下诏李昉权知衡州。

四

混一天下的宏愿，没有一刻不压在赵匡胤的心头。"荆湖已收，南唐犹在，还有后蜀、吴越！不论是对付后蜀，还是对付南唐、吴越，没有强大的水军，就无胜算。"三江口水战后，这样的想法在赵匡胤心中变得更加强烈。他拿出内府的钱，从诸军中招募了数千人，在朱明门外开凿了一个大湖，然后引蔡水注入，名曰"新池"。同时，鉴于楼船在三江口水战中所发挥的制胜作用，赵匡胤令人再次增造楼船百艘，又择选水性好的人充当水兵，号称"水虎捷"。"新池"成为了"水虎捷"的训练基地。为组建"水虎捷"，开凿"新池"，赵匡胤费尽心机，终于在四月中旬左右看到了成效。

这天，赵匡胤在御书房熬了一夜。他从座位上立起来，缓步走出屋门。内侍李神祐正立在御书房门外，满脸倦色。他已经在此守卫一夜了。

赵匡胤伸了一个懒腰，仰头望望天空。天空还未放亮，那一片宝蓝色，显得深邃而高远。

"突然想吃东华门外那家的蒸饼夹爊肉了。那家店，很久未去了！"赵匡胤看着宝蓝色的天空说道。

李神祐愣了一愣，方道："陛下，要不我安排人去买来？"

"不必。不如，你陪朕出东华门，朕自己去买些回宫里。两年前的一个黎明，也是你陪朕去买蒸饼夹爊肉的吧？可记得？"

"是，陛下。那次，陛下买了些蒸饼，先给皇后、皇子和两位公主送了去，又让我送给了太后和长公主一些。"李神祐说到这里，突然想起太后已经仙逝，不禁呆了一呆，刹住了话头。

赵匡胤仿佛在一瞬间意识到了李神祐的所思所想，轻轻叹了口气，说道："嗯，是啊，你还都记得啊！"此刻，他不仅想起了逝去的母亲，也想到了已经死去的韩通之子韩敏信。他后来才知道，韩敏信当时隐姓埋名，被那家蒸饼店的主人钱阿三夫妇收为义子。那天他买的蒸饼，也许就是韩敏信亲手做的。当然，那个时候，韩敏信也不知道，那个来买蒸饼的顾客，便是穿着便装的赵匡胤。一切都过去了！转眼小德昭已经是小男子汉了，而琼琼、瑶瑶也快长大了。那家蒸饼店也换了主人了啊！他叹了口气，不再去想韩敏信，心里想着两个渐渐长大的公主，感受到一种略带苦涩的甜蜜。

君臣二人于是换上便装，出了东华门。

"李管家，你瞧，这街上的百姓都开始劳作了！"赵匡胤照旧令李神祐扮演他的管家。

"都说是'日落而息，日出而作'，不过，要做早市生意，可不都得早起。"

"是啊，天天如此，还和之前一个样啊！"

两人在半明半暗的街上缓缓走着。街道两旁的户牖中，点点的光正在陆续亮起，那里一点，这里一点，仿佛夜空掉落的星星。静谧的东华门街，像往日一样，开始渐渐呈现出世俗的生机。

穿行在再平凡不过的街道上，看着打开屋门开始忙碌的人们，赵匡胤有一种莫名的感动。

"上好鲷鱼酱，上好鲷鱼酱。荆南新来的鲷鱼酱！"

赵匡胤听到街边一个店铺内传来吆喝声，脚步停了一下，侧头看了一眼，便又加快了脚步，往那家他想去的蒸饼店走去。

"大官人，瞧，看到招幌了！"李神祐指了指前面。

"好像招幌的样子又变了！"

"嗯，可不！"

"之前叫什么店名来着？好像叫'李六郎蒸饼店'。"

"大官人好记性啊。现在变成了……变成了'徐记蒸饼'。"

君臣二人一边说着，一边往那家三易主人的蒸饼店走去。

"不管谁是店主，人总得吃饭啊！"将要走到店门前时，赵匡胤停住了脚步，朝那面招幌看了看。在朦胧的晨光中，大略可以分辨出那面招幌的底色是白色的，绣的字则是红色的。用的颜色倒是与李六郎的颜色一样。赵匡胤不由自主地想起之前的那面招幌。

正在店内忙活着的是两个年轻人，一个高瘦，一个矮胖。两个人都穿着灰色的裋褐，腰间都围着白色棉布围裙。矮胖的那个正在案台前忙着揉面。高瘦的那个则站在柜台前负责招呼前来买蒸饼的客人。

在赵匡胤来之前，还有一个前来买蒸饼的白发老人。老人买了蒸饼，冲赵匡胤点头笑笑，便一摇一晃地慢慢走远了。

"这家店的前主人叫李六郎，我可是认识的哦。这位小哥便是徐师傅？"赵匡胤笑着问道。

"原来是老主顾啊！俺是姓徐，那位是俺兄弟。大官人叫我徐大郎便是了。"那个瘦高的蒸饼师傅笑着回答。

赵匡胤点点头，笑着说道："没想到这店面这么快便换了主人了。"

"也是上个月才租下的。从李六郎那里转租的。其实他的租期还未满呢。这店面真正的东家姓钱，如今在洛阳，俺们只见过一次。"

赵匡胤知道这家店面的主人是钱阿三夫妇，至于钱阿三夫妇去了洛阳，则是之前从李六郎口中知道的。他无意同徐大郎谈论钱阿三，便问道："那李六郎去哪了？"

"他啊，听说做蒸饼赚了点钱，便开始做其他生意。他用积蓄购置中原和西域物产，前去江南、两浙贩卖，那比做蒸饼更能挣钱。要不，怎肯将店面转租我兄弟俩啊。不过，前些天他来取租金时抱怨说，生意也不是那么好做。"

"为何？"

"听说一些地方官员都私下派人赍银子、麝香等轻货往江南、两浙贩易呢。据说这些官员贩易的轻货，交易时只求尽快脱手。本来民间生意可用一贯铜钱购置的江南丝绢，那些官员为了使手中的银子、麝香等尽快脱手，便愿用相当于二两银子的麝香等物来换易。大官人，你想想，既然有便宜占，江南的生意人可不是更乐意与这些官员交易吗？这些当官的啊，拿官饷俸禄还嫌不够，还要与民争利呢。再说了，那些官员手中的轻货，指不定都是从俺们百姓上缴的租税中偷挪、折变出来的呢。"

赵匡胤听了徐大郎的话，心里颇不是滋味，不禁皱了皱眉头。

"这些，都是从李六郎那里听说的？你可听说是哪些地方官员私下派人赍轻货往江南、两浙贩易？"

"倒也不是，他只是抱怨生意有时难做罢了。至于是哪些官员私下派人赍轻货往江南、两浙交易，这……这是俺在坊间与人闲聊时听说的。究竟是哪里的地方官员，俺还真不知道。官员私易轻货，那可是要掉脑袋的事，他们当然都是秘密从事。况且……况且传言或许是捕风捉影的。"徐大郎见赵匡胤追问，怕自己受牵连，变得有些警惕。

"不瞒徐大郎，我是从西京过来做生意的，在京城里也有个堆栈，屯了些江南来的丝绢、药物，正想换成轻货。你可记得，从哪里听到这种说法吗？若是能直接与那些官员交易，倒是可以比拿到市场上去多赚一些！"

徐大郎踟蹰了一下，说道："说得也是，做生意挣钱也不易。能有省钱的机会、挣钱机会，错过了也可惜。不过，那岂非便宜了那些贪官？"

赵匡胤道："我不去与他们做生意，自然有人去。又奈他何？你就当帮我，若是我能做成生意，挣到钱，改日来谢。"

徐大郎笑道："那倒不必，俺只是不想便宜那些贪官。不过，大官人说得也对。若是官府不查，对那些贪官，咱小百姓也奈何不得。还得自个儿琢磨着如何讨口饭吃。方才说的，也是俺新近听说的。前些天，俺与兄弟去南斜街附近的朱家瓦子看相扑，便在那里听人说的。"

"听何人所说？"

"这……大官人真想做生意？"

"有生意为何不做？"

"好吧，大官人自己掂量就是。俺是从'关扑李'那里听说的。"

"关扑李？"

"那家伙姓李，在朱家瓦子里开了一个茶肆，茶肆边搭了个小百货铺子，常常便在那里搞关扑。因此众人都唤他'关扑李'。他搞的关扑，起扑价低，有人扑买时，旁观者也可押注跟扑，去他那铺子玩的人多，都图个乐子，他也赚了不少钱。'关扑李'自个儿也整天待在关扑铺子和茶肆里，逮着人便爱谈天说地。常去逛瓦子的，都识得他。他也乐得与人天南海北地瞎聊。"

"关扑不是只在每年正月、寒食、冬至等日子才放准吗？不怕被官府抓？"

"大官人是真不知还是假不知？这关扑，开封府当然有他的准扑日，可是，咱老百姓图个乐和，私下玩，官府也只能睁一只眼闭一只眼了。"

赵匡胤若有所思地点点头。

"蒸饼出笼！"徐二郎在店里面喊道。

"瞧，光聊了。蒸饼出笼了。夹燋肉吗？大官人来几个？"徐大郎笑着问道。

"嗯，给我来十个。多少钱一个？"

"不要燋肉三文钱一个。夹燋肉四文。"

"哦，涨了一文钱。要夹上燋肉的。嗯，真香哪！"

"可不是吗？整个四月，到处都有旱灾，粮食都涨价了。这不，刚下一场雨，又旱上了。"徐大郎唠叨了一句。

"李管家，给钱。拿布来。"赵匡胤冲李神祐说道。

李神祐将四十文钱放在柜台上的匣子中，接着从怀中掏出一块用来包蒸饼夹燋肉的干净白纱屉布。这回，他总算记得在出宫之前去取了一块白纱布带在身上。

李神祐往钱匣子中放铜钱时，赵匡胤瞅了一眼那个钱匣子。匣子表面因多年烟熏火燎，已经变得油黑发亮。店主人已经换了三拨。真是有意思，还是那只木钱匣子！他笑了笑，看着那钱匣子，一刹那间，感到鼻子有点发酸，眼前又浮现出一些纷乱的形象：白马寺门前的石马，一动不动。石马的额头上，有一只缓缓爬动的瓢虫。泽州城头，一个高大的身影立着，周围是熊熊燃烧的火焰，那个身影，渐渐被火焰吞没。长长的剑柄，从慕容延钊的肩头露出来，斜着指向苍穹。有红色的丝绦，缓缓飘过。阿琨怀抱着孩子，骑着马渐渐行远……

"行嘞！"

赵匡胤听到了徐大郎的声音，从恍惚中清醒过来。"总有一些东西，会比人的这副臭皮囊、比这钱匣子、比那石马要长久。是啊，那些更加长远的，是活着的人对死去的人的怀念，它们一代又一代地流传。那些更加恒久的，是在那看似柔软的笔下出现的、藏在那静默的文字中的东西。"他默然想着。

徐大郎手脚麻利地陆续将十个蒸饼夹上了燋肉，又用那块干净的白纱布包好，恭恭敬敬地递给了李神祐。

"走，咱们回吧！找到赚大钱的线索，今日可是收获不小啊！李管家，你说是不？"赵匡胤笑了一笑，看了李神祐一眼，又冲徐大郎点点头，算是告别。

李神祐听赵匡胤似乎话中有话，当即应诺了一声，不敢多言，便跟在他身后往来路走去。

徐大郎有些发愣，呆呆地望着两个顾客渐渐在清晨的雾霭中走远，不知为何，他从那个顾客最后一句话中，感觉到一股杀气。明明是笑着说的，怎么听着让人瘆得慌？他又朝那两个背影看了看，不禁哆嗦了一下……

君臣二人从东华门回到皇城内，便直接往福宁殿去了。

步入福宁殿的大门，尚未走到起居室门口时，赵匡胤便听到了轻轻的古琴声。琴声很轻，有些幽怨，仿佛是人的叹息。他踟蹰了一下，继续沿着堂途往正堂走去。但是，没等他走进起居室，琴声便停了。他没有让宫女进皇后如月的起居室通报，而是从李神祐手中接过包着蒸饼的白布包，慢慢往里走去。李神祐则在他的示意下，于正堂外守候。

因为天还未完全放亮，所以福宁殿内的羊脂蜡烛依然燃烧着。

皇后如月此刻正坐在琴桌前，微微垂首，她已经停止抚琴，只是呆呆地看着面前的古琴。那面古琴，正是赵匡胤私服下金陵时，从扬州给她带回来的。

赵匡胤在起居室门口，没有立刻迈步入内，而是站在那里，静静地往里面瞧着。他正好可以看到如月的侧影。

今天，如月身上里面穿着浅紫色的衣裙，外披着一件无袖褙子。褙子是用四窠云花鸂鶒绫裁制的，淡淡的粉色，正配她的肤色。这裁制褙子用的四窠云花鸂鶒绫，是赵光义的夫人——弟媳小符几年前送给她的。它们送来的时候，如月的肚子里还怀着她与赵匡胤的第二个孩子。可是，这个可怜的孩子出生没有多久，便离开了这个世界。她从来没有忘记，她的第一个孩子也是夭折的。当第二个孩子被命运之神带走的时候，她的心，又死去了一部分。随着时光的流逝，痛苦的强烈表现慢慢淡去，化为不易察觉的深沉的悲哀。

不过，再次怀了身孕后，希望像小草一样，已经再次在如月心里悄悄发芽。但是，她已不敢喜形于色，怕再次惊扰了上天，招来厄运。她只是默默地保护着腹中即将出生的孩子。她还悄悄打定了主意，等这个孩子出生后，一定要秘密地、不事声张地抚养，直到他或她出阁的那一天，才让赵匡胤向天下宣布。此时，暖暖的烛光照着如月，仿佛在她身上蒙上了一层发光的薄纱。她显然正在深思，连高高绾起的发髻，也没有一丝一毫的晃动。她并不知道赵匡胤已经站在了起居室门口。

"怎么不弹了？"赵匡胤步入了起居室。

如月微微吃了一惊，扭头看了赵匡胤一眼，慌忙起身来迎接。

赵匡胤在床榻上坐下，将蒸饼放在榻几上。

"刚买的蒸饼夹燻肉。孩子们都爱吃。"一瞬间，他仿佛看到母亲杜太后站在面前，笑眯眯地招呼小皇子德昭和两个小公主在吃蒸饼。

"陛下又熬夜了？"

"新水兵刚刚组建，一大堆事。另外，上个月底，贷澶州民种粮。有司上了不少札子，议论纷纷。得处理一下，要不然，还不知闹出什么乱子。"赵匡胤在皇后如月面前从不多言政事，说了两句，便不言语了。

如月点点头，并不追问，只说道："陛下莫要太劳累了。"

"快坐下说话。孩子们还未过来？"赵匡胤见如月站着不坐，便招呼她坐在床榻的另一侧。

"嗯，昨日阿燕带他们三个去城东游玩，估计是有些累，起晚了。一会儿宫女们便会带他们过来的。要不要现在让宫女去喊一下？"

"不急。待会儿蒸饼若凉了，让司膳热热便是了。你脸色怎么这般不好？"

"近来身子觉得沉。"

"不打紧吧？"

"只是浑身上下没有力气。"

"我让翰林医官过来给你看看，开点药调理调理。掐指算着，也快到日子了。"赵匡胤迎着烛光，仔细看了看如月，虽然怀了身孕，脸上却依然显得有些憔悴。看到如月这个样子，他不禁暗暗担心。

如月听了，点点头，呆了一呆，说道："老天保佑，一切顺利。有些日子没见小符了，怪是想念的。"

两个人都小心翼翼地避免谈腹中的孩子。

"回头我与光义说一声，让小符来陪陪你。"

"陛下，臣妾想让小符、阿燕陪着，找日了去封禅寺许个愿。"

"怎么突然想着去许愿了？"

"臣妾希望佛祖能够保佑陛下龙体康健，长命百岁，少些烦心之事；也希望佛祖保佑未来的孩子。"

"佛祖能够保佑咱的孩子就好了。哪有什么长命百岁！不过，我希望佛祖能看在你面上，多给我些时日，让我好混一天下，开创一个太平盛世哦。"赵匡胤笑了笑。

"臣妾哪有什么面子。陛下说笑了。臣妾只能诚心祈求佛祖保佑陛下，万一臣妾不能陪陛下，陛下也要好好的。"如月说着，突然声音有些哽咽。

"怎么说这样的话。瞧你，这般多愁善感，心里装的东西太多了。这样吧，哪天，我陪你一起去封禅寺许愿，我让守能和尚先好好准备一下。"赵匡胤抬起右手，从榻几上方伸过去，抚了抚如月的左肩。

如月心里一暖，肩膀微颤了一下，脸上露出笑容，眼中却滚下了泪珠来……

五

"也不知那徐大郎说的话是不是真的。说是地方官，可是却不知是哪里的地方官。若是有重臣私下派人赍货物往江南，牵扯的人多多，被人查到，朝廷上下恐怕会鸡飞狗跳。此事，还得尽快去查。不如，便令光义去。这也算是开封府尹分内之事。不——，我有段时间没有下去转转了，不如亲自走走，也可借机探探民情。"赵匡胤心里盘算着，沉思了片刻，便决定还是自己先去南斜街的朱家瓦子探探消息。让谁跟着一起去呢？赵匡胤琢磨着。赵普，守能和尚，楚昭辅？嗯，就让他们仨跟着吧。正好，如月想去封禅寺许愿，也可以顺便让守能安排一下。他打定了主意。

出了东华门，沿着十字街，旧曹门街，出了内城旧曹门，再沿着南斜街往东北方向行不多远，在南斜街的西北侧，便是朱家瓦子。南斜街是汴京城内有名的妓院一条街。南斜街的路两边，是一溜两层楼的房屋。房屋的梁柱窗牖，大多施以彩绘。沿街房屋二层的窗棂前，常常立着浓妆艳抹的妓女。栋宇的彩绘与娇媚的容颜，相互辉映，往往令路过的青年男子驻足难行，流连忘返。沿着南斜街再往东北方向行去，是北斜街。北斜街的东南，是妓女苑。京城里的官妓多在此学习各种才艺。朱家瓦子，便隔着南斜街、北斜街，与妓院、妓女苑相望。在朱家瓦子里，也开了几家妓院。这些妓院，门口垂着青色幕，门两边尽是碧纱窗，隐约可见屋内挂着斑竹帘。碧纱窗外，往往挂着才艺卓绝的妓女的烟月牌，牌上书写着夸耀妓女容貌与才艺的诗句，用来招徕客人。

这天一大早，赵匡胤打扮成商人模样，让内侍李神祐穿着灰布短褐，肩上搭着一副褡裢，扮成仆从。二人依旧从东华门出了宫城。依照事前的吩咐，赵普、楚昭辅、守能和尚早已经等候在东华门外。赵普也是商人打扮，守能和尚则手持鹤头木杖，手托化缘钵，俨然是一个云游和尚。楚昭辅一身短打扮，装成是赵普的仆从。李神祐、楚昭辅二人都是怀揣匕首，以防不测。不过，赵匡胤自己并不太担心安全问题。他乃是马上皇帝，武将出身，一身好武艺，战场冲锋陷阵所向披靡，民间的普通壮汉即便三五人一起上，也不是他的对手。

五人沿着南斜街往朱家瓦子走去，没有因妓女们的秋波而稍作停留。有那么一刻，赵匡胤回想起了在扬州风云楼内初遇柳莺的情景，不禁暗暗神伤。

朱家瓦子很大，里面有相扑场、酒楼正店、脚店、茶肆、妓院、古董铺、卤食铺、书画铺、果子铺和各色杂货铺子。除了在固定位置做生意的店铺，还有很多推着平板车的陶器商人、挑着担子的卖货郎和悬挂着广告画兜售眼药水和膏药的江湖郎中。瓦子里人声鼎沸，有老人，有小孩，有商人，有文士，熙熙攘攘，好不热闹。

"哈哈——真是个好地方啊。你能想到的，此处都有，你没有想到的，此处也有。"赵匡胤见眼前一派世俗繁华景，不禁心情大好，暂时将因官员私售轻货而引起的不快搁置在一边。他冲赵普等人大笑着说。

"要不要先四处转转？"赵普笑了笑，露出高深莫测的笑容。

赵匡胤瞧着赵普，微微一愣，压低声音笑着说："我见你这般笑，便知你又在打鬼主意。掌书记，你莫非有什么事情要与我说？"

赵普笑了笑，亦压低声音说道："微臣只想对陛下说，眼前的盛景，皆赖陛下治理之功也！"

"掌书记也学会拍马屁了？好了，自现在起，记得别叫漏了口！走，咱直接去找'关扑李'。找到茶肆，便能找到他。"赵匡胤笑着说。

他们找到的第一家茶肆，主人并不是"关扑李"。不过，从这家茶肆主人的口中，赵匡胤一行知道了"关扑李"所开茶肆的准确位置。原来，"关扑李"的茶肆开在距离瓦子中相扑场北边百来步远处。由于离相扑场不远，等待看相扑的人和那些刚刚看完相扑的人中，有不少都会来他家的茶肆坐一坐。紧挨着茶肆的墙，搭了一个关扑铺位。关扑铺后边，是一株巨大的槐树。正午的时候，槐树的树荫，几乎笼罩着整个关扑铺位。有了这样的"地利"，在大热天的正午时分，"关扑李"的茶肆和关扑铺的生意便特别好。

赵匡胤一行到达"关扑李"的茶肆时，方是巳时，天气也不热，茶肆和关扑铺子里的人也不多。五个人在茶肆中找了北墙边两张靠窗的桌子坐下。赵匡胤、守能和尚、赵普三人一桌，赵匡胤、赵普一东一西靠窗而坐，守能坐在南首，正好对着窗子。

李神祐、楚昭辅二人在旁边的另外一桌边一东一西坐下，也挨着一扇窗子。

透过窗棂，正好可以看到外面的关扑铺子。关扑铺子很简陋，也就是一个用竹篾干草做棚顶的凉棚。凉棚下，地上摆着供扑买的蒲扇、折扇、荷包、鞋袜、幞头、玩具、绢帛等。这些物件大多数价值不高，只有绢帛、幞头等几样稍稍贵一些。凉棚以四根大竹为柱，其中三边，齐腰处各横着两根竹竿作为围栏，并无墙，另一边，冲瓦子内的小街敞开着。凉棚内侧，从棚顶上吊下绳索，悬挂着三块大木牌，牌子上都画了九宫格，每个格子里面都用墨写了各种什物的名字和数量，比如"绢帛一匹""蒲扇一把""大米三两"等，这些名字，都能同地上的物件一一对应上。一个穿裋褐的年轻伙计正站在关扑铺的凉棚下，手上捏着一簇飞镖，冲着街上喊："各色什物，十文起扑！上等绢帛，举手可得！"

赵匡胤等人刚坐下时，窗外的关扑铺前，正好来了两个穿着丝绸长衫的年轻人，一人穿褐，一人着赤。两人听了那伙计的吆喝，便在关扑铺前站住了，脸上皆露出跃跃欲试的神情，看上去是打算要玩上几把扑买了。

守能和尚正要举手招呼伙计点茶，一个十五六岁的年轻伙计看到客人来了，已经慌忙跑过来打招呼。

赵匡胤等点了两壶茶外加瓜子、花生、果子等点心。因为茶肆里人不多，不一会儿，年轻伙计便将洁净的茶具和各色坚果、果子端了上来。

跟着年轻伙计过来的，还有一位年长一些的茶博士。

这位茶博士一张红脸膛，脸圆微胖，面带笑容，神态从容，手提大铜壶，衣袖用白色丝绦系着，系着两边衣袖的丝绦都在肩头上打了个结。

茶博士站到守能和尚旁边，将左胳膊摆平，笑眯眯地从茶盘上依次拿了三只茶碗，一一放在自己的左胳膊上，口中说道："给两位大官人和这位大和尚上茶了！"说话间，他右手中大铜壶已经连着"三点头"。

赵匡胤等见那茶博士左胳膊上的三杯茶水竟然滴水不溅，不禁大为赞叹："好一个茶博士！"

那茶博士将胳膊举到赵匡胤、赵普、守能和尚面前，待三人各自取了茶杯，方退了两步，朝三人微微一鞠躬，说道："三位慢用。"说完，脚下一动，便欲去给李神祐、楚昭辅那桌倒茶。

"茶博士留步。"

茶博士一愣，微笑着停住了脚步，看着赵匡胤。

"这家茶肆主人可是'关扑李'？"

"正是。"

"听说'关扑李'三教九流无所不交，朋友遍及京城。我是从西京来京城做生意的，想向他打听一点生意场上的消息，不知他可在茶肆内？"

茶博士听了，依旧微笑着说道："大官人，可真不巧，老板今日一早，去看相扑赛去了。"

"哦？相扑赛几时结束？"

"大约还得一会儿。大官人若不急，可慢慢喝茶，等老板回来。"

赵匡胤听了，微微点头，说道："不急。叨扰茶博士了。"

茶博士听了，又朝赵匡胤微微鞠了一躬，方才往旁边桌子走去。

"咱且喝茶，等他回来。"赵匡胤冲赵普、守能二人说道。

"'关扑李'若是知道等他的人是何人，也不知会有何反应？"赵普又露出他那神秘莫测的微笑，语气中微微带着戏谑。

赵匡胤也不以为忤，只是微笑着喝了一口茶。

这时，只听窗外传来一阵欢呼声。

原来，那个穿赤色长衫的年轻人投出的飞镖，扎在木牌上的"绢帛一匹"这几个字上，这意味着他扑到了一匹绢帛。

也许是因为获得激励，玩关扑的两个年轻人轮流着又投了十来次飞镖。飞镖落空时，两人便发出长长的叹息声，一旦飞镖投中某个物件的名字，不论什物价值高低，两人都会兴高采烈地呼喊一声。不过，两个人未能再次扑到价值最高的绢帛，蒲扇倒是扑到几把，此外，还扑到一个小孩玩的木偶玩具、三个荷包、一小包大米。

赵匡胤看窗外两个年轻人玩关扑，也觉得颇为有趣，不知不觉脸上露出了微笑。

"走，咱也去扑几把。"赵匡胤笑着对赵普、守能和尚说道，一边说，一边站起身来。

守能和尚笑道："出家人就不玩了，不过做旁观者倒无妨。"

"哈哈——和尚做旁观者便是。"赵匡胤大笑。

赵普亦笑着起身，口中道："好，我俩便看大官人能扑到啥？"

三人一边说笑，一边起身往茶肆外走，李神祐、楚昭辅也立起身来，跟在赵匡胤等三人身后。楚昭辅不忘吩咐茶肆伙计留着座，说是一会儿还回来喝茶。

两个玩关扑的年轻人正要离去，见有人前来，便停下脚步，站在旁边看热闹。

"伙计，给拿五支飞镖。"赵匡胤冲那关扑铺子的伙计说道。

"好嘞！"那年轻的伙计乐呵呵地递过来五支飞镖。

赵匡胤举起第一支飞镖，眼睛盯着十几步远的小木牌，心里想着要用飞镖去投最值钱的"绢帛一匹"。可是，飞镖一出手，他便发出一声懊恼的呼喊。果然，那支飞镖斜斜朝其中一块木牌飞去，却差了那么几分，没能够扎上木牌，而是扎在木牌背后的草垫背板上。

在与符彦卿比射箭时可以七连中，可是投一支小小飞镖竟然没有上靶！赵匡胤感到颇为郁闷，不禁面色微红。看来，射箭同玩这关扑飞镖完全不一样啊。

第二次，赵匡胤投中了"蒲扇一把"。

守能和尚鼓掌大笑，有些夸张地叫了几声好，口中还道："好，蒲扇一把！"

"大和尚，我怎么听着你这喝彩是在取笑我呢！"赵匡胤扭头冲守能笑道，心里也不以为忤。

"岂敢岂敢！"守能哈哈大笑。

第三次，赵匡胤屏息静气，竟然投中了"绢帛一匹"。

这次，众人齐声喝彩。赵匡胤也颇为得意，脸上露出笑容，仿佛比与符彦卿比射箭七连中还要开心。

赵匡胤举起飞镖，准备掷第四投。

这时，方才玩飞镖的穿赤色长衫的年轻人忽然道："且慢，我要押一注。"

关扑铺伙计高声喝道："好，有人押一注。"

有人押注！赵匡胤兴致大增，再次屏息静气，手中飞镖又一次向"绢帛一匹"投去。可惜，这次差一点，飞镖扎在"绢帛一匹"的旁边一格——"铜镜一面"。

"好！扑买人得铜镜一面。押注人亦得铜镜一面。"

那位押注的年轻人稍稍有些失望。

赵匡胤第五次投飞镖，赵普开口押了一注。这次，投中的却是"大米三两"。

"咱俩把中午的饭给挣来了！"赵匡胤看着赵普哈哈大笑。

众人听了，亦大笑。连关扑铺的伙计也被逗乐了。

正在此时，旁边有一个人摇着蒲扇走了过来。

关扑铺的年轻伙计见那人走近，慌忙抱拳鞠躬，口中道："老板！"

赵匡胤扭头一看，见来人身材不高，头扎一块褐色方巾，脸又黑又瘦，颧骨高突，一双小眼睛精光闪闪，三绺长须黑中带灰，身穿一件褐色长衫，腰间系着灰色布腰带，腰带上悬着一块廉价的绿色岫玉牌。

"这位可是'关扑李'？"赵匡胤问道。

那人微微一愣，立刻抱拳，微笑道："正是在下，看这位官人，有些脸生，莫不是第一次来这朱家瓦子？"

"阁下真是好眼力。我等还真是第一次来。这次，我是专程来京城做生意的。还真是巧，方才还在茶肆内打听阁下的去处，没有想到这么快便见到了。"赵匡胤并不辩驳，顺着"关扑李"的话说道。他并非第一次来，但确实是很久没有来过朱家瓦子了。

"大官人找在下，可是有事？"

"嗯，做生意嘛，总得打听一些消息。"赵匡胤有意无意地往两边张望了一下。

"关扑李"眼珠子一转，立即会意，当即说道："在下看几位仪表堂堂，绝非俗客，如蒙不弃，不如到在下茶肆中坐下说话。"

"好啊！请！仪表堂堂的大和尚，一起来吧！"赵匡胤一边说，一边迈步走，不忘借机拿守能和尚打趣。

"关扑李"往守能和尚脸上的大刀疤看了一眼，讪笑了一下。

守能和尚坦然大笑，赵普亦笑，拽着守能的手臂，一起往茶肆走去。

那两个年轻人见没有热闹可看，自捧着扑买到的各种什物离去了。

入了茶肆，"关扑李"对赵匡胤等道："二楼雅间请吧！快上好茶，备些点心来。"后面一句，是"关扑李"在招呼店内的伙计。

赵匡胤口中道："也好！那便不客气了。"说罢，迈开大步向楼梯上走去。

众人上了二楼，入雅间坐定。

"不知大官人想要打听何事？""关扑李"嘻嘻一笑，说话倒是开门见山。

"李老板有这等做生意的好地方，想来知道不少天南海北之事。"赵匡胤笑道。

"哪里哪里！刮风下雨，吃饭放屁，闲着没事，谈天说地。也就平日里闲着，听到些五湖四海的新鲜事。"

赵匡胤听"关扑李"言语粗俗，不禁微微皱眉，不过旋即哈哈一笑，说道："我等从西京前来京城做生意，在京城内，有一个堆栈，囤了些四方货物，其中不乏江南、两浙的物产。听说，最近常有人赍轻货往江南贩易，原本需用一贯铜钱购置的江南丝绢，这些人为了让手中的银子、麝香等尽快脱手，愿意用二两银子或相当于二两银子的麝香去买。我等便想，若是有此等好事，何不就在京城先换易些轻货，出手一些江南、两浙物产，比市场可以多赚一些。李老板，你可知如何找到轻货的卖家？"

"关扑李"听了，眼珠子警惕地一闪，说道："这个……"他犹豫了一下，面露难色，继续说道："不瞒大官人，你方才说的，在下也只是在一个牙人那里听说，倒并不认识那些卖轻货的人。"

赵匡胤看"关扑李"的神色，知他有所隐瞒，便道："不打紧，李老板不识卖家也无妨，告诉我等如何找到那牙人便是。今日既然叨扰了李老板，我等略表谢意，若是做成生意，自当再行酬谢。"说着，赵匡胤冲楚昭辅使了个眼色，示意他将早就准备好的用于打点的费用拿出来。

楚昭辅自然会意，从包裹中摸出一个钱袋，递给"关扑李"，口中说道："请李老板笑纳。"

"关扑李"嘿嘿一笑，伸手接过钱袋，拿在手心里掂了掂，估计里面约莫装了两百文铜钱，心里颇为满意，这才说道："大官人真想做这生意？"

"真想！"

"好，那在下便帮大官人找那牙人。至于那牙人介绍的卖家，可与在下没有丝毫瓜葛啊。大官人可记清楚了。"

"怎么？莫非卖家有些问题？"赵匡胤故作好奇，追问道。

"关扑李"又是嘿嘿一笑，又将钱袋掂了掂。他在朱家瓦子中混迹多年，阅人无数，一眼便看出面前是个有实力的主，岂可放过捞钱的机会。

赵匡胤又冲楚昭辅使了个眼色。楚昭辅心中对"关扑李"的敲诈颇为不满，但也只好依计再递上一个钱袋。

"关扑李"接了钱袋，压低声音说道："大官人，你要做这生意，可得小心了。那些轻货的卖家，是官府的人。"

赵匡胤神色一凛，问道："哪里的官府？"

"有一回，那牙人赚了钱，喝醉了酒，漏出口风，说是秦州官府来的人，背后是哪个大官，却是不知。"

"秦州？"

"不错，在下听到的，是秦州的。"

赵匡胤听了，露出肃然的神色，沉吟片刻，说道："那牙人叫什么？在哪里可以找到他？"

"那牙人，住在附近的枣家巷子里，长了一口大龅牙，大家都叫他'龅牙刘'。大官人若是真想做这笔生意，在下叫人去叫他便是。""关扑李"说道。

赵匡胤猜"关扑李"想从"龅牙刘"那边再拿一笔介绍费，他知道枣家巷子离朱家瓦子不远，当即说道："如此甚好。"

"关扑李"听了，起身出了包间，可一转眼，便回到包间内，估计是出去让伙计去请"龅牙刘"了。

"李老板这外面的关扑生意做得也不错啊！就不怕官府来抓？"赵匡义故意问道。

"关扑李"嘿嘿一笑，从容道："大官人，方才你也瞧见了，俺这关扑生意，是低价扑买，利润不到十分之一，主要让买家图个乐子。不瞒大官人，当差的有时也会来玩玩。俺可是本分生意人。况且，官府里那些负责巡查瓦子的衙役，都是乡里乡亲的，俺也不让他们难做，只要他们开口说一句收摊，俺便叫人收摊的。这样大家方便。你说是不？"

赵匡胤听了，微笑着点点头，说道："扑买游戏，持之有度，未尝不可。若是黑了心，搞大赌，押大注，让人输了家产妻妾，即便官府不管，也要遭天谴的。"

"关扑李"听赵匡胤这般说，嘿嘿笑道："谢谢大官人提醒，我'关扑李'在瓦子里混迹多年，这个度岂会不知。我看大官人相貌非凡，见识也不一般，今日这生意若做成了，也是功德一桩。"说罢，往赵普、守能和尚看了一眼，高深莫测地笑了笑。

赵匡胤于是岔开话题，就瓦子里的情况，与"关扑李"聊了起来。

不多时，方才赵匡胤等人见过的那个年轻的茶肆伙计带着一个人进了包间。

赵匡胤朝那人一看，只见他身材很高，仿佛一根瘦长的竹竿，身上穿了一件褐色纻丝长衫，长了一张长脸，露出一口大龅牙。

"各位大官人好，大和尚好！""龅牙刘"当即向屋内诸人行了见面礼节。

当下，赵匡胤简短说明了自己欲做生意的想法。

"大官人，这生意倒可以做，只不过，这面可见不成。那卖家从不见买家的面，都是通过在下完成交易。""龅牙刘"神色警惕地说道。

"卖家不怕你中间吞了货？"赵普插口问道。

"俺们这牙人一行，也是有规矩的。况且，那卖家是狠角色，若是俺吞货或黑钱，恐怕这颗脑瓜子早没了。"

"卖家可是秦州官府的人？"赵匡胤不动声色地问道。

"龅牙刘"点点头，说道："这事，大官人可别四处乱说，做生意便做生意，休问太多，别惹了祸。"

"卖家最近可在京城内？"

"巧了，半个月前，卖家刚刚从秦州带来一批轻货，正住在杨楼附近的小货行巷里的城北客栈。说是再找不到买家，便要直接去江南了。没想到，这不，这生意便自己上门来了。""龅牙刘"笑道。

"好！既如此，你便带我等去见他。"赵匡胤说道。

"主人，咱刚到京城，是否歇息一天，等明日再去见卖家？"楚昭辅担心赵匡胤的安危，插话说道。

"事不宜迟，不必等明日。"赵匡胤斩钉截铁地说道。

"龅牙刘"琢磨着可以马上做成生意，犹豫了一番，也便同意了。

于是，赵匡胤等五人跟着"龅牙刘"告别了"关扑李"，离开了茶肆，往小货行巷去了。

"关扑李"站在茶肆门口，看着赵匡胤等人走远，发了半天愣，忽然神色一变，喃喃道："瞧方才几人模样，不是一般生意人啊，'龅牙刘'这回恐怕是要出事了。"

说完，他走到"关扑铺"前，叫道："快，快！把铺子里的货物都收了。"

"是要下阵雨了吗？"年轻的伙计一脸不解。

"下你个头！你以为我'关扑李'是孔明，呼风唤雨哪！快收了，咱歇一阵子再做这生意。"

"老板，出啥事了，真收了？"

"收！别废话！""关扑李"吼道。

当日未时，赵匡胤等人在小货行巷见到了秦州来的卖家，并从卖家口中探知，其所贩易的白银、麝香，果然来自秦州，而背后指使之人，竟然是兵部侍郎、监秦州税曹匪躬。几乎在同一时期，有人告发海陵、盐城两监屯田副使张蔼也私下派人赍轻货往江南、两浙贩易。

几日后，赵匡胤下诏，将曹匪躬斩首于市。

后世有一位学者对赵匡胤惩治腐败官员的情况进行了深入研究，写有《宋太祖朝八十四条判例研究：兼论宋代惩治腐败机制》一文。[①]该文根据宋代李焘所著的《续资治通鉴长编》的记载，辑录出赵匡胤做皇帝期间（宋太祖朝）惩治失职、渎职、腐败文武官员和官吏的八十四条记录，通过仔细研究发现，在所有被惩治的官吏中，坐赃、受赇、私受略遗、坐隐官物官钱、盗用官钱、监守自盗、私收渡钱、私取市马钱的贪污受贿之人共33人。这33个官吏中，被弃市、斩首、杖杀者达20人，决杖配海岛者1人，除名配海岛或本、他州者3人，决杖除名籍没家财者2人，除名者2人，降官者4人，赦罪不治者1人，因贪污受贿被处死者在33人中占61%。他的研究也说明，赵匡胤对于官员犯罪，惩治是非常严厉的，不过，人情有时也与法理同时发生作用。

张蔼犯罪之因，则不同于曹匪躬。赵匡胤令大理寺详加盘问，得知张蔼因为其家中人口众多，自己俸禄少，生计艰难，因此一时糊涂，铤而走险。按刑法，张蔼当可被杖杀，但赵匡胤思虑再三，考虑到其犯罪之因，且私赍轻货数量不大，便亲自下诏，将张蔼除籍为民。

曹匪躬被从秦州加急押送回京城后，曾请求宽恕其死罪。赵匡胤厉声训斥道："私屯税收，无异于吸民脂，食民膏，已当死罪。更

---

① 参见何辉，《宋太祖朝八十四条判例研究：兼论宋代惩治腐败机制》，《文化中国》（加拿大），2011年第1期，第38—61页。

何况，白银乃我大宋换易战马所急需之物，竟敢私自派人赍往江南、两浙贩易，实如白蚁蛀我大宋江山之基础也！"

曹匪躬闻言，羞愧不能言，战栗服罪。

"龅牙刘"被流放千里。"关扑李"则有幸得免，照旧在朱家瓦子开他的茶肆。

六

符彦卿心知自己不可能再被委以重任，于四月中旬，向赵匡胤请辞，希望回归军镇。赵匡胤没有刻意挽留，但是给予符彦卿厚赐，并亲自送他离京。

符彦卿离京后，突然有一位来自清源的使者，请求觐见赵匡胤。

一听是远在东南一隅的清源来人，赵匡胤便立刻意识到，一定是清源出事了。"清源虽然只是一个节镇，其留后张汉思是南唐李煜任命的，表面上听命南唐，却几乎是一个独立王国。日后，如要拿下南唐，或可为我所用。"赵匡胤不敢怠慢，在清源使者请求觐见的次日清晨，便召见了清源派来的使者。

前来大宋朝廷觐见皇帝的人，名叫魏仁济。此人向赵匡胤禀报了近来在清源发生的一件大事。

据魏仁济说，就在不久之前，清源留后张汉思的位置，已经被其副使陈洪进取代了。魏仁济便是陈洪进的牙将，此次进京，就是奉陈洪进之命，向中朝皇帝禀报清源已经易主，并请求朝廷正式认可其留后之职。

赵匡胤从魏仁济口中知晓了清源易主的前因后果。原来，原清源留后张汉思年事已高，不能治军旅，清源大小事务都取决于副使陈洪进。张汉思的几个儿子都是牙将，心中对于父亲大权旁落都愤愤不平，暗中设计谋害陈洪进。张汉思也对陈洪进揽权不满，于是与其子在府内宴请诸位将吏，陈洪进亦在邀请之列。这是一场鸿门宴。宴会厅的后面，埋伏着全副武装的甲士。可是，谁也没有料到，酒过三巡之后，突然发生了异事。当时，地忽大震，栋宇倾侧，众人坐立不稳。有一个参与设计谋害陈洪进的人"做贼心虚"，以为老天发怒，便乘众人惊惶之际，悄悄让陈洪进逃命。陈洪进闻言大惊，匆忙出了宴会厅。众人也在惊悸中逃散。张汉思见计谋失败，害怕陈洪进先下手谋害自己，便安排了甲士在自己的留后府邸严加守卫。陈洪进的儿子文显、文灏，都是清源的指挥使，事发不久，便率所部准备进攻张汉思。陈洪进不许。几天后，陈洪进在衣袖中藏着铁锁链，跟着两个儿子安步进入留后府邸。当时，护卫府邸的甲士近百人。陈洪进严词叱之，甲士慑于其威望，尽数散去。张汉思听到动静，刚出内阁，陈洪进便掏出铁锁链，从外面锁住了正堂的大门。陈洪进对张汉思说："军吏以公年事已高，荒于事务，请求洪进权知留后，众情不可违，请以印见授。"张汉思闻言不知所措，良久，方从门扇的缝隙间，将留后的印信投出。陈洪进于是将清源的诸将吏召集在一起，对众人说："张汉思不能为政，已将大印授予了我。"诸将吏知木已成舟，纷纷庆贺。次日，陈洪进将张汉思迁出了留后府，并派兵加以保护。安排停当后，陈洪进派使者去南唐朝廷请命，又派牙将魏仁济间道奉表到中朝来禀告。

赵匡胤听完清源易主的来龙去脉，一言不发。"多像当年陈桥兵变的小规模翻版啊。"他心中暗叹。过了许久，他方才对魏仁济说道："洪进虽擅夺留后之印，尚心怀慈悲之心。当可为留后也。"

"南唐那边可对洪进有所任命？"

"尚无。"魏仁济不敢说谎，只是如实答道。

赵匡胤听了，微微点头。

沉默了一会儿，赵匡胤说道："你且回清源，告诉洪进，南唐已向中朝称臣，李煜若对他有何任命，受了便是。就当是朕的任命。好自为之吧。"

魏仁济听了这话，心下自然明白赵匡胤的意思，当下不敢多言，奉诏回清源去了。

四月下旬，赵匡胤以枢密直学士、户部侍郎薛居正权知朗州。

不论是吕余庆、李昉，还是薛居正、贾玭，都是他深为信赖的人。"慕容延钊已经拿下湖南、荆南，朗州、潭州、辰州、锦州、溪州、叙州等地都已经各纳牌印请命，现在正是文官介入的时候了，如果错过时机，武将又可能盘踞地方，形成割据呀！"他抱着这样的想法，雷厉风行地将一些干臣派往湖南主持地方政务。同时，为了安抚湖南行营的将士，他派出使者，厚赐将士们茶、药、缗钱和绢帛。对于湖南的百姓，他也免去了当年的茶叶税。

五月壬子，朔。赵匡胤接到慕容延钊的一份札子，言南唐主李煜派遣使者，带着牛酒到朗州犒师。慕容延钊连同这份札子同时送呈的，还有一份密札。

在密札中，慕容延钊称李处耘在攻朗州时，强令军校尹勋同部下烹食俘虏。

赵匡胤读了密札，勃然大怒，重重将密札掷在桌案上。"残忍之行，坏我王师之名！可恶！可恶！"他本想立刻下诏革了李处耘的监军之职，转念一想，李处耘对于攻克朗州有功，且湖南周保权旧部王端尚拥兵窜于山林，此时如果处置李处耘，恐引起其部下不满，若是湖南发生变故，局势可能又复混乱。当下，他强压怒气，将慕容延钊的密札暂时搁置一边。

密札虽然搁置在一边了，但是赵匡胤心头的不快却迟迟无法消散。"李处耘确实为取荆湖立下汗马功劳，不过强令部下烹食俘虏，则大坏朝廷的名声。若不能以百姓之心为心，何能称为王师？！总得想个法子让李处耘警醒。或许，我应该从历朝的名将中找找榜样，为我朝将官立一些标准。"

上天似乎也在此时故意发难。自从四月求雨后下了一场雨，便再无雨水。京城及周边地区旱情严重。虽然无时雨，赵匡胤依然按照往年惯例，吩咐有司多储备米、谷、薪、炭，以防时雨大降后道路泥泞不通。

李处耘之事，如阴魂不散，一直困扰着赵匡胤的思想。他一方面琢磨着如何才能以合适的方式警醒李处耘，一方面又将天下大旱的罪责归于自己任命李处耘为南征大军的监军。"李处耘毕竟是朕所任命的。他的残忍之行，朕亦有罪也。这些天，天下再次大旱，莫非也是老天对朕的惩戒？！"

京城及周边受旱的百姓当中，很快流传起一种说法，认为大旱与朝廷兴兵南征杀戮太盛有关。一时间，议论之声甚嚣尘上。赵匡胤本不信有什么神灵，但为了安抚百姓，为了缓解自己内心的负罪感，便派近臣再次遍祷京城的祠庙，又派几名中使，驾快马，前往四方向各处的山神祈雨。

这日一早醒来，赵匡胤躺在床上，瞪着眼睛，脑海中逐渐浮现出一些武将的画像。这些画像，我一定在哪里看到过！别急，慢慢想想。他缓缓从床上起身，披上衣服，在床边静默地坐着。皇后如月尚在旁边熟睡。自从如月身体不佳，他便一直在福宁殿内就寝。他已经好些日子没去嫔妃院了，有时早晨醒来的一瞬间，也会想念御侍秋棠。

可是，在此刻，他只是费劲地思想着："我究竟在哪里看到过这些武将的画像呢？我为什么会想起这些画像呢？"终于，在他的眼前，慢慢浮现出一个长廊，仿佛是在某个寺庙中。

"是了，是在武成王庙，我是在武成王庙的两廊中看到过历代名将的画像！"就在这一瞬间，他明白了自己为何会想到这些武将的画像；也就在这一瞬间，他想到了警醒李处耘的办法。

他小心翼翼地起身，生怕弄出大动静打扰了皇后如月的睡眠。

简单洗漱完毕，他对宫女们交代了几句，令她们好生服侍皇后。随后，他换上便服，先去了一趟御书房，取了慕容延钊的密札，然后直奔内东小殿。

高怀德感到有些奇怪，他不知道皇帝为何一大早在东小殿召见自己。他本是个生性洒脱之人，虽然感到奇怪，但却并不感到紧张。长公主阿燕下嫁于他，他在朝廷内却从来没有摆出皇亲国戚的架子，在朝廷内人缘甚好。赵匡胤心疼妹妹阿燕，也想有个信任的人托付重任，对他更是照顾有加。"杯酒释兵权"之后，赵匡胤虽然将实际的禁军统率权收到自己的手中，但他同时下诏忠武军节度使高怀德改任归德军节度使，私下嘱以护卫京畿的重任。

此刻，内东小殿内除了赵匡胤和高怀德，没有其他的人。赵匡胤令侍者给高怀德搬了个绣墩后，便连侍者都屏去了。

赵匡胤待高怀德坐定，从宝座上将慕容延钊的密札递了过去，说道："怀德，你看看这个。"

高怀德起身近前，双手接过了那份密札，细细看完，又小心翼翼地呈递回去。

密札不长，却令高怀德看后大为心惊。

陛下让我看这个密札，究竟何意？我平日与李处耘关系甚好，长公主与李处耘的次女雪霏姑娘也交往甚密，莫非陛下将李处耘的暴行迁怒于我？高怀德读完密札，沉默不言，心里变得惴惴不安。

"看来，慕容延钊与李处耘的矛盾已经日渐升级。如此发展下去，恐怕闹出乱子来。不论慕容延钊，还是李处耘，你都甚为了解。对于目前的局面，你有何建议？"赵匡胤右手的食指，在宝座的扶手上"笃笃笃"地轻轻敲击着。

高怀德沉吟片刻，说道："两位将军都乃朝廷宿将，此时湖南初定，不如择机将李处耘将军调回京城，另择他人前往朗州监军。一来维护慕容将军的威望，二来也可避免慕容将军与李处耘将军的矛盾激化。"

赵匡胤正希望借高怀德之口说出调离李处耘之策，不过，他的脸上，却是一副不置可否的神色。

"朕再考虑考虑。怀德，你陪朕去一趟武成王庙。好久没去那里转转了。"

高怀德微微一愣，旋即答道："陛下今日有如此雅兴，怀德自当相陪。"

赵匡胤哈哈一笑，从宝座上立了起来，口中道："既如此，现在马上去！"

君臣二人带着十余个侍卫，骑了马，出了皇宫南大门——宣德门，沿着御街，一直往南行去。

出内城的明德门，沿着御街再行一段路，到了御街与南薰门内大街的路口，往右手便拐入武学巷，小街的北侧，便是武成王庙的南门。

武成王庙不久前刚刚翻修过。大门新涂了朱漆，甚是鲜亮。

堂途的石板路面，也都是新铺的。

武成王的木塑像，在正殿内巍然端坐。塑像神色威严，栩栩如生。塑像表面，绘彩描金，显得华丽庄严。

赵匡胤拜了武成王后，便带着高怀德走出主殿，缓步往大殿的右廊踱去。

廊壁上，彩绘着历代名将。这些名将绘像，还都是周世宗时代绘上去的，翻修时，只是重新上了色彩。

赵匡胤背着两手，走得很慢，每到一个名将的绘像前，都要停下来，好好瞻仰一番。有时，他会点点头，有时则仿佛发呆一样，只是一动不动地定睛看着。

高怀德跟随着赵匡胤，将廊壁上的名将绘像一个个看过去。

"这个画的是哪位名将？"赵匡胤突然指着廊壁上的一个画像问高怀德。

高怀德看那壁上画像，但见那个将军戴着战国时期秦国的头盔，一张国字脸，两颊微胖，一双丹凤眼，剑眉高挑，不怒自威。

"大概是战国名将白起。"高怀德道。

"就是那位攻城十七座，歼灭百万敌军，坑杀赵国降兵四十万的白起？"

"正是。"

赵匡胤冷然道："白起杀已降之人，不武之甚！怎配在此受飨？朕倒希望今日处耘也能同来看看。"

高怀德听了这话，大惊失色，顿时明白，今日武成王庙之行，乃是赵匡胤为了借他之口，想办法让李处耘警醒。

"朕拟择日下诏，令人去之。"赵匡胤斜睨了高怀德一眼，继续说道。

"陛下圣明，臣知道该如何做了！"高怀德抱拳稽首道。

赵匡胤满意地点点头，继续沿着廊道，往前走去。他的眼光，又投向了廊壁上另一幅画像。

几日后，高怀德带着两个亲信，悄悄赶到了朗州。

李处耘秘密招待了高怀德。

"枢密军务繁忙，一切可好？"高怀德与李处耘寒暄后，略一踟蹰，还是问了一句无关紧要的话。他不想太唐突了。

"近来阳气渐亏，虫蠹并兴，我正督促诸军轮番驰角弓弩，张竹木弓。还有，兄弟，你是知道的，备用的箭羽此时也需用草灰藏起来。虽暂时不打仗，那些东西还需保养好。"

"枢密兢兢业业，勤于军务，劳苦功高啊。只是，弟有一事要告知——"

高怀德犹豫了一下，终于咬咬牙，将陪同赵匡胤游武成王庙的经过与李处耘细细说了一遍。

李处耘听了高怀德的叙述，久久不语。

"当日令尹勋烹食俘虏，乃是为了动摇朗州内的人心，尽快拿下朗州，减少我将士的牺牲。此乃攻心之计，陛下岂会不知。只恨慕容延钊背后捅我一刀。若是没有他的密札，自然没事。"李处耘恨恨说道。

"不瞒枢密，我曾建议陛下调你回京。不过，陛下尚未表态。枢密有何打算？"高怀德道。

李处耘沉着脸，说道："慕容延钊亦有把柄在我手中。待我择机参他一本，再看陛下反应。"

高怀德本想要奉劝李处耘主动写札子辞去监军一职，却不曾想到李处耘态度坚决，转念一想：陛下尚未表态，若我私下劝李处耘辞去监军，岂非有代上做主之嫌。

当下，高怀德亦不置可否，只道："枢密若有札子给陛下，怀德愿意代劳。"

"容处耘三思。节帅请先回京，如有情况，还望节帅能及时告知处耘。处耘不胜感激。"

高怀德默默地点了点头。他不敢在朗州多逗留，只待了一天一夜，未去拜见慕容延钊，便偷偷出城，快马加鞭赶回京城去了。

卷

二

一

王承衍带着周远、高德望离开京城前往成都，水陆兼程，日夜赶路。

在进入夔州地境后，他们渐渐对日益陌生的自然环境感到吃惊。与中原完全不同的风景慢慢在他们眼前展开。夔州东境的山岭虽然不高，但是都很险峻。这些山岭延绵数百里，将四川盆地和湖北平原分隔开来。长江，仿佛在这些山岭之间切开一个口子，滚滚东流奔向远方的大海。在这段长江的两岸，几乎都是悬崖绝壁。在悬崖绝壁之间的这条通道，成为自古以来沟通中国东部和西部的重要通道。王承衍、周远和高德望三人，正是选择了这条危险的通道，乘船前往后蜀辖地夔州。

大江奔涌，船体不停地晃动。一些水流湍急的江段，两岸峭壁上的纤户，裸身拉纤，喊着号子，拖着船逆流而进。王承衍在军中长大，经历过水军的训练，长途乘船身体倒无大碍。但是，船在激流中逆流而上的情形，他几乎很少遇到，看着纤户在悬崖峭壁上攀援，更是让他揪心。高德望从小在北方长大，乘船十来天，呕吐了数次，简直是遭了大罪。周远虽然没有呕吐，但也感到颇为不适。进入夔州境内时，王承衍注意到峡谷左岸的山崖上似乎有野道可以行走，便向船工打听南岸陆路情况。据船工说，巫峡南面的山梁上有一条鳊鱼溪，鳊鱼溪以西的山头上，便有一条险峻的道路可以通往西边，不过，从这条道路行至巫山城南面，要入巫山城，需要再次乘船渡江。王承衍考虑到高德望和周远的糟糕状态，便决定弃船从陆路继续前进。

在船工的建议下，他们在长江南岸一个叫白溪的地方上了岸。这是一个人烟稀少的村庄。村里头，有一块巨大的石灰岩直挺挺地矗立在大江边。在这个石灰岩的山头上，建有一座小庙。王承衍等三人拿铜钱找到一个村民，换了点食物和一壶水，便在小庙内歇息了片刻。待稍稍恢复了力气，他们便沿着一条凹进悬崖壁的道路继续西行。

待到这日午时，三人又饥又渴，见前方路边的山壁旁边伫立着一幅招幌，招幌白底黑字，上书一个"茶"字。三人彼此对视了一眼，都是会心一笑，便一起向茶肆发足奔去。

说是茶铺，其实很简陋，只是一间破屋，在屋前搭出了一个凉棚，凉棚下面摆着四张不大不小的破旧的木桌子。

王承衍一行进入茶铺后，找了一张桌子坐下。三人各自都把背上的包袱解下，放在身旁的长条木凳上。

旁边一张桌子，坐着两个人。这两人见王承衍等三人进来，都拿眼仔细地打量。

其中一个人站起身来，走过来搭讪："三位兄台风尘仆仆，这是要去往何处？"说话间，那人的眼光在王承衍等人身上扫过，又瞟了一眼他们三人的行李。

王承衍见那人穿一身土灰色布衣，脸膛黝黑，皮肤粗糙，身材虽然不高，看上去却甚是矫健，似乎是军旅之人。当下，他略一迟疑，问道："阁下是？"

那人见王承衍反问自己的身份，却不回答自己提出的问题，便笑了笑，说道："方才冒昧了，在下张济远，成都人。那位是我老乡，杜道真。"

"幸会！"王承衍抱了抱拳，表情依然很冷漠。自从睿娘死后，他的性情变了一些，常常对外界抱着一种冷漠的怀疑态度。周远、高德望两人知道他所受的打击，对于他的性情的变化，虽然略感吃惊，却并不感到意外。

周远、高德望也冲张济远抱了抱拳。

张济远见王承衍态度漠然，只好继续说道："不瞒兄台，我俩是成都兵，五年前打仗，被俘后，被押到了江陵。"

"五年前？"王承衍呆了一呆，斜睨了张济远一眼，细察他神色，倒不似在撒谎。

"不错，那年冬天，周世宗派大军讨伐我后蜀，荆南的高保融得周世宗之令助攻，派水军出击——"张济远眼神中流露出忧伤，缓缓说道，"我跟随部队一起在三峡与高保融的水军大战。我们败了，死了不少弟兄。被俘虏了五六十人。在江陵的牢里，又死了十几个。大宋收了江陵后，朝廷下令，准我等蜀国士兵回国，还每人赐了些许盘缠和一匹上等绢帛。大部分弟兄领了盘缠和绢帛都先匆匆赶回老家了。"

"每人都赐了盘缠和绢帛？"王承衍问道。

"是。咱成都的兵都说大宋的皇帝老儿还不错。据说，还给江陵的百姓免了租税。不像那个孟昶，只知道自己玩乐，哪管得民间疾苦。"

王承衍听了，眼光往茶棚外望去，神色有些迷惘，微微点了点头，喃喃道："这么说，大宋的皇帝是个好皇帝？"

"总比那个孟昶好！"张济远说道。

"济远兄，已近成都，你少说几句！"这时，杜道真走了过来，拍了拍张济远的肩膀。

王承衍朝杜道真看了看，点了一下头，算是打过招呼。

张济远看了杜道真一眼，继续说道："我与道真在牢里的时候，结识了两个江陵本地的朋友。其中一个，是因欠钱还不起而被抓，另一个则是因被人诬陷而身陷牢狱。那两人先我等出狱。一想到离开江陵，此生估计再也不能与那两个好朋友相见，我与道真便去看望他俩，因此在江陵盘桓了数日。随后，我与道真一起返回成都，没想到，就在前日，我俩的盘缠，被贼人偷了。这不，就想将绢帛换作缗钱，作为盘缠路上用。不知三位兄台是否愿意做这个交易？"说着，那人往自己坐的那桌上一指。

王承衍进入茶铺时已经注意到张济远那张桌子上斜放着两个长

条的包裹，听张济远这么说，便点了点头，算是接受了他的说法。

他旋即朝周远使个眼色，说道："咱就买下那两匹绢吧。出门在外，都不容易！咱正去成都，正好同行。"

周远会意，冲张济远问道："兄弟给个价吧。"他方才听了张济远的叙述，对他的重情重义之举颇有好感。

"咱也是救急，每匹五百文吧。"张济远说道。

"目下，江南上等绢的价每匹在八百至一千文左右，我等也不能乘人之危。不过，这次出行，我等也没带多少铜钱，就给你们两钱金子，外加一百文铜钱吧。"王承衍说道。

周远当即从所带的包袱中取出一小块金子，又拿了一百文铜钱给张济远。

张济远心知一钱金子在当下能值一千文铜钱，王承衍这么说，是不愿占便宜，外加一百文铜钱，一来可视为给他俩的脚费，二来也算让他们路上使用方便，当即大喜道："兄台果然义气！如蒙不弃，就交个朋友，若去成都，有啥需要，就召唤一声。在下愿效犬马之劳。"

王承衍抱拳道："张兄不必客气。我等倒正好要去成都做生意，人生地不熟，还望张兄多指点。"说完，报了自己的名字和周远、高德望两人的名字——当然，都是事先商量好的假名：王承衍自称王成化，周远假名周威，高德望则假名高望。

方才，王承衍在话中提到"目下江南上等绢的价"，看似无意，实是不想透露真实来处，暗示自己一行三人是从江南来的。

果然，张济远误以为王承衍等三人是从江南远道前往成都，当即以主人的口吻，向他们将成都的人文风俗、名胜古迹好好介绍了一番。

王承衍三人于是同张济远、杜道真结伴西行。

不久后，他们在巫山南岸停住了脚步，站在岸边远眺对岸高耸入云的巫山。此时正值上午卯时，阳光洒在对岸的山岭和原野上，显出一幅壮阔的画面。多美的山河啊！王承衍望着那阳光下郁郁葱葱的树木、锦缎一般的梯田和零星散布的村庄，不禁热泪盈眶。这是一种来自内心的最纯真的感动——因那美好的自然景象而生发，也因看到人类在自然中通过艰辛的劳动而创造出的壮美景象而生发。张济远深陷囹圄数年，如今能够再次看到故土的原野、村庄，更是激动地仰天长啸。

王承衍此行，一来受命劝降后蜀宰相李昊，一来也受命沿路刺探敌情，摸清地理。因这后一个使命，他便顺水推舟，建议乘船渡江，由巫山沿长江右岸经过开州前往成都。

张济远、杜道真都知道前往西边瞿塘峡的水路凶险，当即赞同王承衍的建议。

没过多久，他们便等到一艘摆渡船。摆渡船载着他们五个人往对岸驶去。渐渐靠近对岸时，王承衍的心开始紧张起来。他已经注意到，对岸的渡口，设有关卡，二十余名持长枪、挎腰刀的士兵，此刻正警惕地守卫在关卡附近。

周远、高德望和王承衍彼此对视了一下，脸色都变得凝重了。

张济远和杜道真两人，倒是并不在意对岸的士兵。毕竟，他们是回家乡了。有什么可以担心的呢！对岸可是他们家乡的弟兄们啊。

但是，周远在踏上对岸的第一步开始，便下意识地感到有点儿不对劲。

"少将军，这里一定出了什么事，咱们得小心了。"趁着张济远、杜道真二人不在意，周远悄声对王承衍耳语。旋即，他又将高德望拉到身边，悄声叮嘱了几句。

这次远行，高德望装扮的角色是王承衍的仆人。他的背上，斜背着一个长长的布包，里面包着雪霏送给王承衍的那把唐刀。这是周远的主意。带着一把珍贵的前代唐刀上路，若是进入后蜀遇到盘问，一来可以说是祖传宝刀，不舍离身，二来如果遇到危险，也可成为防身利器。至于周远自己，则是扮成王承衍的家丁，腰间挎着一把普通的腰刀。不过，这个时候，周远的背上，除了一个随身包裹，还背了一匹从张济远、杜道真那里买下的绢。另外一匹绢，张济远则执意先帮忙背着。王承衍自己，也背着一个包袱。包袱里面，除了几件平常穿的换洗衣物，还有一件红色的战袍，那是育娘生前亲手为他缝制的。

"你们几个，过来！"渡口关卡旁一个满脸横肉的军校，手执一把明晃晃的腰刀，冲王承衍等五人喝道。

王承衍等人依言往关卡走去。

那个满脸横肉的军校紧张地盯着张济远提问："背的是什么？"

"是绢。"张济远答道。

那军校朝旁边几个持刀的士兵使了个眼色，士兵们往前挪了两步。

"打开！"那军校恶狠狠地瞪了张济远一眼。

张济远朝王承衍看了看。毕竟，绢已经卖给了王承衍。

王承衍冷静地冲张济远点了点头。

张济远将背上的包裹取下。那军校一把夺过去，扯开包裹，重重扔在地上。包裹散了开来。绢露了出来。

"你！"那军校又对周远喝道。

周远冷冷地瞪着那军校，没有动。那军校被周远眼中的寒意吓了一跳，愣了一愣，用稍微缓和的语气问道："你背的是什么？"

"绢和盘缠。"周远冷然回答。

那军校眼中的精光闪了闪，犹豫了一下，看了一下周远背上的包裹，又扫了一眼周远挂在腰间的腰刀，没有再理会周远，一声不响踱到高德望身边。这军校神情的变化，都被细心的王承衍瞧在眼中。"看样子，他是在打我等盘缠的主意了！"王承衍心中暗暗叫苦。

"你背的又是什么？"军校问高德望。

"是主人的家传宝刀。"

"打开接受检查！"军校喝道。

"少主人，你看这——"高德望说着，看了王承衍一眼。王承衍不想惹事，微微点了点头。

高德望当即取下背上的唐刀，小心翼翼地解开包在外面的包裹布。

唐刀精美的手柄、刀鞘慢慢露了出来。

军校显然识货，看到唐刀后，两颗眼珠子顿时放出艳羡的光彩。他一把从高德望手中夺过唐刀，扯掉包裹布，拿在手里细细端详起来。

那军校并没有抽出那把唐刀，只是将它的刀柄和刀鞘细细看了片刻，也不还给高德望，而是把它往肩头一架，露出警惕的神色，然后突然转了个身，问张济远："你们从哪里来？"

"我与他从江陵回成都，他们三个，从江南去成都做生意。"张济远冲杜道真和王承衍等指了指。

"绢是谁的？"

"本是我与他的，现已卖给这位兄台。"张济远指了指杜道真，又指了指王承衍。

"都把通关文牒拿出来。"那军校道。

张济远、杜道真都从怀中掏出了文牒。这次宋朝廷放归江陵的后蜀俘虏，都给他们备了通关文牒。周远则从怀中掏出了从吴越经南唐再经大宋前往后蜀做生意的通关文牒。当然，这都是在离开汴京时专门伪造的。

"可是要收商税？"王承衍问道。他猜想，后蜀在巫山渡口设立关卡，恐怕是为了向过往商旅课税。后蜀主孟昶性好奢侈，开销无度，近来在境内横征暴敛，民怨远播，闻于中原。关于后蜀的情况，王承衍是了解一二的。

那个满脸横肉的军校把几份通关文牒递给身旁的一个士兵，又缓缓走到王承衍面前。王承衍有些紧张。他下意识地想要去抚摸一下胸前的衣襟。但是，他克制着紧张情绪，忍住了。他身上的这件褐色斜襟交领长袍，是离开汴京之前皇帝赵匡胤赐给他的。赵匡胤告诉他，那袍子前胸的衣襟里，已经缝入了一小块白绢布。就在那块白绢布上，用很细的褐色丝线，绣了一封给后蜀宰相李昊的劝降密信。那封信，是宋朝的第一智囊赵普，秉承皇帝赵匡胤之意而写的。"务必小心，要亲手将劝降密信交到李昊手中！"这是赵匡胤对他的叮嘱，也是给他下达的命令。

正在王承衍心思百转之际，那军校上下打量了一下王承衍，然后指着他背上的包袱说道："包袱。打开！"

王承衍微微犹豫了一下，旋即解下包袱，抱在臂弯里，缓缓打开扣结。

那军校蛮横地拨开王承衍的手，用自己那一只肥大的手，在包袱里胡乱翻起来。不知出于什么原因，包袱里那件红色的战袍吸引了这个军校的注意。他从包袱里一把扯出那件红色战袍，拿在手里，使劲抖了抖，见也没抖出什么金银财宝，便又瞧了两眼，随手丢在地上。

那件战袍是育娘亲手缝制的，是她留给工承衍的唯一纪念物。王承衍见那军校随手将它丢在地上，顿时怒火中烧，恨不得扑上去将他痛打一通。不过，他强忍住怒火没有发作，而是先把包袱递给了周远，然后自己缓缓弯下腰，蹲下身子，小心翼翼地捡起那件战袍，轻轻地拍去沾在战袍上的尘土，又将它折叠起来，抱在臂弯中。"小不忍则乱大谋！"从小跟随父亲生长在军营的王承衍，此刻压抑着胸中怒火，沉默着。

那个军校见王承衍仿佛没有将他放在眼里，两眼一瞪，想要大声呵斥，正好此刻王承衍抬头朝他看过来。这一对视，不禁让那军校吓了一大跳。他从没看到过如此肃杀的眼神，这眼神，比方才周远的眼神更冷，此时即便是有千百人，也会被这眼神给镇住。他哆嗦了一下，硬生生地将快要说出口的咒骂之语吞了回去，一转身，往回走了几步，在远离王承衍和周远的地方站定。他定了定神，环顾了一下四周，这才冲关卡前的士兵们喊道："来人，把这几人一并带走盘查。"

顷刻间，一众士兵都围了上来。

"我等初到此处，未曾犯法，为何抓人？"王承衍厉声喝问道。

"他俩是大宋派往成都的奸细，你们仨与他俩同行，可能是奸细，也得带回城中去盘查。"那军校喝道。

王承衍一听，暗想："大宋奸细？莫非张济远、杜道真离开江陵之前，已受了朝廷的暗中指使。如果真是那样，岂能见死不救？"

这时，张济远勃然大怒，呼道："且慢！我俩本是成都兵，凭什么诬赖我们是奸细？"

杜道真竖起眉头，亦喝道："我等身陷江陵数年，不曾背叛故国，缘何说我等是奸细？我等要见你们的上司！"

那军校抽出大刀，晃了晃，喝道："少说废话，上司早有命令，凡是被从江陵放回成都的，一律收监。"

"这可有王法？哪个上司？我要见你们上司！"张济远扯着嗓子大呼道。

另一个军校喝道："少废话，上司是你等想见就见的？实话告诉你们吧。捉拿你等大宋奸细的命令，乃是知枢密院事王昭远大人亲下的。都拿下了！"

这时，士兵们已将王承衍、张济远等五人团团围住。

"快将腰刀交出来！"那满脸横肉的军校冲周远喝道。现在，这军校的身边围了一众士兵，自然不再怕周远。

张济远见这情形，大声喝道："军爷，他们三位与我俩无关，有啥子事情，就冲我俩来便是！"他重重拍了几下自己的胸脯。

周远见张济远颇讲义气，暗自琢磨着怎样帮他们脱身。凭着直觉，他已经渐渐觉得，事情绝非例行检查这般简单。

"怎么办？少主人？"周远手按腰刀柄，低声问道。

方才，王承衍听那军校说是后蜀知枢密院事王昭远亲自下达捉拿江陵归蜀战俘的命令，心里便知道，一旦同张济远、杜道真一起被捕，恐怕凶多吉少。离开汴京之前，赵匡胤已经暗中告知他，根据凤翔团练使张晖获得的情报，后蜀知枢密院事王昭远已经开始增兵峡路，大置水军。如此看来，后蜀在峡路捉拿大宋从江陵放归的俘虏，绝不是为了简单的调查，而是为了防止被刺探军情，也避免被放归的俘虏动摇军心。

王承衍现在还不敢肯定张济远、杜道真是否真的暗中归附了大宋，但是见张济远光明磊落、豪气干云，便也有心相救。

"把腰刀给他们。"大声说完这句，王承衍又压低声音补了一句，"待他们松懈了，咱寻机脱身。"

周远会意，解下腰刀，抛给了那名满脸横肉的军校。

那军校接住腰刀，冲一个手下道："我带一队人，押着他们回巫山城。你带人在此留守。切记，若再有奸细，一并收押。若是遇到抵抗，格杀勿论。"

那军校吩咐了下属后，便带着十来人，押着王承衍等五人上路朝巫山城方向去了。他自己将那柄刚刚得到的唐刀架在肩头，趾高气扬地跟在队伍后面压阵。

也许是觉得王承衍等五人没有能力逃跑，那名军校并没有令手下反绑住他们，只用一根长长的绳索绑在五人腰间，将五人串在一起。王承衍等三人还各自背着自己的包袱，但是两匹绢和周远的腰刀已经被后蜀兵没收了。

负责押送的士兵们，有时分左右两边，将王承衍等五人夹在队列中间，有时则因为山路太窄，众人不得不排成一列，这种时候，那名军校便下令"奸细们"走在队伍的中部。

山路高高低低，一行人沿着山路，渐行渐高，离山巅上的巫山城越来越近。王承衍等人，渐渐明白为何后蜀兵不绑上他们。原来，那山路不少路段陡峭难行，若不手脚并用，是绝对无法通过的。

负责押送的士兵们，见一路无事，临近巫山城了，警惕性便渐渐放松了。

王承衍远远望见前方不远处，有一条小山路岔出，往西边延伸而去。这条小路显然不是去巫山的路。王承衍心中暗喜。脱身的机会来了！他又走了几步，瞧见前面是一块光溜溜的山石，便故意脚下一滑，仆地倒在山石上。

"少主人！"周远走在王承衍的后面，看出王承衍是在假摔，便连忙过去搀扶。

"在前面岔路口处动手。"王承衍悄声道。

周远点了点头，扶起王承衍，冲前面的高德望喝道："高兄弟，你停一下，扶着少主人，我殿后。别让少主人再摔了！"

高德望扭过头，看王承衍正朝自己使眼色，心下已然会意，停住脚步，等在那里待王承衍走近。因为五人被腰间的绳索串系在一起，王承衍、高德望一停住，前面的张济远、杜道真两人也不得已都停了下来。

"前面岔路口动手，提醒前面的张济远二人，一起走！"王承衍低声吩咐了高德望。

这时，负责殿后的那个满脸横肉的军校跟了上来，冲周远、王承衍大吼："休要耽搁，快走！"

周远和王承衍瞪了那军校一眼，低下头往前走去。

过了片刻，众人行至岔路口。此时，王承衍等五人恰好被看押的士兵夹在队伍中间。王承衍知道，再拖下去，恐怕会凶多吉少，所以下定决心要此时行动。

"走！"王承衍突然大呼一声。

周远等人早已知道计划，心里有所准备，听得王承衍的呼喊，便一起往左边冲去。

负责押送的士兵被五个人的突发行动吓得有点不知所措。

转眼间，王承衍、周远和高德望踹翻了左边的三四名士兵，张济远、杜道真也用身体撞开了两名士兵。

王承衍正想俯身去捡一个士兵落在地上的腰刀，只听得身后有利刃破风之声，心底暗叫不好。情急之下，他不等直起身，身子往左一倾，往地上倒去，顺势抬起左腿踢向背后偷袭之人。

只听"啊"的一声惨叫，那个偷袭之人被王承衍踢中腰际，往后倒去。

王承衍就地翻身立起，见被自己踢中腰部的正是那个满脸横肉的军校。他往前一纵，想要再去踢上一脚，却觉腰际一紧，硬生生被拉了回来。原来，旁边的周远为了躲避另一名士兵的攻击，正往另一边躲闪，扯住了他腰际的绳索。

"快砍断绳索！"王承衍大呼了一声。这时，那个满脸横肉的军校已经忍痛站了起来，正挥着长长的唐刀朝他头顶劈过来。

王承衍大惊，来不及躲闪，只得将身子一侧。一瞬间，他只感到鼻尖寒气掠过，再低头看时，腰际的绳索竟然已经被斩断。

那军校愣了一愣，似乎也没有想到唐刀如此锋利，不经意间竟然斩断了连着"犯人"的绳索。

王承衍哪容那军校多想，双手一并，用擒拿手法抓住了他的手腕，使劲一拧，便从他手中夺到了唐刀。此时，旁边一名士兵的大刀正好从侧面砍到，王承衍顺势举唐刀一格，只听"铿锵"一声，那名士兵的大刀已经被齐齐削断。那士兵大惊失色，慌忙逃了开去。

王承衍心里虽恨那满脸横肉的军校，不过心知此时先斩断连着众人的绳索更要紧，当下一脚踹开那个已经魂飞魄散的军校，身形移动，手起刀落，转眼间将串在周远等人腰际的绳索全部斩断。

后蜀兵们见王承衍神勇，又忌惮他手中的唐刀锋利，一时间不敢逼近。

"你们先走！我随后来！"王承衍呼喊了一声，手挥唐刀主动攻向围上来的后蜀兵。

后蜀兵们忌惮王承衍手中锋利无比的唐刀，一时间吓得纷纷后退。

"周远，带他们走啊！"王承衍又呼喝了一声。

周远捡起一把腰刀，冲高德望等三人喊道："你们先走！我与少主人随后来！"

王承衍冲周远点点头，扭头又冲高德望大喊："快走！就这些人，奈何不了我俩！"

听王承衍这么说，高德望方才放心，与张济远、杜道真两人先沿着岔路往西奔去……

二

赵匡胤穿一身红色战袍，站在工地旁临时搭起的凉棚内，仔细地望着工地。他看了一会儿，便抬起手，擦拭了一下额头渗出的汗珠，冲身旁的铁骑都将李怀义、内班都知赵仁璲说道："怀义，仁璲，这天太热了，修建宫阙的工程，暂时缓一缓。"

"是，谢陛下！"李怀义、赵仁璲两人抱拳作揖，大声谢恩。

赵匡胤微微点了点头，背起手，带着工部尚书窦仪、京城巡检楚昭辅等近臣大步出了凉棚，准备骑马离去。带剑内侍李神祐也紧紧跟在赵匡胤身后。

一脚已经踏上马镫时，赵匡胤突然扭头对李怀义、赵仁璲说道："传朕旨意，赐工匠等苎衣巾履。待这几日热过去，再行开工。"

李怀义、赵仁璲听了，心中大喜。这些日子，工程紧张，不少工匠已有抱怨之辞，如今，皇帝亲赐苎衣巾履，正好舒缓工匠们的怨气。当即，二人再次谢恩。

离开工地后，已是未时的尾巴。赵匡胤与工部尚书窦仪、京城巡检楚昭辅等近臣骑着马，缓缓往金凤园方向行去。行程是早就定好的。赵匡胤打算在金凤园内举办一次宴射。自从符彦卿回节镇后，他已经很多日没有拿起弓箭了。每当想到自己可能荒了武艺，他心里便有沉重的负罪感。这种内心的负罪感，不停地提醒他，若是因为自己的懈怠，无法混一天下，无法实现宏愿，他将对不起自己死去的孩子，对不起为救德昭而牺牲的柳莺姑娘，对不起已经逝去的周世宗，也对不起天下的苍生。

快到金凤园门口时，赵匡胤突然想起一事，扭头问身后的工部尚书窦仪："前些日子，让你与张昭、高锡别加裁定武成王庙配飨的历代名将，可有定论？"

窦仪手捏缰绳，在马背上拱手回答道："臣与张尚书、高拾遗议了数次，只待陛下裁定。"

"甚好。既然如此，朕令人传张昭、高锡二人一会儿来金凤园，今日议定此事。"

说罢，赵匡胤当即令人骑马去传吏部尚书张昭和左拾遗、知制诰高锡。这一次，赵匡胤也没有忘记令人专程去传高怀德前来。

张昭、高锡、高怀德到达金凤园时，赵匡胤正在习射场。他已经习射百余箭，红色战袍的前胸和两腋都已经湿透，变成了绛红色。

见到张昭等人到了，赵匡胤收了弓箭，随手递给内侍李神祐。

"走，去金凤阁中商议。此处太热！"赵匡胤说着，哈哈一笑，带头往金凤阁方向行去。

步入金凤阁，待诸人坐定，茶水上齐，赵匡胤便冲吏部尚书张昭问道："张尚书，关于武成王庙配飨之名将，听窦仪说，你们已有初步想法。你先说来，朕听听。"

吏部尚书张昭说道："启禀陛下，臣等合议后，确实拟了个方案。"他停顿了一下，从怀中掏出一个札子，缓缓打开，一边看，一边继续说道，"臣等建议，升汉灌婴，后汉耿纯、王霸、祭遵、班超、晋王浑、周访、宋沈庆之、后魏李崇、傅永，北齐段韶，后周李弼，唐秦叔宝、张公谨、唐休璟、浑瑊、裴度、李光颜、李愬、郑畋、梁葛从周，后唐周德威、符存审等二十三人。退魏吴起，齐孙膑、赵廉颇、汉韩信、彭越、周亚夫，后汉段纪明、魏邓艾、晋陶侃、蜀关羽、张飞、晋杜元凯、北齐慕容绍宗、梁王僧辩、陈吴明彻、隋杨素、贺若弼、史万岁、唐李光弼、王孝杰、张齐丘、郭元振等二十二人。"

赵匡胤静静地听着，垂着眼帘，神色肃穆，身子一动不动，连眼皮也不眨一下。

待张昭念完一大串名单，赵匡胤继续沉默着。

张昭等人不知皇帝究竟在想些什么，也都沉默不语。

过了片刻，赵匡胤抬眼看着张昭，说道："朕知这武成王庙始于唐玄宗开元年间，却一直不知当时为何要以周朝吕尚为主祭。卿家可知道？"

张昭未想到皇帝有此一问，略一迟疑，道："隋朝末年，大唐之初，天下混乱，黎民百姓祈求能有救世之人，自发拜祭助周朝开国的功臣吕尚，也就是民间所称的姜太公，以期他能够听见民间的祈祷，救天下苍生于水火。唐太宗登基后，大唐尚处于内忧外患之中。唐太宗神武英明，自称吕尚化身。又在磻溪建立太公庙，宣告天下，他将仿效周文王，广纳天下英才，任用像吕尚一样的良将。太公庙的建立，果为唐太宗招徕了当世的名臣良将。唐太宗遂开大唐盛世，有了彪炳史册的'贞观之治'。"

"如此说来，武成王庙原来叫太公庙？"

"正是。"

"太公庙设置之初，有招徕人才之意。朕倒觉得，除了招徕人才，亦有树立模范之功效。"赵匡胤又垂下眼帘，仿佛是自问自答。

张昭道："陛下英明。"

赵匡胤抬头道："太公庙怎么就变成了武成王庙？"

张昭清了一下嗓子道："后来，唐玄宗仿效祖宗故事，于开元十九年敕令天下诸州，各建一所太公庙，并令以张良配，在春秋、仲秋、月上、戊日祭祀。此后，每当发兵出师之时，或是各将领及文武举人应诏之际，都会先去太公庙拜谒。乾元元年，太常少卿于休烈奏：'秋飨汉祖庙，旁无侍臣，而太公乃以张良配。子房生汉初，佐高祖定天下，时不与太公接。古配食庙庭，皆其佐命；太公，人臣也，谊无配飨。请以张良配汉祖庙。'张良因此被移往汉祖庙配飨。开元二十七年，唐朝廷追谥吕尚为'武成王'。上元元年，尊太公为武成王，祭典与文宣王孔夫子比，以历代良将为十哲塑像配飨。自此，才有'武成王庙'之称。"

"原来，最初配飨只是十人。究竟是哪十哲？"赵匡胤问。

张昭道："所谓十哲，乃是秦武安君白起、汉淮阴侯韩信、蜀丞相诸葛亮、唐尚书右仆射卫国公李靖、司空英国公李勣、汉太子少傅张良、齐大司马田穰苴、吴将军孙武、魏西河守吴起、燕昌国君乐毅。前五人列于左，后五位列于右。后罢中祀，遂不祭。"

"记得有一次去武成王庙，有人言唐朝后来配飨六十四将，乃起于颜真卿之议？"赵匡胤转头问知制诰高锡。

"确是如此。那是唐朝建中三年之事，当时的礼仪使颜真卿上奏云：'治武成庙，请如《月令》春、秋释奠。其追封以王，宜用诸侯之数，乐奏轩县。'皇帝于是下诏，令史馆考定可配飨之人，随后列古今名将凡六十四人于武成王庙。"高锡回答道。

君臣二人所言十哲之外六十四名将，乃越相国范蠡、齐将孙膑、赵信平君廉颇、秦将王翦、汉相国平阳侯曹参、左丞相绛侯周勃、前将军北平太守李广、大司马冠军侯霍去病、后汉太傅高密侯邓禹、左将军胶东侯贾复、执金吾雍奴侯寇恂、伏波将军新息侯马援、太尉槐里侯皇甫嵩，魏征东将军晋阳侯张辽，蜀前将军汉寿亭侯关羽，吴偏将军南郡太守周瑜、丞相娄侯陆逊，晋征南大将军南城侯羊祜、抚军大将军襄阳侯王浚，东晋车骑将军康乐公谢玄，前燕太宰录尚书太原王慕容恪，宋司空武陵公檀道济，梁太尉永宁郡公王僧辩，北齐尚书右仆射燕郡公慕容绍宗，周大冢宰齐王宇文宪，隋上柱国新义公韩擒虎、柱国太平公史万岁，唐右武侯大将军鄂国公尉迟敬德、右武卫大将军邢国公苏定方、右武卫大将军同中书门下平章事韩国公张仁亶、兵部尚书同中书门下三品中山公王晙、夏官尚书同中书门下三品朔方大总管王孝杰；齐相管仲、安平君田单、赵马服君赵奢、大将军武安君李牧、汉梁王彭越、太尉条侯周亚夫、大将军长平侯卫青、后将军营平侯赵充国，后汉大司马广平侯吴汉、征西大将军夏阳侯冯异、建威大将军好畤侯耿弇、太尉新丰侯段颎、魏太尉邓艾，蜀车骑将军西乡侯张飞，吴武威将军南郡太守孱陵侯吕蒙、大司马荆州牧陆抗，晋镇南大将军当阳侯杜预、太尉长沙公陶侃，前秦丞相王猛，后魏太尉北平王长孙嵩，宋征虏将军王镇恶，陈司空南平公吴明彻，北齐右丞相咸阳王斛律光，周太傅大宗伯燕国公于谨、右仆射郧国公韦孝宽，隋司空尚书令越国公杨素、右武侯大将军宋国公贺若弼，唐司空河间郡王李孝恭、礼部尚书闻喜公裴行俭、兵部尚书同中书门下三品代国公郭元振、朔方节度使兼御史大夫张齐丘、太尉中书令尚父汾阳郡王郭子仪。

赵匡胤听了高锡的回答后，看了高怀德一眼说道："白起残杀俘虏，万万不可再配飨。朕已令去之。"

高怀德心里一颤，眼前闪过李处耘的形象，暗想："陛下这是再次想让我提醒李处耘啊！"

只听赵匡胤继续问道："你们这次建议退吴起、韩信等，是何道理？"

高锡道："吴起三变其主，韩信居功叛主。其他几位，或功高犯主，或杀戮无度。我大宋初立，欲想江山稳固，岂能令叛主之人、功高犯主之人配飨此地？故此类人不宜配飨。"自"杯酒释兵权"之后，张昭、高锡等已知皇帝心思，便顺应其所想，建议将吴起等退下配飨之列。

赵匡胤听了，沉吟半晌道："吴起三易其主，乃迫不得已，为明主所用，利于天下也。另，朕以为，管仲深谋远虑，勇于谏言，治理内政，富国强兵，助齐桓公称雄天下，亦可配飨也。"

张昭一听，慌忙起身，大声道："陛下英明，臣等失虑，望陛下恕罪。"

高锡、窦仪两人亦起身谢罪。

赵匡胤哈哈一笑道："本是令各位别加裁定，乃有今日之合议，各位意见与朕不同，最是自然不过，何罪之有？"

于是，赵匡胤令知制诰高锡起草诏书，诏塑齐相管仲像于武成王庙堂之上，画魏西河太守吴起于庑下，余如张昭等议。

不料，诏书颁布后，秘书郎直史馆梁周翰上书言曰：

臣闻天地以来，覆载之内，圣贤交鹜，古今同流，校其颠末，鲜克具美。周公，圣人也，佐武王定天下，辅成王莅阼阶，盛德大勋，蟠天极地。外则淮夷作难，内则管、蔡流言，虿尾跋胡，垂至颠顿，偃禾仆木，仅得辨明。此可谓之尽善哉？臣以为非也。孔子，亦圣人也，删《诗》《书》，定《礼》《乐》，祖述尧、舜，宪章文、武，卒以栖遑舍鲁，奔走厄陈，虽苟合于定、哀，曾不容于季、孟。又尝履盗跖之虎尾，闻南子之珮声，远恶慎名，未见其可。其受学之门人，则宰予覆族，仲由凶死。此又可谓之尽善哉？臣以为非也。自余区区后贤，琐琐立事，比于二圣，曾何足云，而欲责其磨涅不渝，求其终始如一者，臣窃以为难其人矣。

洎自唐室，崇祀太公。厥意无他，其理自显。盖以天下虽大，不可去兵；域中有争，未能无战。资其佑民之道，立乎为武之宗，觊张国威，遂进王号。贞元之际，祀典益修，因以历代武臣陪飨庙貌，如文宣释奠之制，有弟子列侍之仪，事虽不经，义足垂劝。况于曩日，不乏通贤，疑难讨论，亦云折中。今若求其义类，别立否臧，以羔袖之小疵，忘狐裘之大善，恐其所选，仅有可存。

只如乐毅、廉颇，皆奔亡而为虏；韩信、彭越，悉菹醢而受诛。白起则锡剑杜邮，伍员则浮尸江滋。左车亦偾军之将，孙膑实刑余之人。穰苴则偾卒齐庭，吴起则非命楚国。周勃称重，有置甲尚方之疑；陈平善谋，蒙受金诸将之谤。亚夫则死于狱吏，邓艾则追于槛车。李虎通中，广后期而自到；窦金陈庞，婴植党而丧身。邓禹败于回溪，终身无董戎之寄；马援死于蛮徼，还尸阙遣黄之仪。其余诸葛亮之俦，事偏方之主；王景略之辈，佐闰位之君。关羽则为仇国所禽，张飞则遭帐下所害。凡此名将，悉皆人雄，苟欲指瑕，谁当无累？或从澄汰，尽可弃捐。况其功业穹隆，名称炬赫。樵夫牧稚，咸所闻知；列将通侯，窃所归慕。若一旦除去神位，摈出祠庭，吹毛求异代之非，投袂忿古人之恶，必使时情顿惑，窃议交兴。景行高山，更奚瞻于往躅；英魂烈魄，将有恨于明时。

伏见陛下方厉军威，将遏乱略，讲求兵法，缔创武祠，盖所以劝激武臣，资假阴助。忽使长廊虚邈，仅有可图之形；中殿前空，不见配食之坐。似非允当，臣窃惑焉。深惟事贵得中，用资体要，若今之可以议古，恐来者亦能非今。愿纳臣微忠，特追明敕。从新议则恐泥，仍旧贯则稍优。或以矛盾相违，攻拒异效，即乞下臣此疏，廷议其长，于所执众寡之中，即厥理是非可见。

赵匡胤看了梁周翰的上书，颇为不悦，但是他并未因此而失去冷静，心中暗想："朕升降名将的神位，乃是为当下之人提供示范。不破不立！部分名将的神位必须有所升降。然，周翰则是言不同时代有各自的标准。亦无过也！朕若因此降罪于他，岂非塞天下贤人之口。若是按照梁周翰的建议，批下此疏，让大臣们在朝廷上讨论此事，恐怕会掀起一番论战。这梁周翰，是老宰相范质、王溥推荐之人，不过是性子急了些。遇到此事，他不说几句，心里不痛快，朕何必与他计较。况且，若真是批下此疏，令朝廷上讨论此事，说不定会引发大臣内的派系之争。'于所执众寡之中，即厥理是非可见'，此话听起来颇为公正有力，可是有时却也不见得就对，若是真能依众寡做决定，又需贤人谋士何用？当人人自以为是之时，群论汹汹，终乱天下之人的心智也。当断则断，朕又担心什么呢？难道担心朕在后世人心中的名声吗？不，为了实现宏愿，朕必须做出决定。至于后世如何，且任由后世之人去评论吧。所谓'身名竟难辨，图史终磨灭'，朕又何须瞻前顾后呢！"

终于，赵匡胤打定了主意想要对名将的神位做一次升降，对于梁周翰的上书，则不置可否，也没有因为梁周翰的上书而惩罚他。

三

夜空中，布满了星星，显得很高远。

张济远靠着一块巨大的岩石，睡着了。在他的旁边，杜道真、周远、高德望三人也斜倚在山坡上，昏沉沉地进入了梦乡。

王承衍坐在山坡上，负责警戒。他仰着头，眼睛盯着星空发着愣。山林中传来猿的啼声，一声接着一声，凄厉而哀伤。"想不到，此刻，我会坐在这里。而她，竟然已经不在这个世上了！第一次遇到她的日子，那些与她一起在京城度过的日子，现在回想起来，真是恍如隔世啊！人啊，总是痴心妄想地想要记住曾经发生过的那些美好的时刻，可是记住了又有什么用呢？那么，难道应该忘了吗？不，不！那些记忆，是多么珍贵啊。如果都忘记了，活着，该多么空虚啊！老天，别让我忘记了，就让我永远记住吧。"王承衍想起了窅娘，心中感到无比哀伤。他在夜空找到一个星星，盯着它看，眼睛一眨也不眨。渐渐地，他感到眼睛有些发酸，泪水湿润了眼眶，视野变得蒙眬了。

他扭过头，看了一眼搁在身旁的唐刀。李雪霏的脸在他脑海里闪了一下。若不是雪霏姑娘赠送的这把唐刀，几日前还不好脱身啊！是我寒了她的心，可是，又有啥办法呢，也只好如此了。我心里念着宵娘，雪霏在我心底，终究还是像妹妹一样啊。但愿她能够原谅我。他拿起了唐刀，搁在膝头，左手握着刀鞘，右手握着刀柄，轻轻将刀拉出刀鞘，慢慢露出了一截刀身。他停住了。夜光下，刀身散发出幽幽的冷光。他缓缓地转动刀身，在刀身上，隐约看到了自己眼睛的影子。这时，他忽然感到有些不安。自从在巫山城附近逃脱后蜀兵的追击赶上张济远等三人后，他隐隐感到，张济远看他的眼光变了。虽然张济远除了表示感谢，一直没有多说什么。但是，他还是察觉了张济远眼光中的猜疑。但愿是我想多了！他暗暗安慰自己。他也曾偷偷将高德望叫到一边询问情况。可是，据高德望说，自巫山城附近分散后，张济远和杜道真有时唠叨被冤枉了，有时则抱怨后蜀对自己人太狠毒，除此之外，便是对王承衍、周远的仗义救助表示感激（当然，他们口中提到的都是王承衍和周远的假名字），还说了一些佩服王承衍武功的赞语。高德望说，针对张济远、杜道真的提问，他只是说自己少主人自幼习武，而且仗义好侠（这都是他们自汴京出发之前商定好的说辞）。"这些都很正常，没有什么值得担心的。可是，为何我依然感到不安呢？不，有一种可能性，就是张济远、杜道真还是对我冒死救助他们表示不解。或者——莫非他们真的暗中已经降宋，所以也暗中在猜疑我们三人的身份？"他眼睛盯着唐刀，默默地思索着。

过了许久，他听到有脚步声传来。有人慢慢走近了。他知道是高德望。

"少将军。你去歇会儿吧。轮到我了。"高德望在王承衍身边坐了下来。

王承衍微微点点头，却没有起身，而是继续抬起头看着布满星星的夜空。

"这夜空，让俺想起了家乡。俺家乡的夜空，也是很高很远，一样是有很多星星。不过，俺家乡没有那么多的树。"高德望也仰着头，看着星星。

王承衍回头看了一眼，见在远处的岩石旁，张济远、杜道真还在酣睡。他压低声音道："你是在泽州之战后跟了陛下的吧。"

"嗯。好几年没回了，也不知大哥怎么样了。"

"等办完这次成都的差事，你回去看看吧。"

"俺也是这样想的。那次泽州战役之后，俺倒是托人带了个信回村报平安。与俺一个村出来当兵的，有几个都在泽州之战中牺牲了。若是打后蜀，也不知还要死多少人呢。"

"这次的差事真办成了，就可以少死很多人。"

"是啊。少将军，你说后蜀那个李宰相，能说服后蜀皇帝归顺我大宋吗？"

"谋事在人，成事在天。但愿老天佑护天下生灵！"

"不过，俺总觉得心里没底，那日在巫山渡口，看后蜀兵那架势，他们连自己人都不愿相信啊！"

王承衍沉默了片刻，用更低的声音说道："二狗子，我有几句要紧话想再问问你。"

高德望肃然点点头。

"你再好好想想，张济远和杜道真有没有再次问起我的身份？"

"那倒没有。"高德望觉得有些奇怪，这个问题，王承衍之前已经偷偷问过他了。

"他们是否提起过中原的一些事情？"

"嗯——倒是说起大宋皇帝是个有雄才大略的人，不像后蜀他们自己的皇帝，安于享乐不思进取。没有再说起过其他的。那段时间少将军不在，俺也不敢多说，就怕说漏了。"

"虽然我等救了他俩，但我怎么觉着，他俩好像对我等起了戒心。"王承衍将自己的担心简单与高德望说了说，叮嘱他此后一定要更加谨慎。

经王承衍这么一说，高德望眉头一皱，呆了呆，说道："少将军这么一说，我倒是突然想起一事。张济远有一次说完感激少将军的话后，突然跟我说，你家少主人的武功非同常人啊！看着比他的表兄还厉害。之前，少将军问我时，我倒把这句给忘了。"

"他的表兄？"

"他提了一句，我便问，你表兄是谁？他说他表兄是兴州的一个军校。我怕多问让他起疑心，也便没有再说什么。"

"他表兄是军校，而他说我的武功比他表兄还厉害。这么说来，他一定是在怀疑我之前说过的商人身份了！"王承衍心头一紧，微微皱起眉头。

"这可怎么办？莫非已经被他识破？"高德望有些紧张。

"有可能，不过，他们也只是猜疑我等身份而已。我找机会再试探试探。你警惕一些。我且去歇息一下。"王承衍冷静地拍了拍高德望的肩膀，缓缓站起身，慢慢往张济远和杜道真倚靠的那块岩石走去。

次日清晨，王承衍一行在张济远和杜道真的带领下，找到一处农家，用铜钱换了些干粮和一张农家自己编织的草席子。王承衍将唐刀卷在草席子内，还由高德望背着。众人匆匆吃了点干粮，将剩下的干粮包好，便又继续往西赶路。

一路上，张济远、杜道真不时向王承衍等三人介绍当地的地理与风俗。他们翻山越岭，绕过了瞿塘关，经过开州，又穿过虎啸山，往遂州方向前进。

"日后若真要对成都用兵，遂州是西进之途也！"王承衍想起出京前赵匡胤叮嘱的话。此时到了遂州地境，见此地地势险要，有不少地方是用兵之地，便暗中用心，将要道、险地都默默记住。

到了遂宁，王承衍一行便想进入遂宁城。王承衍的计划是，在城内稍事歇息，然后从城西门出去后，继续西行。

多日来，巫山渡口的追兵一直没有追上来，张济远、杜道真两人的心情也渐渐放松了。但是，一向谨慎的王承衍在靠近遂宁城东门时，还是发现了异样。

"城门口查得很严，似乎出了什么事。"王承衍示意众人放慢脚步。

"少主人，你们在此歇歇脚，我先去看看。"周远道。

王承衍知周远侦察与隐蔽的能力，确实在众人之上，也不与他客气，只是慎重地点点头。

"少主人，咱去那边茶铺里吧。"高德望冲附近的一间茶铺指了指。

王承衍扭头看了一眼，道："甚好！"

周远看了那茶铺一眼，便往东城门方向去了。

王承衍等人便装作要歇脚的样子，走进了附近那间茶铺，找了个偏僻的位子坐下，点了茶水，只等着周远回来。

过了片刻，周远脚步匆匆走进茶铺，朝四周看了看，才慢慢走到王承衍身边坐下。

"怎样？"王承衍问道。

"情况不妙。城门口盘查得很紧。城门边，还张贴着通缉令——"周远看了看张济远、杜道真，继续说道，"通缉之人，正是张兄、杜兄。"

张济远、杜道真听了，均是脸色大变。

"我藏在看通缉令的人群中，只听得有人说，王昭远已经下令捕杀了十数名从江陵城潜往成都的奸细。"周远继续说道。

张济远、杜道真二人听周远这么说，不禁怒目圆睁，眼看着便要发作。

王承衍慌忙提醒道："两位兄台，且忍一忍，此地危险，不可暴露了。"

"那王昭远做事也忒绝，不仅冤枉了自己人，简直是要赶尽杀绝！我等舍命为国而战，未想到竟落得如此下场。"杜道真咬牙切齿，恨恨然道。

张济远却一脸怒容，埋头不语。

"我们是不是也被通缉了？"高德望紧张地问道。

周远摇摇头，说道："甚是奇怪，倒是没有针对我三人的通缉令。"

王承衍凝神想了想，说道："并不奇怪。他们显然是针对张、杜两位兄台的。在巫山渡口，那军校将我三人一并扣留，乃是贪图这柄珍贵的唐刀和我们行囊中的钱财。他想将我等与张、杜两位兄台牵扯在一起，到时便借机吞了我们的钱财和唐刀。他们没有想到，我们会同张、杜两位兄台一起冒险逃脱。让所通缉的目标逃脱了，他们的上司自然怪罪。要是让上司知道他们是因为贪图钱财而坏了大事，他们不免受责。所以，我猜想，他们只向上司通报了张、杜二人逃脱之事，隐去了我三人的事情。"

"少主人分析得有理。"周远点点头。

"三位冒险救了我二人的性命，我等真不知该如何报答。看来，我二人也不能再带三位前往成都了。"张济远满怀歉意地说道。

"张兄不必客气，路见不平，拔刀相助而已。"王承衍道。

张济远听了，欲言又止，迟疑了一下，方才说道："话虽这般说，但当时的凶险，在下是知道的。不瞒兄台，在下看到了兄台的武功，便知兄台绝非一般的商人。在下一直想不通，兄台与我二人素不相识，为何要冒死救了我二人？"

王承衍伸手握住张济远的小臂，诚恳地说道："大宋皇帝放蜀国将士回归故里，本是好事，未想到竟然给你们招来横祸。对于无道暴行，我等又怎能坐视不理。"

"要怪只能怪那王昭远，终不能去怪罪那大宋的皇帝老儿。可怜我等生逢无道孟昶。"杜道真在一旁插嘴说道。

王承衍若有所思地点点头，看着张济远，压低声音说道："兄弟我自小跟随家父习武，因此懂得一些功夫。也曾希望能够凭借这身功夫建功立业，光宗耀祖。兄弟我也想问问，莫非张、杜两位兄台真的归顺了大宋？若是真的，还请两位给牵个线，引荐一条建功立业之路。"

张济远听了，低声怒言道："兄台何出此言！我等本是受了冤枉，想不到兄台也疑我二人暗中投了大宋。若不是兄台舍命相救，休怪我与兄台翻脸。"

王承衍方才之语本是为了试探，见张济远神色绝非作假，慌忙道："兄台息怒，方才兄弟我一时失言，请恕罪。兄弟我绝无看不起兄台的意思。所谓良禽择木而栖，后蜀君臣暴虐无道，即便是兄台真的归顺了大宋，也不丢人。不过，既然兄弟猜错了，兄台也请不要怪罪。"

张济远听王承衍这么说，也消了怒气，只是低头不语。

"两位暂时进不了遂宁城，也回不了成都，不知有何打算？"王承衍见气氛有些尴尬，便岔开了话题。

张济远低头想了片刻，看了杜道真一眼，说道："遂宁这边贴了通缉令，成都城是铁定无法去了。道真兄弟，我有个表兄在兴州做军校，颇得上司赏识。他与我自幼要好，一定不会见死不救。要不，你随我去兴州躲躲。然后，待风声过去后，通过我表兄，找他上司，到成都找人通融。我等终是清白的，不怕说不清楚。"

杜道真略一沉吟，便点头同意了。

张济远看着王承衍，又说道："三位如果要继续去成都，可否帮个忙？"

"张兄不必客气，说来便是，我等尽力而为。"王承衍抱拳爽快地说道。

"兄台真是仗义。在下是想，如果三位进了成都，可否帮在下给拙荆捎个信，自出征江陵，被俘后困于牢狱，我数年未归，也不知她现在过得怎样？说不定，她都以为我已经死了呢。我心里倒是念着她，若是三位见到拙荆，还望往兴州捎个信，告知在下她的去处，等风声过了，我终要去寻她。道真兄弟，你不是说过，还念着家中老母，不如一起让三位兄台捎个信，报个平安。"张济远说话间，不禁喉头略有些哽咽。

"若真能帮着捎信，在下感激不尽！"杜道真激动地说道。

王承衍当即慨然应允帮忙捎信，张济远、杜道真二人听了，一时间悲喜交加，连连道谢。

当下，张济远、杜道真二人将各自在成都城内的家的地址告诉了王承衍。张济远又将他表兄的姓名与居住处告诉了王承衍。原来，张济远那位在兴州做军校的表兄名叫赵延韬。王承衍将赵延韬的姓名和地址都记在了心里。

张济远、杜道真交代完事情，又与王承衍等说了一些道别之语，方才与三人依依惜别，抄了小路，往兴州方向赶去了。

王承衍望着张济远、杜道真二人消失在山间的草木丛中，一时间有些怅然。他心想：陛下将江陵的后蜀士卒放归故里，尽管有收买人心之意，但毕竟也是仁慈之举。可是，这仁慈之举，却令十数名后蜀士卒被妄加了罪名，丢了性命。由此可见，天地之间，终有些目标，不能依着个人的意愿而实现。陛下恐怕也未想到会出现这样的事情。那后蜀的孟昶昏庸无道，王昭远武断残暴，终是后蜀百姓之罪人啊！这般想来，陛下想要降伏后蜀的宏愿，也有他的道理。天下大道，若不追求，恐不易达到。可怜的是天下苍生，在天地大道的沉浮中，生生灭灭，难以自主啊！

四

时当正午，成都城天府酒楼内，觥筹交错，热闹非凡。

在一张八仙桌四边的每张长条凳子上，各坐了两个人。

"有这等奇事？你可亲见了？"一个穿着青衣、戴着幞头的男子瞪大眼睛问他左边的瘦子。这男子看上去三十多岁，似乎是个读书人。

那瘦子四十多岁，下巴留着一缕山羊胡。他放下手中的筷子，说道："兄弟，我虽未曾亲见，但说起这事的人，可是亲眼见到的。那劈开的木头里真有字。"

"啥时候的事情？"

"就在几个月之前，如果我没记错，应该是在四月份出的这件怪事。"

"那你快说说，究竟是啥字？别卖关子了。"青衣男子说道。

"快快说来！"

"快说说。"

桌上的其他几位也不禁好奇地催促。

瘦子捻了捻下巴的山羊胡须，缓缓道："说出来倒也不是什么怪字、生僻字，就是'太平'两字。不过，这两字可不简单，为啥说它奇呢？因为它们分明是木头纹理自然形成的。"

青衣男子拍了一下大腿，喝了一口酒，说道："太平，太平，天下太平，这可不是祥瑞吗？！值得庆贺啊！"

瘦子颇不以为然地摇了摇头，说道："非也，非也！兄弟，这'太平'二字，乃是破木而得。"

"这又怎的？"

"五行中，木属东，木自东来，而得太平。兄弟，你想想，咱后蜀之地的东面是谁？"

青衣男子面露惊色，愕然道："兄台的意思是，大宋将要东入我后蜀，然后方得太平？"

瘦子这时却不说话，只是缓缓点头。

一时间，桌上的其他几位表情各异。

有的人摇头，口中道："瞎说瞎说，分明是祥瑞才是。"

有的人则面色沉重，口中嘟囔道："大宋入蜀，岂能太平？莫非又要打仗？"

还有的则一言不发，半眯着眼睛，仿佛在琢磨着其间的奥妙。

这桌上的一番对话，都被旁边一桌的三个人听在耳内。

旁边一桌上的三人，正是王承衍、周远和高德望。他们进入成都已经有段时间了。为了找到机会秘密接触后蜀宰相李昊，他们一直在寻找机会。

王承衍本来打算一入成都，便直接往李昊府登门拜访。可是，就在他们第一次靠近李昊府邸之时，周远便在大门附近发现了几个可疑之人。周远凭着经验断定，那几个人，一定是在秘密监视着相府的一举一动和进出之人。这几个秘密的监视者究竟是谁派出的？他们无法判断。通过李昊说服孟昶降宋，这是他们此次成都之行的使命之一。他们此次成都之行的另一个秘密使命，便是摸清后蜀的政治、地理地形、人文风俗以及军事布局。周远提醒王承衍，李昊的处境一定非常不妙，若是贸然行动，被秘密的监视者发现，很可能导致李昊被捕。周远建议，不如暂时暗中静观，寻找时机。王承衍听从了周远的建议，当即决定放弃原来的计划。

因为无法立即与李昊接触，他们便得空去寻访了张济远的妻子与杜道真的母亲。令他们感到遗憾的是，当他们按照张济远给的地址找到那里时，发现屋子已经易主。据屋子现在的主人说，原来在此处的女主人将屋子卖给他后，已经带着两个丫鬟一起远嫁他人了。王承衍再追问那女人去处，那屋主却说不知。杜道真的老母亲却被他们找到了。老人听说自己的儿子已经被从江陵放回，如今去了兴州，不禁又喜又悲。王承衍想给老人留下一点钱，老人坚辞不收，说是在大户人家做用人，完全可以养活自己。王承衍好说歹说，老人方才千恩万谢地收下了。随后，王承衍找了一个正要去兴州做生意的商人，给了他一些钱，让他将张、杜二人家中的消息带往兴州军校赵延韬处，还特意叮嘱，一定要找到赵延韬本人。

至于李昊那边的情况，周远的猜测没有错。不久前，李昊向后蜀主孟昶献策，建议向宋朝廷献贡。孟昶最初听从了李昊的建议，准备派出使者，带上贡品前往中原。但是，就在使者出发前，枢密使王昭远阻止了这一行动。他暗中劝孟昶提防李昊叛变，同时说服孟昶开始筹备对宋的战争。孟昶暗中授权王昭远监视宰相李昊，一旦发现李昊通宋，便将其软禁。但是，王昭远要比孟昶狠心得多，他准备一旦发现李昊通宋，便借机除掉这个政敌。为了巩固自己的政治地位，王昭远还在孟昶的默许下，暗中招募心狠手辣、武艺高强之徒，成立了一个密探组织，以搜捕宋朝奸细为名，在后蜀境内乱捕乱抓，私下刑讯，敲诈勒索，聚敛钱财，打击异己。王承衍、周远和高德望在李昊府邸门口发现的可疑之人，正是王昭远安排的密探。这些密探，散布在相府周围，秘密监视着李昊的一举一动。

王承衍竖着耳朵，将旁边一桌人的议论听在耳内，心里暗想："那瘦子所说之事倒是稀奇，也不知是真是假。如是真的，这瘦子倒是料到了陛下的打算。"

正在这时，周远看到在瘦子另一旁的那张桌子边，缓缓立起四个男人。那四个男人当中，有一个身材特别矮，穿着一件绲边的皂色大袍，腰间系着镶嵌白玉的腰带，脸皮粗糙，长相丑陋，眼睛中闪着令人发怵的寒光。此人名叫曹万户，正是王昭远暗中招募的密探头目。曹万户虽然名为万户，却是出身于遂州的一普通农家。或许是为了成为真正的"万户"，他自小被家人送去习武。曹万户学武回乡，不事农务，凭借武艺，好勇斗狠，横行乡里。曹万户有个远房亲戚，名叫张廷伟，是后蜀的判官，王昭远的亲信。王昭远暗中招募密探，曹万户经张廷伟举荐，从遂州到了成都，投于王昭远门下。因为心狠手辣、办事麻利，曹万户很快得到了王昭远的重用，成为王昭远手下秘密爪牙的头目。

"看样子要出事。"曾经作为一个杀手闯荡江湖的周远仿佛从空气中嗅到了危险的气息。他看了看王承衍和高德望，轻声提醒道。

王承衍微微点头，朝对面的高德望看了一眼，又用眼睛的余光扫了一眼旁边那张桌。他们坐的这张桌子，是与旁边那桌并排放置的。周远坐的位子，正好可以正视旁边那张桌子边发生的一切。

此时，曹万户手下的三人得了头目的示意，缓缓走到瘦子那张桌边，在桌子三个角的方位站定，却并不说话，只拿眼睛盯着那瘦子。

待手下占了要害位置，曹万户才缓步走到那瘦子桌旁。

"方才说发现木中有'太平'二字的可是你？"曹万户盯着那瘦子，不动声色地问道。

那瘦子听了这问话，愣了一愣，回道："是啊。怎的了？你是何人？"

曹万户眼睛微微眯了一下，依旧用平稳的语气说道："既如此，跟我们走一趟。"

那瘦子此时从曹万户的语气中感觉到了寒意。他突然想起近来成都城内的传言，据说枢密院正在暗中抓捕通宋的奸细，而且，不论是何人，只要被抓，就会被送往青城山脚下的一座名为"净垒"的三层阁楼。此楼外围着木墙，警卫森严，被送进去的人，很少有被看到过再出来的。

"你究竟是何人？"瘦子缓缓从座位上站了起来，嗓子有点发涩。

曹万户身材不高，瘦子从座位上站起来后，整整高出了他一头。

站在一个比自己高一头的人面前，似乎让曹万户有些恼怒。他翻起眼皮，微微仰着头，盯着瘦子的脸，说道："我是何人不重要，重要的是——你是何人？"最后四个字，曹万户刻意加重了语气。

曹万户很少向他盯上的"猎物"道明自己的身份。他已经能够熟练地利用这种神秘感来制造威慑力。

"我为何要跟你们走？"那瘦子的声音开始变得尖厉了。同桌的人此时都已经不说话了，有的瞪着眼睛，茫然惊恐地看着那瘦子，有的则深深埋下头，恨不得找个地洞钻下去躲起来。这些人的心里，与那瘦子一样，很快想到了近来成都城内的那个传言。他们一直以为那只不过是坊间耸人听闻的谣言，却没有想到这次真的会发生在自己身边。

"带走！去'净垒'。"曹万户冲站在桌子旁边的三个爪牙说道。

三个爪牙听了这话，仿佛像着了魔，面目一下子变得狰狞起来。他们的脚下一动，飞速地靠近那瘦子，一个在左边，一个在右边，抓住那瘦子的胳膊，反扭到背后，第三个人不知从哪里掏出一根皮索，便往那瘦子身上套。

那瘦子使劲挣扎，口中歇斯底里地大叫："我没有犯法，凭什么抓我！"

这时，与那瘦子同桌的人"呼啦啦"都站了起来，手忙脚乱地站到了一边。有一个人偷偷想溜走，曹万户斜了那人一眼，喝道："不准走。"

那人听了，顿时吓得脚下发软，站在原地不敢动，只愣愣地看着那还在使劲挣扎的瘦子。

可是，就凭一副瘦弱的身板，那瘦子终究无法摆脱三个身强力壮之徒。

"你们究竟是何人？难道没有王法吗？"那瘦子高声呼喊起来。

这时，酒店内很多人听到闹声，都围了过来。

曹万户似乎对周围的人众毫不在意，只是冷然盯着那瘦子。他见那瘦子不服，便又往前走了三四步，站到了那瘦子跟前。此时，那瘦子已经被捆绑得结结实实。

曹万户抬起右手，在瘦子脸上轻轻地拍了两下，然后，手一沉，突然一拳击打在那瘦子的小腹部。

那瘦子惨叫一声，痛得弯下了身子。

曹万户顺势抬起手，狠狠往那瘦子脸上扇了一巴掌。

只听"啪"一声大响，那瘦子被打得口中喷出血来。

"要抓便抓，如何能这般乱打人！"围观的人群中有大胆的人喊了一声。

曹万户扭头往喊声处看了一眼，却不说话，扭回头，反手又往那瘦子另一边脸上扇了一掌。

那瘦子痛得惨呼不已。这时，围观的人交头接耳，发出"嗡嗡"的私语之声，却再无人挑头大喊。众人都被曹万户的杀气给镇住了。

王承衍看着眼前的一切，怒火中烧。他咬着牙关，狠狠地捏着手中的酒杯，几乎要把它捏碎。"听方才那瘦子的话语，明明就是酒后闲谈，这矮子肆意捕人，而且一上来便下重手，真是欺人太甚！"他心里暗想。

这时，王承衍感到一只手按住了自己的手臂。他扭头一看，周远正冲着他微微摇头。

高德望看着那瘦子被暴打，也是于心不忍，轻声问道："少将军，周大哥，咱们要不要救那瘦子？"

"不行，如果我们出手，一定会被那矮子怀疑。"周远轻声说道。

王承衍意识到自己肩负的使命。"不能暴露了身份。还未能与李昊联系上呢！"他强忍住心底怒火，瞪眼看着曹万户的暴行。

这时，王承衍心中一动，轻声对周远和高德望说道："你们说，那瘦子会不会真是陛下暗中派出散布谣言之人呢？"

周远、高德望听了，都是微微一愣，一时都沉默不语。

王承衍见周远、高德望不说话，便扭头看了看旁边的情势。此时，曹万户的三个手下已经架着满脸是血的瘦子往酒店大门走去。曹万户背着手，不紧不慢地跟在后面。

"事不宜迟，咱们应该尽早想办法与李昊接触才是。至于那瘦子，待接触李昊之后，咱们再择机去救。反正，咱们已经知道了他们的去处——'净垒'。"周远语气冰冷地轻声说道。他依然抓着王承衍的手臂。他没有漏听曹万户口中说出的每一个字。

王承衍此时下意识地摸了一下前胸的衣襟。他确信，那份要给李昊的劝降密信还在那里。

五

对武成王庙中的名将神位做了一番升降之后，赵匡胤又下诏，令有司每三年举办先代帝王祀典，各以功臣配飨。根据他的旨意，高辛、尧、舜、禹、商汤、周文王、周武王、汉高祖都以各自故庙进行祭祀，而在南阳别建了汉世祖庙，在醴泉建了唐太宗庙，世祖以邓禹、吴汉、贾复、耿弇配飨，太宗以长孙无忌、房玄龄、杜如晦、魏征、李靖配飨。他令工匠将这些名臣名将的像画在帝庙的廊壁上，以供人瞻仰。

为了进一步稳定刚刚统一的荆南地区，赵匡胤下诏，荆南兵如有想要归农复耕的，由官家帮助其修葺农舍，并赐给耕牛、种子和食物，如果愿意继续当兵，则留下编入复州、郢州的地方军队。他又下诏，以王仁赡权知荆南军府事。这一系列的举措，得到了荆南地区军兵的欢迎。由此，荆南地区进一步稳定下来。

至于南唐，表面上已经向宋朝臣服。南唐主李煜不断向宋朝上贡，暗中却依然增修战备。赵匡胤通过守能和尚安排在南唐的秘密察子，不断送来密信。这些密信，令赵匡胤暗暗感到担心。"南唐尚有韩熙载等名臣，尚有林仁肇等名将，我大宋要吞并南唐，统一天下，何其之难啊！若是南唐突然起兵攻我东南，必然坏了我先西向收服后蜀之大计也！"每每想到南唐可能造成的威胁，赵匡胤寝食难安。

六月己酉，赵匡胤命镇国节度使宋延渥率领禁军数千，开始在新池习战。这次水军习战，明显以南唐为假想敌。赵匡胤亲自数次前往新池阅兵。同时，他令人将习战的消息，迅速散布出去。关于大宋习战于新池的消息，如同长了翅膀，很快传到了南唐。南唐主李煜闻讯大惊，心知宋朝依然对南唐严加警惕，要想以军事行动从宋朝占便宜，恐怕近期内并无什么好的机会。

对于北面的北汉，赵匡胤同样不敢掉以轻心。"目前所要做的，是稳住北汉，必要时给予一定的打击，为我大宋对付后蜀赢得时间。"

王承衍等三人去了后蜀已经有些日子了，但是没有丝毫音信。这令赵匡胤颇为担心。

"若是能够通过李昊劝服孟昶归降，那是最好！若是行不通，便不得不采取军事进攻。只是，若是无故征讨，终非义举啊！"受这一看法困扰，赵匡胤感到郁郁不乐。

不过，也有令赵匡胤欣慰之事。自六月中旬以来，京城及周边地区连日大雨，大大缓解了前些日子造成的旱情。

这日，一早便又下起了大雨。赵匡胤从睡梦醒来，扭头看见皇后如月正在熟睡。她侧身卧着，肩背看上去有些瘦削。赵匡胤心头一酸，想要伸手去抚摸她的肩膀，可是手刚刚伸出，便停住了。还是不要吵醒她了！他叹了口气，轻轻地从卧床上下了地。

雨"哗哗"地下着。昏暗的晨光从宫殿的窗棂渗进来。

赵匡胤没有令宫女点起蜡烛，而是借着昏暗的晨光，来到侧殿，梳洗完毕，穿上了一件红色的圆领大袖袍，系上了绛腰带，穿上朝天靴，撑了一把大油伞，由内侍李神祐陪着，便往内东门小殿行去了。

今日并非上朝日，赵匡胤一早临时决定，在内东门小殿传召宰相范质、王溥、枢密使赵普、吏部尚书张昭等人，商议往馆陶县、魏县、永济县、临清县等地派知县事宜。

赵匡胤赶到内东门小殿时，天尚未完全放亮。时辰方在寅时之末。他令人点起了羊脂蜡烛，又安排人去传范质、王溥、赵普等人前来议事。

去传唤大臣的人刚离开不久，李神祐忽然从殿外匆匆跑入。

"陛下，方才殿前都虞候、嘉州防御使张琼拉着我苦苦请求，说有十万火急机密要事禀报陛下。"李神祐道。

"他怎知朕在此处？"

"今日正是他当值，陛下往这边来时，他凑巧看到了。"

在后周时，张琼便在赵匡胤帐下效命。赵匡胤随周世宗攻打寿春时，张琼曾为赵匡胤挡下致命的冷箭，他自己被那冷箭射入大腿骨，身负重伤。赵匡胤称帝后，亲自提拔张琼为殿前都虞候，以示感恩。对于张琼，赵匡胤是信任的。可是，近来，也有传言说张琼自当了殿前都虞候，便骄横跋扈起来，这多少也令赵匡胤有些不悦。

此刻，赵匡胤听说张琼主动来报告机密事宜，不禁暗暗纳闷，心想："这也蹊跷了，怎能临时看到朕在此，便有了十万火急机密要事禀报呢？莫非，莫非张琼早就有想要禀报的事情，却一直拿不定主意，或是不便公开禀报，所以直到方才看到朕，才临时生了禀报之意？"

他略一沉吟，便对李神祐说："你传他进来。另外，派人去待漏院，让范质、张昭等来了后，先在待漏院歇息，顺便先吃了早点再来。"

"是。"李神祐答应了一声，便往殿外去了。

不一会儿，殿前都虞候张琼匆匆步入殿内。因为今日当值，他身上全副披挂，只是佩刀已经留在了殿外。

"末将冒犯龙颜，望陛下恕罪。"张琼见了赵匡胤，首先为自己未按常规觐见而请罪。说话间，声音有些发涩，显然有些紧张。

"听说你有十万火急之机密要禀报，不知是何事？"赵匡胤微微皱着眉头问道。

张琼抬起头，眉头微皱。他迟疑了一下，看了看殿内几名侍立在旁的女官，却不说话。

赵匡胤见了张琼的神色，便对几名侍立在侧的女官挥挥手，令她们都出殿等候。

张琼注视着殿门缓缓关上，又等一下，方才将眼光转向赵匡胤。

"请陛下先恕末将死罪，末将方敢禀报所知之事。"张琼突然跪下，抱拳说道。

"朕恕你无罪。说吧。"赵匡胤暗暗惊讶，冲张琼抬抬手，示意他起身禀报。

张琼缓缓站起身，迟疑片刻，方才说道："知道这件事，已经有些时日了。微臣憋在心里，拿不定主意，不知该不该禀报。这件事藏在微臣心底，简直令微臣寝食难安。方才，见陛下来内东门小殿，微臣便想，豁出去了，一定得把这件事禀报陛下，无论如何，得让陛下知晓。陛下英明，自有定夺。

"此事说来话长。我有一个总角之交，幼时常在一起玩耍。随着年纪渐长，我也渐渐与他断了联系。可惜后来，末将听说，我那总角之交竟然成了一个泼皮，不务正业，经常赌博。此后，我与他多年未见。不想，后来到了汴京，我同他竟然在一个市场内遇到了。他从大名来到京城，在那个市场内贩卖杂货，以此谋生。因为小时候的情谊，我有时经过那个市场，便会去看望他一下。我也将自家宅子的地址告诉了他，欢迎他随时来访。可是，或许是他自觉地位低下，从不曾来在下的陋室拜访。我也不以为意。不过，就在上个月，我的那位总角之交却突然前来求见。旧友来访，我当然高兴，便请他进了屋。他进了屋，放下了手中带的几件薄礼，便开始变得心神不定，一副欲言又止的样子。后来，他仿佛下了巨大决心似的，让我去屋门外看看有没有人，说是有件蹊跷的怪事要跟我说，并恳请我帮他出出主意该怎么才好。我见他如此慎重，当即答应了他。于是，他便开口讲了一件他遇到的怪事。

"他说，有一天，他照例一个人出了京城南城门，去附近的县城进杂货。在翻过一个山冈时，突然觉得肚子疼，便匆匆离开了山路，去旁边找了一个茂密的灌木丛，躲在灌木丛背后方便。正在蹲着方便之时，他听到了一阵马蹄声。透过灌木丛，他看到有一男一女骑着马，在山冈上飞奔。骑在马上的女子很年轻，容貌非常美丽。骑马的男子，相貌也很英俊，一看便是官宦人家。青年男女，骑马出游，本不奇怪。因为那女子长得非常美丽，他便盯着多看了几眼。

他看到，那女子纵马骑行在那男子之前，看上去很高兴。突然，他听到了一声急促的哨子声，哨子声是那个骑马的男子发出的。我那位总角之交就在那一刻，看到那名年轻女子的马忽然抬起了前蹄，高高立起，然后一个腾跃，生生将那名年轻的女子抛下了马背。"

赵匡胤听到此处，不禁暗暗吸了一口冷气，眼睛也瞪大了。

张琼看了赵匡胤一眼，继续说道："我那位总角之交看到女子跌下马背，在地上抽搐了几下，也不知是否能够活下来。他说，他当时吓得动了一下，碰到了灌木。他注意到，那名男子往灌木丛这边看了一眼，停了一停，方才骑马跟了上去。只见那名男子翻身下了马，蹲下身子，将那名女子翻过了身，面朝上。那名男子低头看了看那个女子。因为距离不远不近，我那位总角之交能够看到那名青年男子的脸。他注意到那名男子神色悲伤，似乎有些发愣，但却没有哭泣。那名男子在那抽搐的女子跟前蹲了一会儿，伸手去探她的鼻息，仿佛确认她已经死了，才抱起那女子，将她放在她骑的那匹马背上，然后才骑上他自己的马，牵着那匹驮着女子尸体的马，往京城方向去了。

当时，我那总角之交虽然觉得那名男子举动和反应有些奇怪，但没有多想，认为自己只是目睹了一次意外。可是，据他说，他后来越琢磨越不对劲。他想到，那声哨子，是那名男子吹的，目的或许就是要让女子骑的马听到后受惊。如果是真的，那便是一件谋杀案。他提心吊胆，本想去开封府报官，可是想想又没有证据，便也就作罢了。直到有一天，开封府稽查京城诸大市场，开封府尹亲自骑马巡查，我那发小才突然意识到，他所见到的事情并非如此简单。那一日，开封府尹亲自来到他卖杂货的市场巡查。在看到开封府尹的那一刻，他便被吓坏了——"

赵匡胤听到此处，已经微微变了脸色。

张琼继续说道："他在看到开封府尹时，几乎惊呼出来。因为，他发现，那日他在城外看到的那名男子，正是眼前的开封府尹。"

张琼说到这里，停住了，瞪眼盯着赵匡胤。

"你是说，你那总角之交在市场内看到的开封府尹，便是那个与那年轻女子一起骑马出行的男子？"赵匡胤尽量让自己的声音听上去显得镇静。

"陛下恕罪！微臣只是将听到的事情如实禀报。"张琼再次跪下。

"你可知，你方才所说，等于是在状告皇亲，状告开封府尹犯了谋杀之罪？"赵匡胤的声音变得有些哆嗦。

"微臣不敢不报！"

赵匡胤盯着张琼，心里一阵发冷。他微微垂下眼皮，眼睛盯着张琼，心里却是茫然一片。他陷入了痛苦的思索——

"那天，王继勋说看到了光义与一名女子骑马出了南门。那名女子，便是死去的夏莲。张琼的总角之交，无意中看到了夏莲坠马的一幕，也看到了光义的举动，却不知他俩的身份。但是，听张琼转述，夏莲的马儿受惊，是因为光义吹了一声哨子，但是，这并不能证明一定是光义蓄意要让马惊，吹哨子也可能是唤马儿站住或回去。可是，万一夏莲真是光义谋杀的呢？秋棠说，她无意中知道了有一份传位盟约，并且暗中告诉了夏莲。莫非是夏莲真的将传位盟约的存在告诉了光义，从而招来杀身之祸？难道真的如秋棠之前所说——"

赵匡胤想到这里，心中感到又是惊怒，又是困惑。他缓缓从龙椅上站起，踱步到内东门小殿的一侧。他站在一支羊脂蜡烛之前，默默地思索着。突然，他心里一惊，暗想："是了，如果光义知道传位盟约的存在，而又害怕我随后变卦，他确实可能会担心我会杀了他。他担心的是，我知道他已经知晓了传位盟约这一秘密。当然，他也可能担心夏莲四处乱说，为他招来灭顶之灾。他生出这样的畏惧之心，不是没有道理。前代唐朝，太宗李世民为争夺皇帝位，杀害了长兄皇太子李建成和四弟齐王李元吉，可谓是前车之鉴。如此说来，光义真有可能为了自保，而杀了夏莲。夏莲一死，即便是秋棠知道传位盟约，光义也可以装作自己并不知道它的存在。"

想到这一层，赵匡胤暗暗心惊，他扭过头，看了看张琼，尽量镇静地说道："此事不得乱说，或许便是个意外。你且下去，让你那总角之交，也休要再提起此事。朕心里有数，自有处置之法。"

张琼见赵匡胤神色肃穆，当下不敢多言，静静地退出了内东门小殿。

张琼出去后，赵匡胤一人在内东门小殿寂然而坐。

许久之后，范质、张昭、赵普等大臣从待漏院来到内东门小殿议事。赵匡胤装出一脸平静的样子，请几位大臣共议馆陶、永济等县知县的人选。

上一次集中任命几位县令的时间是建隆二年十一月乙丑。当时，赵匡胤下诏，以祠部郎中王景逊为河南令，以职方员外郎边珝为洛阳令，以左司员外郎段思恭为开封令，以驾部员外郎刘涣为浚仪令，代卢辰、张文遂、边玕、宋彦昇等。

建隆三年十二月，赵匡胤下诏设置县尉，赵普在背后出谋划策，起了重要的推动作用。当时赵匡胤下《置县尉诏》，诏云：

> 盗贼斗讼，其狱实繁。逮捕多在于乡间，听决合行于令佐。顷因兵革，遂委镇员。渐属理平，合还旧制。宜令诸道州府，今后应乡间盗贼斗讼公事，仍旧却属县司，委令尉勾当。其一万户巳上县差弓手五十人。七千户以上四十人。五千户以上三十人。三千户以上二十五人。二千户以上二十人。一千户以上一十五人。不满千户一十人。合要节级，即以旧镇司节级充，其余人并仰停废，归县司免役。其弓手亦以旧弓手充。如有盗贼，仰县尉躬亲部领收捉送本县。若是群贼，仰尽时申本属州府及捉贼使臣。委节度防御团练使刺史尽时选差清干人员，将领厅头小底兵士管押及使臣根寻捕逐，务要断除贼寇，肃静乡川。不得接便搅扰，其镇将都虞候，只许依旧勾当镇郭下烟火盗贼争竞公事，仍委中书门下。每县置尉一员。在主簿下。俸禄与主簿同。

县尉的设置，大大加强了地方的治安与管理，对于稳定王朝的根基，产生了重要的作用。

这次，赵匡胤再次亲自任命一批知县，实也归功于赵普在背后的谋划与推动。利用知县统治地方，架空节度使，从而加强朝廷的中央集权，这是赵普与赵匡胤在政治方面达成的高度共识。

经过一番讨论，赵匡胤听取几位大臣的意见，决定任命大理正奚屿知馆陶县，命监察御史王祐知魏县，杨应梦知永济县，命屯田员外郎于继徽知临清县。奚屿、王祐是朝廷内高级的常参官。命他们为知县，开了宋朝廷任命高级朝廷常参官员为知县的先河，从而大大提升了知县在朝廷上下的政治影响力。

任命知县之事议完后，范质、张昭、赵普等一起告退，赵匡胤本想让赵普留下来，向他咨询如何应对张琼所说之事，但是他转念一想，还是决定自己再考虑考虑，然后再去找赵普不迟。

当日晚上，雨还在下。

赵匡胤令李神祐陪同，披上蓑衣，戴上斗笠，趁黑冒雨前往赵普的宅邸。

赵普见皇帝冒雨亲临，当下不敢怠慢。

赵普将赵匡胤请到内书房，令仆人上了茶后，便让他们都退了下去。

赵匡胤则令李神祐持剑守在书房之外。

"掌书记，你该再找个女人来照顾你了！"赵匡胤似笑非笑地冲赵普说道。

赵普微微一笑，道："陛下冒雨前来，不是为了给在下做红娘吧？"

赵匡胤抬起手，用手指冲赵普点了几下，说道："你呀，总是同朕抬杠。不过，朕今日前来，确实是有要事与掌书记商量。"

赵匡胤说完，一只手捏住了茶几上的茶盏，却并不拿起来喝。他的神色开始变得凝重。

"怎么？"赵普见赵匡胤神色凝重，当下也不禁神色一凛，低声问道。

"光义有可能知道我与太后之间的传位盟约了。"赵匡胤拿眼睛盯着赵普。

赵普一听，心中大惊，脸色一变，慌忙离座，"扑通"跪倒在赵匡胤跟前。

“陛下，微臣发誓，陛下与太后盟约之事，微臣从未曾与人提起。府尹他怎可能知道？”赵普以为赵匡胤在试探他。这是自那日赵匡胤向太后立下传位盟约后，第一次在他面前提起此事，他怎能不肝胆俱惊。

“你起来，不关你的事。”赵匡胤低声说道。

赵普听了，更是吃惊，缓缓站起了身，问道：“只是——府尹怎会知道有那个盟约。当时，杜太后面前，除了微臣与陛下，再无其他人了。莫非，陛下不小心说漏嘴，让府尹知道了？”

“不，不是。”赵匡胤摇摇头，当下将御侍秋棠此前说的话告诉了赵普，又将张琼所转述之事仔细说了一遍。

“原来是秋棠于无意间听到了，然后又告诉了她的姐姐夏莲。而如今，夏莲已经意外坠马而死。这事还真是蹊跷啊！”赵普不禁暗暗叹息。

“如果光义真的知道了传位盟约的存在，朕该如何是好？”赵匡胤问赵普。他并不知道，赵普此前为了自救，已经与赵光义达成协议，只等他百年之后，将尽力辅佐光义。

赵普听了赵匡胤的话，不禁暗暗心惊。他心里忐忑不安，暗暗想：“看来，陛下还不知道我与光义的私下约定。如果那事让陛下知道，我岂有命在。可是，如今陛下知道光义可能知晓了传位盟约的存在，我若是维护光义，恐怕也会惹来杀身之祸。不如——”他心思在一瞬间百转千回，终于一狠心，低声说道：“府尹假如真知道，必将于陛下不利，不仅会对陛下不利，甚至还可能危及皇子德昭。以微臣之见，陛下不如先下手为强——”他说到这里，抬手做了一个格杀的动作。

赵匡胤一听，左边眉头一跳，沉吟片刻，轻轻说道：“夏莲坠马，说不定确实是一个意外。或许，夏莲根本就不曾告诉光义关于盟约的任何事情。”

“这是最好的猜想了。可是，据张琼那个总角之交所讲，府尹在检查夏莲状况的时候，虽然悲伤，却似乎并无抢救的意思。如此看来，夏莲意外而死的可能性不大啊！难道陛下忘了玄武门故事，陛下不会想让德昭有建成、元吉之命运吧。"赵普说道。此刻，赵普已经决定帮助赵匡胤消除隐患，这也是他自保的最佳办法。

赵匡胤听了赵普的劝言，沉默不语，过了片刻，方低声说道："光义毕竟是我的亲兄弟啊，或许，他杀了夏莲，正是为了避免朕的猜忌，而没有其他的想法啊。"

赵普无奈地摇了摇头，说道："陛下既然打定了主意，为何冒雨前来找微臣？"

赵匡胤一把抓住赵普的肩头，用更低的声音，肃然说道："掌书记，朕找你，是想让掌书记择机去试探一下光义，看他是否已经知道传位盟约。"

赵普微微仰起头，盯着赵匡胤的眸子。书房内，羊脂蜡烛静静地燃烧着。此时，因为赵匡胤半俯着微微倾斜着的身子，烛光照亮了他的半边脸。在赵匡胤的一只眸子里，赵普仿佛看到了自己的影子。赵匡胤的另半边脸，隐没在黑暗中。在那只藏在黑影中的眸子里，赵普看不到自己。那一刻，赵普愣住了。

仿佛过了许久，赵普才开口说道："是，微臣遵命。"

赵匡胤听赵普答应了，方才缓缓松开手。

既然已经说明了来意，赵匡胤便不想再多待下去，当下便起身告辞。赵普亲自将赵匡胤送到门外。望着赵匡胤披着雨披，在大雨中骑马远去的背影，赵普不知不觉地轻轻摇了摇头，自言自语道："陛下毕竟宅心仁厚啊！"

六

"守珍！快，让人备几盆鲜花，再备些上好点心，朕一会儿要去看看太后！"后蜀皇帝孟昶冲宦官梁守珍喝道。

"是，陛下，我这就去。"梁守珍眯着眼，笑嘻嘻道。

这个梁守珍是孟昶最喜欢的宦官。梁守珍得宠，始自于广政中的一个腊月。孟昶继位后，就定了个规矩，每值腊月，就让各内官向自己献花树。内官们为了讨好孟昶，有的人便用罗绢裹着花树的枝干，又用黄金圈子箍紧，使得花树看上去无比璀璨繁盛。梁守珍更是别出心裁，不仅用罗绢缠过了花树的枝干，用黄金圈子箍紧，还在花朵上贴上细细的金丝，其花号称"独立仟"。当时，宫内人见了无不称奇。孟昶更是大喜，从此把梁守珍留在身边使唤。这一用，便用了十多年。如今，孟昶已经三十八岁，梁守珍也已是年近五旬了。梁守珍对于孟昶的脾气，了解得通透，知道他对于太后李氏甚有孝心，所以每次为太后准备礼物，无不尽心尽力。

此刻，梁守珍答应了一声，便匆忙拔腿往门口走去。

"等等，回来！"孟昶挠挠了耳根，又摸了一下上唇修剪得短短的黑须，冲梁守珍喊道。

梁守珍听了，慌忙扭头跑回孟昶跟前。

"陛下，还有何吩咐？"

"让御厨炖一大碗蹄花，要清炖的，太后喜欢吃清炖蹄花。"

"是，是！陛下可真是有孝心哪！"梁守珍还是眯着眼，微笑着，不忘夸赞孟昶一句。

"去吧，一定要炖透了啊！"孟昶又叮嘱一句。

猪蹄炖好时，正好近午时。孟昶亲自提着装了猪蹄汤的髹漆食盒，带着梁守珍和抬着鲜花篮的一群宦官前往太后李氏的寝宫。

李太后见了孟昶，面露喜色，可是扫了鲜花一眼，旋即便拉下了脸。

"说过多少次，不用每次来都带着这些！"李太后瞪了孟昶一眼，继续说道，"咱蜀地虽是天府之国，但也经不起陛下这般折腾。所谓上行下效，陛下这样折腾下去，民间便自然奢侈成风哪！"

"行了，母亲，不至于这般严重吧。儿臣不就是为了让母亲高兴高兴嘛。你们把鲜花都在一边放好。嗯，好！好！就那样。好，都出去吧。"孟昶招呼宦官们摆好鲜花，便把髹漆食盒往桌子上一放，大大咧咧地在一个绣墩上坐了下来。

"哎，你啊！"李太后瞪了孟昶一眼，眼光中满是怜爱，脸色也温和下来了。

"母亲，你休要想那么多，好好享受便是！"孟昶笑道。

"这又是啥？"李太后指了指食盒。

"是母后最爱吃的炖蹄花。"孟昶说着，小心翼翼揭开了髹漆食盒的盖子。

一股浓浓的香气飘了出来。

李太后脸色变得更加温和，眼中泪光盈盈一闪。

"陛下啊！我不需要你时时惦记着，只是希望你不要将我的话当耳边风啊。"李太后叹了口气。

"母后，你总劝儿臣要学会固福寿，儿臣一直谨记在心啊！"

"你就嘴上说得好听，哪里真把我的话放在耳内啊。你以为你不说，我就不知道吗？"李太后瞪了孟昶一眼。

孟昶嬉皮笑脸道："母后又听到啥闲言碎语了？若是母后身边的女官们嚼舌，儿臣哪一天把她们的舌头都给割了去。"

"休要胡说！不关她们的事。"

"母后，你究竟听到了什么？这般不高兴？"

李太后犹豫了一下，说道："我刚刚看过《实录》了。"

"《实录》？哼，那个李昊，莫非又在《实录》中说朕的坏话？"孟昶面露怒色。

"负责修史，人家只是忠实于史而已。"

"难怪之前朕想看看，他以'君王不阅史'之由把朕顶了回来，原来果然在史书中说朕的坏话。"孟昶恨恨说道。

李太后无奈地摇摇头，说道："他原本也不给我看，耐不得我拉下这张老脸求他，说我看了后，若有机会也可劝诫陛下，他方才勉强答应。可是，他还是将原书当成宝贝，只是让人偷偷抄了一份给我看，还限了时日看完后归还。我去求他，还不都是为我儿你嘛！"

"唉！总之，定然是李昊这老儿记了朕的坏话。"

"我不是说了嘛，李昊只是忠实记录而已。"

"他怎么偏偏记录一些坏话？"

"我是在其中看到了陈及之的上疏谏言，才知道你最近又下采择之令了。此事，你怎可瞒着我呢？"李太后面露不悦之色。

孟昶面露愧色，一时无语。

"陈及之的上疏，你一定是看过的，你大选良家女子充纳后宫，弄得群邑骚然，妇女惊逸，如此下去，社稷岂不大乱？"

"母亲，哪有陈及之说的那样严重啊！"

"你就别狡辩了。母后不是责怪你不该选妃，身为帝王，选妃入宫，充实子嗣，本是无可厚非，可是不该大张旗鼓，弄得民怨沸腾。选女了进宫，也得挑人家愿意的才是。如你这般强选，百姓如何不怨？"

"成，母后休要动怒，改日儿臣便把那几个不愿入宫的都给放了！"

"当真？"

"当真。若是不当真，便被雷公劈了！"孟昶伸出一只手指，指指头顶，信誓旦旦道。

李太后瞪了一眼，喝道："休要胡说。你记得便是。不过，今日母后还要跟你说几句。"

孟昶笑道："母后有话，说就是了。"

李太后肃然道："陛下，你休要怪我多嘴。你最近重用的带兵之人，可都是不堪用之人啊。我当初跟着唐庄宗，曾见庄宗跨河与梁战。后来，我又从先帝在并州抗击契丹，随后入蜀定两川，他们所用之将，都是有大功之人，所以士卒畏服。如今，那王昭远只是陛下年少时的玩伴，那伊审徵、韩保贞、赵崇韬虽有可取之处，但毕竟都是膏粱乳臭子，从未带兵上过战场，也从未练过兵。他们都不过因为跟陛下有旧日情谊，才得以位高居人上。一旦遇到疆场有事，靠他们几个如何能够抵御大敌？"

孟昶听了，依旧嬉笑道："母后，那你以为谁人可用？"

"以我观之，唯有高彦俦是太原旧人，且忠心耿耿，只要多加历练，必然不会辜负陛下。其他人，恐怕都不足依靠啊！"

"行。只要是母亲说的，儿臣自然会留意。"孟昶起身，双手抓住母亲的手，笑着说道。

李太后见自己儿子如此说，便露出了笑脸。

"来，母亲，快吃吧，不然猪蹄汤都凉了。下面还有几碟其他菜，还有米饭。"孟昶从餐盒中捧出猪蹄汤罐，恭敬地放在李太后面前，又从下面隔层中取出三碟小菜，最后从餐盒中取出汤匙、筷子，递给了李太后。

李太后接过汤匙、筷子摆在桌上，却不吃。

"好！你也快回去用午膳吧！"

"行，儿臣遵命便是。"孟昶笑着起身，行了礼，便告辞出了寝宫。

"陛下，今日太后心情可好？"梁守珍问道。

"还是像以前一样，总是喜欢唠叨。不过，人老了，都是这样吧。"孟昶笑笑说道。

"太后也是为了陛下好吧。"

"嗯，那倒是，不过，太后那些话，朕只是听听而已，朕自有朕的主意。走！去慧妃那里用午膳。方才你安排了吧，内侍可把午膳送过去了？"

"是，早安排好了，陛下放心！陛下对慧妃可真是宠爱有加啊！"梁守珍的脸上仿佛永远是笑着的。

孟昶闻言，得意地微笑着。

他的心里，浮现出了慧妃的样子。慧妃，宫里宫外，还有个称号，叫作"花蕊夫人"，因其容貌秀丽无比，当时号称"两川第一美女"。

七

人的心思最难揣测，因为它可以瞬息万变。

赵匡胤雨夜来访后，赵普的心久久难以平静。

"怎么办？陛下非常信任我。可是，假如夏莲真是光义蓄意害死，那么他一定是想要掩盖他已经知道传位盟约这一事实。当然，如陛下所言，或许光义是为了保护自己，免得被猜忌。可是，如果——"赵普想到这里，感觉后背生起一股寒意，有些不敢往下想。

对于各种可能性的猜想，像一块巨大的诱饵，悬在赵普的眼前，让他舍不得放弃。他将自己关在屋内，反复思考着各种可能。"如果陛下得享天年后驾崩，那时传位盟约公之于世，光义自然可以按照盟约而即位。这于光义并无不利。光义下毒手杀了夏莲，一定是刻意掩盖自己知道传位盟约的存在。如果我往坏里想，光义不是为了自保，会怎样呢？嗯——假如光义等不及陛下享以天年，而是设计早早谋害了陛下，他便可以借这个盟约洗白自己而顺利登基。这一传位盟约的存在，可以掩天下之眼，掩盖谋杀陛下的罪行。或许，是我将光义想得太狠毒，不过，这也不可不防。光义自然不担心我会妨碍他，因为之前我已经与他有私下盟约，只等陛下百年之后，辅佐他经营天下。以目前天下大势看，陛下百年之后，光义取大位，要比其他人更加有利于江山社稷。我不能背叛陛下，却也得为我今后的命运考虑，而且，我开太平天下的宏愿，如果在陛下在位时不能实现，那最好是借助于光义之手实现。不，光义现在还不敢下手暗害陛下，他现在根基还不稳，他也不能缺了我，他还找不到比我更好的谋士。"

赵普左思右想，最终决定还是要去见见赵光义。不过，他决定先去见见张琼。

"我需要借张琼的话，给他提个醒。要让他知道，有人目睹了夏莲之死。夏莲之死，已经引起了别人的怀疑。我尚不能将陛下的疑虑告诉光义，必须让光义以为陛下是不知情的。光义自然不可能去找陛下对质。好了，我得先找来张琼问话。这样，便可以跟光义说，我从张琼那里直接听到了夏莲之死的情景。如果光义清楚知道自己的实力还不够去替代陛下，他应该学会耐心等待。只有用这个办法，我才能打消光义谋害陛下之心——如果他已经动了这个念头的话！"赵普这样思索着。他知道，自己是在冒一个巨大的风险。"假如赵光义怀疑我会向陛下出卖他，他很可能会杀了我。"

不过，赵普下定决心要冒这个险。他对自己很有信心。他知道，如果赵光义真的有野心，便不会在这个时候早早将他杀了。无论是陛下，还是赵光义，他们若真想实现统一天下开创太平的宏愿，他们就缺不了我。他们不会冒这个险。而我，赵普，可以将他们作为我开创太平盛世的工具，我，要做无冕之王，我，赵普，乃是帝王背后的无冕之王。想到这里，赵普不无得意地笑了笑。

赵普派人将张琼请到自己府邸问话。张琼知赵普是皇帝的红人，见他过问赵光义与夏莲之事，便以为是皇帝授意他细查此事，当下有问必答，毫不隐瞒。

赵普心思缜密，担心张琼在转述细节时有出入，便又令张琼去将他那总角之交叫了来，细细盘问一番。待问了所有细节之后，赵普叮嘱那人，休要将所见再与其他人说，至于开封府尹可能涉嫌杀害女子一事，皇帝已经派人秘密查办。那人听赵普如此一说，当即指天发誓，一定会将所见之事保密。赵普又叮嘱张琼休要与他人再提此事。张琼心知此事重大，自然应允。

见过张琼之后，赵普没有立刻去找赵光义，而是派两个亲信，令他们暗中在赵光义府邸门口蹲守，悄悄记录赵光义的出行规律和去处。两个亲信每日晚上，便到赵普府邸向他汇报。过了十来天，根据亲信的汇报，赵光义外出，无非就是上朝、去开封府办公，或者带着几个亲信去酒楼喝酒，几乎没有拜访过其他大臣。

赵普叮嘱两个亲信，下次赵光义再带亲信去酒楼喝酒，就速速来向他报告。

一日，没有朝会，近午时分，赵普在家中得报，赵光义刚刚带着几个亲信进了大相国寺附近的徐记酒楼。

"甚好！"赵普说了一声，便匆匆换上一件圆领宽袖大红袍，系上一条金腰带，令人备了马，带着亲信匆匆往徐记酒楼赶去。出门前，赵普不忘在怀里揣上了铸着枢密院字样的铜腰牌。

到了徐记酒楼门口，自有伙计迎上来，帮着牵了马，去门口的拴马桩拴了。徐记酒楼是京城中的名酒楼，位于大相国寺北面，东大街和御街的拐角处。酒楼三层，高十余丈，在酒楼三层的窗口一坐，可一边用餐，一边欣赏北面的汴河风景，天气晴朗时，甚至连再北面一些的皇城风景，都可收入眼内。因是大酒楼，酒店门口也甚为开阔，齐齐地列着一溜儿石雕拴马桩，每个拴马桩桩顶都雕了小兽，个个都是惟妙惟肖，没有重样的。

趁着伙计拴马之际，赵普立在酒楼门前，好好地扫视了几眼酒店门口拴着的马匹。他注意到，赵光义常骑着上朝的那匹纯色枣红大马正在其中。那马儿系着铜雕的兽头当颅，牛皮攀胸带子下，拴着一溜儿金色的杏叶，金色鞍子后面的马背和马臀上，系着几条皮质鞴带，马后背近臀处的那条鞴带上，系着一颗大云珠。这马儿身上的鞴带和云珠没有什么实用价值，纯粹属于装饰。马儿精神抖擞，皮毛闪亮，加上华贵的马鞍等配饰，甚是好认。

进了店门，赵普打发亲信去掌柜处要了个包间，又顺便问了赵光义所在。那酒楼掌柜听说是枢密院的人，自然不敢隐瞒赵光义的包间所在。

赵普当即带着一个亲信，径往赵光义所在的包间去了。

待敲开包间的门，赵普抬起脚，便往里迈。

"府尹大人，真是巧啊。方才在酒楼门口见到府尹的座驾，知府尹在此喝酒，故不敢不来拜见啊！"赵普说着，作揖行礼。

赵光义见赵普突然出现，不禁微微一愣，旋即笑道："我道是何人，原来是枢密大人。"此时，赵光义一左一右的两个军校模样的人已经慌忙站立了起来。

"怎么，不欢迎了？"赵普哈哈一笑。

"哪里哪里，枢密何出此言。来，请坐！"赵光义缓缓立了起来。

"不坐了，不坐了。下官只是来拜见一下府尹。"

"史珪、汉卿，来见过枢密大人！"赵光义对身旁两人道。

那两人闻言，慌忙向赵普行礼。

"两位好！"赵普看了看那两人说道。其中一人，赵普早就认识，知道那人原是赵光义的身边亲信，名为石汉卿，如今，石汉卿因赵光义举荐，已经当了军校。

"枢密大人今日怎有雅兴前来喝酒？"赵光义说完这话，忽然想到自己也是来此喝酒的，不禁感到有些尴尬。

"是啊，接连几日忙公务，想着忙里偷闲来喝几口，没有想到遇到府尹大人。你们喝吧，下官这便告辞！这便告辞！"赵普说着，拔腿欲走。

"慢着，喝杯酒再走不迟。汉卿，给枢密斟酒。"赵光义一把抓住了赵普的手臂。

赵普见赵光义抓住自己的手臂，正中下怀，当即装出无奈状，说道："好吧好吧，喝一杯便是。"

此时，石汉卿已经为赵普倒满了一杯酒。赵普也不客气，举起杯，冲赵光义说道："来，下官敬府尹一杯！"

赵光义一笑，拿起桌上酒杯，与赵普手中酒杯微微一碰，旋即一饮而尽。

两人干了一杯酒，相互对视一眼，均是哈哈一笑。

"府尹大人，下官这就告辞，不再打扰了。"赵普说着，起身便往包间外走。

赵光义见状，只得起身相送。

赵普走到门口，仿佛忽然想到了什么，脚下一停，扭头看了赵光义一眼。

赵光义见赵普眼神奇怪，不禁微微一愣。

"枢密可有事要说？"

"下官只是忽然想起一事，不知当不当说。"赵普扭过头去，微微沉吟。

"枢密为何犹豫？这里没有外人，说来便是。"赵光义压低了声音问道。

赵普停住脚步，低声道："不如借一步说话，请府尹大人移步到隔壁雅间。"

赵光义一愣，扭头看了史珪、石汉卿一眼，说道："也好。"

当即，赵光义对史珪、石汉卿说道："我与枢密商量点事，你俩且在此喝酒便是。"

史珪、石汉卿皆微微一愣，当即应诺。

于是，赵普携着赵光义，去了自己订的那个包间。赵普让亲信留在门外看守，自带赵光义入内。

"若不是碰巧遇到，下官还真不知该不该去专程找府尹。"赵普肃然道。

"出什么事情了？"赵光义问道。

"有人看到府尹大人与婢女一同出城了，而且看到了那个婢女坠马的情景。"赵普说道。

赵光义听了这话，心头怦然一跳，脸上却不动声色，淡淡问道："是谁看到了？"

"是谁看到并不重要。下官想问枢密，那个婢女坠马之死，可与府尹有关？"赵普神色肃然，轻声问道。

赵光义面露戚色，呆了一呆，说道："确与我有关，是我带她出城的。"

"为何那马儿听到府尹的哨声便惊了？"赵普追问道。

赵光义眉头一皱，问道："你这是在怀疑我谋害了那婢女？"

赵普瞪着眼睛，问道："那婢女坠马后，你为何不施救？"

"夏莲很快便断了气，我如何施救？"赵光义微微露出怒容。

赵普盯着赵光义的眼睛，沉默了片刻，淡淡说道："我与主公有约，待陛下百年之后，自然辅佐主公。主公若真的杀了那婢女，难道不怕东窗事发，坏了大事？"赵普故意没有提传位盟约。

赵光义嘴角抽动了一下，没有马上作答，过了一会儿，方才说道："那婢女是坠马死的，确实是我亏欠了她。"

赵光义口中依然不承认自己害死了婢女夏莲。

"不论怎样，府尹应该知道此时自己的实力，还是小心为妙，该忍还得忍。绝不可操之过急！"赵普知道再追问也是无益，但是心里已经对事实猜到了八九分。他的话中，也小心地将"主公"一词，换回了"府尹"。

"多谢枢密提醒。还请枢密帮我。"赵光义盯着赵普眼睛。

"时机一到，我自会尽力辅佐你。"赵普盯着赵光义，斩钉截铁地说。

"我现在就需要枢密的帮助。"

"府尹想让我如何帮？"

"请枢密告知，是谁看到了夏莲之死？"

赵普脸色一变，沉默地注视赵光义的眼睛。

过了片刻，赵普摇了摇头，微微叹了口气，说道："是张琼的一个旧友，无意中看到的。"

"殿前都虞候、嘉州防御使张琼？"

"嗯。"

"他们可曾再同他人提起此事？"

"应该不会再说了。我已经叮嘱他们一定保密了。"赵普说道。他心里暗想："是的，他们应该不会再同其他人说起了。"

赵光义听了，缓缓向赵普作揖道："谢谢枢密！"

说完，赵光义冲赵普一抱拳，慢慢向包间门口走去……

八

后蜀宰相李昊近来感到政治局面对自己非常不利。前蜀降唐时，归降的上表是他起草的。虽然长期以来，民间一直以此事笑话他，他自己却并不以此为耻辱。"所谓降唐，不过是名义罢了，我为天府之地的百姓保住了一方平安，又有何耻！"他时常这般安慰自己。

前蜀降唐，李昊当然也为自己保住了荣华富贵。后来，他继续仕于后蜀，孟昶在位后，他位兼将相，平日奢侈更甚，府内蓄歌妓百余人。隔三岔五，他便在府邸内举办大型宴会，邀请官员、好友们前来宴饮。他还常常将开得正盛的名花搭配上兴平酥赠送给各位官员，他告诉这些官员："等到花儿凋谢了，就用牛酥煎食之，这叫作'花酥'。"凭借着聚敛的大量财富和慷慨的气度，李昊在后蜀的官场上很有人缘。

近几年来的天下大势，让他产生了从未有过的危机感。宋朝吞并荆湖、湖南之后，他意识到自己再次走到了命运的岔路口。他观察天下大势，推演各国博弈的发展，渐渐觉得，后蜀即便要偏安一隅，也没有那么容易。所以，就在不久之前，他暗中劝说孟昶向宋朝廷纳贡。他觉得，若不是王昭远阻挠，或许后蜀可以通过这样一次举动，换来偏安的机会。

最近，李昊敏锐地察觉到，似乎有些以前跟他走得很近的官员在悄悄躲着他。府邸周围经常出现的可疑之人，也使他意识到，有人正在针对他暗中使坏。通过自己安插在孟昶身边和朝中的耳目，他很快知道，那些在府邸周围监视自己的人，乃是枢密使王昭远安排的。

李昊是官场的老手，深知官场的险恶。尽管他看透了孟昶的怯懦、愚蠢，但是他知道，孟昶毕竟是后蜀的皇帝，如果孟昶真的因为他的归宋谏言决定除掉他，他可能早就被处死了。所以，他猜测，一定又是王昭远暗中作祟，在孟昶之前进了谗言，借机打击他。他也查到了王昭远近来在青城山脚下建造了一座名曰"净垒"的阁楼，将它用作私下的刑讯之地。近来成都城内关于"净垒"的恐怖传言，也让他感到有种强烈的窒息感。但是，他还不知道，孟昶究竟给了王昭远多大的权限，故他不敢将"净垒"之事捅到朝堂上公开弹劾王昭远。"万一这些都是孟昶暗中授意的呢，若是公开弹劾王昭远，那不是等于弹劾皇帝吗？！"他因为有这层顾忌，所以也对王昭远投鼠忌器，不敢进行公开的对抗。

不过，李昊也清楚，不能让这种被监视的状况持续下去。

"必须要做点什么。不能就这样被王昭远给扳倒了。老夫在成都经营了五十年，岂能让王昭远这厮如此欺辱！"李昊暗中盘算，决定在府内举办一次大型的夜宴，广邀朝内官员前来宴饮，一来看看哪些官员还愿意跟紧自己，二来也借此表示对王昭远暗中指使的监视行动的轻蔑，从而打击其近来不断上升的猖狂气焰。

为了将这次夜宴搞出大声势，李昊开始安排手下四处散发请柬。宰相要举行夜宴的消息很快便在成都城内传开了。

王承衍正苦于没有机会与李昊接触上，当他听说这个消息时，立刻意识到，这恐怕是一次接触李昊而又不被人注意的好机会。

　　"夜宴当晚，相府内外定然热闹非凡，那是我们混入相府、接触李昊的好机会。"王承衍将自己的想法告诉了周远、高德望。可是，对于究竟该如何混入相府，王承衍却是一筹莫展。他倒是希望周远能够想出好办法。

　　周远听王承衍说想借李昊大办夜宴之机混入相府，当即微微一笑道："这有何难！"

　　"周大哥，有何妙计，快说来听听。"高德望迫不及待地追问。

　　周远又是微微一笑，当下说出一计。

　　周远确实说出了一条计策，但是听起来却似乎不是什么妙计。他的计策很简单，就是趁着那晚诸位嘉宾鱼贯而入时，混入嘉宾的队伍进入相府。王承衍和高德望都对这条计策表示怀疑。不过，周远信心十足地让他俩相信，依计行事，一定可以成功。

　　到了夜宴即将举行的那个晚上，王承衍将赵匡胤赐给他的那件袍子穿在身上，又在外面披了一件红色的对襟长袖大袍。周远和高德望打扮成了他的仆人。周远并未带佩刀，高德望也未带上那把唐刀。它们都被寄存在他们留宿的旅店中。他们也未化装，因为他们相信，李昊府内没有人会认识他们。

　　酉时过半时，王承衍骑着一匹租来的皮色发亮的大黑马，备了一大箱子厚礼，用绳子绑好，挂在一根棍子上，由周远和高德望一前一后抬着，来到了相府门前。那里，已经闹哄哄地聚集了很多人。周远料得没错，嘉宾们为了显示自己对宰相的尊重，都早早来到了相府的门前。大多数嘉宾，都是骑马而来，也有的嘉宾是乘着牛车或檐子赶来的。每个嘉宾都备了礼品，或多或少带着几个仆人。这么多人，这么多的马匹，一时间令相府的门房和守卫手忙脚乱，疲于应付。有的守卫帮着嘉宾去拴马，有的守卫帮着去找搁置檐子的地方。负责检点嘉宾的门房只能草草看一眼名刺与请柬便放人入内。实际上，大多数时候他们几乎都来不及看一眼那些名刺与请柬上的名字。王承衍带着周远、高德望跟在一个嘉宾队伍后面，慢慢走近相府大门。眼见离相府大门还有几步，忽然听得后面一阵骚动，有人大呼小叫起来。

众人扭头往后面看去，只见五六位穿着粉色、湖绿色、红色衣裙的美貌女子在人群中往相府门口这边挤过来。

"让我们过去！让我们过去！"几个女子用清脆的声音高声喊着。

"几位娘子，你们是跟着哪位大人来的？"其中一个门房远远地喝问道。

"我姐妹几个听说相府今日晚上大摆夜宴，所以想来看看热闹，也想问问是否有伴舞的需要。我们也想讨几个赏钱呢。"一个穿粉色的女子嗲声嗲气地答道。

那相府门房听了一笑，回喊道："原来如此，你们且等一会儿，待会儿我去给你们问问。"

这时，王承衍、周远和高德望刚刚走到相府门口。那两个负责检点嘉宾的门房眼光早被那几个女子所吸引，哪里顾得上王承衍等人，只是扫了一眼周远、高德望抬的礼品箱，便挥手让他们进入了相府。

进得相府，周远压低声音，冲王承衍道："少将军，怎么样，我说混入相府不成问题吧。"

王承衍疑惑地道："只是我不明白，周兄怎料到那几位歌妓一定会如此配合呢？"

周远道："这有何难，我给了她们几个每人一百文钱，让她们今日酉时赶到相府门口来制造出点儿动静。我同她们几个说，我家官人未在相府邀请之列，但是想要借这个机会与朝中诸位大臣套套近乎，以求有个晋升的机会。所以，我家官人想要混入相府，这需要她们的帮助。我答应她们几个，事成后等我们出去，会再给她们每人一百文钱。她们几个听了，都开心得咯咯笑个不停呢。"

"难道她们不问，万一咱家官人被宰相识破怎么办？"高德望笑问。

"不，她们当中有人确实问了。我与她们说，夜宴时有那么多客人，宰相大人怎么能够一一照应到呢。我家官人只要出现在那些大臣中间，便是成功。宰相大人即便瞧见我家官人，也会以为我家官人是同某个大人一起的呢！"周远说罢，自己也不禁微笑起来。

"万一她们真进来怎么办？"高德望还是有些不放心。

"那自然会按照她们说的，给她们一个唱曲的机会。她们还可以再得些赏钱，何乐而不为呢！"周远笑道。

进了相府后，有相府内的仆人来接收礼品箱。交接了礼品箱后，又有一个年轻的仆人提着一只红灯笼，带着三人，往举办夜宴的大厅走去。

天色渐暗，相府内很快四处点起了烛火。一时间，人声鼎沸的相府内变得灯火通明。

王承衍心中一动，想起在军镇之时，身为节度使的父亲每次宴请客人，在客人来齐之前，总会让来客先在一处静候，自己则要等客人来齐后，才会前往宴会厅。"或许，李昊也有此习惯。"

于是，王承衍开口问带路的那个年轻仆人："宰相大人现在可在夜宴厅内？"

"不，大人这会儿不在那里。大人嘱咐，待客人来齐了，再着人去请他到宴会厅。"仆人答道。

"在下有个请求，可否请小哥带在下去拜见一下宰相大人。今日家父有病在身，无法亲自前来，特别嘱咐在下若有机会，要私下里向宰相大人问好。"王承衍话说得很诚恳。

此时，那仆人回头看了王承衍一眼，见他相貌堂堂，英气凛然，一看便不是普通人，当下略略犹豫了一下，说道："原来如此，那请官人随在下往这边走吧。"

王承衍没有料到事情会如此顺利，心下不禁大喜。

那年轻的仆人于是带着王承衍等三人，离开了人流，从府邸的中心甬道转上一条岔路。

王承衍等三人在那仆人的带领下，穿过一个幽静的小花园，又沿着一条游廊走了百十米，到了一个小楼前。那楼只有两层，里面亮着烛光。楼一层的正屋台阶前，站着一个中年仆人。

"大人正在里面。小人去让人通报一下。"那带路的年轻仆人说着，走到楼前，同站在正屋门前的中年仆人说了几句。

那中年仆人听了，朝王承衍看了一眼，转身往屋内走去。

过了片刻，那中年仆人从屋里出来，与年轻仆人说了几句。

年轻的仆人冲王承衍等三人招了招手，示意他们过去。

王承衍于是带着周远、高德望缓步走到那中年仆人跟前。他努力让自己显得镇静。

"那你继续去忙，这边我来照应便是。这位官人，你随我进去。请这两位在此稍候。"那中年仆人向年轻仆人说了一句，又冲王承衍说道。

年轻的仆人冲王承衍点点头，便朝来路走回去了。

王承衍于是示意周远、高德望留下，自己跟着那中年仆人往正屋门口走去。

那中年仆人走到正屋门前，冲屋内喊道："大人，贵客来了。"

屋内很安静，李昊没有马上回答。

王承衍心想，李昊一定会觉得奇怪，这个时候，怎会有人前来求见呢？

正在这时，只听得里面有人说道："请客人进来。"

"是！"

那仆人答了一声，便为王承衍轻轻推开了门。

王承衍抬腿迈过门槛，飞快走入屋内。

仆人在他身后很快地合上了屋门。

这间正屋的摆设不像一间会客厅，而像是一间大书房。屋子正中，摆着一张大桌案，桌案上堆着数堆卷册。桌案后面，正坐着一个穿着后蜀官服、戴着官帽、脸庞微微有些消瘦的老人。

那老人这时慢慢抬起头来，眼睛中露出惊讶的神色，惊讶中稍稍带着一丝恐惧。王承衍看得出，眼前的这个老人，正试图尽量将内心的恐惧给压下去。

"你是何人？老夫似不曾见过你。"李昊声音发涩地问道。

王承衍往前快走了两步，冲李昊一抱拳，深深一鞠躬，压低声音说道："大人，在下王承衍，乃受中朝皇帝之命，特来求见大人。"

李昊听了，脸色大变，猛地立起身，惊问道："你是大宋皇帝的密使？"

他没有追问王承衍是如何进入相府的。他是官场老手，从不在无谓的事情上多说一句话。他知道，追问王承衍是如何进入相府的已经没有意义了。相府中或许有大宋的卧底，或许没有，他都不可能从王承衍的口中知道。若想查，最好还是由他自己追查，而不是现在冒险花时间去追问眼前这个人。

"正是！"王承衍不想隐瞒，神色坚定地点点头。

李昊心念一时间百转千回："莫不是王昭远在派人试探我！我怎能信他？若是我现在喊人捉了他，万一真是大宋皇帝特使，岂不得罪大宋，断了后路！"

王承衍见李昊神色大变，却不说话，知道他在怀疑自己的身份。

"在下知大人心存疑虑，不过，在下带来皇帝陛下的密信，大人一看便知。"

李昊听了，只得默默点点头，等着王承衍的下一步举动。

王承衍说罢，从腰带中摸出一把锋利的小刀，将胸前的衣襟轻轻划开，又从衣襟的夹层中抽出一小块白绢，捧在手心，递到李昊眼前。

李昊方才见王承衍摸出小刀，心下一惊，随后见王承衍并无杀害自己的意思，当下心神稍安。他迟疑了一下，便从王承衍手中接过那块白绢，在烛光下慢慢展了开来，只见那白绢上用褐色的细线，绣了多行蝇头小字：

> 朕知《创筑羊马城记》[1] 一文出自卿手，见文中有"忠以令德，孝出因心，力奉国家，勤修职贡"之语，知卿家心向中朝，然为孟氏经营西川，保一方民生，亦苦心孤诣，

---

[1] 该文全文见拙作《大宋王朝·王国的命运》。

忍辱负重。今我大宋，禅位于周，初定中原，天下黎民，心向一统，朕望卿家能力劝孟氏，早日纳土归宋，以共享太平之乐。

李昊看完密信，瞪眼仔细盯着王承衍看了一会儿，暗想："看来，不似有假。我便豁出去，信了他。"他混迹官场多年，阅人无数，对于识人，颇有些自信。

李昊这般想着，又低头看了看那密信，继续想："大宋皇帝在密信中以'卿家'称呼我，应已有日后用我之意。这也算是一种明确的承诺了。只是大宋皇帝不知，孟昶如今已被王昭远所迷惑，已非我所能说服也。"

他看了王承衍一眼，缓缓将那块绢布密信卷成一个卷儿，然后慢慢往桌子一角燃烧着的羊脂蜡烛凑过去。

那绢布一触及火苗，瞬间便被点燃了。

李昊将点燃的绢布投在砚台上，看着它慢慢烧成了灰烬。接着，他拿起桌上的一个小瓷壶，从小瓷壶中往砚台里倒了一些水，又拿起斜靠在砚台边上的墨块，在砚台上慢慢磨起墨来。

王承衍盯着烛光下的李昊，沉默不语，等着他的反应。

过了许久，李昊叹了口气，轻声说道："请你回去告知陛下，罪臣也愿天下一统，黎民百姓安享太平。只是，如今王昭远得势，罪臣之言，孟氏恐难再听也。"

王承衍见李昊神色悲哀，心知他口中所说，并非推托之语。

正在王承衍不知如何作答之时，李昊继续说道："罪臣只能承诺陛下，一旦大宋与后蜀交兵，罪臣只要不死，定当力劝孟昶纳土，以保一方之民。罪臣惟愿陛下，能保我家人不死。"

这不是王承衍希望听到的回答。这样的结果，意味着此次劝降任务几乎可以说是失败了。听李昊的语气，他也甚是无奈！王承衍见李昊神色惨然，心下不忍，便道："大人放心，在下返回中原，自会将大人的话带给陛下。"

"那便好，那便好！"

"大人，在下想再问一句，王昭远可是已有对我大宋用兵之意？"王承衍想起在来成都的路上看到过几处关隘增加了蜀兵，此刻便忍不住追问。

李昊犹豫了一下，说道："罪臣眼下还是孟氏之臣，助皇朝劝降孟氏可以，可是关于军情，罪臣实无可奉告也。"他的话，说得模棱两可，似乎在为自己捍卫最后一点尊严。

王承衍看了李昊一眼，但见他眼神中除了悲哀、惊惧之外，还夹杂了其他一些东西。他一时看不透，那些复杂的东西究竟代表着一种什么样的心情。

"大人的意思，中原与后蜀之间的战争，很难避免了吗？"王承衍期待着李昊给出否定的回答。来成都之前，赵匡胤已经向王承衍表明了要统一天下、吞并后蜀的意向，甚至暗示如果劝降不成，战争恐怕无法避免。但是，赵匡胤始终没有明确表示，宋朝会主动出兵进攻后蜀。所以，此时的王承衍，心存一丝幻想，幻想后蜀不会有主动进攻宋朝之意。若非如此，宋朝与后蜀之间的战事，必然一触即发。

李昊没有马上回答，但是他听了王承衍的提问，磨墨的手停住了。他呆呆地盯着桌上那方砚台。密信的灰烬如今已经混入墨汁，但还未完全磨开，不过他知道，只要他继续慢慢地磨下去，它们最终会同墨汁完全混合在一起。

李昊盯着砚台里面的墨汁，发了一会儿呆，终于开口说道："罪臣实在不知。"他确实不知道，因为王昭远的计划，已经在他的预料之外。他当然不会轻易让王昭远将自己扳倒，但是，要在孟昶面前扳倒王昭远，他也没有信心。

"不知上使何时回中原？"李昊接着又答非所问地回问道。

这个问题，立刻又带给王承衍一丝希望。此刻，他突然想起了那个被抓去"净垒"的瘦子。想到当时的情景，一股令他感到恶心的厌恶之情从他心底生起。残暴阴森的矮子，在他的心底，投下了一个可怕的阴影。

"看样子，李昊并没有完全放弃尝试劝降孟昶。或许，可以给李昊留点时间，也可趁这段时间，去找到那个'净垒'，设法将那个瘦子救出来。"王承衍心想。

不过，王承衍不想给李昊一个明确的答案，他回答道："当回时便回。"

"如果想要找你，如何办？"李昊问道。

王承衍略一迟疑，说道："大人可派亲信到惠民客栈找王成化。那是我的假名。"他冒了一个险，将下榻的客栈和假名字告诉了李昊。这个险，他必须冒。

"很好。"李昊说道。

王承衍不知李昊说这个"很好"究竟何意。他看了看李昊，见李昊微微眯起了眼睛，一脸肃然，心知再多说也无益，当下便说道："既然如此，在下便告辞了。"他冲李昊抱了抱拳，一鞠躬，便往屋门口走去。

李昊神色茫然，盯着王承衍走出屋门，没有再说一句话。

九

"这个地方可够偏僻的。"高德望仰头看了一下前面的山头。

"所以方便干些见不得光的事。"周远道。

王承衍环顾了一下四周，但见四周林木青翠，郁郁葱葱，不禁脱口赞道："好一座大山啊！"说话间，他从怀中掏出一张画在绢布上的地图仔细看了看，心想："这里应该便是青城山的后山了。如果那个农夫没有说错的话，'净垒'应该就在这片山里头。"

这次进山，他们每人都背了一个包裹，里面装着攀爬用的钩索、取火用的火石和一些干粮。他们是一早骑着马从成都城出发的，行了约莫一百四十里，大约在中午时分赶到了青城山。将三匹马暂存在一户农家之后，他们匆匆吃了点干粮，便进入了青城山的后山。

在进入青城山之前，他们花费了十多日，才从四处打听到"净垒"的大概位置。关于"净垒"的说法,几乎像是一个神秘的传说。最初,他们找到的每一个知道"净垒"的人,没有一个亲眼见到过所谓的"净垒"。直到入山的前一日,他们前往都江堰边,才碰巧打听到消息。那天,他们看到一老汉蹲在街边,正将竹子剖成细条,然后用竹条编成三尺长的竹笼。王承衍生了好奇心,便去问那老汉所编竹笼的用处。一问之下,才知道那三尺长的竹笼,乃是护堰所用。待用时,还需将大鹅卵石塞入竹笼。涨水前,护堰工们会将填了石头的竹笼搬到都江堰岸边,用来阻挡涨起的江水。巧的是,就是那个编竹笼的老汉告诉王承衍,附近有一个卖草药的人,曾经亲眼见到过"净垒"。于是,他们便根据老汉的指点,在青城山下寻到那个卖药人。据那个卖药人说,有一日,他在青城山后山的一个幽密的山坳中采草药,为了搜寻珍贵的草药,往山里越走越深,眼见天色渐黑,便准备离开。可是,就在那个时候,他隐约听到从前方传来断断续续的惨叫声。那时候天色已经暗黑下来,凄厉的惨叫声在幽静的山里飘荡,听起来极其恐怖。本来,他想转身逃走,可是受强烈的好奇心驱使,他便循着惨叫声走过去了。在树木草丛之间行了片刻,他看到了一座木楼。那木楼似乎只有两层,外面围着一堵高大宽厚的木头围墙,围墙大门的门楣,支着两只白色的灯笼,门前影影绰绰立着几个人,看样子似乎是卫兵。断断续续的惨叫声,正是从木围墙后的楼中传出的。卖药人说,就在那一刻,他立刻想到了关于"净垒"的可怕传言,于是再也不敢在那里停留,慌不择路地逃出了青城山的后山。自那天后,他再也不敢去那片山区采药了。

王承衍此时手中拿的地图,正是恳请那位卖药人画下的。

"真难相信,在这般清幽美丽的山里,会有那么可怕的地方!"高德望叹道。

王承衍将绢布地图折叠起来,放回怀中,说道:"是啊,青城山是一座名山。我曾经听家父说过,此山古时名叫天仓山。唐代开元之后,才叫青城山。相传,轩辕黄帝遍历五岳,封青城山为'五岳丈人',所以,民间也把它叫作丈人山。"

"天仓山这个名字也不错啊。为啥唐代要把它改叫青城山呢？"高德望有些好奇。

王承衍略一思索，说道："青城山，原名为'清城山'。我说的可是'清水'那个'清'字哦。因为古代神话之中，有天帝所居之处，有'清都、紫薇'之名，所以此山也叫'清城'。唐代时，佛教开始流行，可是民间道教也很兴盛，于是佛教和道教发生地盘之争。青城山这里的佛教、道教也开始争地盘，官司便打到唐玄宗那里。那唐玄宗可是信道的。他亲自下诏，判定'观还道家，寺依山外'，可是这个糊涂的唐玄宗，在写诏书时将'清水'的'清'字写成了'青'色的'青'。既然皇帝老儿这般写了，这山也只好自此改称青城山了。还有一种说法，说是此山诸峰环绕，状若城郭，山上树木四季常青，如同一座青色的城池，所以叫作'青城'山。多好的一座大山啊，可是谁又能想到，在这'青城'之中，还有一座秘密的、充满罪恶的'净垒'呢！"

高德望听了，不禁长叹一声。

正在这时，只听周远声音急促地说道："快看那边！"

王承衍、高德望微微吃了一惊，朝着周远所指的方向望去。只见远处树丛的背后，露出木围墙的一角。

"找到它了！"王承衍轻轻说了一声。

"少将军，现在怎么办？"

"咱们先摸过去看看。周兄，你的意思呢？"

"成！先靠近看看，但别着急行动。"

高德望听了，也会意地点点头。

三人微微俯下身子，在树丛间慢慢地、蹑手蹑脚地往那木墙方向摸过去。

到了距离高大的木墙大约三百步的地方，走在前头的王承衍蹲了下来。他抬了一下手臂，示意周远、高德望停下。

他们躲在一个灌木丛后朝大木墙那边观察。在他们的四周和头顶，树木的枝叶密密麻麻地交织着，为他们提供了很好的掩护。此时约莫是申时，但是由于山中树木繁密，阳光显得并不强烈。阳光穿过层层树叶交织的缝隙，落到地面的时候，已经变成了无数细碎的光斑。

阳光细碎的光斑让王承衍感到有些恍惚，产生了一种奇幻、诡异的感觉。不知为何，窅娘的容颜突然在他的眼前幻化出来。他又想起了韩熙载夜宴的那个晚上，窅娘跳着舞，她胸前的夜明珠，在烛光下闪烁着耀眼的光彩。他感到眼睛有些湿润，模糊了视野，于是抬起头，揉了揉眼睛，愣愣地看着眼前午后宁静的森林。

王承衍注意到，大木墙围成了一个半圆形。木墙里面，是一座二层的木楼。那木楼样子甚是丑陋，上下两层加起来也没有几个窗户。木楼的墙上，也没有任何雕花或镂空的装饰，如果去掉了歇山式的屋顶，下面简直就是一个大木盒子。二楼有个回廊，回廊的阑干是用原木构建的，顶多算是一圈木支架罢了。

大木墙的正中，是一个用许多大圆木制成的大门。此时大门紧闭。不过，门口守卫却并不多，只有四个。这四个守卫，每人都穿着锁子甲，手持长枪，腰悬着大刀。午后的阳光似乎使四个守卫显得有些慵懒，一个个无精打采地靠在木墙之上。也许，他们觉得，这个地方，根本不会有闲人前来，安排他们几个在此守卫，不过是装装样子。

木墙那边，并没有惨叫声传来。

"真是安静。"周远说道。

"或许，他们要等到天黑才会刑讯人。这帮混蛋。"高德望轻声咒骂了一声。

"我们三个，对付那四个，应该不成问题，只是一旦打斗起来，难免弄出声响。万一惊动里面的人，再要救人就难了。"王承衍轻声道。

"不如，咱们等到天黑再行动。"周远轻声说道。

"周兄有何办法？"

"少将军，你看那木墙，是依山而建的。等到天黑，你带着德望兄弟去木墙的东头，我去木墙西头放火。这几天，天气干燥，一旦着火，会危及整个木楼，这里的人肯定都会赶去救火。只要头脑清醒，没有谁会愿意在那个木楼里待着。待那时，你与德望兄弟从木墙东头翻墙进去，趁乱救人。我放完火后，绕到木墙东头，随后再翻入木墙接应你们。”周远说道。

王承衍听了，沉默了片刻，说道：“好，就照周兄的办法来。”

距天黑尚有近两个时辰，三人趁着这段时间，好好观察着木墙内外的动静，又将周围的地形仔细察看了。这段时间内，木墙外的守卫换了一次岗。原来的四个守卫进去了，换了四个新的守卫。周远在距离木墙东头三里地的地方，找到一个隐蔽的山洞。他们计划好，一旦救出了人，便在这个山洞里暂时躲避，等到次日清晨，再择机出山。

等到天黑，周远便依计朝木墙西头悄悄摸去。王承衍、高德望则在草木丛间潜往木墙东头。王承衍、高德望摸到木墙东头墙根之下后，静静蹲着，只等周远那边点起火来。茂盛的草木为潜行者提供了很好的掩护。看守们根本没有注意到在木墙的东西两头，已经来了不速之客。

过了一盏茶工夫，木墙西头果然亮起了火光。那火光一闪，火苗蹿得很快，很快烧起了一大片。

看守们大声惊呼起来：“着火了，快救火！快救火！”

“行动！”王承衍朝高德望低低喝了一声。

两人飞快地将钩绳抛上木墙。

只听“啪嗒”两声，两人抛出的鹰钩爪都顺利地钩住了木墙的墙头。

两人翻过木墙，并没有费多大力气。他们将钩索留在木墙处，只等救了人原路返回。

木墙和木楼之间，有大约三十步左右的空地。空地上拴着五六匹马，堆了一些杂物，还支了一些晾晒衣物的架子。

西边的火光惊吓了那五六匹马。马儿不停地嘶鸣起来。

在那五六匹马旁边，正好有一大堆杂物。

王承衍、高德望趁着乱，在夜色的掩护下飞快奔到了那堆杂物之后。他们隐身于杂物堆的阴影里，往木楼那边望去，只见木楼的大门匆匆地打开了，楼内的人乱纷纷地奔跑出来。

"快拿水！快拿水，救火啊！"

"火越烧越大了！"

"木墙保不住了。快！快！别让火烧过来。"

"把水缸抬过来，抬过来！"

"快，将那几匹马牵到木墙外去。"

众人惊恐地呼叫着，闹哄哄地忙乱着。

这时，有两个人跑来牵马儿，估计是听了头儿的命令，想把马儿牵往木墙外去。一个人先牵了一匹马跑开了。另一个人手忙脚乱，有些慌张，一时间解不开拴马绳。

"咱趁乱抓后面那个人问问情况。"王承衍说道，冲高德望做了个手势。

高德望会意，悄悄摸到那人身后，猛然一手勒住那人脖子，一手捂住了那人的嘴。高德望很快将那人拽到杂物堆后面。

王承衍抽出匕首，将匕首尖轻轻地抵在那人的眼帘下，怒目瞪着那人的眼睛，轻声说道："好好回答我的问题，便饶你性命。"

那人此时早已吓得魂飞魄散，哪里还敢违抗。他冲王承衍使劲地点了点头。

高德望将手从那人嘴上移开，另一只手依然勒着他的喉咙。

"你们十几天前是不是抓了一个散布谣言的瘦子？"王承衍问。

"是，是！那人是大宋的奸细。"

"那人关押在何处？"

"就关押在楼内。"

"说清楚些。"

"是，是，关押在二楼东头的一间牢房内。"

"哪一间？"

"这、这、小人大概记得是从东头往西头第二或第三间。"

"到底是哪间？"

"小、小、小人实在是记不清哪间了。这里头有四十多个小牢房。小人实在记不清了。不是第二间，便是第三间。"

"牢房门的钥匙在哪里？"

"这里牢房都不用锁。"

王承衍听了这话，感到有些吃惊。

"这里的犯人，即便打开牢门，他们也走不了。"

王承衍听了这话，感到一阵寒意。他见那人不似说谎，便用匕首割下一块衣襟，将那人的嘴塞得严严实实。

高德望抬手一掌击打在那人头上，那人顿时晕死过去。

两人将那人拖到杂物堆后，从杂物堆里扯出一块破布，盖在那人身上。

那匹拴着的马儿还在嘶鸣。大火愈烧愈烈，众人乱成一团，已经没有人顾及马儿了。

"咱们先上木楼东侧的二层回廊。"王承衍朝那边指了指。

木楼东侧处于一片巨大的阴影中。此刻，看守们都乱糟糟地聚集在木楼西头救火，根本没有人注意到木楼东侧的动静。

王承衍、高德望很轻松地摸到木楼东侧。两人搭了个人梯，王承衍先爬上了二层回廊，然后伸手将高德望拽了上去。

没有人发现他们。

"先查东头第二间。"王承衍说道。他们只能冒险一试了。

两人俯着身子，沿着回廊，摸到东头第二间牢房门口。

牢房门上有一个从外面插着的铁插销，果然没有锁。

王承衍尽量轻巧地拉开了铁插销，将牢房门稍稍拉开一条缝。

"你在这里望风，我进去。"王承衍冲高德望说道。

高德望点头应诺。

牢房门里漆黑一片。这是没有窗户的牢房。

"该死！"王承衍让眼睛适应了黑暗。现在，借着透过木头缝隙的微弱的光，他看到这个小牢房的一角的地板上，躺着一个人。那人一动不动地躺着，脚上似乎戴着镣铐，仰着头，睁着眼睛盯着他，却没有说一句话。

王承衍小心翼翼地走近那人。

不是那个瘦子。

这时。王承衍注意到那个人微微动了一下。

"你犯了何罪？为何被羁押在此？"王承衍蹲到那人跟前。

那人愣了一愣，以极其微弱的声音说道："我根本没有犯罪。我是被大宋从江陵放回成都的老兵。他们、他们在巫山渡口抓了我。他们把我抓到这里严刑拷打……"那人说着，轻轻啜泣起来。

王承衍想起了张济远和杜道真二人。

"你不用说，我知道了，我这就救你出去。"王承衍伸手去扶那人。

"不，不成了。走不动了。我快不行了。兄台，但求你替我给家人带个信。如果兄台还能找到拙荆的话。都好几年了……"那人喘了口气，声音变得更弱了。

王承衍一时间哽咽无语，只好俯下身子，凑到那人的耳边。

"我叫侯德恩，找春明坊——卖丝绸的——张氏——"那人说完几个字，使劲抬起手拽了一下王承衍的衣袖。

"放心。我一定把话带到。"王承衍握了握侯德恩的手。

"你快走吧。"侯德恩头微微一转，脸朝向一边，迎着从牢房木墙缝隙透入的火光，惨然一笑。

王承衍知道，侯德恩不可能再坚持多久了。

他站起身来，飞快地走出了牢房。

"不是。查第三间。"他尽量使自己显得沉静。

王承衍在东头第三间牢房的地板上，认出了那个瘦子。

那个瘦子也躺在地板上，脚上也戴着镣铐，同侯德恩相似，也遭受了残酷的折磨。

"你是何人？"那瘦子问王承衍。

"我是来救你的。还能走吗？"王承衍低声对那瘦子说道。

"我两只手被他们打断了，腿还勉强能走。不过，腰间被铁索系着，铁索一头固定在木墙上。"那瘦子似乎显得很平静。

"铁索？"方才在第二间牢房里，王承衍没有注意到侯德恩腰间系着铁索。也许是因为侯德恩双脚已经断了，所以他们也不必用铁索拴着他了。他心里一边想，一边看了看那瘦子的腰间。瘦子的腰上，果然系着一根手指般粗的铁索。

要是那把唐刀在此就好了！王承衍略微迟疑了一下，便低下身，去看那铁索的一端是如何固定在木墙上的。原来，在木墙上，钉着一块铁条，铁条两头用铆钉钉在了木墙上，中间凸起，铁索从铁条凸起处穿过，套在铁条上。如果犯人双手有力，是有可能拽下木墙上的铁条的。但是，那瘦子双手已经被折断，自然无力拽下那铁条。

"这帮畜生！"王承衍轻轻骂了一句。他用双手抓住那铁条，用力摇了几下，然后猛一发力，生生将铁条从木墙上拽了下来。

王承衍将铁条放在地上，抓起铁索，回到瘦子身边，说道："走，出去再说。"他从地上扶起那瘦子。那瘦子痛苦地呻吟了一下。

他们出了牢房门，高德望慌忙过来帮着扶住那瘦子。

"快走！"王承衍冲高德望说道。

他们很快架着那瘦子躲到了二楼东边的阴影当中。

西边的大火越烧越旺。

这时，王承衍看到一个熟悉的身影跑过来。那人正是周远。

那瘦子被王承衍、高德望二人架扶着，在周远的接应下，很快来到木围墙的东头。

王承衍用绳子将那瘦子绑在自己背上，先行翻过了木墙。周远、高德望随后也翻墙而去。

在木围墙顶部时，王承衍往西边的火光处看了一眼，这时，他看到一个熟悉的矮子的身影。那个矮子，正在众人当中指手画脚，指挥救火。王承衍扭头看看背上的瘦子，心中冒出了这样一个念头："不管怎样，人不该遭受这般残酷的折磨，可惜不能救下这楼里的所有人。"

他们按计划将那瘦子带到了三里外的隐秘山洞。

"他们究竟是什么人，敢在这里私设公堂？难道这里就没有王法？"王承衍问那瘦子。

瘦子"哼"了一声，恨恨地说道："他们是枢密使王昭远的秘密爪牙。你们又是何人？"

王承衍迟疑了一下，说道："我不过是个生意人。"

瘦子又呻吟了一声，说道："为何冒死前来救我？"

"于心不忍，路见不平，拔刀相助而已。"

瘦子听了，沉默不语。

"你是本地人吗？"

"是。成都就是我的家乡。你难道听不出我的口音吗？我倒是觉得，你不是本地人。"

"我想问你一个问题。"王承衍蹲在瘦子跟前，严肃地问道。

"你究竟是不是宋朝的奸细？你是无辜的，是吗？"王承衍问这个问题的时候，心情复杂，不知道自己究竟希望听到什么样的答案。

那瘦子似乎犹豫了一下，盯着王承衍的眼睛，说道："不，我是故意散布那些谣言的。"

听到瘦子这么说，不仅王承衍感到意外，周远和高德望也都吃了一惊。

"你是说，你真是宋朝的间谍？你为何要这样做？你恨孟昶？"王承衍吃惊地追问道。

那瘦子惨然一笑，却不作答。

过了片刻，瘦子仿佛积蓄了一点力气，说道："大多数时候，他算不上是坏人。甚至可以说，他一开始还是个好皇帝。他十六岁继位，继位之初，整顿吏治，兴修水利，励精图治。他还曾经一度广开言路，了解民情，设置了'匦函'，让官员、百姓投书谏言。他甚至还刻石规诫官员，所书《官箴》中有言：尔俸尔禄，民膏民脂，下民易虐，上天难欺。他后来也许把初心都忘了，变得日益荒淫无道。不过，即便如此，我也不能说他是一个暴君。成都的很多百姓，生于繁华，安于享乐，甚至都喜欢这个爱装点歌舞升平的皇帝。要不是因为一件事，我——我也不会——"

沉默了一下，瘦子声音微弱地说道："曾经有个男孩，跟着一个很有名的金匠做学徒。那手艺人因为手艺好，被皇帝孟昶召去制作一批金器。那个男孩，跟着师傅一起进了皇宫。可是，那个男孩再也没有能够出来。后来，有人说，他和师傅一起，为孟昶制作了很多件金器。其中有一件，叫作八珍夜壶。那夜壶乃纯金所造，上面镶嵌着多种珍贵的宝石。可是，那个男孩不小心将那个八珍夜壶摔坏了。皇宫内的太监因此将那个男孩狠狠打了一顿。不巧的是，那个男孩头部要害被打，隔了几天，竟然死了。那个男孩……那个男孩，便是我的儿子。难道……难道一条人命，还不如一个夜壶吗？”

说到这里，那个瘦子伤心地抽泣起来。

“你叫什么名字？”

那瘦子泣然道：“虽然你们救了我，但我不能再多说了。”

王承衍沉默了。他看得出来，这个瘦子似乎还在保护着什么。

“这么说，东金破西木、大宋破后蜀、后方有太平的谣言，也是你编造的？”高德望忍不住问了一句。

那瘦子眼中精光突然一闪，沉默了半晌，缓缓摇摇头，说道：“不。我只是遵照命令，散布这个谣言。”

这句话，再次令王承衍等三人大吃一惊。

王承衍突然意识到，赵匡胤在派他们入蜀劝降的同时，已经开始为未来的战争做准备了。

次日清晨，那个瘦子没有醒过来。他死了。

卷
二

建隆四年八月庚辰，朔。赵匡胤下诏，冬至日于南郊祭祀上天。有司上言称，今年冬至乃十一月二十九日，三十日即是晦日，皇帝祭天，不应近晦，请求改用十一月十六日甲子日祭祀。赵匡胤听从谏言，下诏改十一月十六日南郊祭天。

诏书云：

> 王者诞膺骏命，光启鸿图，罔不升中于泰坛，昭祀于上帝，着诸令典，是谓彝章。朕自抚中区，行周四载，稼穑既闻于丰稔，邦家屡集于休祺。岂凉德之升闻，感兹多祜；盖上穹之降鉴，锡我小康。得不祗率前文，躬行大礼！式展奉先之志，虔申报本之诚。用荅天休，且符人欲。朕以今年十一月十六日有事南郊。宜令所司，各扬其职，务从省约，无至劳烦。诸道州府不得以进奉为名，辄有率敛，庶遵俭德，以奉严禋。中外臣僚，当体予意。[①]

祭祀上天的礼制，在唐代，每岁冬至圜丘，正月上辛祈谷，孟夏雩祀，季秋大享，这是所谓的四祭昊天上帝。亲祀，则并设皇地祇位。宋朝建立后，沿袭了唐代的祭祀制度。赵匡胤下诏在京城南

---

① 见《宋大诏令集》卷第一百十八。《宋会要辑稿》礼二八中亦收此诏，文字略有出入。从《宋大诏令集》。——作者注

薰门外建筑了祭坛，按照唐制规定时间进行祭祀。

宋朝祭皇地祇和神州地祇，也因袭唐制。皇地祇在夏至祭祀。赵匡胤下诏在宫城以北十四里处建筑了方丘，专门用来祭祀皇地祇；又在京城北郊，别筑祭坛，以孟冬日祭祀神州地祇。

赵匡胤下诏改十一月十六日南郊祭天后，太常博士和岘上书言，祭祀不可太频繁，建议取消原定于八月二十九日的南郊祭祀。赵匡胤欲逐渐规范皇朝的制度，尽管心下担心取消原定的祭祀可能让百姓觉得朝廷诏书朝令夕改，但是斟酌再三，还是听从了和岘的建议。

为了保证十一月十六日南郊祭天的顺利进行，赵匡胤下诏，令朝廷各部用心准备。赵匡胤专门下令殿前司，务必与开封府配合，在南郊祭天之前，保证皇城安全，整顿秩序，肃静京都。

殿前都虞候、嘉州防御使张琼受命加强宫城警戒。张琼心知皇帝对于这次南郊祭天非常看重，因此自得了授命，暗自欢喜，同时也严令属下，遇到有扰乱宫城秩序者，务必严惩。

这一日午后，日头正盛，张琼全副武装，带着一个副手，在宫城内巡视各处的警戒。两人行到内东门小殿前，却见门口只有一名殿前卫士。张琼走近时，那殿前卫士手持长枪，正懒洋洋地靠在门前的一侧门柱上。他见上司前来巡视，慌忙挺直了身体。但是，为时已晚，他那吊儿郎当的样子，早被张琼看在眼内。

张琼怒气冲冲地走上前去，抬起脚，一脚端在那殿前卫士的左腿大腿外侧。那殿前卫士一个趔趄，几乎摔倒，脸上露出惊惧之色。

"混蛋！明知要加强警戒，还这副样子。今日此处本该四人当值，怎么就你一个？"张琼怒喝道。

那殿前卫士见张琼发怒，顿时额头冒出汗珠，两股战栗。张琼武艺高强，但性情粗暴。这一点，军中无人不知。禁军之中，不少人曾因小事遭受过张琼的暴打。由于张琼曾在淮南之战中救过皇帝的性命，众人都知他是皇帝身边的红人，所以即便遭到张琼的粗暴对待，也不敢多言。

"快说，那三个去哪了？"张琼脸上青筋暴露，睁圆了双眼喝问。

那殿前卫士犹豫了一下，颤声说道："都虞候，他们说是受史太尉之邀，让在下代为告假，参加宴会去了。他们说，近日宫城加强了警戒，一定不会有事。待着也是闲着。"

张琼听了，气不打一处来，喝问道："胡闹！哪个史太尉？"

"便是史珪将军。"

"哼，我道是哪个，原来是那个史珪。那家伙身无战功，手无缚鸡之力，不过借着曾是开封府尹的旧人，得了晋升。他还真把自己当根葱了！"张琼说着，又"哼"了一声，一脸不屑。

"是，是，是！都虞候说得是。"那殿前卫士心虚，哪敢同张琼顶嘴，慌忙顺着张琼的说法，连声应和。

"可知史珪在哪里设宴？"张琼追问道。

"据说是在清风酒楼。"

"南城那个？"

"是吧，听他们三个说，就是南城那家。"

张琼点了点头。他知道那家清风酒楼在南城武学巷西头的大巷口。

"你好好在此警戒，提起精神，休要偷懒！走！"张琼扭头冲副手说道。

副手慌忙答应了一声。

张琼带着副手，匆匆离开了内东门小殿，往宫城西边走去。

"随我去选两匹官马，咱去清风酒楼一趟，非得治治史珪那厮！"张琼对副手说道。

"都虞候，勿怪小人多言，那官马未经许可，可是不得私自选乘的啊。"那副手说道。

"有何不可，我救过陛下的性命，选一两匹官马骑，那些弩马温难道会去陛下那里告状不成！瞧你这小胆！"

"是，是，是！"那副手见张琼这般说，慌忙讪笑着答应。能够跟着上司选乘官马，对他来说，只要没事，何乐而不为呢？

张琼在御马值处选了两匹官马。那御马值见是皇帝的救命恩人来借马骑，便好心提醒了两句。不过，在张琼的坚持下，那御马值也不敢多言，任由他选了两匹好马。

张琼带着副手，骑着两匹官马，耀武扬威从宣德门出了宫城，沿着御街，一直往南骑行。一路上，御街上的行人被两匹快马吓得纷纷避让，惊慌失措地往两边跑开去。有些反应迟钝手脚不灵的，只能狼狈地往路边紧急扑倒，以躲避狂奔的快马。

两人出了内城南门明德门，继续往南骑行一段，便往西拐入武学巷。

还不到一炷香时间，张琼与副手便赶到了清风酒楼。

将马儿交给伙计去拴上后，张琼便带着副手径直步入清风酒楼。

"史珪在哪里设宴？"张琼瞪着铜铃般的眼睛喝问殿堂内的伙计。

那伙计见张琼全副武装，杀气腾腾，吓得慌忙道："就在二楼左手第二包间。"

张琼更不答话，"腾腾腾"便往二楼奔去。副手慌忙跟着他也奔上了二楼。

到了那包间门口，张琼二话不说，一脚踹开了包间的房门。

包间内，史珪正与一帮弟兄觥筹交错，吃得高兴。

房门"砰"一声开了。包间内诸人都是大吃一惊。众人抬头一看，只见张琼正带着一副手怒气冲冲地闯了进来。

"好啊，陛下下诏加强警戒，尔等当值时间竟在此吃喝上了！"张琼眼睛扫视着自己的三个部下。

那三个本该当值的殿前卫士见被上司抓个现行，当下呆若木鸡，不敢动弹。

史珪见是张琼，心下暗怒。此前，史珪已经数次遭受张琼讥讽，碍于张琼是皇帝的救命恩人，他也只能忍了。但是，对于张琼，史珪早已经恨得咬牙切齿。

"原来是都虞候驾到。在下失迎了！"史珪忍住怒气，慌忙站起身，讪笑着施礼。

史珪的旁边，也站起一人，正是他的铁哥们石汉卿。他二人都是赵光义手下的旧人，交情甚好。此刻，石汉卿欲帮史珪说话，因此也站了起来。

"请都虞候息怒，今日乃是史珪兄弟的生日，所以特邀弟兄们来坐坐，还望都虞候网开一面。"石汉卿抱拳向张琼说道。

张琼斜了史珪一眼，对于石汉卿，却看也不看。他走到史珪桌前，扫视了一下桌边众人，说道："老子可是从刀光剑影和尸体堆中走出来的，你们这些蠢虫，却只知道吃吃喝喝，倒会享受！生日是吧——"

说话间，张琼猛然手一抬，将整个酒桌掀了个底朝天。顿时，酒菜撒了一地。

史珪抬起手，抹了抹泼溅在脸上的汤水，冷笑道："都虞候，你这是故意要羞辱在下啊！"

张琼冷笑道："尔等巫媪之类，吾耻与为伍也！"

史珪听了这羞辱之辞，气得脸色赤红，身子一动，便欲扑上。旁边石汉卿见状，死死抱住史珪。

张琼将众人轻蔑地扫视了一圈，冲三个手下喝道："还愣着干吗？还不与我回去！"

说罢，张琼一转身，便往门口走去。

那三个偷偷溜出来喝酒的殿前卫士，哪敢多说，站起身来，冲史珪一抱拳，便灰溜溜地跟在张琼屁股后头离开了。

史珪看着张琼带手下离开，恨得咬牙切齿，浑身战栗。

石汉卿在史珪耳边轻声道："兄弟且忍，我自有办法，帮兄弟报今日之仇。兄弟可记得，前些日子，府尹说起过那张琼私下雇佣李筠旧日仆人之事？"

史珪扭头看着石汉卿，沉默着点点头……

数日后的一个上午，赵匡胤于延和殿视朝后正要离开，小黄门前来报告，说是军校史珪、石汉卿有机密事宜紧急求见。

赵匡胤便令人传史、石二人上殿。

"有何急事，快快说来便是。"赵匡胤说道。

史珪看了石汉卿一言，往地上一跪，大声说道："启禀陛下，末将要告殿前都虞候张琼目无王法、私蓄部曲。"

石汉卿也跟着跪下，振声道："末将同告殿前都虞候张琼私蓄部曲，自作威福，且私下诬蔑府尹任都虞候勾结部众，分裂殿前。"

赵匡胤听了二人的话，眉头一皱，说道："你二人应知，私蓄部曲、诬蔑朝廷重臣可都是重罪。可有证据？"最近一段时间来，已经有多人私下状告张琼飞扬跋扈，前日连御马值也说，张琼私借官马乘坐，赵匡胤已经心下暗怒。如今史珪、石汉卿再告张琼，更添了他心底的怒火。可是，赵匡胤毕竟对张琼的救命之恩心怀感激，所以一直隐忍不发。

史珪道："我二人已经调查多时，张琼私下雇佣李筠旧日仆从、部曲百人，还四处以陛下救命恩人自居。多时以来，他羞辱禁军同僚，欺凌京城百姓，众人敢怒不敢言。还望陛下严惩张琼，以正视听。"

"可有证人？"赵匡胤喝问。他心中暗想，张琼啊张琼，朕念你淮南之役中舍身为朕挡箭，容忍你已多时，你又为何如此大胆，四处欺凌同僚、百姓。你居功自傲也便罢了，偏要给朕拆台。如此下去，岂不扰乱我大宋朝纲。

"陛下若想见证人，我等去带上来便是。"石汉卿说道。原来，史珪、石汉卿二人近日来四处搜罗对张琼不利的证人。为了指证张琼，他二人早就将前几日在御街上险些被张琼骑马撞上的十来位百姓带到了宫城之外，只等赵匡胤开口，便去带人。

赵匡胤听石汉卿这么说，也只好令他去传证人。

不一会儿，石汉卿带了十来个人步入延和殿。

那十来个人进了大殿，按照石汉卿的叮嘱，一时间都跪在殿内，口中都大呼："陛下圣明，请陛下为小人们做主。"

赵匡胤指了指其中一位年长的白须老人，让他代表诸人说话。

那白须老人于是将张琼那日骑官马在御街横冲直撞之事绘声绘色地说了一遍。

赵匡胤听完老人叙述，心下愈发恼怒。

"老伯，你带着大家先回去，朕自会为你们主持公道。"赵匡胤强忍下怒气，对那白须老人说道。

老人不敢多言，领着众人，向皇帝谢了恩，便先行告退了。

待百姓们离开后，赵匡胤让人去传张琼到延和殿来对质。

张琼不知皇帝匆忙传他有何急事，便急急赶到延和殿。进了延和殿，他见史珪、石汉卿都在，不禁脸色一变。

"张琼，朕问你，几日前你可自选了官马骑乘？"赵匡胤缓缓从皇位上立起，盯着张琼的眼睛问道。

"这……陛下，当时末将借乘官马，乃是想尽快赶去捉拿私离岗位的殿前卫士。请陛下明察！"张琼昂着头，为自己辩解。

"这就是说，你确实选乘了官马。朕再问你，那日借了官马骑行在御街时，你是快骑的，还是慢骑的呢？"

张琼听了，面有愧色，一时语塞。

赵匡胤追问道："史珪、石汉卿告你私蓄部曲，自作威福。你服是不服？"

张琼一听，急道："末将不服，末将何曾私蓄部曲？"

赵匡胤厉声喝道："你难道没有私下雇佣李筠的旧日仆从？"

"这……"张琼确实雇佣了一个李筠的旧日仆人。他心头开始紧张起来。李筠曾在潞泽起兵对抗朝廷，当年赵匡胤亲征，大败李筠。李筠失败后在泽州城头焚火自尽。

"你认不认罪？"赵匡胤继续严厉地喝问。

张琼偏偏性格倔强，为人简单耿直，此时他心中暗想："我虽然雇佣了李筠的旧日仆从，也不能算是犯罪啊。看样子，一定是史珪、石汉卿因前几日的事情向陛下进了谗言，报复我。我岂能让他们得逞。"

张琼这样一想，当下将心一横，头一昂，大声道："陛下，请勿听小人谗言。末将自认无罪，末将不服！"

张琼不知道赵匡胤之前已经将一群百姓叫到大殿对了质。

赵匡胤本来念着张琼旧日救命之恩，心想只要他能诚心认罪，待象征性地惩罚他一下之后，便饶了他。可是，当他听张琼让他勿信小人谗言之语，不禁勃然大怒，大喝道："汉卿，替朕打这大胆逆臣，看他认不认罪！"说罢，大袖一甩，背过身去。

石汉卿听皇帝发话，暗自窃喜，瞥见殿内两侧卫士手中持铁樝肃立，当即从近处一名卫士手中抢过一支铁樝，二话不说，冲张琼头上击去。

张琼此时见赵匡胤发怒，一时间有些发蒙。他未料到石汉卿猛下狠手，待要躲避，已然不及。

只听"噗"一声大响，张琼被石汉卿手中的铁树击中了额头，顿时仆地而倒，头上血流如注。

赵匡胤听得响动，转过身来，见张琼头顶流血，躺在地上抽搐，不禁心下一惊。他亦未料到石汉卿会下如此重手。

石汉卿见张琼倒地，手中举起铁树，欲再次击打，置其于死地。

赵匡胤喝道："够了！"

石汉卿只好收了铁树，悻悻然退到一边。

"来人，将张琼抬下去，暂时带到御史府拘押。找个大夫过去。"赵匡胤见张琼躺在地上的惨状，心下不忍。

几个卫士得令，抬起张琼，往殿外行去。

张琼头部流血不止，一滴滴落在延和殿的地上，发出"吧嗒""吧嗒"的声音。此时，大殿内谁都没有说话。血滴滴落地板的声音，显得尤其响亮。

赵匡胤心情沉郁，冲史珪、石汉卿挥挥手，示意他们退下。

史珪、石汉卿既已狠狠报复了张琼，当下心下窃喜，匆匆退出延和殿。

张琼被几位殿内卫士抬着，迷迷糊糊醒来，吃力地睁开眼睛，透过糊在眼帘上的血水，看见再行几步便是明德门。他只觉得头痛欲裂，想到被史珪、石汉卿两人谗言陷害，心头郁闷难当，旋即，又悟到自己居功自傲，欺凌百姓，定然是惹恼了皇帝，不禁悔恨交加。他心中暗想："此番被小人陷害，生不如死，我英雄一世，岂能再在史珪、石汉卿等人面前受辱！"

"兄弟们，放我下来，让我在明德门喘口气。"他仰着头向抬他的几个卫士哀求。

那几个卫士虽然痛恨昔日张琼的苛刻与粗暴，但毕竟与他没有什么深仇大恨，眼见张琼的惨状，也是于心不忍，行到明德门前，便将他轻轻放在地上，让他背倚着明德门一侧的柱子。

张琼坐在那里，满面鲜血，气若游丝。他费力地从腰间解下腰带。那腰带是牛皮做的，其上嵌着一块白玉。

"麻烦兄弟，将此腰带交给我的老母，就说不肖子无法再孝敬她了。"

张琼说着，将腰带递到身边最近的一个卫士手中。接着，他惨然一笑，用尽最后的力气，狠命将舌头一咬，吐血不止，转眼气绝身亡。

几个卫士见张琼自杀，留了一人看护张琼尸身，其余便飞奔回延和殿复命。

赵匡胤听到张琼咬舌自杀而亡，不禁心下黯然，呆坐在皇位上，眼前浮现出昔日张琼舍身为自己挡住致命一箭的情景。

赵匡胤呆了片刻，对贴身内侍李神祐道："神祐，你安排人将张琼尸身先好好收葬了。然后与他们几个一起，按张琼的遗言，将这腰带给他母亲带去吧。顺便传朕之令，让他私蓄的部曲，全部到禁军兵营报到，等待发落。"

李神祐得令，带着几个卫士出延和殿去了。

当日午后，李神祐回皇宫向赵匡胤复命。

令赵匡胤感到震惊的是，据李神祐所说，张琼持家简朴，并无余财，家中只有奴仆三人，其中一人，确为李筠旧日仆人。但是，除此三人之外，更无其他仆人，所谓私蓄部曲之说，无法查实。

听了李神祐的报告，赵匡胤心下大悔。

"张琼，是朕对不住你啊！为什么朕就不能再仔细查查呢？这还是朕的疑心在作祟啊！"赵匡胤颓然靠在椅子上，闭起眼睛，仰头长叹。可是，一切都已经晚了，再后悔也没有用了。当殿击打张琼的命令，正是他亲口下的。

赵匡胤心下郁闷，令李神祐将史珪、石汉卿二人传来质问。

"汉卿，你言张琼部曲百人，今安在？"赵匡胤怒然发问。

石汉卿垂首道："张琼所养者，叛臣手下之猛士，以一可敌百也。张琼这厮，居功自傲，目无王法，若异日他起了叛心，陛下若想再杀他，便迟了。"

赵匡胤听了，默然不语。

许久，赵匡胤抬眼看了看石汉卿，说道："你下去吧。"

几日后，赵匡胤令人将张琼厚葬，又派人优抚张琼一家。当时，张琼之子尚幼，赵匡胤于是便提拔张琼的兄弟张进做了龙捷副指挥使。

对于史珪、石汉卿，赵匡胤也没有向他们问罪。

只是，在张琼死后很长一段时间内，李神祐注意到，赵匡胤在延和殿视朝时，偶尔会盯着延和殿的地板发愣。

那地板上，从张琼头上滴下的血滴留下的痕迹，早已经被擦洗干净……

二

赵光义仰面躺在小梅怀中，眼光穿过窗棂，呆呆地看着窗外。外面几乎是一片漆黑，但是，赵光义知道，在那片黑暗中，正开着一些金钱花。它们午后刚刚开放，若是到了明日凌晨，它们将无力着枝，会纷纷落下，撒满一地。

小梅将绢被扯了扯，充满怜爱地盖在了他裸露的胸膛上。他感到背上的热汗已经渐渐变凉了。他已经很久没有来小梅这里与她私会了。

他看着窗外的黑暗，在脑海中描摹着黑暗中的金钱花，突然想起了死去的夏莲。他很清楚，现在，张琼已经死了，张琼的那个总角之交不足为惧，没有人再能够确认是他害死了夏莲，他也永远不会承认。有时候，他会想，他只不过是吹了一声口哨，让那马惊了，摔下了夏莲。然而，每当想起夏莲，他依然会痛彻心扉。他常常感觉夏莲没有死去，而是每个夜晚，都在黑暗中静静地看着他。他也不止一次，想要走进那黑暗，去重新拥抱她。那种感觉很古怪，仿佛黑暗中有个不死的幽灵，在跟着他，折磨着他。

"听说最近朝廷里出了一件惨事，殿前都虞候张琼在明德门自杀了。不是说他是今上的救命恩人吗，怎么会落得这个下场？"小梅忽然问道。

赵光义一惊，冷然道："朝廷里的事，你休要多问。"

小梅叹了口气，抚摸了一下他的肩膀，不再说话了。

"我得回去了。"赵光义缓缓撑起身子，在床上坐了起来。

"明早再走不成吗？"小梅拽了一下他的手臂，幽幽说道。

"夫人会怀疑的。"

小梅呆了一呆，垂首说道："说不准夫人早就怀疑了。"

赵光义扭头瞪眼看了看小梅，说道："你休要胡思乱想。"

"大人，你这般心事重重，究竟为何呢？"

赵光义不答，心里暗想，我的心思啊，怎的偏被她给看得透彻呢？他瞪着小梅。呆了一呆，眼神渐渐变得温柔了。

小梅仿佛也感受到他眼光中的变化，从床的另一边，拿过他的衣衫，递给了他。

赵光义慢腾腾地穿好衣衫，坐在床边，叹了口气说道："我只是不想明日凌晨，看着那金钱花落满一地啊。"

小梅听了这话，眼圈一红，说不出话来。

赵光义站起身，回头看了一眼小梅，便往屋外走去。

赵光义骑马飞奔，很快回到自己的府邸。

他把马交给仆人，便朝着前堂的正厅走去。远远望见正厅里亮着烛光，他不禁感到有些奇怪。"平日里到了这个时辰，正厅里的火烛，应该早已灭了啊。"他正这般琢磨着，却见夫人小符，带着两个丫鬟，匆匆迎了出来。

"大人总算是回来了。"

"夫人，怎么了？"

"这么晚了，我本不该还在前堂待着。只是，赵枢密来了，说有急事要与大人相商。他一直等着。都快一个时辰了。我怕怠慢了他，便只好带着丫鬟们陪着。"

赵光义听说赵普一直等着他，不禁微微吃了一惊。

"辛苦夫人了，你赶快去后面歇息吧。我这边去看看赵枢密究竟有何急事。你们两个，快陪夫人去后面。"

小符点了点头，两个丫鬟同时应诺了一声，便都转了身，沿着堂径，转入旁边小路，往后堂去了。

赵光义飞快地步入正厅，一进门，便看见赵普已经起身走过来迎他。

两人彼此施了礼后，赵光义首先开口了。

"赵枢密，出了何事？"

赵普表情看起来没有什么变化，从容回答道："陛下今日召我议事，问及如若对后蜀用兵，何人可堪为帅。"

"你怎么回答的？"

"我并没有回答，只说一时尚无主意。"

"哦。这么说，皇兄打算马上对后蜀动兵了？"

"那倒没有，应该只是提前问问用帅人选。我猜陛下的思路，若欲对蜀用兵，必先稳住吴越、南唐，并且象征性地打击北汉、南汉，以解除后顾之忧。我关心的是，陛下说，明日会召集府尹大人、范宰相、魏宰相等诸位重臣一同征询用帅人选。我正是为此事在此等府尹大人。"

赵光义听赵普这么说，颇为不解，问道："此事怎劳赵枢密在此久候一个时辰？"

赵普眼睛微瞪，抬手将下巴搓了一下，说道："后蜀不是小国，非荆南、湖南可比。若能灭了后蜀，只要陛下用心，南汉、南唐、吴越，迟早必入我大宋囊中。因此，与后蜀开战，大帅人选相当重要，此人应是我大宋日后军事方面的栋梁，是一国之君必须依赖的大材。在下认为，府尹大人不可以错过这个举荐大帅人选的机会。"

说到这里，赵普意味深长地盯着赵光义的眼睛。

赵光义盯着赵普的眼睛，猛然想到："赵普这是在告诉我，此乃我为今后培养自己势力的大好机会啊！"

大宋王朝Ⅶ 笔与剑

这么一想，赵光义肃然道："光义谢过赵枢密提醒。这么说来，赵枢密心中其实已经有人选了？"

赵普微微一笑，说道："在下哪有什么人选，是府尹大人应该心中有人选才是。"

"先将你的想法说来听听。"

"若说攻城略地，当世将才，皆不如慕容延钊。然慕容延钊方下荆湖、湖南，汪瑞逃脱，湖南尚未完全稳定，陛下不可能在这个时候让慕容延钊离开那里。其余的大将，符彦卿年事已高，难堪率大军长途奔袭。石守信、高怀德、王审琦等老将，陛下已经陆续解除了他们的禁军兵权，估计除非万不得已，不会重新让他们掌握重兵。我考量诸将多时，以为当下可任大帅的，最可能的人选是王全斌、刘光义、曹彬这几个人。这几人中，王全斌谋深勇决，攻城克地，略胜一筹。刘光义有谋有略，但不够果决。曹彬此人，宅心仁厚，深谋远虑，但速攻之术，不及王全斌。陛下欲早日克蜀，在下猜他必以王全斌为大帅首选。"

"枢密的意思是——若皇兄问起，我应该在陛下面前举荐王全斌为征蜀大帅？"

赵普看了赵光义一眼，微微摇头，道："非也。"

赵光义一愣，问道："难道枢密不想早日克蜀？"

"当然不是。在下当然也想我大宋早日拿下后蜀。正是为了要早日克蜀，所以我今日特地来游说府尹大人，请大人明日在陛下面前不要举荐王全斌。"

赵光义听赵普这么说，更加不解，不禁追问道："王全斌长于速攻，为何枢密却要我不要举荐他？"

赵普的嘴角，露出一丝神秘的微笑，说道："在下观陛下疑心日重，府尹大人若举荐王全斌，陛下说不定会弃之不用。"

赵光义听了，若有所思地点点头，说道："这么说来，赵枢密还是为陛下思虑得多啊！"

赵普肃然道："赵普是为天下思虑得多！只有这样，才能全陛下之宏愿，也有助于府尹成未来之志。"

"怎么有助于我的未来之志了？"赵光义微微不悦。

赵普再次摇摇头，皱起眉头，压低了声音，死死盯着赵光义的眼睛说道："府尹大人不知，那王全斌虽然长于速战克敌，却好大喜攻，贪恋钱财。他若克蜀，必生出事端。那时，陛下必会设法克抑其功。而曹彬此人，宅心仁厚，不求速达，其实深得陛下心意。明日府尹大人举荐曹彬，一来可笼络曹彬之心，来日纳为心腹，引为臂膀，加以大用；二来也可令陛下对府尹大人放心。这难道不是有助于府尹大人成未来之志吗？！"

赵光义听了，耸然动容，起身朝赵普鞠躬道："枢密大人果然是我大宋第一谋士。光义无知，未明枢密大人苦心，望枢密大人见谅。"

赵普脸色稍缓，略一犹豫，说道："该忍时还得忍，时机未到，府尹大人千万不可操之过急。"

赵光义脸色一变，默然无语。

赵普重重叹了口气，忽然话锋一转，仿佛是自言自语地说道："是我害了张琼啊，不该将张琼那事说与你听啊。"

赵光义脸色变得更加阴沉了。他迟疑了一下，说道："枢密大人莫非是指责我害死了张琼？朝廷上下都知道，张琼是畏罪自杀的。"

"难道枢密大人不曾想过让张琼消失吗？"赵普语气犀利地反问。

"我确实对史珪、石汉卿交代过，让他们盯着张琼，留意他雇佣李筠的旧日仆人。你知道，那李筠，是叛臣。我怎会想到，会出那样的事情！"赵光义说这话时，声音有些发涩。

"天意啊！天意啊！"赵普仰天长叹了一声。

赵光义愣愣地看着赵普，一时无语。

次日清晨，赵匡胤在崇元殿上早朝。大臣们早早在殿内按照班次站列好了。

早朝第一大议题，便是商议南郊祭祀事宜。

经过一番商论，赵匡胤下诏，任命南郊五使：司徒、兼侍中范质为南郊大礼使，翰林学士承旨、礼部尚书陶毂为礼仪使，吏部尚书张昭为卤簿使，御史中丞刘温叟为仪仗使，皇弟开封府尹赵光义为桥道顿递使。

南郊五使的这种任命方式，基本上是参照了唐朝的制度，即大礼使、仪仗使、顿递使分别用宰相、台丞、京尹充任，其他两使，则用学士、尚书充任。不过，宋朝这次任命的顿递使，名称上在原来的"顿递使"之前加了"道桥"两字。在唐朝时，南郊祭祀还要任命礼仪判官，五代时还要有大礼副使判官、修装法物使，这次都取消了这些头衔设置，而命令内臣与诸司一同置办法物。

御史中丞刘温叟刚刚被任命为仪仗使，便站出来劾奏："启禀陛下，龙捷左厢都指挥使、汉州防御使马仁瑀干扰贡举，辱骂朝廷大臣，请治其罪。"

赵匡胤一听，面露不悦，心想，马仁瑀乃是一员猛将，事朕忠诚无二，却怎么能干出这等蠢事，便对刘温叟道："卿家所说，可经查实？"

刘温叟肃然道："马仁瑀曾私下请知贡举薛居正录下某人，薛贡举碍于其面子，佯装答应。放榜后，马仁瑀所请托之人名落孙山。马仁瑀于是趁醉携那请托之人，到贡院门口辱骂薛贡举，闹得沸沸扬扬，大辱朝廷尊严。"

赵匡胤眉头微微皱了起来。他拿眼睛盯着刘温叟，问道："可真有此事？你细细说来。"

刘温叟不敢隐瞒，将马仁瑀请托和辱骂薛居正一事的来龙去脉细细呈报了一遍。

听完刘温叟的陈述，赵匡胤脸色渐沉。就在不久之前，马仁瑀与龙捷右厢都指挥使、彭州防御使王继勋还大闹了一次。王继勋是皇后如月的亲弟弟，挟势骄倨，多次欺凌将帅。朝中很多大臣遇到王继勋，都是侧目绕行，不想得罪他。偏偏这个马仁瑀，性情耿直，脾气大，一日看到王继勋欺凌一位大臣，便冲上去欲殴打王继勋。王继勋顾忌马仁瑀的勇武，不敢与他打斗。但是，从此两人嫌隙愈深。赵匡胤因为皇后如月的关系，暗中维护王继勋，不想惩罚他。就在前两日，赵匡胤下诏，令龙捷左厢与右厢军到郊外讲习武事，王继勋、马仁瑀得了命令，各自令所部去市场购置了一批大木棍，准备大干一场。赵匡胤事先听闻风声，当即下诏，取消了这次讲武。赵匡胤一面因为厚爱马仁瑀这员猛将，一面因如月的原因祖护王继勋，所以对于王继勋、马仁瑀两人，都未问罪。

如今，刚隔两日，在朝会之上，赵匡胤听到御史中丞刘温叟弹劾马仁瑀，不禁暗暗恼怒，心想，好个马仁瑀，怎么又是你！朕虽欣赏你的忠勇，但这次不能不惩罚你。他一心想要消除五代时期武将专权的局面，开创一个文官主政的王朝，马仁瑀这次所为确实惹恼了他。

当下，赵匡胤下诏，令马仁瑀自本月甲申日出为密州防御使。

这次朝会，又提升泰州团练使潘美为潭州防御使。这主要是为了加强对南汉的军事压力而做出的决定。

早朝结束后，赵匡胤特令范质、魏仁浦、张昭、赵普、陶谷等重臣留下议事。赵匡胤特让范质坐在绣墩上说话，其他重臣，则都任其站立着。

坐在皇位上，赵匡胤将诸位重臣扫视了一遍，方开口道："今晨从福宁殿出来，但见几株金钱花下，红色的花瓣儿落了一地。真是好花易落，韶华易逝啊。朕许下统一天下的宏愿。如今，后蜀、南汉、南唐、吴越、北汉诸国依然纷立。每念及此，朕不免心焦如焚。荆湖已克，朕有取蜀之意。故今日留下诸位，是想听听各位对征蜀大帅的人选啊。"

议题果然如赵普昨日同赵光义所言。

"掌书记，昨日朕与你提过此事，你可有了想法？"赵匡胤微笑着盯着赵普，还是喜欢称呼赵普为"掌书记"。

赵普抬起头来，说道："微臣想了一晚上，倒是想了几个人选。窃以为，山南东道节度使慕容延钊、忠武节度使王全斌、宁江节度使刘光义、武信节度使崔彦进、内客省使曹彬皆可大用，至于谁可为帅，谁可为将，还请陛下定夺。"

赵匡胤听了，微微一笑，不置可否。

这时，范质从绣墩上立起道："陛下，容老臣多嘴，目下蜀无大过，我无故发兵，有失天道啊！况兵者，乃天下之凶器，不到万不得已，还是请陛下勿动兵戈。"

赵匡胤点点头，温言道："卿家说得是。卿家说的道理，朕都懂。朕也没有说马上就要发兵攻蜀，今日之议，只不过是未雨绸缪罢了。卿家年事已高，快坐下吧。"

范质见皇帝这样说，也便坐了下来。

"魏宰相，你有何建议？"

魏仁浦从容道："如攻蜀，单兵突进，恐难成功。以微臣之见，可分左右两军，自峡路与兴州两路，齐攻后蜀。"

"你的意思是，可任两名大帅，互相配合，协力攻蜀？"

"正是！"

赵匡胤沉默不语，陷入沉思。

诸大臣见赵匡胤不语，当下也不主动说话。

过了片刻，赵匡胤看了一眼张昭，问道："卿家，你觉得，谁任大帅合适？"

张昭略一思索，说道："以臣陋见，山南东道节度使慕容延钊将军镇守荆湖，不宜抽调出来前去征蜀。忠武节度使王全斌乃是披坚执锐、攻城克敌之名将，堪为重任。"

赵匡胤听张昭说完，看了一眼赵光义，说道："光义，你有何看法？"

赵光义心头一跳，略一思索，从容说道："皇兄，内客省使忠勇有谋，远征后蜀，窃以为可考虑重用也。"

赵匡胤听赵光义这么说，既不点头，也不否认，只是"嗯"了一声，心想："曹彬为人忠厚，不贪财，不恋官，沉稳有谋，确实是个人才。不过，论速战克敌，却不及王全斌。不过，光义推荐此人，喜此人忠勇，也还算是能够识人了。"

"各位畅所欲言，再提提名。"

众人于是又议论一番，提到了符彦卿、高怀德、王审琦、王仁瞻等宿将。

赵匡胤只听众人议论，却直到最后议事结束也不表态。

最后，赵匡胤看着诸位重臣说："攻蜀之事，朕自会从长计议。老宰相，你请放心，不到万不得已，朕不会用兵。至于征蜀大帅的人选，尚有时间，慢慢定夺不迟。"

出了崇元殿，赵光义一把拉住赵普，悄声问道："赵枢密，你觉得陛下会用哪个？"

赵普微微一笑："勿急，迟早会知道的。"

赵光义听赵普这么说，也只好哈哈一笑，再不提此事。

赵匡胤似乎对商议征蜀之帅的讨论甚为满意。自出了崇元殿，便回后殿换了便装，带着内侍李神祐，让御马值备好马，骑马出东华门直奔封禅寺去了。

一早，他便令楚昭辅前往封禅寺知会守能和尚，说中午时分去找他。

守能和尚虽然是赵匡胤的知己好友，但是知道皇帝要亲自来，却也不敢怠慢，一得到消息，便令寺内负责斋饭的僧人好好准备。

赵匡胤到达封禅寺时，守能和尚已经与楚昭辅在山门口等候了片刻。赵匡胤下了马，与守能和尚寒暄了几句，便在他陪同下，直接往住持禅房去了。

李神祐与楚昭辅知皇帝与守能和尚有要事相商，便守在住持禅房门之外。

"先用午膳，还是等等再说？"守能和尚笑着问。

"边吃边说多好！吃饱肚皮好说话。一会儿，可让神祐、昭辅二人先去吃点儿。"赵匡胤笑道。

守能和尚听了，笑了笑，对身边的小沙弥说道："你去让人把午膳送来，然后让李神祐、楚昭辅两位大人先去用餐。你回来后先在禅房外面候着，休令人靠近，待两位大人用膳回来，你再去用斋饭吧。"

那小沙弥应诺出去了。

不一会儿，小沙弥带着一个僧人，两人提着餐盒来了。李神祐在门口拦住，让两人打开餐盒，用筷子每样菜都夹了点儿尝了一口，片刻后，方接过来往禅房内拿去。在皇宫内，本有尚食局的人试餐，李神祐随同赵匡胤出宫时，必要时便由他来试餐。有时候赵匡胤觉得无妨，常常省去试餐这一环节。

赵匡胤于是令李神祐、楚昭辅去用午膳，只留小沙弥在禅房门口看着。

赵匡胤与守能和尚一边吃，一边便说起话来。

"大和尚，上次安排的事情，进展如何？"

"陛下放心，贫僧已经安排了人，在遂州制造了一个破木得字的吉兆，也让人将东金破西土、大宋入蜀天下方能太平的谣言传出去了。遗憾的是——散布谣言的谍者却被抓了几个。我在成都安排的间谍回来报告说，蜀枢密使王昭远已经开始在峡路各处增兵了。还有，经陛下大赦从江陵返回成都的老兵，很多被王昭远按照奸细论处，被秘密捕捉关押，甚至有被杀害的。"

赵匡胤一听，不禁神色黯然，叹息道："朕本想放了他们，让他们回到故土，可以与亲人相聚，没有想到竟然是害了他们。"

守能和尚见赵匡胤自责，慌忙道："陛下何出此言，这也是预料之外的事。不过，据报，也有逃脱的人。"

"时至今日，朕也不瞒大和尚。朕其实还派人秘密前往成都去劝降，只是至今还没有回音，看来是进行得并不顺利啊！你安排人留意一下。"

"陛下派出的是何人？"

"王审琦的儿子王承衍，还有周远、高德望二人。但愿不会出事。"

"陛下先自宽心，应该不至于。我会安排人盯查的。"

"王承衍化名为王成化。如果他们还在成都，你安排人，让他们在合适的时候，便回汴京来。"

"是，陛下。"

赵匡胤手举着筷子，却没有去夹菜，双目极其严肃地注视着守能和尚，淡淡地说道："看来，靠着游说，让蜀国归降，已经不大可能了。或许，我应该尽早做好出兵后蜀的准备……"

三

王承衍没有想到，竟然真的在成都的春明坊内找到了侯德恩的
妻子张氏。

不过，王承衍并没有将侯德恩已经惨死在"净垒"中的实情告
诉张氏。他编造了一个故事，谎称自己与周远、高德望二人是从南
唐来成都做茶叶生意的商人，在江陵遇到了被放归成都的侯德恩；他
们与侯德恩意气相投，结伴前往成都，一路上，从侯德恩口中知道
了张氏。他告诉张氏，不幸的是，他们在长江坐船经过巫峡时，遇
到风浪，船沉了，他们所有人和船上的货物都落入水中，令人遗憾
的是，侯德恩没有被救上来。侯德恩的妻子张氏听到侯德恩已死的
消息，痛哭不已，但最后也只能默默接受了现实。王承衍见张氏可
怜，便从汴京带来的金子当中取出几块，赠予张氏。张氏一开始不
收，王承衍好说歹说，张氏方才收下了。

王承衍听张氏说，在春明坊她现在的居所附近，她家还有两爿
店面，自侯德恩从军去了江陵，其中有一爿店面便空出租给了别人
做生意，近来租期到了，原来的租户也没有续租。王承衍便同张氏
商量，可否租给他一爿店面，他想在成都做点茶叶生意。张氏见王
承衍这般说，自然乐意。王承衍大喜，又掏出一些金子，按着市场
价，从张氏那里租下了那爿店面。

自租了那家店面，王承衍便将客栈的房间都给退了，只在那里
留了话，万一有人来找他（用的自然是假名），便让人到春明坊的这
家茶叶店来找他。

周远、高德望二人帮着王承衍，从茶叶集市上批量收购茶叶，
没几日便把一家茶叶店张罗得像模像样的。二人便都充当了茶叶店
的伙计，负责接待客户，卖茶叶，收钱款。王承衍当起了茶叶店的
掌柜，竟然也像模像样的。这爿茶叶店于是成了他们在成都进行秘

密活动的掩护所。

建隆四年八月底，赵匡胤令忠武节度使王全斌与内客省使曹彬等率兵打击北汉，以期提前遏制北汉势力南下。

王全斌等进攻北汉乐平县，击溃北汉拱卫指挥使王超所部，受降其部一千八百余人。北汉主大惊，令侍卫都指挥使蔚进、马步都指挥使郝贵超等率领蕃汉联兵前来救援，王全斌率兵与北汉援军大战三次，皆败之，攻下了乐平。于是，赵匡胤下诏，在乐平建置了乐平军。大宋军威因乐平三战而大盛。乐平军从此成为宋朝遏制北汉的军事重镇。

不过，赵匡胤并不想在这个时候对北汉展开真正的全面攻势。既然初步威慑已经实现，他便决定设法逐步影响北汉的人心，以图后进。拿下乐平数日后，他便下诏，将北汉降兵整编为效顺军，赐给钱帛，由王全斌节制。

北汉静阳等十八寨首领将帅本来害怕王全斌趁胜进攻他们，听说新兵可以被收编，还得了赏赐，便纷纷前来归降。

不战而屈人之兵。赵匡胤得报，大喜。他为能够减少一点兵事而感到欣慰。

王全斌在北汉三战攻克乐平，似乎产生了一系列反应。

八月内，女真国遣使来贡献名马。泉州的陈洪进也派使者到汴京朝贡。

随后，又有幽州岐沟关派柴庭翰等人到汴京前来归降。

月底，赵匡胤下诏，免除登州沙门岛居民的租税，令当地居民制造大船，专门渡运女真国的贡马。

就在这个月底，户部侍郎吕余庆的母亲——清河郡太君吴氏卒。当时，吕余庆正权知襄州。赵匡胤下诏令使者前去护丧，吕余庆母亲丧葬之器具，也全由朝廷负责。吕余庆旋即被召回汴京，复起为户部侍郎。

经过与吕余庆的一番深谈，赵匡胤对慕容延钊与李处耘之间生发的嫌隙有了大概的了解。

原来，在荆湖之役中，李处耘以皇帝近臣自居，作为监军，临事专断，不顾群议。大军初到襄阳时，街衢巷肆卖饼饵者纷纷将售价猛涨。李处耘抓了两个涨价厉害的卖家，送到慕容延钊处，令其处置。慕容延钊以为，这次涨价乃是大军需求激增、求多供少的必然之果，不愿严惩这些涨价的卖家。他令人将两人送回给李处耘。李处耘不悦，又再次将两人送至慕容延钊处，如此往复几回。李处耘一怒之下，将两个卖家斩首示众。慕容延钊闻讯大怒，但也无可奈何。据吕余庆说，有一次慕容延钊所部小校司义，在荆州客将家夜宿，醉酒后欲对客将妻王氏非礼，王氏到李处耘处告状。李处耘便召来司义训斥。司义后来在慕容延钊跟前暗中说李处耘的坏话。慕容延钊于是对李处耘印象日差。在白湖时，李处耘抓到一个在民舍中抢劫的军士，一盘问，原来是慕容延钊的掌马人。李处耘对此人处以鞭刑后，将此人送到慕容延钊处。慕容延钊知掌马人违了军法，怒斩之。但是，慕容延钊认为，这是李处耘欲借此事损害其威信，因此与李处耘更加不协。

赵匡胤听了吕余庆的陈述，方知道此前慕容延钊与李处耘争相论奏、相互弹劾的细因。

赵匡胤沉思良久，虽觉慕容延钊与李处耘都有过错，然终觉慕容延钊并无大过，李处耘身为监军，却未能顾及大局，折损主帅威望，过于苛狠，加之此前已知李处耘为了威慑敌人有令下属烹食俘虏的残酷行为，他最终决定责罚李处耘，而不拿慕容延钊问罪。

九月初的一日，赵匡胤一早去京城校场观看了禁军习射。午后，他又在皇弟赵光义和几位近臣的扈从下，去看望了京城内十来位孤寡老病之人。随后，他又赐这些孤寡老病之人衣物，以救其寒。待回宫时已经是傍晚，赵匡胤用完晚膳后，在书房内呆坐了半晌，将翰林学士陶縠宣来，令起草了一份诏书。这封诏书，责授宣徽南院使、兼枢密副使李处耘为淄州刺史。

数日后，李处耘接到诏书，心生恐惧，思虑再三，终不敢为自己申辩。

很长一段时间内，王承衍一直没有得到李昊的消息。

直到几个月之后，李昊派来的人才到春明坊找到了王承衍。此后，数月之内，王承衍秘密接触了李昊几次。但是，结果不如人意，李昊一直说在努力劝孟昶归降，却没有明显的进展。

这一日上午，王承衍与周远、高德望二人正在店头检点茶叶。突然，只听"铛、铛、铛"的铜锣声响起，有人大声呼喝："肃静——回避——"街上众人听到铜锣声和呼喊声，纷纷往马路两边避让。有几个人被挤到了王承衍的茶叶店门口。

"出什么事情了？"王承衍问被挤到店门前的一名汉子。

那人扭头，看了王承衍一眼，仿佛有些疑惑地问道："你连这也不知道？"

"不瞒这位兄台，我是刚到成都做生意的。"

"今日花蕊夫人随陛下出宫，马上要过来了。"

一阵马蹄声由远及近传来。只见一队人马沿着马路不紧不慢地奔驰过来。马队前面，有几个前导开路的普通军士。这些军士之后，是正式的皇家马队队列。在马队的前排，是三个全副武装、衣甲鲜亮的武士。当中那名武士手中擎着一面黄锦大旗，旗帜上绣着一个红色的"孟"字。这名旗手旁边的两个武士，则各自手中持着长枪。长枪上红缨随风飘动，显得甚是威风。在这三名武士之后，跟着两骑。右边的那匹红色马上，骑着一个男子，面如玉盘，大约四十五六岁的模样，留着三绺美须，戴着凤翅金盔，身披金甲，金甲前胸，一面护心镜打磨得锃亮耀眼，盔甲肩头的兽头铸造得栩栩如生。一眼看去，这个男子显得威风凛凛，如同天神一般。这个男子的左边，是一匹雪白的大马，马背上骑着一名女子。那女子穿着一袭淡淡的水绿色衣裙，披着月白的披风，头上梳着高高的发髻，乌黑的头发随着马儿的跑动微微颤动，发髻上金灿灿的步摇忽闪着点点金光。风吹着女子的衣袂与披风，看上去仿佛是仙女下凡一般。那马队越奔越近，王承衍渐渐看清楚那女子的面容，不禁为她的美貌发出惊叹。

虽然前导的普通军士口中高喊"肃静——回避——"，路边的百姓见到那马队经过，还是忍不住窃窃私语。终于，有个人高喊起来："陛下万岁——万岁——"一时间，众人仿佛受到了启发似的，都跟着轰然喊了起来。

马队中那个身穿黄金甲的男子，听到呼声，脸上露出心满意足的微笑。他在马背上朝路边的百姓得意地挥了挥手。于是，百姓们的呼声更加热烈了。

"这人一定便是蜀国皇帝孟昶了。"这一刻，王承衍感到有些困惑。如此看来，孟昶似乎颇受百姓们的喜爱啊！这与他之前对孟昶的想象完全不一样。如此一个深受百姓欢迎的皇帝，在他的治下，怎么会出现残暴无耻的行为呢？王承衍感到有些困惑。现实世界中，政治的诡谲，人性的荒唐，比他想象的要更加复杂。

在路边百姓的阵阵欢呼声中，孟昶身边的那个女子也露出了微笑。她把目光投向了孟昶，眼中流露出无比的爱意。就在她看向孟昶的那一刻，孟昶也扭头看了她一眼。两人相视一笑。

这时，王承衍注意到了那个仙女一般的女子的眼睛。那双眼睛是如此的清澈，被这样的眼睛看一眼，或许能够让人忘记尘世间所有的烦恼与杂事。王承衍心中暗叹，世间竟然有这般清纯脱俗的女子，宵娘也很美，但是宵娘的美，与她却是不同。这一刻，他又想起了宵娘，禁不住暗暗将这女子与宵娘做了一番比较。

正在王承衍发愣时，孟昶与那女子骑着马，从王承衍的茶店前经过。在他们身后，跟着十来位将军模样的骑马武士。这些人之后，则是两百名全副武装的轻骑兵。这两百名轻骑兵之后，又有两百名军士，抬着各类箱柜和扎营器具。

不知何因，那女子在经过茶叶店时往王承衍方向看了一眼。王承衍下意识一惊，慌忙低下头去。那女子的眼光扫过茶叶店，跟着又扭头望向孟昶。

只听有人赞道："那花蕊夫人，真是美若天仙啊！"

王承衍问被挤到店门口的那个男子："方才骑白马的女子，便是花蕊夫人不成？"

那个男子又扭头看了王承衍一眼，说道："是啊！原来你还不曾见过花蕊夫人啊！我倒是第三回见了。"

"嗯，我只是听说过。据说，陛下曾作小词赞过她，词曰：冰肌玉骨清无汗，水殿风来暗香满。"王承衍想起曾经有位来买茶叶的客人吟起过此词。

"对，赞的便是花蕊夫人。自从皇后和张太华贵妃归天后，陛下专宠的人，便是花蕊夫人了。"那男子说道。

"陛下带着花蕊夫人，这是去哪里啊？"

"应该是往成都西北方向的白鹿山秋猎去了。最近几年，每年秋天，陛下都陪着花蕊夫人去那里秋猎。每次秋猎回来，陛下都会在皇宫大摆筵席，还会请一些古稀老人进宫，与民同欢。"

"白鹿山秋猎？"

"嗯，是啊。"

王承衍听了，若有所思地点了点头。周远站在他的身旁不远处，听到那男子的话，又往皇家的马队看去。

皇家的秋猎马队渐渐远去，马路上也慢慢恢复了正常秩序。百姓们赶路的赶路，购物的购物，一幅熙熙攘攘的热闹景象。

周远走到王承衍身边，看了看周围，见没有旁人，方才低声道："少将军，既然李宰相那边没有消息，咱们不如兵谏。"

"兵谏？"王承衍闻言一惊，瞪眼看着周远。

"孟昶出宫秋猎，是咱趁机接近他的好机会。只要近得他的身旁，少将军就可以借机逼他写下诏书，纳土归宋。"

王承衍低下头，脸色凝重。他略一思考，说道："如能逼孟昶纳土归宋，免去兵殇，倒是值得冒险。可是，万一孟昶不从呢？"

周远冷然道："若是不从，便取了他性命，孟昶一死，蜀必大乱，大宋可不费吹灰之力而取之。总比两国大战，牺牲无数性命要好。"

"只是——"王承衍想到要取孟昶性命，不禁有些踟蹰。

"少将军，当断则断，不可优柔！孟昶治国，只图享乐愚民，终于百姓无益。欲消兵灾，逼他就范，是代价最小之法。"

王承衍踟蹰了片刻，摇了摇头，说道："罢了，便冒一次险。咱们先关了店门，与德望一起，议一下，看看怎么干。"

周远点了点头，朝正站在柜台另一头的高德望走去。

当日午后，王承衍带着周远，骑着前几日买来的两匹马，往成都西北的白鹿山疾驰而去。

这次行动，王承衍强令高德望留守茶叶店。

"若是五日之后，我与周远未能回来，你务必关了茶叶店，与张氏结清房钱，然后速速赶回汴京告知陛下劝降行动失败。"王承衍叮嘱高德望。

高德望坚持想要一起行动，终被王承衍说服，只好服从命令，点头应承。

白鹿山位于成都西北两百余里，实际上是一大片连绵山脉的一部分。因为这片山区海拔较高，树林茂密，植被丰富，经常有白唇鹿出没，因此被当地人称为白鹿山。

王承衍与周远骑行了两个多时辰，终于在黄昏时分看到了前方的皇家秋猎马队。为了不被发觉，他们放慢了马速，远远跟在皇家马队的后面。

又行半个时辰，地势渐高。王承衍知道，他们已经随着皇家马队，渐渐进入了山区。

当天色暗下来时，皇家秋猎马队终于点起了火把，在前方的一个山坳里停下来安营扎寨。

王承衍与周远也下了马，将马在附近树林中藏好，便躲在山坡上的一块岩石后，远远观望孟昶秋猎队伍的活动。

孟昶的秋猎马队很快在山坳里搭起了十数间帐篷，还生起了熊熊篝火。负责护卫的士兵，几人一伍，稀稀疏疏地分布在营帐四周警戒。

王承衍看着孟昶的皇家秋猎马队扎营的位置，不禁叹了口气，低声对身旁的周远说道："此时孟昶营寨周围的山头如有伏兵，恐怕他们会被全歼的。看来，后蜀承平日久，已经疏于征战了。"

"恐怕是因多年秋猎无事，他们也疏于防备了。"周远答道。

"说得也是。"

"不过，他们人数众多，负责警戒的人也不少，就凭咱俩，要接近孟昶，也得好好想想办法。"

"周兄可有何计划？"王承衍眼睛盯着孟昶扎营的地方，皱着眉头说道。他的眼中，映出了远方篝火的一点亮光。

周远没有马上回答。他盯着孟昶的营地看了一会儿，方才说道："今天是他们扎营第一夜，警惕性应该比较高。咱们今晚不如先观望一下再说。"

"也好。"王承衍表示赞同。

两人于是从包裹中取出备好的干粮，简单吃了一些。吃完后，两人朝着孟昶营地的方向，又摸近了五十来步，趴在灌木丛后面，仔细观察营地内外的地势以及警卫们的行动规律。他们很快确认了孟昶与花蕊夫人所在的帐篷。在那个帐篷周围，有二十余个全副武装的卫士负责护卫警戒。

潜入孟昶大帐几乎没有可能。

王承衍和周远不敢轻举妄动，蹑手蹑脚地退回到藏马的树林。

夜渐渐深了。王承衍令周远先睡了，自己负责警戒。到了后半夜，周远醒过来，与王承衍换岗担任警戒的任务。夜好像从来就没有那么安静过。困意袭来，王承衍很快进入了梦乡。他在睡梦中，又梦到了宥娘。梦中的宥娘，正骑在一匹浑身雪白的大马上，回头向他微笑。她穿着淡淡的牙色衣裳，披着月白色的披风。有一瞬间，王承衍没有认出她来。他以为她是另外一个女子，但是当她在马上回头看他时，他发现，她便是宥娘，是那个他在心底念念不忘的宥娘。他想要追上去，却发现身边马儿不见了。他不甘心，拔腿飞奔。他发现自己跑得很快，眼看便要抓住宥娘那月白色的披风。可是，一阵风吹来，他感觉一阵哆嗦，眼前的宥娘突然不见了……

王承衍睁开了眼睛。他突然意识到，宥娘已经死了，她已经不在人世了。一阵悲凉之感，袭上了他的心头。

他揉揉惺忪的睡眼，看到周远正坐在五步之外的地上，背靠着一棵树，眼睛正警惕地望着远方。

"醒了？少将军。"周远听到动静，扭头看了看王承衍。

"有动静吗？"

"不，没有啥动静。天快亮了。看情形，他们似乎并不急于去打猎。"

王承衍坐了起来，轻轻拍打了几下衣衫。

"咱们得跟着他们，看看孟昶究竟去何处打猎。方才你睡着时，我在想，或许，咱们可以在他打猎时靠近他。"周远说道。

"如果夜里没有机会，也只好如此了。"

他俩继续盯着孟昶的营地。

大约半个时辰后，孟昶的营地热闹起来。

又过了半个时辰，当太阳高高升起时，孟昶由花蕊夫人陪着，带着两百余骑武士，骑着马出了大营，沿着一条山路，往西北方向的一片山林前进。

王承衍和周远注意到，当孟昶的队伍靠近那片山林时，孟昶身后的两百名武士，渐渐展开了队形。武士们分成两队，一边一队，在孟昶两翼展开。他们渐渐分散，每骑之间，大约都隔着四五十步的距离。不一会儿，队形看起来形成一个巨大的半圆形。这个半圆形，朝着西北方向，缓缓向山林推进。孟昶与花蕊夫人，带着十余骑，位于队形的中间，纵马往林中行去。

"机会来了！只要他们进了那片林子，我们可以借着树林的掩护，慢慢摸到他们的近处，然后择机快速靠近孟昶。"自幼随父亲在军队中长大的王承衍很有信心地说。

"除非先突破孟昶身后的十余骑。"周远脸色肃然地说道。

"是的。确实很冒险。不过，到了林密处，孟昶身后的那十余骑必然会因为树林的原因，慢慢散开。咱们不会没有机会。"

"但是，机会只有一次。一定要尽快控制住孟昶，否则——"周远点点头。

"怎样，干不干？"王承衍注视着周远的眼睛。

周远稍稍一愣，旋即坚定地点了点头。

"好！"

于是，两人用早就准备好的布裹住了马蹄，各用一块黑布蒙住了脸，又细细检查了一下所有的装备。

终于要行动了。

王承衍骑上了马，他的背上，斜背着李雪霏送给他的那柄长长的唐刀。

周远也骑上了马，腰间，挎着他惯用的佩刀，斜插着一把匕首。

两人骑着马，沿着西边的一条山路，远远兜过孟昶的营地，才折向西北，朝着孟昶围猎的那片树林小心翼翼地行去。

树林渐渐变密了。尽管是个大晴天，但是阳光被浓密的树叶遮挡，林子里树荫很浓。山风有些大，吹得树木摇动，树叶"哗哗"作响。

过了大约半个时辰，王承衍举了举手，示意周远暂时停下。

他们发现，在前面三百多步远的地方，有一个骑士正骑着马缓缓前行。那个骑士的东翼五六十步远的地方，也有一名骑士。

王承衍和周远静静地观察了许久，见那个骑士的西翼，却没有其他骑士。

"咱们往东走走，看队形，孟昶应该在东边。"王承衍轻声对周远说道。

于是，两人骑着马，横着往东边悄悄行去。

前面的那些骑士，没有注意到后面竟然有跟踪者。

不一会儿，只听见有人高喊："陛下，快看，有野兔。"

"别瞎嚷嚷，这般着急干吗？朕的目标，是白鹿，是白鹿！懂吗？"

孟昶的声音，听起来似乎有些恼怒。

王承衍看了周远一眼，低声说道："近了，咱们靠近一些。看准机会，我冲上去，抓住孟昶，你掩护我。看我手势，随时行动。"

周远冷静地点了点头。

两人慢慢催着马，在树林间往前穿行。

他们小心翼翼地靠近了孟昶与花蕊夫人。他们前行时弄出来的小小响动，被风声和树木摇动、树叶晃动发出的声响掩盖了。根本没有人注意到他们。

他们的机会来了。

王承衍轻轻勒住马缰绳，以极缓的速度，悄无声息地从背上抽出了唐刀。周远也将佩刀抽了出来。

这时，王承衍注意到，有阳光照射在孟昶肩头，金色的盔甲反射出耀眼的光。孟昶手持宝弓，从身侧精美的描金箭壶中抽出一支羽箭，正准备弯弓搭箭。他的侧后，花蕊夫人骑在大白马上，定睛看着远处，显出紧张的神色。阳光照着她的脸庞，看上去仿佛透明的羊脂白玉一般。

王承衍往孟昶箭头方向看去，前方二十余步外，有一头毛色深灰的大鹿一动不动地站着。那头鹿的背部离地大约三尺多高，头顶竖着高高的灰色的鹿角。鹿的口唇部，是白色的。那鹿站在两棵树干之间，一动不动地朝西看着。

王承衍扭过头看了周远一眼，微微点了一下头。

这时，王承衍看到孟昶拉开弓弦的手松开了。利箭破空的声音传来。

王承衍冲周远举了一下手，同时一抖缰绳，纵马往孟昶飞奔过去。他眼角的余光，看到周远几乎在同时纵马挥刀往孟昶方向冲去。

马的速度很快，王承衍很快逼近孟昶卫士的身后。

这时，有几名卫士已经听到响动，纷纷扭头要看一个究竟。但是，已经晚了。

王承衍纵马穿过几名卫士之间的间隙。那几个卫士大叫不好，待反应过来欲追杀王承衍，后面的周远已经如疾风般冲到。转眼之间，周远挥刀砍翻了三名卫士。

长长的唐刀在阳光下闪耀，王承衍直奔孟昶而去。不过，王承衍并不想杀死孟昶，他想将唐刀抵在孟昶的颈项上，逼他就范。

此时，孟昶已发现有人挥刀向他冲来，脸色瞬间吓得惨白，惊惶之下，竟然忘了纵马躲避，只是一动不动地愣着。

这时，随着一声清脆的惊呼，白影一闪，花蕊夫人纵马往孟昶身边冲去。

王承衍眼见手中唐刀再有三尺便到孟昶跟前，却没有想到花蕊夫人会骑马斜刺里冲过来挡在孟昶马前。他暗叫"不好"，只好硬生生将马儿勒住。

王承衍手中的唐刀，正好抵在了花蕊夫人的喉咙上。

一瞬间，所有人都仿佛僵住了。

王承衍僵在那里，瞪大了眼睛盯着花蕊夫人的眼睛。

花蕊夫人手中勒住马，身子一动不敢动，注视着眼前这名将刀尖抵在自己喉咙上的蒙面男子。

孟昶也不敢动，他虽然担心自己的性命不保，却对花蕊夫人怜爱万分，心里想着自己宁愿死了，也不能让花蕊夫人替自己丢了性命。

孟昶近旁的诸位卫士，见皇帝最宠爱的花蕊夫人被刺客用唐刀抵住了喉咙，更是哪个都不敢动，生怕自己一动，万一刺客刺死花蕊夫人，即便之后围捕或杀了刺客，皇帝也可能因花蕊夫人之死而问罪。那也太冤了！

周远见王承衍被花蕊夫人挡住，诸卫士们不敢战斗，皆持刀枪观望，一时间也停住了砍杀。

远处，几十步开外，白唇鹿没有被孟昶射中，惊得飞快地跑开了。

"你们是何人？休要伤了朕的爱妃。"孟昶颤抖着声音说道。

"你不必知道我们是谁。我们前来，只是想请陛下颁布诏书，纳土归宋，以保一方百姓。"王承衍厉声喝道。他看得出来，孟昶舍不得花蕊夫人的性命。

"你们是大宋的奸细？"孟昶声音听起来充满了惊恐。

王承衍并不回答他的问题，而是说道："孟昶，你奢侈无道，废政愚民，一旦宋蜀交兵，你必败无疑。待到亡国之日，悔之晚矣。"

孟昶心里想起宰相李昊之前劝他向宋朝进贡的谏言，不禁后悔当时没有听李昊的建议。"如果当时向宋朝进贡修好，说不定就无今日之事啊！"他暗暗叹息，可是转念又想到："我堂堂一国之君，虽非你中原皇帝，若因你一言便纳土投降，岂不被天下人耻笑。"

于是，孟昶硬着头皮，说道："朕若不从，又怎样？"

王承衍微微一愣，凛然道："那便只好伏尸二人，流血五步。"他已经抱必死之心，当下做好了刺杀孟昶的心理准备。

孟昶大惊，一时间不知所措。

这时，花蕊夫人将脸微微一仰，开口说道："你若要杀陛下，那便请先取了贱婢之命。陛下在世人眼中可能不是个好皇帝，在贱婢心中，却是这个世上待我最好最亲之人。陛下死了，我又何必活在这个世上。你要杀，便先杀了我！"

王承衍未料到看似柔弱的花蕊夫人竟然不惜自己性命要护孟昶周全，听了她的话，心神一动，仿佛又看到窅娘出现在眼前。

"窅娘为了南唐，牺牲了自己。如今，这个花蕊夫人为了自己的爱人，宁愿牺牲自己的性命。她们心中，自有她们的珍爱，自有她们不惜性命也要保护的东西。我有我的责任，她们有她们的忠诚。她们，都是无辜的。我不会杀窅娘，我又怎能杀了花蕊夫人呢？如果我杀了花蕊夫人，与派人杀了窅娘的李处耘又有何分别呢？"王承衍在一瞬间心思百转，看着花蕊夫人的眼睛，唐刀在他的手中微微颤抖着。

花蕊夫人感到喉咙上微微一凉。她闭上了眼睛。

但是，王承衍的唐刀并没有再往前刺去。

"罢了！孟昶，今日我不取你性命，但愿你能记住我的话，早日纳土归宋，以保一方生民。"

说着，王承衍仰天长叹，将马儿一拨，手一挥，唐刀的光往旁边一闪，只听"嚓"一声，旁边一棵碗口粗的小树应声而断。

孟昶和他的诸卫士被王承衍的这一刀吓得目瞪口呆。

花蕊夫人不敢相信，眼前这个男人，竟然因为自己方才的一句话便放了自己和孟昶。

"走！"王承衍冲周远大喝一声，一带马缰绳，往西边冲去。

周远见状，长叹一声，跟着王承衍纵马疾驰。

这时，孟昶近旁的诸卫士回过神，纷纷弯弓搭箭，朝王承衍、周远二人射去。其中几个胆子大的，呼啸着催马朝王承衍、周远两人追击而去。

花蕊夫人看着王承衍的背影，冲孟昶说道："陛下，穷寇莫追，万一他们还有同党埋伏在近旁，反杀过来，那就大事不妙了。不如咱们赶紧回营，尽快回成都去才是。"

孟昶惊魂未定，想想花蕊夫人所言不差，急忙下令诸卫士不要追击，召集了人马，往大营方向回去了。

王承衍和周远一前一后，一刻不停，往西边的山林里疾驰。

两人纵马奔驰许久，见后面并无人马追来，才慢慢勒住了马儿，停了下来。

这时，王承衍扭头细看，才发现周远面无血色，在马上摇摇欲坠。他慌忙跳下马，丢了缰绳，往周远奔去。

"周兄，你怎么了？"王承衍口中呼喊着，心头有一种不祥的预感。

周远仿佛是费了很大的劲，在马背上勉强坐着。他冲王承衍微笑着，笑容看起来有些悲伤。

王承衍奔到周远跟前时，周远从马背上跌了下来。

这时，王承衍注意到，周远的背心处，插着一支箭。箭射得很深。鲜血已经浸湿了周远的后背，连马背上也尽是血迹。

"怎么会这样？"王承衍感到头脑发蒙，有些难以接受眼前的所见。

他扶住周远的身体，想要伸手去拔那支箭。但是，他的手不听使唤地颤抖起来。他不敢去碰它。它射得太深了。他用手慌乱抚摸着周远背部，手上沾满了从周远身体内流出来的鲜血。

"周兄，坚持住，坚持住！"他无望地安慰周远，心里却知道，恐怕周远坚持不了多久了。

周远抬手抓住了王承衍的肩膀，惨然一笑，说道："没事，没事的，少将军。"

"是我害了周兄！是我的优柔寡断害了周兄！如果那时，我杀了花蕊夫人，如果我杀了孟昶，周兄或许可以不死。"这个念头，像一把尖刀，狠狠地戳着王承衍的心头。

王承衍握着周远的手，感到他的手渐渐变得无力了。

"对不起！对不起！你会怪我方才不杀了那花蕊夫人吗？"王承衍啜泣着，颤抖着。

周远嘴角动了一下，无力地微笑道："我的性命，是少将军救的。我的家仇，是少将军帮着报的。我要感激还来不及，怎会怪少将军呢。能随少将军出生入死，乃是我周远三生有幸……少将军方才若杀了花蕊夫人，便不是周远敬重的少将军了……没事的。少将军请勿自责。代我与德望兄弟道别吧……"

周远说着说着，没了声音。他脸上的笑容僵住了，眼睛瞪着，仿佛还在看着头顶的天空。

王承衍无声地恸哭起来。过了许久，他忍住悲痛，抬起手，轻轻为周远合上了双眼。他紧紧地抱住了他的尸身。往事一幕幕在他眼前浮现。他想起了从张文表手中救下周远的一刻；想起了周远改邪归正后，与他一起保护长公主阿燕和雪霏姑娘回到京城的情景；想起了周远跟着他接受了赵匡胤的密令，前往南唐执行任务；想起了周远和他一起认识唐丰、认识了宵娘，还见到韩熙载。后来，唐丰被刺而亡，宵娘也死了。如今，周远也离他而去了。

王承衍想着如烟的过往，伤心地号啕痛哭起来……

四

恸哭了许久，王承衍忍着伤痛，就近找了个山坡，在一棵大树下，将周远的尸体好好地埋了。他在坟头呆呆地坐了约莫半个时辰，这才骑上马，牵着周远留下的坐骑，往西边的深山中行去。他不敢立刻赶回成都。为了避免引起怀疑，在远离出事地点后，他放了周远的马，任其扬蹄而去。

在深山里藏了一天一夜后，王承衍振作起精神，纵马赶回了成都。

高德望听到周远的死讯，失声痛哭。他没有想到，转眼之间，便与患难与共的周远天人永隔了。

两人担心孟昶回成都后全城搜捕刺客，万一被捕，会连累侯德恩的妻子张氏。于是，他们简单地收拾了一下店铺，准备好行李，以远在南唐的家中有急事为由，次日清晨便去向张氏告别。

"怎未见周威兄弟？"张氏见前来告别的只有王承衍、高德望二人，便随口问了一句。

张氏这一问，王承衍顿觉鼻子发酸，几乎落下泪来。

当下，王承衍忍住伤痛，答道："因家中突发变故，我令周兄先行回去了。"

张氏见二人脸上有悲戚之色，当下也不敢多问。为了表示对张氏的感谢，王承衍与她结算了房租，又多取出一块金子赠予她。张氏再三推辞，终顶不住王承衍的好意，也只好收了。

告别张氏后，王承衍、高德望二人从成都城北出城而去。那把唐刀，王承衍将它用一块粗布包着，背在身后。

来时三人，如今只有两人回去。王、高二人出城之际，均是默默不语，沉浸在浓浓的悲伤之中。

他们出了成都北城门，往北行去。周远之死使王承衍意识到，再待在成都城内已经没有意义了。至于孟昶能否听取他的"兵谏"之言，只能听天由命了。宋蜀之战，还能够避免吗？他不知道。既然如此，王承衍决定从北路绕行一段，然后再往东南方向折回汴京。王承衍觉得，未来如果宋蜀发生战争，要攻下成都，最好从东、北两个方向两路夹击。来成都时，他们是从东往西，经峡路而来的。如今，他准备顺便侦察一下从兴州南下成都的道路。

两人出了成都北门，沿着官道，往兴州方向骑行。行了大约五六十里，只见前面大道上尘土高高扬起，十余骑带甲武士飞驰而来。

王承衍、高德望看到那些带甲武士，不禁心下暗暗吃惊。

要拨马逃走，显然已经来不及了。

"但愿不是来抓捕我二人的。"高德望紧张地说。

"别抬头看，低下头，咱沿路边慢行，见机行事。"王承衍尽量让自己保持冷静，声音沉稳地对高德望说道。

"是，少将军。"高德望将头一低，一扯马缰绳，将马儿带到了路边。

"嗒嗒嗒，嗒嗒嗒！"马蹄声渐响。十余骑披甲武士转眼便奔驰过来。

王承衍也低下了头。他感到抓着马缰绳的手心里已冒出汗来。唐刀就在背后斜背着，一旦遇险，他准备随时抽出来，拼死一搏。

然而，十余骑披甲武士从王承衍、高德望二人身侧风驰电掣般过去了，并没有停下来。

两人喘了口气，骑着马，继续往前行去。

过了一会儿，王承衍听得身后一阵急促的马蹄声传来。根据经验，他很快判断出，有一两匹马正朝他们身后奔近。

王承衍这次心头着实一惊。

这时，后面传来了呼声："王兄弟、高兄弟——是你们吗？"

听到呼喊声，王承衍、高德望均是一惊，心里都想："在此处，怎会有人认出我俩，而且以兄弟相称？"

正在惊疑不定的时候，两匹马已经从后面追了上来。

王、高二人勒住了马，回头张望。只见身后两个披甲武士骑着马正飞快地奔近。

直到近处，王承衍才认出二人。

原来，那从后面追上来的两骑，正是张济远和杜道真。

"原来是张、杜两位兄台！你们怎么——"王承衍有些吃惊地问道。

"王兄，自那天一别之后，我二人便去兴州投奔了我表兄赵延韬。我表兄乃是兴州军校，但也怕生事，便帮我俩取了假名，入了军籍，留在了身边。这不，我等这次正随着我表兄去成都呢。"张济远说道。

"原来如此。"王承衍道。

"没有想到今日能在此遇到两位恩人。方才，随着马队经过时，见两位低头往前，一时没有认出来，还好济远兄说，还是折回来看看再说。真是机缘巧合啊。道真在此谢过王兄专程去老母处为在下报平安啊！"杜道真在马上抱拳稽首。

"哎，怎么不见周兄？"张济远看着王承衍与高德望，好奇地问道。

王承衍也没有想到会在此地遇到张济远和杜道真，被他一问，不禁微微一愣，只好道："南唐家中有急事，我让周威兄弟先回去了。"

"哦，是这样。倒是遗憾了。王兄，咱们难得有机缘再次相见，已近午时，不如到前面喝几杯一叙？方才，往这边来时，经过一家脚店，咱便去那边如何？"

"不知是否会耽搁了张兄、杜兄的公务？"王承衍朝张、杜二人身上的盔甲扫了一眼。

"不打紧，方才折回时，我已向表兄解释了一番，说是可能遇到了救命恩人，请他带人先行赶往成都，我俩午后赶到城内便是。再说，枢密使接见我表兄，也是安排在晚上。"张济远道。

听张济远这么一说，王承衍心中不禁一动，暗想："或许可以从张济远口中打探到什么重要消息。"

"也好，恭敬不如从命。能够再聚，便是缘分！"王承衍一说这话，心里也动了真情，想起刚刚死去的周远，不禁伤感。

当下，四人骑着马，缓缓往前路行去。

四人在路边脚店中坐定，向伙计要了两大盘牛肉、几碟小菜、四斤酒，便你一言我一语地聊起来。

喝了几杯酒后，王承衍问道："方才见你们纵马疾驰，行路甚急，莫非出了什么大事？"

张济远喝下一杯酒，把酒杯往桌上重重一放，说道："不瞒王兄，这次，是枢密使王昭远召我表兄速速前往成都。至于究竟出了何事，连我表兄也不知道。不过，我倒是觉得，恐怕真要发生大事了。"

"何出此言？"王承衍问道。

"前些日子，王枢密传令，要求兴州暗暗备粮，加紧操练军士。据说，峡路那边，已经再次增兵。看来，大宋很可能要西进了。要不然，怎么会在峡路增兵，又令兴州加紧备战呢？"

王承衍听了张济远的话，一时间不知该如何回答。如果表现出太大的兴趣，可能会引起他的怀疑！我该如何回应呢？王承衍犹豫了一下，夹了块牛肉放入嘴中嚼了起来。

高德望也只顾低头喝酒。

"但愿不要打仗。张兄，杜兄，如果宋蜀真的开战了，你们觉得哪方会赢？"王承衍问道。他倒是真想听听张、杜二人的看法。

杜道真看了张济远一眼，似乎等着他说话。

张济远道："这——，王兄从江南来，兄弟我也没必要隐瞒。说实话，当年周世宗能够大败南唐，如今大宋得了周世宗的江山，其实力本不可小觑。再说，其开国以来，短短时间内，平定潞泽叛乱，南下吞并荆湖，又令南唐俯首称臣，要我说，恐怕我后蜀不是其对手。不过……不过，如是我后蜀与北汉、南汉联手攻击它，胜负未可知也。"

"可惜，南汉与我后蜀国绝不可能联手。"杜道真说道。

"有一事，在下不知该不该说。"王承衍说道。

"王兄是我二人的救命恩人，有何话尽管说便是了。"张济远道。

王承衍仰头喝下一杯酒，盯着张济远的眼睛，说道："这次到成都，听到一个可怕的传言。据说，枢密使王昭远安排亲信，在青城山后山设立了一个秘密牢狱。这个牢狱，叫作'净垒'。凡是被抓入'净垒'之人，从来没有人看到他们出来过。有人说，从江陵被放回成都的老兵，都被王昭远的爪牙当作宋朝奸细抓入了'净垒'。"

说完这句，王承衍又扭头看了杜道真一眼。他注意到杜道真的眼中，流露出了紧张的神色。

"竟然会有这种地方！"张济远又惊又怒。

"那王昭远从无征战经验，就因之前是孟昶的潜邸旧人，便身居要位。他急于想要建功立业，没有想到会用这种残酷手段迫害无辜！怕就怕这种人执掌大权，弄得国无宁日。"杜道真道。

"是啊，若是这种人一直掌权，岂非人人都得活在恐怖之中！哎，可惜我张济远无用，不得不缩头缩尾，勉强靠表兄的庇护才能活着，还得听候这种人调遣。"张济远说完，闷头喝下一大口酒。

"济远兄，咱是听你表兄赵延韬将军的命令，那王昭远也管不到咱。"

"难道我表兄就敢违反王昭远的命令吗？"张济远竖起眉毛，反问道。

"济远兄，道真兄，不管怎么说，你们此番回成都，须得千万小心为是。莫要被王昭远的爪牙发现了真实身份。切记，切记。"王承衍说道。

张济远、杜道真二人都肃然点头。

随后，四人又聊了许久，方才互道珍重，依依惜别，两个朝南，两个朝北，各自骑马行去。

与张济远、杜道真告别后，王承衍与高德望骑着马缓缓北行。马背上的他，神色凝重，似乎在思考着什么棘手的问题。

突然，王承衍开口大声冲高德望说道："二狗子，不行，咱们得回成都去。"

"少将军，怎么了？"高德望有些吃惊。

王承衍没有马上回答，而是往四周看了看，见近处并没有他人，方继续对高德望说道："你没有听他们说吗，是王昭远召他们去的。"

"那又怎样？"

"王昭远一定有什么重要的事情要让赵延韬办。"

"少将军的意思是，我们回成都，暗中跟踪赵延韬？"

"不错，只要跟着张济远、杜道真，我们就能找到赵延韬。跟着赵延韬，就可以找到王昭远。那时，我们就有机会知道他们的下一步行动。王昭远一定有什么急事，才会将远在兴州的赵延韬急急召回成都。"

"有道理！"

"不能让周远兄白白死去。我们必须做点什么。如果能够阻止战争，那最好不过。如果阻止不了，我们就得好好为它做准备。"

"嗯。只是……若我们秘密跟着张济远、杜道真二位兄弟，万一被他们发现了，岂不令他们起疑心？那样恐怕连朋友也做不成了。"

"就因为这个？"

"心里觉得如若那样做，真是挺对不住张、杜两位兄弟的。我们骗了他俩。"

"我何尝没有你这样的想法啊。各为其主，只能如此了！"王承衍仰头看了看天，长叹一声。

"但愿别被他俩发现。"高德望叹了一口气。

"那就别让他们发现。"王承衍说道。

王承衍、高德望二人进入成都城时，并没有受到特别的盘查。孟昶在险些"遇刺"之后，出于对宋朝的恐惧，没有做出任何搜捕行动。

他俩径直往枢密使王昭远的府邸赶去。初到成都不久，他们便打听过王昭远府邸的位置。

枢密使王昭远府邸的大门口，两边各自站了四名杵着长枪、满脸横肉的卫士。

这片区域不是闹市，街上没有几个行人。不得已必须经过那府邸门口的行人，也是与那个大门离得远远的，仿佛怕靠近了就会招来厄运似的。

王承衍、高德望二人牵着马，远远地站在街边，装作在闲聊的样子，偷偷拿眼瞟着那座府邸。

"看情形，此处防卫森严，府邸的围墙也很高，大白天定没有机会翻入。"王承衍轻声对高德望说道。

"难道就这么算了？"

"当然不是。咱们得想想办法。"

王承衍往四周看了看。他发现离枢密使府邸门口大约一百步的街对面，有一座二层高的酒楼。

"走，咱去那酒楼喝上几杯。"王承衍冲高德望使了个眼色。

"少将军，你还有心情喝酒？"

"瞧，在那里，从二楼的窗口，正好可以看到枢密府的大门。在城外时，咱们都瞧见了，那赵延韬带着十余骑人马来成都，他们不可能下榻在枢密使府邸内。张济远说了，王昭远是晚上召见赵延韬。咱们只要在那酒楼喝酒，就一定能够等到他们来。"

"可是，咱光喝酒盯着大门，也没有用啊。咱还得进去才行。"

"不，不见得必须进去。"

"不进去又如何刺探消息？"

"等他们出来。"

高德望想了想，说道："少将军的意思是，赵延韬出枢密府后，必然有所行动。"

王承衍点点头，道："正是。等赵延韬出来，咱们就悄悄跟着他们去他们下榻处。"

"如若赵延韬出来后，没有任何行动呢？"

"那就没有办法了。不过，咱们还是得碰碰运气。"

两人拿定主意，便骑着马，不紧不慢经过了枢密府的大门，往前面的大酒楼行去。

他们来到那家酒楼大门，发现那酒楼还兼营正店，便先让伙计牵马去拴好，顺便托他先在正店内预订两间客房，将行李送到房内。不过，王承衍并没有将那把唐刀寄存起来，而依然将它背在身后。安排好后，两人才不慌不忙地进了酒楼，径直往二楼去了。因为时间尚早，酒楼一楼大堂内只来了几桌人，二楼靠窗棂的座位几乎都空着。两人便在窗棂前找了一张桌子坐下。王承衍从背上取下那柄用布包着的唐刀，搁在手边的凳子上。随后，他们叫来店小二，点了酒菜，便慢慢对饮起来。

确实如王承衍所说，从那家酒楼二楼的窗口往外望去，可以将枢密府大门口的情景尽收眼底。王承衍与高德望一边喝酒聊天，一边装出不经意的样子，不时望向窗外。

天色渐渐暗了下来。

枢密使府邸大门口，挂起了四盏黄灯笼。

这时，王承衍留意到，有两人由大街的西边，慢慢行来。两人走近枢密府大门，黄灯笼的光照亮了他们的脸。前面一个人穿着圆领大袍，留着山羊胡须。大袍在黄灯笼光的照耀下，变成了深茶色。此人身后跟着一人，穿着一件看上去似乎是黑色的窄袖交领长袍，腰间系着镶嵌着白玉的腰带，腰带上悬着一把佩刀。这人身材不高，面目有些狰狞丑陋。王承衍的眼光在那人脸上停留了一下，立刻觉得在哪里见过。他愣了一愣，很快想起那矮子是谁。

"瞧，那个躲在青城后山'净垒'中折磨人的刽子手来了。"王承衍对高德望说道。他并不知道曹万户的姓名。

"果然是他。不知同他一起来的那人是谁。"

"看上去是他上司。"

正在二人交谈之际，曹万户已经跟着那个山羊胡须一起进了枢密府大门。

未隔多时，从街东面，来了三个人。

"少将军，瞧，他们来了。"高德望冲东而坐，先看到了张济远和杜道真。

王承衍点点头，并没有扭头去看。

过了一会儿，王承衍看到张济远和杜道真二人跟在一个人的后面，缓缓走到了枢密使府门前。张、杜二人和走在他们前头的那人此时都没有穿盔甲，而是穿着深灰色的不起眼的便服。

"估计走在他们前头的，便是张济远的表兄——兴州军校赵延韬。"王承衍说道。他没有猜错。张、杜二人前面的那个人，正是兴州军校赵延韬。

说话间，从街的西边匆匆奔来一匹马。马到了大门口，马背上的人翻身下马，随手便将马缰绳丢给一名卫士，自己径直往大门内行去。看上去，此人是枢密府的常客，对枢密使府甚为熟悉。

这之后，再没有人进入枢密使府。

夜色渐深。

酒楼里人渐渐多了，热闹了起来。王承衍、高德望二人慢条斯理地喝着酒，吃着菜。旁人看上去，此二人只不过是两个平常的食客。

大约一个时辰后，枢密使府邸的大门口，鱼贯走出了数人。

最先出来的是赵延韬和张济远、杜道真三人。紧跟着，曹万户也跟着他的上司出来了。最后到的那个人，也是最后出来的。三拨人都抱拳作揖，彼此告别。

赵延韬带着张济远、杜道真往来路折返。

曹万户跟着他上司，也朝着来路慢慢走去。

最后来的那个人，从卫士手中接过牵过来的马，也朝着来路纵马骑行而去。

"走，酒喝好了，该行动了！不过，我们要改变计划，去跟踪那个矮子。他不认识咱们，不易被发现。"王承衍轻声对高德望说道。

不等高德望反应，王承衍便高声喊来一个店小二结账。结完酒菜的账，王承衍又另掏出十文铜钱，塞给那店小二，说是两匹马便先寄存在店内，待逛夜市回来后，还要在后面的正店中下榻一夜。店小二收了铜钱，乐颠颠地走开了。

于是，王承衍从手边凳子上一把抓起那柄布裹着的唐刀，带着高德望快步下了酒楼，往曹万户离去的方向行去。

他俩跟上曹万户时，只有曹万户一个人慢腾腾不紧不慢地走着，腰间的佩刀一晃一晃的。曹万户的上司不见了。

"一个人更容易对付。真是天赐良机。看机会，咱们抓住那个矮子，从他口中，必能挖出些情报。"王承衍轻声对高德望说。

他俩跟着曹万户，穿过一条热闹的夜市街。

随着宵禁的时刻越来越近，街上的人越来越少了。

曹万户还是慢腾腾走着，拐入了一条无人的街道。街道上很安静，只有几家大户人家的门口，亮着为数不多的几盏灯笼。

也许是仗着武艺高强，也许天生就是胆子大，也许抱着"谁敢动我曹万户"这一狂妄的念头，曹万户并不害怕无人的街道。

王承衍与高德望跟着曹万户，拐入了那条街道。他俩加快了脚步，渐渐走近了曹万户。

曹万户终于发觉有些不对劲。不过，他没有跑，而是慢慢放缓了脚步。

王承衍加快了脚步，飞快地靠近了曹万户。在方才的街口，他已经把包裹着唐刀的布解开丢掉了。此刻，他悄无声息地从刀鞘中拔出了唐刀，紧紧握在手中。

曹万户猛然转过身来，盯着已经到了身后五步外的王承衍和高德望。路边一家大户人家门口屋檐下的黄灯笼散发出来的光，照亮了曹万户的一侧面孔。他的另一半面孔，落在阴影中。

"你们是何人，竟敢跟踪我？"曹万户怒喝道，面孔有些狰狞。

一直以来，都是他跟踪别人。他没有想到，天下有人吃了豹子胆，竟然敢来跟踪他。

王承衍没有回答他。就在曹万户转身的一瞬间，他已经将唐刀一挥，长长的唐刀此时已经架在曹万户的颈部。

这时，曹万户恼怒的表情中慢慢露出了惊恐之色。

"你们究竟是何人？是不是李昊的人？"曹万户又问了一遍，只是，这次提问，声音已经开始颤抖了。

王承衍感到有些意外。这个时候，曹万户首先想到的竟然是后蜀宰相李昊，可见枢密使王昭远一派，显然将李昊当成了首要的政敌。

"你叫什么名字？"王承衍冷冷地反问曹万户。

这个简单的问题令曹万户感到万分震惊。他看着王承衍的眼睛，突然意识到他现在已经失去了对一切的控制。

"曹万户。"他脱口而出，报出了姓名。

"嗯。将方才在枢密使府邸内发生的一切，慢慢告诉我。你如配合，说出一切，或许我便放了你。"王承衍冷冷说道。

曹万户显然感觉到了来自刀锋的寒气。他哆嗦了一下，在心里掂量着王承衍的话。

习惯了威胁别人的人，在遇到别人威胁的时候，往往是脆弱的。

曹万户的心理防线很快崩溃了。

"别杀我！我说——"曹万户很快点了点头，本来就非常丑陋的面孔因为恐惧而显得更加丑陋。

"说吧。"王承衍将手中的唐刀稍稍又用了一点力。刀锋微微切入了曹万户脖子上的皮肤。

真切的痛感吓得曹万户两脚发软。

"我说我说！别杀我。今日在枢密使府中，王枢密决定派人去联络北汉，约定时间，同时出兵进攻赵宋。"

"所派何人？何时出兵？"

"拟派枢密院大程官孙遇、兴州军校赵延韬等人秘密前去送信。不过，今晚只是初步商讨，尚未完全确定。具体出兵时间……具体时间也未定。"

黄灯笼的光照着曹万户的半边脸。曹万户脸上的恐惧,王承衍看得很清楚,他同时也从曹万户在光照之下的一只眼睛中看到了闪烁的眼神。

"还有什么?"

靠威胁人迫害人得以升官发财的曹万户心里清楚,自己已经被对方看透了,如果此时不能继续给出有价值的情报,脑袋恐怕就要搬家了。

"王枢密透露了口风,说刚刚派出刺客秘密出川,潜入汴京,寻机刺杀大宋的皇帝。若是刺杀成功,届时再约北汉出兵南下,大宋必为我与北汉所灭。"

王承衍听了,心下大惊,神色却是不变,继续冷然问道:"派了何人?"

"壮士,这个王枢密实在是没说,小人就知道这些了啊。"曹万户露出讨饶的口气。

"方才你跟着那个,是何人?"

"是……是山南节度使判官张廷伟。"

"最后出枢密府的是何人?"

"那个就是枢密院大程官孙遇。"

"今晚参与商议的其他三人是谁?"王承衍需要确认一下张济远、杜道真两人跟着的那个人是否就是赵延韬,也想借机再看看曹万户是否在说谎。

"那三个?啊……他们是赵延韬和他的两个亲信。"

王承衍盯着曹万户的眼睛。他肯定,曹万户不敢说谎。

"很好,记住了,虽然我放了你,但你就当今晚这件事情没有发生过。你应该很清楚,你若说出去,你在王昭远那里,也就完了。王昭远一定会再找你。我们也会再找你的。"王承衍决定放了曹万户。他不想因现在杀了曹万户而引起王昭远的警觉。

王承衍说完,将架在曹万户脖子上的唐刀移开了,"噌"一声收入了刀鞘。

"我们走！"

王承衍带着高德望，转身往来的方向走去。丢下曹万户呆呆地愣在原地。

王承衍没有想到，他最后对曹万户说的那句话，在曹万户心底激起了恼怒与恶毒的动机。

曹万户心想："方才若不是被偷袭，也不至于被轻易控制，不如现在趁他们不备，从后面赶上去，砍杀了他俩。这样，就不会再有人知道今晚这件事了，我也不会被他俩捏在手心里。"

曹万户这么想着，手中便轻轻抽出佩刀，一言不发地从后面飞身朝王承衍砍去。

但是，曹万户高估了自己的武艺，也没有充分考虑到唐刀的锋利。

王承衍已经听到背后有兵刃破风之声。他极其迅疾地抽出了唐刀，猛一转身，奋力向偷袭者砍去。

恰恰这时，曹万户正挥刀砍到。

只听"噌"的一声，唐刀生生将曹万户的大刀切断了，刀锋顺势向前，从曹万户额头正中，一直切砍到他的胸部。

曹万户惨叫一声，倒在地上，一时还未丧命。血从他脑袋和胸口的切口中汩汩流了出来。

王承衍手执唐刀，站在原地，愣愣地看着曹万户。

"你高估了自己。这下你再也不能害人了。也算是天道有报。"王承衍冲曹万户说道。

"你究竟是何人？"曹万户挣扎着问道，露出不甘的神情。

"我就是你一直要搜捕的大宋间谍。"王承衍冷冷地说道。

曹万户挣扎了几下，不动了。

王承衍本来不想杀曹万户——为了不打草惊蛇，也为赶回汴京报信并制定对策争取时间。

曹万户的死，使王承衍意识到，现在当务之急，是尽快赶回汴京，将蜀枢密使王昭远已派出刺客和密谋联络北汉攻宋的消息告诉赵匡胤。

五

秋意渐浓。

六月中旬，皇后如月产下孩子后，却又病了，一直没有好起来。如月请求赵匡胤在福宁殿内秘密抚养刚刚出生的小皇子，直到他出阁的那一天再向天下宣布。赵匡胤想起两个夭折的孩子——在不久前，他为两个夭折的孩子分别赐了名字，一个叫德秀，一个叫德林。这个新出生的男孩，他给他取名德芳。为了躲过厄运，赵匡胤同如月商量，德芳一出生，便视他已经六岁了。"就当德芳在陈桥兵变之前便已出生了吧。"赵匡胤怀着愧疚，这样对如月说，心里暗暗祈祷能够用这种办法，逃过老天对他发动兵变的责罚。

已经入秋后，看着如月日益消瘦的脸庞，赵匡胤不禁心里暗暗担心。他尽量在处理政务之余，去福宁殿内陪着如月。如月有时精神不错，会从床上起来，坐到琴桌前，用那面赵匡胤从扬州买来送给她的古琴弹奏一两曲。也许是由于生病，也许是由于始终没有从丧子的阴影中走出来，她弹奏的曲子总是透露出悲伤与幽怨。每次听着她弹奏的曲子，赵匡胤就会生出一种伤时之感。他想让如月尽快好起来，挑了最好的御医为如月诊断，并让御厨根据御医的建议为如月配膳，但是，这一次，如月的病却似乎始终不见明显的好转。

赵匡胤近来也常常会想起王承衍。他希望王承衍这次远赴后蜀的劝降行动能够成功，但是，他觉得实现这种希望的可能性非常渺茫。所以，他令守能和尚另行派出间谍，去后蜀散布谣言，为大宋与后蜀之间可能发生的战争制造有利于大宋的民间舆论。在他心底，他对王承衍的喜爱，并不逊于他对皇子德昭的喜爱。他常常在心底暗暗祈求上天，保佑王承衍能够安全回到汴京。他知道，是他将王承衍、周远和高德望置于危险的境地。他知道，如果王承衍有个三长两短，他的余生，将再增添一份沉重的悲哀。

近来，在御书房中，赵匡胤有时会展开地图，愣愣地盯着地图琢磨上整整一个时辰。荆湖、湖南虽然已经并入版图，但是还有后蜀、南汉、南唐、吴越、北汉等国割据。为了实现统一天下的宏愿，他已经付出太多的代价了。统一的道路，看起来是如此漫长，如此遥遥无期。有时，他真的想，算了，就这样吧。但是，每当这个时候，他的眼前，又会浮现柳莺、阿琨和韩敏信等人的面孔，又会浮现出无辜村民被残暴武人屠杀的惨象。于是，他在内心对自己说："不，得坚持下去。我答应了柳莺，要开创一个太平盛世。否则，她便白白牺牲了。我也欠阿琨、韩敏信他们一个太平盛世。我不能让他们成为无谓的牺牲。"他的内心，慢慢地为对后蜀用兵做好了心理准备。

为了专心对付后蜀，赵匡胤下定决心要先威慑住南汉、北汉，以免后蜀与两国联合，从南北夹击大宋。

赵匡胤特意从御马值中挑选出三十名健儿，前往铭州，在铭州防御使郭进麾下负责压阵。但是，没过几日，便发生了一件出乎赵匡胤意料的事情。

这一日，崇元殿朝会。

老宰相范质手捧一本奏报，恭敬地呈上。

"启奏陛下，铭州防御使郭进奏报一早刚至。请陛下裁定。"范质启奏道。

赵匡胤令人将奏报接了，坐在龙椅上慢慢打开来看。一看之下，不禁勃然大怒。

原来，铭州防御使郭进奏报的内容，大概是说把赵匡胤不久前派去压阵的御马值斩杀了十余人，理由是他们在与北汉对阵时，临阵退怯。

这分明就是先斩后奏！

赵匡胤看完奏报，气得猛然将它掷落在地，立起身子，厉声道："御马值，千百人中才能选出一二人，偶尔不遵守节制，郭进便斩杀了他们。诚如此，即便是龙种健儿，恐怕亦不足供也！"

殿内诸位大臣见赵匡胤一脸阴沉，都暗暗为郭进捏了把汗。

只听赵匡胤喝问道："你们都说说，这个胆大包天的郭进该不该杀？"

老宰相范质担心赵匡胤一怒之下赐郭进死罪，心中暗想，老朽便是豁出这条命，也得为我大宋保下一员悍将。

抱着这样的想法，范质往前走了一步，昂首肃然道："陛下息怒，所谓将在外军令有所不受。前线对阵，绝不容乱了军纪。郭将军先斩后奏，也是迫于形势，万不得已而为之也。望陛下恕郭将军死罪。"

赵匡胤看了范质一眼，阴沉着脸不说话。

赵普见殿内气氛紧张，当下也站出班列，恭敬地说道："陛下所言甚是，御马值，乃军中健儿，杀了诚然可惜。不过——"赵普顿了顿，话锋一转，继续说道，"不过，御马值临阵退怯，实在也是该严惩。陛下，如何处置郭将军，还望陛下三思而定。"

听赵普说了这番话，赵匡胤还是不说话，只是沉着脸，又坐回到龙椅上。

赵匡胤略一沉吟，说道："看在宰相与枢密都为他求情的分上，朕这次便饶了郭进。"

众臣听赵匡胤这么说，都不禁长长松了一口气。

朝会于是继续进行下去。

待朝会结束，赵匡胤回到后殿，越想越后悔。

"我差点错杀一员忠诚大将啊！"赵匡胤暗暗在心中自责。

于是，他让人叫来一位使者，令其速速飞马赶往铭州，为郭进带去了他的口谕。口谕中谈到被杀的御马值有云：

恃其宿位亲近，骄倨不禀令，戮之是也！

郭进听了口谕，感动而泣。他本以为自己先斩后奏，很可能会被皇帝赐死，至少也会革除官职。他没有想到，皇帝竟然派使者送来了这样的口谕，这怎能不令他感动？！

经过这件事，郭进对赵匡胤更添了几分忠诚之心。

在御马值事件没过几天之后，赵匡胤又收到了来自铭州的一封告状信。这封告状信是郭进身边的一个军校写的。这个军校诉郭进私吞军饷，滥杀属下。

赵匡胤见了告状信，不敢怠慢，令御史台和兵部联合派人，秘密前往铭州调查。没过多久，派往铭州的人回来报告说，郭进并无私吞军饷的不法之事，真正犯错的，其实是那个告状的军校。

赵匡胤听了调查结果，大喜，对近臣说："那军校状告郭进之事，并不符合事实，只是因为郭进御下苛严，那军校有过，害怕郭进发觉后杀了他，所以先下手为强，暗中状告郭进，盼望着郭进会被贬官或者被调离。"

随后，赵匡胤令人逮捕了那个军校，押送到了郭进跟前。

正在这个时候，忽然斥候给郭进送来急报，原来，有一支北汉军队正直奔铭州而来。

郭进闻报，亲自走到那军校跟前，用刀割开捆绑那军校身子的绳索，说道："你敢去陛下面前告我的状，果然有些胆气，我且饶你死罪，你若能上阵带兵杀退来犯之敌，我便向陛下举荐你。如果败了，你便前往对方投降吧，也无须回来了。"

那军校闻言，羞愧不已。当下，他慨然向郭进发誓，若不能败敌，当以死报国。

郭进壮其言，亲自送军校上阵。

那军校带了一拨人马，直往北汉入侵之军杀去。

没过多久，那军校带着人马得胜而归，北汉军大败而退。

郭进大喜，果然写了一封奏报，为那军校请功。

赵匡胤闻报，不禁大悦，当即批准了郭进的奏请，那军校因此得以晋升。

监军、宣徽南院使、兼枢密副使李处耘被责授淄州刺史，令慕容延钊稍感欣慰。但是，在李处耘离开朗州的当晚，他辗转难眠，几乎思索了整整一夜，直到次日凌晨，方昏昏睡着。

慕容延钊醒来时，已经是寅时之尾。他洗漱完毕，在临时充当都部署的府邸正厅中默默坐了片刻，便令人去将自己儿子慕容德丰叫来，同时又派人去请权朗州知州薛居正。

慕容德丰先行赶到了。

慕容延钊叮嘱儿子等薛居正到后，千万不要说话，坐着听便是。

薛居正听说慕容延钊请他去，慌忙穿戴好官服，准备赶去。他本想带四个仆从，可是想了一想，最后决定只带一个仆从前往。

"薛知州到朗州，也快半年了吧？"寒暄之后，慕容延钊问道。

"节帅记得不错，居正是四月到朗州的。"

"处耘被责淄州，本帅也深感遗憾。然军中无二帅，也只能委屈处耘了。"

薛居正没有想到慕容延钊说话如此直接，愣了一愣，方道："节帅与李将军协力平荆湖，功不可没。然李将军有失监军之责，不识大体，调任淄州，亦是陛下一片苦心。"

慕容延钊听薛居正说话不亢不卑，亦不以为忤，只是微微点头。

"处耘走后，本帅在想，如今还有汪端尚未平定，但荆湖大部已安。十万大军无事屯于朗州，亦是一大负担。故本帅想，奏请陛下将自各州征召的大军调回，只留一小部由本帅镇守朗州以平汪端。不知薛知州意下如何？"

薛居正听慕容延钊这么说，不禁心下暗暗敬佩慕容延钊的肚量与谋略。薛居正知道，即便慕容延钊不提出此请求，皇帝赵匡胤迟早都会下诏调撤各州大军。因为，就在赴任朗州的前一天，赵匡胤亲自召见过他。当时，赵匡胤叮嘱他仔细观察朗州局势，一旦乱军平定，便即刻报告朝廷，以便及时将各州大军撤离朗州。

薛居正没有料到的是，慕容延钊会这么快主动提出撤军的请求。这倒是让薛居正有些为难。马上向皇帝赵匡胤征询意见是不可能的。慕容延钊正注视着他，等着他的回答。

薛居正略一沉吟，说道："现在奏请，是否早了一些，如今汪端未平，大军撤离后，万一汪端聚众来攻朗州，岂不被动？"

慕容德丰也对父亲的提议感到吃惊。他本想插口劝父亲，但是想到方才父亲的叮嘱，便忍住不说话。

只听慕容延钊又道:"这个本帅也想过了。不过,有本帅坐镇朗州,谅那汪端掀不起什么风浪。此前,汪端已经聚集残兵攻打过朗州两次,这薛知州都知道。朗州这不还是安然无恙吗?!"

薛居正听了,点点头,说道:"节帅说得也是。有节帅坐镇朗州,谅那汪端也掀不起什么风浪。"

慕容延钊说道:"既如此,本帅马上写一份札子,建议陛下撤回大军。还请薛知州日后协力与本帅共守朗州。"

"节帅放心,居正定不辱君命,鞠躬尽瘁,与节帅一道,全力保朗州太平。"薛居正自内心对慕容延钊起了钦佩之意,慨然起身向慕容延钊作揖。

"德丰,过来。薛知州,这是犬子德丰,日后,还望薛知州多多呵护提点啊!"

慕容延钊拉住薛居正的一只手臂,语重心长地说道。

薛居正见慕容延钊面色凝重,不似在说一般的客套之语,心下不禁一惊。

这时,薛居正细瞧慕容延钊,这才发现他面容憔悴,眼中没有了以往的神采。薛居正暗想:"看来慕容延钊病得不轻啊,难道——他是感到病难以再好,借此之机,将儿子德丰的未来托付于我?"

正在薛居正踟蹰之时,慕容延钊微笑道:"延钊一介武夫,浴血沙场多年,历经大小战阵无数,深知兵者乃天下之凶器,然天下未平,不得已而用之。陛下以开太平为宏愿,苦心经营,平潞泽,并荆湖,必有一日,大功可成。德丰自幼随我在军中,延钊恐待太平之日,鸟尽弓藏,德丰无所着落。薛知州为人忠正方重,有经纬邦国之才,深得陛下倚重,日后必为宰执,故延钊特请薛知州日后多多关照哦!"

薛居正没有想到慕容延钊如此看重自己,不禁颇感意外。他注视着慕容延钊,但见其脸上虽然还带着微笑,神色中却隐隐流露出一丝淡淡的悲哀,心中暗想:"看来,慕容将军真是在将德丰的未来托付给我啊!"

这样一想,薛居正心中顿生伤时之感。他略一踟蹰,鞠躬说道:

"节帅言重了，节帅言重了。既承节帅看重，居正定将德丰视为自家孩儿一般对待。"

慕容德丰听了父亲的一番话，联想到父亲日益加重的病情，一时间不禁悲从中来。

慕容延钊见薛居正答应了自己，不禁心满意足地微微一笑……

赵匡胤很快批准了慕容延钊关于撤去大军的建议，同时又派来了一个使者查无铭充任监军。查无铭到朗州后，为征荆湖而从各州征召来的大军，几日内陆续从朗州及周边撤离了。

大军撤离后，朗州城内顿时安静了许多。民心也渐渐安定下来。

为了进一步安抚民心，慕容延钊与薛居正商量，选了一个良辰吉日去城内的定慧寺祈福。

去祈福的那日一早，慕容延钊在儿子德丰、监军使查无铭的陪同下，带着十来名亲兵前往定慧寺。

权朗州知州薛居正则带着几个仆从，从府邸直接前往定慧寺。薛居正先行赶到定慧寺，先派了人进去通报，自己则在寺门口静候慕容延钊的到来。

出于礼佛的诚心，慕容延钊和儿子德丰都未着戎装。到了寺门前，慕容延钊见薛居正已经在门口等候，深感欣慰。

慕容延钊携着薛居正的手，一同步入了定慧寺。

在定慧寺住持智灭方丈的陪同下，慕容延钊、薛居正等人去寺内各大殿一一上了香，为百姓祈了福。随后，一干人便由智灭方丈陪同，前往一间宽敞的禅房喝茶歇息。

众人一边喝茶，一边聊天。慕容延钊细细询问了朗州城的一些故事，智灭方丈都耐心地一一作了回答。智灭方丈学识渊博、言语风趣，说起传奇故事，妙趣横生，众人皆听得津津有味，不知不觉在禅房内坐了很久。

慕容德丰偶尔会看父亲一眼。他发现，父亲自从病情加重后，脸上的微笑却比以前多了。在他的印象中，父亲很少微笑，脸总是绷得紧紧的，仿佛一块冰冷坚硬的岩石。在他心里，倒是更喜欢现在这个脸上常常挂着微笑的父亲。但是一想到父亲的病情，他却又宁愿父亲的表情回到从前。"也许，父亲知道自己时日无多，把一切都看淡了。"他悲哀地想着。

监军使查无铭喝了不少茶，渐起尿意，便悄悄起身去如厕。

过了片刻，查无铭脚步慌张地回到禅房内，往智灭方丈瞥了一眼，踟蹰了一下，便对智灭方丈说道："方丈，在下冒昧打断一下。昨日在下忘了一件事未向节帅禀报，方才突然想起，怕误了大事，恳请节帅借一步说话。"

慕容延钊听查无铭这么一说，不禁感到奇怪。他正想质问，忽然心下一动，当即对智灭方丈说道："方丈，既如此，容本帅出去一下，你们先聊。"

智灭方丈听慕容延钊这么说，也不在意，说道："节帅客气了。军务要紧，节帅自便就是了。"

慕容延钊听了，便立起身，随着查无铭步出了禅房。

出了禅房，查无铭拉着慕容延钊的手，快步走到离禅房十来步远的地方，又往四周看了，确定近处无人，方才低声说道："节帅，此寺内僧人恐有暗通汪端反贼之嫌。咱还是早早离开为是。"

慕容延钊一听，惊道："监军使何故突出此言？"

"方才，下官如厕回来，经过一禅房，听到里面有僧人交谈，似乎提到了汪端的名字。我暗暗吃惊，便凑到禅房窗棂外偷听，只听得其中一个问另一个：'方丈让准备的戒刀可要务必抓紧备齐啊。'另一个道：'放心吧！很快就会备齐。到时只要方丈一声令下，我等誓死效命。'"

"就因为这个？还听到什么？"慕容延钊皱起了眉头，再次露出冰冷的眼神。

"没有了。他俩说了这话，便安静下来。我想再听下去，听他们还会说些什么，可是又担心被他们发现，便匆匆赶回了禅房。"

"光凭这个，怎可断定僧人暗通汪端？"

"节帅，汪端之前数次进攻朗州，都失败了，很有可能找内应啊。"

慕容延钊铁青了脸，神色肃然，沉默着不说话。

沉吟片刻，慕容延钊道："如寺内僧人暗通汪端，他们为何不现在杀了我们几个？"

"节帅武功，闻名天下，禅房内，只有智灭和尚一人，他心有忌惮，自然不敢动我们。否则，他自己性命堪忧。况且，听那僧人的话，寺内戒刀尚未备齐，这说明他们还未准备好！节帅，无论怎样，咱还是赶紧离开此处为是。"

慕容延钊点点头，低声道："走，回禅房，叫上薛知州，一道回营。"

两人合计好，便快步回到禅房。

慕容延钊也不落座，只对智灭方丈说有紧急军务，不得不提前告辞。

薛居正听慕容延钊这般说，脸露惊讶之色，但当下也不便追问。

智灭方丈听慕容延钊这么说，道："耽误了节帅军务，贫僧罪过，罪过！"

说完，智灭方丈慌忙起身，陪慕容延钊一干人出了禅房，一直送到山门之外。

慕容延钊带着诸人，纵马飞奔，很快赶回了大营。

监军使查无铭将方才在寺内听到的话与众人一说，薛居正、慕容德丰等均是大惊失色。

正在此时，忽然一个士兵急匆匆奔入，高声禀报："节帅，城外发现汪端旗号，贼军看上去有一两万人。他们再次开始进攻了。"

这个消息在此时出现，无疑像是一个惊雷。

慕容延钊毕竟是久经沙场考验的名将，尽管内心感到无比震惊，但是脸上的神色却恢复了惯常的冷静。

"节帅，不如先派兵围攻定慧寺，将反贼先灭了再说，以消后顾之忧。"监军使查无铭有些耐不住性子了。

权朗州知州薛居正这时说："且慢，说定慧寺僧人暗通汪端谋反，咱还没有证据。万一弄错，岂非滥杀无辜！"

"哪有这么巧的事，下官刚刚听到那些话，现在汪端便开始进攻朗州？这不明摆着里应外合吗？节帅，不要犹豫了。"

慕容延钊说道："薛知州说得不错，现在围杀僧人，尚无证据。况且，大军撤离湖南后，朗州城只有五千守军。寺内僧人近千人。要想全部围杀，至少得派千名守军。如此一来，抵御汪端攻城的人数就太少了。"

慕容延钊在心里暗想："也许，我请陛下撤去大军的决定下得太早了啊！"但是，他知道，现在不是自责的时候，首先得想出办法保住朗州才是。

"如今汪端开始攻城，寺内僧人那边还未有动静。听监军使方才所言，定慧寺内僧人即便要谋反，也没有准备好，或者，他们选择了观望，准备见风使舵，万一汪端占了上风，他们才起事。"薛居正冷静地分析道。

"薛知州的意思是，目前当务之急，是击退汪端，退了汪端，便可能打击定慧寺僧人反叛的动机？"慕容延钊问道。

"正是。"

"只是，本帅担心的是，寺内僧人在本帅率军与汪端作战时起事。那般，便如监军使所言，我们可能里外受敌。"

薛居正低垂着眼帘，神色凝重地沉思着。

良久，薛居正抬眼注视着慕容延钊说道："节帅，我有一缓兵之计。"

"知州请说。"

"请节帅借我两个武艺高超的壮士，我再带上几个仆从，备一桌斋饭斋菜，前往定慧寺。我就与智灭方丈说，是节帅因方才匆忙告别觉得失礼，委托下官回去赔个罪。二来，也想继续听智灭方丈说说朗州故事，所以备了酒菜前来。有两个壮士陪在下官身边，智灭方丈一时也不敢杀我。否则，壮士一怒，血溅五步，他也得赔上性命。"

"这——"慕容延钊有些犹豫。他心知这样一来，薛居正随时有性命之忧。

"节帅这边抗击汪端如果赢了，那智灭和尚即便原先打算起兵反叛，也必然会打消了念头。节帅这边若是不利，那智灭方丈冒了险要杀我呼应汪端，我便与诸位壮士誓死一搏，同节帅一起以身报国，正得其所。"薛居正笑着说。

慕容延钊未想到薛居正身为文官在此危难时刻有如此气概，不禁胸中一热，抱拳道："延钊在此先谢过薛知州！延钊与知州约定，杀敌之后再会！"

监军使查无铭见薛居正为了避免滥杀无辜，甘愿身犯险境，当下亦不再多言，只盼着慕容延钊能够击退汪端的进攻。

"德丰，你随薛知州去定慧寺，一定要保护好薛大人。"慕容延钊注视着自己的儿子德丰，神色肃然地说道。

"父帅，那你这里——"

"放心，有父帅在，那汪端休想进朗州城。"慕容延钊语气坚定。

巨剑"血寒铁"斜背在他的肩头，剑柄斜斜地朝着蓝天……慕容德丰眼前浮现出数月前父亲骑着战马前往武昌会南唐名将王崇文的情景。他知道，父亲已经做了决定，他不可能再劝父亲收回成命。

"节帅，其实不必让德丰去。"薛居正慌忙说道。

这次，慕容延钊没有回应薛居正，只又叮嘱德丰道："保护好薛大人！"

德丰坚定地点点头。

慕容延钊拍了拍德丰的肩头，扭头对薛居正道："薛大人，你将你的性命交到了延钊手中，延钊也将德丰的性命交给你了！"

薛居正看到慕容延钊说话时眼中噙着泪光。在薛居正的印象中，慕容延钊是一个冷酷无情的将军。薛居正没有想到，这个冷酷无情的将军会在此刻产生如此强烈的情感，这使得他一时间也哽咽难语，只能默默地点了点头……

慕容延钊站在朗州城头往城下望去，见距离城池大约千步之外，密密麻麻排列着士兵。几杆大旗矗立在队列之前，当中一面上有一个"汪"。在"汪"字旗帜两侧，都各有四五杆大旗，旗上绣着"周、王、李、陈"等将领的姓氏。将旗之后，是两排压阵旗头。

"看来，汪端这次又纠集了一些残兵败将，阵势不小。"慕容延钊看着城下的敌军，扭头对监军使查无铭说道。

说话间，城下响起了一阵急促的鼓声。随着鼓声响起，阵列中的士兵们发出一阵阵呼声。

距"汪"字旗最远两翼，两个阵列在"周""陈"两面大旗和压阵旗头的带领下，开始向朗州城进攻了。

汪端阵营的中部倒是按兵不动。

"弓箭准备！"慕容延钊对城头将士们大吼了一声。

城下两翼的敌人很快往城池逼近。

眼见敌人到了距城下五百步左右，慕容延钊下令放箭。

顿时，城头箭如雨下。

敌军在弓箭的射击下稍稍缓了进攻的势头。先头的士兵被箭射中，倒下了数十个。但是，敌军似乎吸取之前失败的教训，这次早有准备。只见进攻的阵中冲出两三排士兵，手中举着用长竿撑起的牛皮幔和布幔。羽箭射在牛皮幔、布幔上，势头大减，失去了杀伤力。

慕容延钊微微皱起了眉头，但是，他旋即冷笑了一声。

这时，汪端阵营中见两翼先锋渐渐突破了弓箭的防守，便齐声大吼，开始往城门方向进攻。

慕容延钊注意到，在进攻城门的敌人阵列中，夹杂着竹牌、木盾等防箭器械及驴车、撞木等攻城器具。

"单梢砲攻击！"

在敌军攻到城下五十步左右时，随着慕容延钊一声令下，城头的单梢砲纷纷发射。石头如雨点般落下，砸中了一大批进攻士兵。一时之间，城下鬼哭狼嚎，被砸破脑袋、砸断了手脚的士兵躺下一片。

但是，这次进攻，汪端显然做了充分的准备。防守造成的伤害，并未打消他进攻的决心。

进攻的鼓声，敲得更急了。

汪端的两翼，又冲出一批人马，随着前面的进攻者继续往城池推进。

"绞车、夜叉檑、檑木准备！"慕容延钊喝令，他知道，敌人很快就会来到城门前，然后要不了多久就会爬上城墙，近距离的防守和肉搏战即将开始了。慕容延钊说话间，从背上抽出巨剑"血寒铁"拿在手里。

为了防守城池，慕容延钊在大军撤离之前，已经下令又加紧赶制了一大批防守用的器械。他心里很清楚，血腥的攻城战中，如果不借助一些器械，在敌人兵力占优的情况下，单靠人力是很难防守的。如今，这些器械都将派上用场了。

伴随着疯狂的呼喊声，敌人很快从两翼冲过了有铁蒺藜和尖头木桩构成的障碍区，来到城墙下。

登城的云梯开始架了起来。汪端的士兵开始往城头攀登了。

在城门处，由于城头射下的弓箭密集，敌军一时还不能逼近。

为了延缓敌人的进攻，慕容延钊下令，自城头用绞车坠下了一批夜叉檑。

随着带铁钉的夜叉檑顺城墙滚动而下，第一批攀登城墙的士兵惨呼着坠下了城头。

后面的士兵随后又架起了更多的云梯。

城头的守军，拽着夜叉檑在城墙壁上上下下拖动。夜叉檑尽管杀伤了不少攻城的士兵，但是因为操作困难，效率并不高，因此还是渐渐有攻城的士兵登上了城头。

城头的肉搏战零星地展开了。

慕容延钊看着敌人渐渐攻上城头，暗暗着急，心想：这样下去城必破矣！

"监军使，你瞧！"慕容延钊往城下"汪"字旗帜指了指。

"怎么？"监军使查无铭并没有明白主帅的意思。

"瞧，汪端还在那里。本帅准备带八百骑兵杀出城，先杀了汪端，汪端一死，本帅再杀个回马枪，咱内外夹击，将攻城的一举歼灭。"

"擒贼先擒王，确实是一个办法。不过，节帅，这样太冒险了。况且节帅身体有恙——不如，派亲兵杀出，节帅还在城头坐镇如何？"

"不行，目下的情形，士气很重要，打击敌人中军的速度也很重要。本帅必须得去，这样才能振作士气，杀敌人一个措手不及。否则，朗州危矣。"

"既如此，节帅小心。"查无铭知道慕容延钊说得不错。

慕容延钊点点头，伸手拍了拍查无铭，说道："劳监军使在此督阵了。"

攻城者没有料到，攻城正酣之际，城门会突然大开。

没有等攻城者反应过来，从城门中已经冲出一队骑兵。

骑兵当先一旗手，手中高举着一面帅旗，旗帜中间绣着"慕容"二字。

慕容延钊骑在马上，将手中长铁枪往前一指，带着八百骑兵纵马往前冲去。此时，慕容延钊重病在身，那杆以往使唤起来毫不费力的铁枪，如今他攥在手中，却觉得沉甸甸的，几乎无法施展。

慕容延钊身后的八百骑兵，大多是跟随他身经百战的精锐中的精锐。跟着慕容延钊冲在前头的十余骑，是慕容延钊的亲兵，无不是以一敌百的勇士。这些亲兵见主帅重病在身，却依旧身先士卒，一时间无不奋勇争先，有的护在主帅左右，有的抢到主帅前头，如一股飓风向敌军冲去。

在阵营中部进攻的敌军瞬间被冲垮了。他们惨呼着，惊慌失措地往来路狂奔。

慕容延钊骑兵的目标是汪端，因此不顾去砍杀那些逃窜的进攻者，而是直冲汪端的中军。

汪端对慕容延钊的这次进攻没有丝毫准备。他心中本来忌惮慕容延钊，如今见慕容延钊率骑兵直冲过来，顿时吓得魂飞魄散。

"挡住！挡住！"汪端狂呼着身边的亲兵往前抵挡。

可是，逃窜而来的士兵很快击垮了汪端的信心。

"撤退，撤退！"汪端下达了撤退的命令。

但是，为时已晚。慕容延钊的八百骑兵几乎毫发无损地冲到了汪端的中军阵前。汪端的中军开始乱哄哄地扭头奔逃。

眼见就要冲到汪端阵前，慕容延钊在马背上忽然感到一阵眩晕。他慌忙用手抓紧了马鞍前部的铁扶手，使自己不至于坠下马来。这时，他忽然想到，如果杀了汪端，恐怕就无法核实定慧寺的僧人是否暗通汪端。

"务必生擒汪端！本帅要活的。"慕容延钊冲在他身边的几个亲兵吼道。

"别让汪端跑了，抓活的！"几个亲兵高呼着，将命令传开了。

慕容延钊眼中盯着距离前面二三十步远处的汪端，奋起力，举起铁枪一指。可是，就在这一瞬间，他眼前一黑，便失去了知觉……

慕容延钊缓缓地睁开了眼睛。

他看到了几张模糊的脸。他使劲看了看，终于看清楚了，那是监军使查无铭和他的几个亲兵。他感到背后是坚硬的墙壁。他又往四周看了看，发觉自己正在城头上。

"朗州保住了？汪端抓住了吗？"说话时，他感到嗓子如同着了火一般。

"保住了。汪端也抓到了。"查无铭哽咽着回答道。

"审过汪端没有？定慧寺僧人可与他暗通？"

"审了。不，没有，僧人们是无辜的。下官差点犯下弥天大错。寺中僧人准备戒刀，只不过担心叛军破城。准备戒刀完全是为了自卫。"查无铭答道。

"如此说来，薛知州救了近千条性命啊！"慕容延钊吃力地微笑了一下，又晕厥过去……

六

最近几日，皇后如月的病情似乎大为好转。她如今能够经常下地走动了。她向赵匡胤提议，择一吉日在福宁殿摆个宴席，将长公主阿燕一家子、皇弟赵光义一家子、皇弟赵廷美、德昭皇子、德芳皇子、琼琼瑶瑶两位公主，都召来聚聚。她说，病了多时，与他们许久未见，怪想念的。也许是心情好，她请求赵匡胤将御侍秋棠、玉儿也叫来一起参加宴席。赵匡胤见如月身体好转，气色看上去也好多了，不禁心中大喜。如月这么一提议，他当即高兴地满口答应。

这一日午时，众人在福宁殿中相聚。按照赵匡胤的吩咐，乳母将皇子德芳抱出来，让大家看了一圈，便抱了回去。众人知道皇帝的心思，言语中也对德芳避而不谈。

御厨根据吩咐，早就准备好了酒水佳肴。考虑到皇后虚弱的身体，御厨还特意做了一些素简的菜蔬。

小符带来了一些制作精良的果子糕点。饭菜没有端上来时，众人便一边就着糕点品茶，一边聊着宫里宫外新近发生的事情。皇后如月虽然没有什么胃口，但见食案上的那些糕点制作得精致可爱，不禁连声夸赞，终究还是忍不住拿起一块，掰了一小块，细细品尝了。

"陛下，你看两位公主，都渐渐长大，快到出嫁的年纪啦。"如月对坐在身旁的赵匡胤悄声说道。

赵匡胤微笑着朝坐在下首的两个公主望去，轻声说道："是啊，时间过得甚快，转眼便快长大成人了呀。"

"陛下可得为她俩物色好驸马啊！"如月轻声道。

赵匡胤扭头看如月，发现她的眼眶微微发红，眼中含着泪，脸上虽然带着笑意，却显得有些惨白。"看来，如月的病是没有真的好啊！"他的心抽搐了一下，脸上使劲维持着微笑。

"皇兄，今日大家聚得挺齐，怀德精通音律，善吹笛，不如让怀德兄即兴吹笛一曲！可好？"赵光义喝下一口酒，笑着说道。

赵匡胤听了弟弟的建议，看了如月一眼，扭头对高怀德说道："怀德，既然光义如此说，你便来一曲吧！"

高怀德笑道："只是——，臣未带着笛子啊！"

"这还不容易。秋棠，你前些日子不是刚从大相国寺买回几把笛子吗，且去取一把笛子给长驸马。你去取吧，我们在此等。"

秋棠慌忙起身，应诺一声，便往嫔妃院去了。

"来，怀德，先与朕干一杯！"赵匡胤从食案上举起了酒杯。

高怀德慌忙也举起酒杯，向赵匡胤遥敬。

两人喝了一杯酒，赵匡胤放下酒杯，问道："怀德，最近可与守信有来往？"

自从杯酒释兵权后，赵匡胤还未向他问起过石守信的事情。高怀德微微一愣，说道："禀报陛下，石帅自回军镇后，倒是给微臣来过几封书信，说是平日在田庄中雇佣佃农种菜种地，养鸡养鸭，有时得闲，或是去打猎，或是饮酒聚会，倒是别有一番欢乐。"

"如此甚好！他可问起朝内的事情？"

"石节帅从未问起朝中的事情。不过，倒是每次不忘让臣择机向陛下问好。石节帅说，甚是想念陛下。"

赵匡胤听了，点点头，心中一颤，脑海中浮现出石守信的面容。但是，便在一瞬间，他将自己心底流露出的伤感之情压抑下去，哈哈一笑，说道："甚好甚好！如此说来，朕的决定没有错啊！"

赵匡胤说到这里，又朝赵光义瞧去。

"怀德，光义，前些日子，张昭呈上了新撰的《名臣事迹》五卷，朕翻了翻，觉得不错，已诏藏史馆了。择日我令人抄写几份，你们也读读。"

高怀德、赵光义听了，都谢了恩。

赵光义心底突然变得有些忐忑不安。"皇兄这么说，莫非是在提醒我不可觊觎皇帝之位？难道，皇兄知道了我已晓得了传位盟约的存在？"

正在赵光义狐疑之际，赵匡胤又道："光义，那扈继远的事情查实了吗？"

赵光义慌忙道："皇兄，我与大理寺那边联手核查，近日刚刚查清楚。那扈继远盗官盐之罪已经坐实。不过——"

"不过什么？"

"那扈继远原来是翰林学士、中书舍人扈蒙的仆夫，扈蒙将他收为继子，托付给了同年淮南转运使仇华。仇华便令扈继远打理盐务。"

"你是犹豫该如何处置扈继远？"

赵光义点点头。

"按律处置吧。至于扈蒙，我也不得不夺其金紫，黜其职，以此警惕诸位大臣。"

赵匡胤说完，沉吟了一下，抬头看去，见两位公主正坐到了赵光义夫人小符身边。他忽然想起一事，便问道："弟妹，周郑王一家子近来可好？"

赵匡胤所问的周郑王是周世宗的儿了柴宗训。陈桥兵变后，赵匡胤将柴宗训迁到西京洛阳居住。周世宗柴荣的皇后乃是小符的姐姐。小符一向与柴家亲近，赵匡胤想了解柴家的事情，有时便向小符询问。

小符见皇兄见询，慌忙答道："周郑王倒是挺好的。"

"听你的口气，似乎柴家遇到了什么难处？"赵匡胤问道。

"那倒不是，就是周郑王的三弟希谨不久前病倒了。前些日子，我往西京去了一趟，这孩子还在病中，也不知现在好些了没有。"

"明日我派个御医去西京瞧瞧。你若是有空，便随御医去一趟西京吧。"

小符一听，慌忙起身行礼，口中说道："我代柴家向陛下谢恩了。"

赵匡胤摆摆手，道："坐下坐下，今日不必拘礼。德昭，你起身，端杯酒，代我给诸位一一敬杯酒。"

皇子德昭快十七了，由于平日勤于操练，身材发育得甚是均匀，脸上也渐渐显出成年男子的英气。

德昭听了赵匡胤的吩咐，便应诺一声，起身给席间各位敬酒。

正在这时，御侍秋棠手中捧着一个长长的金丝楠木匣子走了进来。

"好！笛子取来了。怀德，看你的了。"赵匡胤笑道。

高怀德也不推辞，从秋棠手中接过那个金丝楠木匣子，打开一看，里面果然是一管上好的笛子。

高怀德将那笛子拿起，也不做准备，便开始吹起来。

一曲终了，席间众人无不鼓掌称赞。

皇后如月忽然开口说道："陛下，臣妾想去取了那面古琴来，也为陛下弹唱一曲，如何？"

赵匡胤见如月没有血色的脸上现出红晕，心里怕累着她，又不想违了她的意坏了她的兴致，犹豫了一下，说道："皇后若真想弹一曲，我怎好说不呢！"

如月听了，莞尔一笑，脸上的红晕更加重了。她扭头吩咐侍候一旁的宫女去后面寝宫取那面赵匡胤送给她的古琴。

等候皇后的古琴之时，高怀德又为众人吹笛一曲。

不一会儿，那宫女取了古琴匆忙赶来。

此时，皇后如月已令人将食案上的酒水菜肴都撤去了，见宫女捧着古琴来了，便让她将它放到食案上。

赵匡胤望着那面琴，百感交集。对这面古琴，他再熟悉不过了。这面古琴，正是几年前他从扬州买回送给如月的。也正是那次南下，他暗访金陵，遇到并爱上了柳莺姑娘。后来，柳莺为了救皇子德昭，在泽州城头牺牲了自己。很多个夜晚，他曾默默坐在如月身旁，静静地听她用这面古琴弹奏出忧伤的曲子，一边想着如月，一边却也会想念起柳莺。两个孩子的夭折，在他与如月之间造成了难以消除的隔阂与隐痛。尽管他心里依然爱着如月，但是，他却始终无法令如月真正快乐起来。如月尽管依然深爱着他，但是却因为在两个孩子离开世界之时他都未陪在她身边，心底对他的那份怨意始终无法彻底释怀。同时，她也因为两个孩子的夭折而怪罪自己，觉得是自己对不起赵匡胤。德芳的出生，使他们两人的关系发生了好转，但是，曾经发生的事情在两人心中造成的伤害，却如同沉淀在河床中的污泥，也沉淀在两人的心底。

正当赵匡胤思绪万千之时，他听到如月弹起了曲子，口中轻轻唱出了词句儿。听了一个开头，他便愣住了。

皇后如月弹唱的，正是冯延巳的《醉花间》。当年，赵匡胤带着赵普、李处耘、楚昭辅暗访金陵，初遇柳莺那个夜晚，柳莺弹唱的正是这首曲子。

晴雪小园春未到，池边梅自早。高树鹊斜巢，斜月明寒草。

山川风景好，自古金陵道。少年看却老。相逢莫厌醉金杯，别离多，欢会少。

听到这熟悉的词曲，赵匡胤神色有些恍惚，仿佛又见了柳莺，见到了初次遇到她的样子：她的脸上，施着淡淡的胭脂，颈部露出一截肌肤，光滑仿若凝脂。她的头上，乌黑的发髻高耸，稍稍往后倾着，是当时扬州流行的流苏髻，发髻斜斜插了一支金凤钗。两条红色的丝带扎着发髻，从乌黑的发髻上垂下。她的耳垂上，各垂着一颗小小的金荔枝耳环，头微微一动，耳环的金色碎光便倏忽闪耀。她穿一件绣着明亮的黄色碎花的红褙子，乍一看，仿佛无数的小蝴蝶飞舞在一片红色的花海中……

渐渐地，赵匡胤开始分不清眼前这个弹着古琴的女子，究竟是柳莺还是如月。他产生了一种奇怪的感觉，莫非，这个如月便是那个柳莺，那个柳莺，便是另一个如月？他感到胸中的酸楚渐渐涌了上来。他想端起酒杯痛饮，以便掩盖胸中涌起的剧烈情感……

这时，内侍李神祐忽然匆匆从门外走进来。

"陛下，王承衍、高德望回来了，正在外面求见。说有十万火急之事要禀报。"

李神祐的报告，打断了皇后如月的琴声与歌声，也将赵匡胤从混乱的思绪中拉回了现实。

赵匡胤愣了一愣，语气生涩地说道："他们回来了？那快请他们进来。他们是长公主的救命恩人，正好长公主在这里，也好见见。"

"是啊，陛下，我也甚是想念他们呢。"长公主阿燕说道。

"嗯，神祐，你快去请他们进来。"

李神祐得令，小跑着离开了。

不一会儿，王承衍带着高德望脚步匆匆走了进来。

王承衍穿着一身青色窄袖布袍子，袍子皱皱巴巴，下摆处满是泥点，一看便是多日未曾换洗。高德望也是风尘仆仆的样子。

"陛下！"王承衍喊了一声。

"承衍，好，好，你们回来了！哎，周远呢？怎么没带他一起来。"这时，赵匡胤注意到王承衍和高德望二人脸上有悲戚之色，又不见周远，心里微微一紧。

王承衍看着赵匡胤，眼眶顿时红了。多日来压抑在心底的悲伤，再一次涌了上来。他一时间说不出话，只能盯着赵匡胤的眼睛，微微摇了摇头。

赵匡胤顿时明白了。他从座位上立起来，缓步走到王承衍跟前，伸出一只手，轻轻按在了他的肩头。

长公主阿燕看着王承衍，问道："少将军，究竟发生什么事情了，周远大哥他——"

王承衍悲伤地看了长公主阿燕一眼。

"周远兄，他牺牲了——，他已经不在了。"

"朕要拿下后蜀。他不会白白牺牲。"赵匡胤语气坚定地说，说话间抓住王承衍肩头的手不知不觉使上了劲。

王承衍感到自己的肩膀猛地一痛。他含着泪，朝着赵匡胤点了点头。

想到已经死去的患难兄弟周远，高德望觉得泪水马上要从眼眶中涌出来了，慌忙将头低了下去。

长公主阿燕听了王承衍的话，呆了一呆，泪水便不知不觉从眼眶中流淌出来。周远与她算是不打不相识，从绑架者与被绑架者的关系，到共同患难的好朋友，他、她，还有王承衍、高德望、李雪霏，一起经历了很多很多。她回想起一幕幕往事，仿佛就发生在昨日：周远被张文表利用，将她和李雪霏从洛阳白马寺中劫持，后来王承衍赶到，救出了她和李雪霏。周远得知自己被利用，改邪归正，与王承衍一起，保护着她与李雪霏，躲过了张文表追杀，历尽波折回到汴京。早已潜入宫中待漏院厨房的韩敏信借她匆忙入宫之际，让她带粥给赵匡胤吃，企图借她的手毒杀赵匡胤。赵匡胤中了毒，她也误喝了毒粥。早已爱上她的韩敏信为了救她，主动给赵匡胤送来了解药……后来，韩敏信死在了泽州城头。如今，周远又不在了……长公主阿燕陷入了深深的回忆，默默地为周远哭泣着。

"陛下，微臣有十万火急之事要细细禀报。"王承衍抑制住悲伤，压低了声音说道。

赵匡胤点点头，回头说道："朕带承衍到御书房去一下。光义，怀德，你们先吃着，不必等朕。"

"皇兄放心。"赵光义点点头。

长驸马高怀德一边安慰妻子阿燕，一边也应诺了一声。

赵匡胤朝两位公主看了一眼，见琼琼公主正拿眼睛瞟着王承衍，不禁心里一动，柔声说道："两位公主啊，你们两个也须听母后的话才是，不得胡闹。"

琼琼、瑶瑶两位公主各自都点头答应了一声。琼琼公主答应之时，又偷偷朝着王承衍瞟去。这时，她忽然发现父皇正瞧过来，顿时羞得双颊绯红。

赵匡胤将琼琼公主的神色瞧在眼里，朝王承衍看一眼，叹了口气，说道："走吧！"

说完，赵匡胤带着王承衍、高德望往福宁殿内的御书房走去了。

王承衍首先将后蜀王昭远已派出刺客潜入汴京的消息向赵匡胤做了禀报。不过，对此赵匡胤倒似乎并不特别担心。

"要刺杀朕也不那么容易。即便能够靠近朕，朕也不怕他。"赵匡胤从容说道。

"刺客在暗处，陛下在明处，还是小心为是。"王承衍说道。

赵匡胤微微点了点头说道："这个自然。就这个消息？"

"不，从那曹万户口中，还知道了一个消息。"王承衍旋即将王昭远打算派人秘密联络北汉的事情说了。

听完王承衍的叙述，赵匡胤略一沉思，说道："这个消息倒是不可轻视。朕会令人在边境多设岗哨，仔细盘查来往商旅过客。看来，后蜀与北汉不会让我们消停。可惜的是，不知他们约定的出兵时间。"

"陛下，不如先下手为强，先出兵讨伐后蜀！"周远的死亡，令王承衍不知不觉改变了原来的看法。复仇的火焰在他心底慢慢燃烧了起来。当意识到战争已经无法避免时，当患难与共的兄弟牺牲后，王承衍的心理再次发生了变化。宥娘之死对他的打击和周远之死产生的影响，使他的心理变得极其复杂。他厌恶战争，但理智却告诉他，战争已经很难避免；他想让自己变得更加冷静理智一些，然而对宥娘的一往情深和对周远的兄弟情义却让他的感情如炽热的岩浆在理智形成的坚硬的心理岩层下奔涌。因此，他认为通过快速的出兵击垮后蜀，不仅可以在统一天下的道路上往前迈进一步，也可以对得起死去的周远。

但是，此时的赵匡胤却并不像王承衍所想的那样急于征伐后蜀。

"不，现在你只是从曹万户口中得到了消息，而且曹万户已经死了。死无对证，我们没有其他证据。此时出兵，天下人将笑王师不义。这非朕所欲也。"赵匡胤静静地看着王承衍，缓缓地摇了摇头。

"难道我们就等着挨打？"

赵匡胤又摇了摇头，说道："北汉自世宗在世时便不断侵扰中原，我朝建立后，又与我朝兵戈不休。朕会下令在局部地区加强对北汉的反击，一来防止其积蓄实力，二来防止其突然与后蜀联兵。如此一来，即便后蜀寻求与它联合，它也会有畏我之心。承衍，张琼已死，朕要你权且领殿前都虞候一职，统领金吾卫。"

宥娘死后，王承衍已暗生弃甲之意，无奈赵匡胤令他带周远、高德望暗中游说后蜀宰相李昊。如今，使命未能完成，周远却死了。"去南唐回来，宥娘死了，去后蜀，还没回，周远死了。我怎能借他们之功，而领受这个官位呢！"王承衍心里因内疚而感到一阵刺痛，当即抱拳道："谢陛下信任，微臣已无为官之意，请陛下收回成命。"

赵匡胤似乎看透了他的心思，微微点点头，说道："朕知你自以为对不起宥娘，对不起周远。只是，他们的死，并不是因为你的错。你不想当这个殿前都虞候，朕也不勉强你。"

"谢陛下！"

"张琼已死，殿前都虞候一职也不能一直空缺。这样吧，朕便先任命杨义为殿前都虞候。杨义这人，忠厚勇武，可惜嗓子喑哑，几不能言。如今有刺客要刺杀朕，你是朕信得过的人，金吾卫们都知你千里走单骑救下长公主和李雪霏，心里都敬佩你。这些金吾卫，都是虎狼之士，一般人也管不住他们。你不是说有刺客要刺杀朕嘛，你且帮朕管管他们。改天，朕亲自召集金吾卫，封杨义为殿前都虞候，同时告知众人朕令你辅助杨义。不过，暂且不授你任何职衔了。二狗子，你继续跟随着承衍，帮衬一把。"赵匡胤亲切地用高德望的小名称呼他。说话间，赵匡胤拍了拍王承衍的肩头，又看了高德望一眼。

"是，陛下！"高德望应诺。他见王承衍尚自愣着，便用手肘碰了碰王承衍的手臂。

王承衍知道无法再拒绝，只得答道："谢陛下，臣遵旨。"不过，他并不清楚赵匡胤此刻的心思。他不知道，赵匡胤听了皇后如月的建议，又联想到方才看到的琼琼公主的表情，心底已经起了收他为驸马之意。

向赵匡胤告退后，王承衍带着高德望出了福宁殿。出福宁殿时，他们从金吾卫那里将暂存的唐刀和包裹领了，便从宣德门出了皇城。

王承衍决定在回家之前，先去李处耘府邸找李雪霏。他一直想将唐刀还给她，也觉得应该尽快将周远的死讯告诉她。他让高德望先回家去。在他的内心，他甚至有点害怕回那座赵匡胤赐给他的宅子。在那宅子里，他再也看不到窅娘，再也看不到周远了。每当他想到这已经是一个无法改变的事实时，他的心里便觉得空荡荡的。这是一种可怕的空虚。

李雪霏没有想到王承衍会忽然出现在她面前。

她看到王承衍，心底甚是高兴，却一时间不知该如何是好，只轻轻地唤了一声："承衍大哥。"

"雪霏姑娘，承衍承蒙你的厚爱，心下感激不尽。这柄唐刀，一路上，数次救了我的性命。承衍这次是专程来——雪霏姑娘，这柄唐刀，承衍不能收，你还是收回吧。"王承衍从背上拿下那柄唐刀，捧在手心里。

"承衍大哥，雪霏知道，你心底还是念着宵娘。雪霏不怪你。不过，雪霏心里还是喜欢承衍大哥。这柄唐刀，承衍大哥一定要收着。那样子，承衍大哥便会偶尔想起雪霏，雪霏也就知足了。"李雪霏幽幽地说。

"承衍配不上雪霏姑娘。"

"可是，承衍大哥，宵娘姐姐她已经不在了啊。"

"只是——我想到她时，她便仿佛还在。"

李雪霏叹了口气。

"还要告诉你一事。"

"什么？"

"周远兄，他——"王承衍一时间哽咽难语，热泪夺眶而出……

七

这年十月底的时候，陈洪进派魏仁济向宋朝廷上表。他自称清源节度使副使，权知泉州、南安等州，希望听命于宋朝廷。赵匡胤接到上表，颇为高兴。"这意味着，陈洪进将成为牵制南唐的一个力量，对于朕今后收并南唐大有助益啊！"赵匡胤于是派通事舍人王班带着诏书去泉州抚谕。

南郊合祭天地的日子渐渐近了。赵匡胤一心想将祭祀之事办得隆重又合乎礼法，所以不时亲自过问此事。不久前，他专门将宰相范质叫到跟前，叮嘱说："中原多故，百有余年，礼乐仪制，不绝如线。今幸时和岁丰，克举祭祀。不过，如何准备器物，如何遵循法度与典故，卿家还请多多费心，务必使礼仪符合朕的诚意啊！"

范质得令，与负责南郊祭祀的其他四使一起，到处寻访祭祀天地的典故。无奈，官府文献散落，曾经主持和参加过祭祀天地的官员都已经故去。他们忙活了许久，只找到一本叫《南郊卤簿字图》

的文献。这本《字图》是天成年间刻印的。范质等人发现其中的记载颇为简略，所记礼仪规矩更是颇为凌乱，其文甚至有彼此抵触之处。范质等人于是对这部文献进行了详细的考证修订，制作出一份新的《南郊行礼图》。随后，范质又令司天监制作了《从祀星辰图》。

赶在十月底的一天，正好不用上朝，范质带着《南郊行礼图》与《从祀星辰图》，前往皇宫内呈献。得到范质求见的禀报，赵匡胤立即令人去传了赵普与王承衍，于内东门小殿召见他们。

范质进了内东门小殿，见赵普、王承衍也在，稍稍有些奇怪。

"卿家，南郊那日，仪仗导引该按照何规制，由何人导引合适？"赵匡胤翻开范质献上的《南郊行礼图》，一边看一边问。

范质略一思忖，说道："启禀陛下，唐代韦韬为太常卿知礼仪事，又用杜鸿渐、杨绾以太常卿为礼仪使，他们的职责其实是一样的。从前，曾用礼仪使为赞导。开元礼，则用太常卿为赞导。以老臣之见，我朝不如将太常卿与礼仪使并置，一左一右，皆为赞导，以合陛下追求公正包容之意。"

赵匡胤听范质这么说完，说道："卿家所言，正合朕意。我朝初立，朕举行这个南郊祭祀，正意在为天下之人重树礼仪之风尚。所谓礼仪定，秩序明。左右赞导，既暗袭古制，又创我朝新规，甚好！便依卿家之言。对了，从祀百官去尚书省受誓戒的日子定在哪一日了？"

范质作揖奏道："按照古代礼法，飨庙郊天，从祀的大臣都要于七日之前到尚书省受誓戒。如果安排在一天之内，恐怕不能表现诚意，请陛下令百官分日去尚书省受誓戒吧！"

"听起来倒是有些麻烦。不过，如此也好，能让百官对上天多份敬畏之心。便按照卿家所言办吧。你与其他四使，务必尽早落实，马上就入十一月了。"

范质见自己的建议都被赵匡胤认可，心里甚是欢喜。

这时，赵匡胤说道："卿家，朕有一事不得不告诉你。"

范质见赵匡胤一脸肃然，慌忙道："陛下何出此言，究竟发生了什么事？"

"朕之前派承衍潜入后蜀，承衍带回了重要情报。据说，后蜀枢密使王昭远已经派出使者潜入汴京，意欲刺杀朕。这几日，我与掌书记、承衍等人正合计如何应对。掌书记以为，刺客要进入皇宫不易，极有可能在朕出宫时动手。南郊祭祀，对于刺客来说，倒是一个不错的机会。朕虽不怕他，但却担心因此坏了礼仪，令天下人笑话。故朕今日召来赵普、承衍，希望能够与卿家商量一个万全之策。"

范质听赵匡胤这么说，悚然道："老朽想不到会有这种事情。既然如此，陛下，不如将南郊祭祀取消或推迟罢了。"

"不可，朕已经诏令天下，岂可因此小小的风险而失信于天下！"赵匡胤摆摆手，当即否定了范质的建议。

"范相公，咱得想一个办法，既要保证陛下的安全，还不能让刺客破坏了南郊祭祀之大礼。须得有一个万全之策——"赵普注视着范质意味深长地说道。

"朕打算任光义为南郊御营使，总责南郊祭祀之日的安全。"

赵普一惊，心想："陛下莫非是要借机试试光义是否忠诚？不过，这可实在是太冒险了。万一光义真的不顾时机下手暗害陛下，岂非弄得天下大乱。"他一边想，一边拿眼睛瞟着赵匡胤，却见赵匡胤虽然神色肃然，却并无什么异样。

"由开封府尹为南郊御营使，也未尝不可。"范质犹豫了一下，方才说了一句模棱两可的话。

"不可，陛下，整个南郊祭祀过程，应以金吾卫和御林军长官负责为宜。"赵普终于忍不住反对。

"有何不可，光义是朕的亲兄弟。朕不信他，还能信谁？"

"微臣不是那个意思。陛下当然可以信任府尹，只是府尹乃文职，而护卫之职责，本应由武将负责。"

"不必说了，朕意已决，择日便下诏任光义为南郊御营使，总领南郊之日的各方护卫。"

"陛下！你莫非已忘太后之言！"赵普情急之下，上前抓住了赵匡胤的衣袖。

赵匡胤见赵普瞪大了眼睛看着他，拍了拍赵普的手，说道："放心，朕怎敢忘记。这样吧，朕再令殿前都指挥使韩重赟为仪仗都部署，令殿前都虞候杨义副之。届时，承衍你便代表朕，督导金吾卫的护卫。"

"是！陛下！"王承衍答道。

赵普扭头看看王承衍，语重心长地说道："王将军，此次南郊祭祀，事关重大，绝不能让刺客有可乘之机啊。王将军多费心了。"

王承衍深知责任重大，神色肃然地点头承诺。

"掌书记，你还有何建议？"赵匡胤问道。

赵普略一踟蹰，说道："微臣建议，自明德门到南郊祭坛，仪仗所经道路，五步一岗，十步一哨，全程戒严。所有岗哨要由禁军中出人，由韩将军和杨义将军一同挑选。"

王承衍听赵普这么说，心下暗想，赵枢密似乎对赵光义并不信任，不过，刺客防不胜防，即便令禁军五步一岗，恐怕也难以防住顶尖的刺客啊。赵枢密毕竟只是读书人，不知道现场的情形可能千变万化。他一时间陷入了沉思。

经过一番商议，赵匡胤最终还是没有完全同意赵普的建议。他决定在南郊祭祀那日，自皇宫宫城南门宣德门到州桥这段，五步一岗，加强戒严。从州桥到汴京外城南门南薰门之间，由金吾卫马队护卫皇家仪仗。待出南薰门后，则增加一支两百人的禁军作为护卫。赵匡胤之所以不同意在州桥至南薰门之间进行五步一岗的戒严，乃是不想因南郊之祀打扰居民——因为在这段道路的两边都是居民，沿街密布着各种大小店铺。

到了十一月初，赵匡胤派使者给南唐主李煜送去诏书，将宋朝廷接受陈洪进臣服的意思告知李煜。诏书中同时告诉李煜，宋朝廷不久后将授予陈洪进节度使的头衔。李煜接到诏书，对陈洪进归附宋朝颇为恼怒，却也没有什么办法来对付陈洪进，只好暂时忍气吞声，同时下令在南唐与清源交界处增兵，以防止陈洪进偷袭南唐。李煜听说赵匡胤定于十一月甲子进行郊祀，便派出使者，匆忙前往汴京助祀。

在过去的三天之内，王承衍带着高德望，已经在州桥到南薰门这段道路上来回察看了数遍。这一日，他带着高德望再次走到了这条街上。他有一种直觉，如果刺客想要在郊祀那天刺杀皇帝，十有八九会选在这段道路下手。"宣德门至州桥的这段御街，宽有两百余步，届时御街两边还会增设朱漆木杈子[①]，杈子之内，五步一岗，刺客几乎无法靠近仪仗队，想要下手太难了。但是，过了州桥，两边都是居民与店铺，陛下又特允百姓沿街观望仪仗，刺客可乘之机实多矣！"这样的想法让他无法安下心来。

"我估摸着，王昭远派出的刺客，一定已经潜入京城。再过几日便是南郊郊祀之日，刺客若想那天动手，不可能这几天没有动静啊！咱再仔细瞧瞧，但愿能找到一点蛛丝马迹。"王承衍冲身旁的高德望轻声说道。

"若是周远大哥还在，凭着他的本事，说不定他能有所发现呢。"高德望说道。

王承衍听高德望提起周远，心中一痛，说道："是啊，周大哥江湖经验丰富，若是他还在，定然能够帮上大忙。"

两人说话间，都不觉黯然神伤。有好一阵子，两人都是默不作声。两人边走边看，有时在这家店停下看看，有时又在路边站着观察路上的来往行人。走到南薰门后，两人便折回头，沿着大街，朝着州桥方向走去。整整一个上午，两人在这条街上来回察看了多次。

快午时了，街道两边的正店、脚店、肉饼铺、熟羊铺、羹店、茶店都热闹起来。不过也有两三家店铺，大门紧闭，没有做生意。凡是开了店门做生意的，几乎家家都在很短时间内变得门庭若市，

---

① 杈子：宋"杈子"又叫"行马"或"拒马"，李诫《营造法式》卷八中写作"义子"。程大昌《演繁露》卷一"行马"云："一木横中，两木互穿成四角，施之于门以为约禁也。"孟元老《东京梦华录》卷二"御街"中有关于"杈子"的记载。李诫《营造法式》卷八有"拒马""义子"制式的详细记载。

仿佛那些客人都是在同一个时间忽地从地下冒了出来。

王承衍远远看到前面的街边飘着"胡家肉饼"的招幌，肚子不禁"咕咕"叫了起来，便冲高德望说道："走，咱们到前面的胡家肉饼铺吃完再回去。"

"那敢情好！少将军。"

正在这时，两人忽然看到赵光义带着几个人从州桥那边往南走来。赵光义没有穿官服，只穿了一件褐色的圆领右衽长棉袍，肩上披着一件驼色的羊毛大氅，头上戴着一顶黑色的垂耳幞头，看上去像是一个身家甚好的读书人。他的身后，跟着几个随从，都身穿皂衣，其中一个人的身上还斜背着一个东西，还有一个人的衣服与这几个随从不同，看上去像是店内的伙计。

赵光义也老远便看到了王承衍和高德望二人。

王承衍待赵光义走近，正要开口问候，却听赵光义先说道："承衍兄弟，巧啊。你们这是上哪里去？"

王承衍走近赵光义，轻声道："府尹大人，过不了几日，便是南郊大祀，我带着德望想在这条街上多转转。陛下令我助杨义将军维护南郊大祀的治安，我岂敢懈怠。府尹大人这是——"

"唉，别提了。方才罗摩香铺的伙计到开封府报案，说香铺的罗老板死在其卧房内，今早刚刚被发现。据那伙计说，人死得有些蹊跷，全身没有一处伤痕，但是眼睛却睁得巨大，仿佛是死前看到什么可怖之物被活活吓死的。这不，过几日就是南郊大祀，我也不想弄得满城风雨，所以亲自带着仵作，微服前去查看。若在平日，也不必如此。"

王承衍听了，心下一动，暗想："难怪方才经过罗摩香铺，见那香铺大门紧闭着。这香铺老板死得蹊跷，莫不是与潜入京城的刺客有关？"他很自然地联想到了后蜀的刺客，当下说道："府尹大人可否带我俩一起去看看，万一有事，也好多两个帮衬。"

赵光义看了一眼高德望，冲王承衍说道："这有何不可！走，承衍兄，那就麻烦你俩随我一道吧。"

走了几步，赵光义拉住王承衍的袖子，脸凑到他耳边，轻声说道："承衍兄，不知最近可见过雪霏姑娘？"

王承衍一愣，回想起之前李雪霏说过的关于赵光义的话，便说道："从成都回京时，我倒是见过雪霏姑娘。"

赵光义一听，脸色有些尴尬，嘴角动了动，欲言又止。

王承衍看到赵光义的神色，叹了口气，苦笑道："府尹大人，承衍其实一直将雪霏姑娘当作妹妹对待。"

赵光义听了王承衍的话，脸上微红，露出尴尬之色，不过这丝尴尬旋即被喜悦之色盖了下去。

"嗯嗯，雪霏真是个好姑娘啊！"赵光义似乎犹豫了一下，方才接口说道。

王承衍愣了愣，心想，真是天意弄人啊，看来光义兄是真喜欢上了雪霏，可是雪霏似乎并不将他放在心上。而我，明明心里早就喜欢上了宵娘，却直到快失去她时，才真正看清楚自己的内心。他这般思索着，一时感到无限惆然，不知如何作答，只好默不作声。

众人行了一阵，便来到武学巷、横街和南薰门内大街交叉口的附近。罗摩香铺就位于这个交叉路口之南，大街的西侧。

"这店名倒是取得挺好，颇有些异域情调。"赵光义来到罗摩香铺门前，并不急于进去，而是站在门口朝门楣上的金字招牌看了看。

那个罗摩香铺的伙计从赵光义身边抢前几步去敲门，一边敲门，一边喊："少主人，少主人！快开门啊！"

里面听到声音，便有人来开了门。

门开了，一个穿着灰色布衣的年轻人走了出来。

"王哥儿，你回来了。这几位是？"

"少主人，这是府尹大人，府尹大人亲自来了。"

"哎呀，府尹大人，你要为家父申冤啊！家父他，他一定是被人暗害了！"那少主人听了王哥儿的话，两腿一屈，便要往赵光义跟前跪下来。

赵光义伸出一只手，手掌微微向上一举，示意不必下跪。他口中却并不接那罗摩香铺少主人的话，只是肃然问道："你叫什么名字？"

"小人姓罗名津度。"

"令尊呢？"

"家父讳海天。"

"嗯，此处人多眼杂，进去说话。"

那罗摩香铺的少主人听了，慌忙转身，带着众人进了门。

香铺的一层，就是一个单间，三面摆着柜台。柜台后的墙上，都打了很多木格子。木格子里面，摆着各种各样的香束。冲着大门的那个柜台右侧的后部，有一道小木门。这个柜台的右侧，设计了一个方便柜台内的人进出柜台的小门，打开柜台右侧的小门，便可以通过柜台后的那扇木门到后面的院了里去。

众人跟着那罗摩香铺的少主人罗津度，进了柜台，又通过了柜台后面的那道木门，往后面的院子里走去。

通过了那道木门，里面是一个不大不小的院子。那院子四周，都是两层楼，楼上楼下都有几间屋子。

紧挨着那道木门往左拐，有一个木楼梯。

罗津度和王哥儿便带着众人从那木楼梯往上走。

"令尊尸身还在二楼吗？"王承衍一边上楼梯，一边问罗津度。说话间，他警惕地往周围看了看。

罗津度方才见王承衍背上斜负一柄长剑，虽不知他的身份，但想既然此人与府尹大人一起来，他的问话也不能不答，便道："是。我等都不敢随意挪动。"

众人上了二楼，又在罗津度带领下沿着走廊，往西面的屋子走去。只见那里有三个伙计，在西面回廊正中的一间屋子门口站着。

"便是在里头了。"罗津度说道。

"这屋子平日是做什么的？"赵光义并不急于往屋子里面进，冷静地问道。

"是家父的起居室。"罗津度说道。

"那些屋子呢？"赵光义伸手往院子里指了指。

"北面的屋子是我住。南面的屋子，是租给几个伙计住的。一楼是厨房和杂货间等。"

"你母亲呢？"赵光义发现院内并无女眷，便好奇地问道。

"家母多年前便病逝了。我是家中的独子，尚未成婚。"罗津度说了两句话，便流下泪来。

"走，进去看看。"赵光义冲王承衍说道。

罗津度看了众人一眼，便战战兢兢往里面走去。

屋子冲着门的那面墙上，挂着一幅略显俗气的松鹤长轴。画前，是一张长条香案，上面摆着香炉和日常的祭品。屋子中央，摆着一张八仙桌，桌子两边，是两张靠背椅。屋子的左侧，有一道门，挂着青色的印花布门帘。

"在哪里？"赵光义问道。

"就在门帘后面。"罗津度答道。

赵光义冲身旁一个背小木箱子的随从看了一眼，便往那道挂着门帘的小门走去。

王承衍急趋两步，挡在赵光义前面，说道："府尹大人，且慢。我先去看看。"他不等赵光义答话，便走到那道门前，轻轻掀开了门帘。

里屋的地上直挺挺躺着一个留着山羊胡须的老者。那老者身上穿着灰白色的麻布内衣，脸色是可怕的青白色，眼睛瞪得圆圆的。

王承衍又看了看屋内，并没有其他人。

这时，赵光义、高德望也走了过来。

"仵作、罗津度，你们二人进来，其他人去门口守着。"赵光义冲外屋的众人说道。

原来，那个背着小木箱子的人正是赵光义带来的仵作。

"看，地上那个烛台。"高德望进了屋，往旁边地上一指，轻声说道。

王承衍、赵光义的眼光方才一直停留在死者身上，听高德望这么一说，才注意到距离死者大约五尺远的地方，倒着一个烛台。烛台上还剩有半截蜡烛。

赵光义走了过去，往地板上仔细看了看，说道："看样子，烛台是一下子掉落滚到这儿，瞧，那儿有一溜儿蜡油。"

"不错。蜡烛随着烛台滚动了一会儿，旋即便灭了。"王承衍说道。

这时，仵作蹲在地上，仔细察看了一下尸身。

过了片刻，仵作抬头说道："仅从外表看，死者身体上没有任何外伤，似乎是因惊恐而死。"

"惊恐而死？"赵光义吃了一惊。

"这只是暂时的判断，要进一步细查，尚需尸检。"仵作说道。

赵光义听了，点点头，冲罗津度说道："一会儿，你安排一下，配合衙役们将令尊的尸身送到开封府去。等等——最好弄个檐子，稍事遮掩，不要弄出动静。"

罗津度听了，不敢多言，当即答应了。

王承衍走到赵光义跟前，轻声道："府尹大人莫非是盼着那凶手再回来。"

赵光义听了，略带诧异地看着王承衍道："没想到被承衍兄看出了心思。不错。如果凶手是刻意要杀害罗海天，那么当时罗海天倒地后，就有两种可能，一种可能是，凶手一定试过罗海天的鼻息，以为他死了，所以没有补上一刀。另一种可能是，当时可能突然发生了什么事情，使凶手无暇判断罗海天是否真的已死，便匆匆离去。你想想，如果凶手想要杀死罗海天，第二天又看不到罗家的动静，他恐怕就会怀疑罗海天当时没有死透，又活转过来了。那么，凶手就有可能回来探个究竟。当然啦，我心里亦有另一个打算，那就是不想让这个案子惊动汴京。毕竟过几天就要南郊大祀，陛下已经专门下诏肃静京城，这个时候，可不能闹得满城沸沸扬扬。"

王承衍点点头，道："有道理。"

赵光义扭过头去，继续朝那罗津度问道："令尊是几时被发现的？"

"大约是今晨丑时过了一半，南面屋子里有个伙计听到响动，起身去喊家父时发现的。"

"昨夜你听到什么动静吗？"

"昨日忙了整整一天，所以晚上睡得死，却也没有听见啥动静。直到伙计喊我，方才知道，哪想到……"罗津度说到此处，忍不住抽泣起来。

"你好好想想，昨日令尊的行动举止可有异常？"

罗津度想了想，最终还是摇了摇头，说道："倒是想不起有异常之处。昨日也没发生什么事情，就是进了一批香。家父亲自带人将新进的香搬到二楼的储藏室。一切都好好的。家父还说，趁着天气好，开窗给通通风。"

"且慢。令尊将新进的香搬到哪里去了？"王承衍插口问道。

"就在对面屋子。临街店面的楼上有个储存室。"

"你再想想，令尊说过什么奇怪的话吗？"王承衍追问道。

罗津度微微垂下头，思索了片刻，却还是摇了摇头。

"府尹大人，咱们去看看如何？"王承衍问赵光义。

"好。去瞧瞧也好。"

罗津度见府尹开口了，哪敢多言，慌忙掀开布帘子，带着众人出了起居室的门。

赵光义停住脚步，问门口的三个伙计："昨晚哪个先听到动静的？"

其中一个伙计说道："是在下。"

"是何时？你将当时情形细细说来。"

"大约是丑时过了一半。我听到东家屋里有动静，仿佛听到一声惊呼，又有东西重重摔在地上。我慌忙起身，披好衣服，拿了个烛台，出了屋门，却发现东家屋里并没有亮光。我以为自己听错了，正要转身回屋，却发现东家的房门并没有关死。当时我便想，东家一向细心，怎么会不关上屋门呢？于是我喊了几声。可是，屋里兀自没有动静。我忍不住便推门进去，走到里屋，便发现东家躺在地上——"

赵光义听了，心里暗暗想着："这就是了，那凶手怕人看到，是在匆忙之际逃离现场的。"

罗津度见赵光义问完话，便道："几位大人，请走这边。"

赵光义若有所思地点了点头。于是，众人跟着罗津度，沿着二楼走廊，向对面的屋子走去。

那屋子的门一打开，众人便觉香气扑面而来。

众人正待往里迈进，王承衍忽然喝道："诸位，且慢！"

众人一惊，都止住了脚步。

"府尹大人，你瞧，这地板上满是灰尘，布满了杂乱的脚印。显然，这些脚印都是昨日刚刚留下的。"王承衍对赵光义说道。

"嗯。"

"罗津度，昨日之前，这间储藏室是不是很久没有打开了？"王承衍问道。

"是啊，店面的香一直没有卖完，这储藏室，大约有半个多月没有开过了。"

"府尹大人，我与你进去看看，让其他人留在外面如何？我怕人多破坏了可能尚存的线索。"

"好，其他人在外面等着。"

赵光义说完这句话，便抬脚往里迈。

屋子里有些暗，朝东向的窗棂都关着。

借着从门口射入的光，王承衍仔细查看屋内的一切。屋子里并没有什么特别的东西，里面是一排排的货架，货架上摆满了大小盒子。有些货架上没有摆放盒子，而直接垒堆着在寺庙或坟地祭拜时使用的一束束普通高香。

王承衍从两排货架之间穿过，走到窗前。他仔细看了看地板，见那里有一排甚为清晰的脚印。

"罗津度没有撒谎。死者昨日确实在这里停留过。"王承衍冲赵光义说道。

"可是，这也不能说明什么。"

赵光义答了一句，说话间打开架子上的一个小盒子，略带吃惊地说道："这里面竟然装的是一块上好沉香。这罗老板的店里，也有好货啊。"

此时，王承衍正推开一扇窗往外看。街对面，是一家绢绸布匹店，但不知为何，店门没有开，二楼的窗子也都紧紧关闭着。

"沉香？"王承衍扭头问道。

"不错。是上好的沉香。凶手莫不是觊觎罗家的名贵香料，所以动了杀念？"

"可是，为何凶手不到此处偷香，而去了对面的屋子，杀了罗海天呢？"王承衍皱起了眉头。

"会不会夜晚走错了屋子？"

"不会。那罗海天可是点起了蜡烛的。看到蜡烛光，凶手如果乃是为了偷盗，应该会马上溜走。"

"是啊，罗海天死时为何神情异常恐怖。如果只是看到一般小偷，也不至于被吓成那样。"

"府尹大人说得对，绝对不是一般的小偷。"王承衍接口说道。

"会不会是罗家自己的人，或者是伙计？"赵光义忽然说道。

王承衍摇摇头，说道："不大可能。如是认识的人，罗海天不会被吓成那样。"

赵光义合上那沉香的盒子，说道："不如先回开封府，待仵作尸检后再说。"

"我总觉得哪里不对劲。我有一种预感，杀害罗海天的凶手，不是一般人，说不定与后蜀派来的刺客有关。府尹大人，不如我与高德望留在这里待一夜。若是那凶手再来，我俩抓他个现行。"王承衍一边合上窗棂，一边对赵光义说道。

赵光义不答，神色凝重地思忖着，过了一会儿，说道："这样也好，承衍兄，那就劳烦你们了。"

"府尹大人言重了。京城内潜入了后蜀的刺客，我们正找不到线索，或许，此案与那后蜀刺客有关。我们怎可错过这个线索呢？"

"我留几个衙役在此，也好多几个帮手。如何？"

"不可，人多反而会引起凶手的注意。如果凶手回来，府尹大人放心，我和德望兄弟能够应付。这儿有后门吗？"王承衍对赵光义说完，又扭头问罗津度。

"说不上是后门，倒是有个小门，出去便是武学巷。"罗津度说。

"最好将令尊的尸体从小门送去开封府。"王承衍说道。

赵光义见王承衍态度坚决，也不再说什么。

出了那储藏间后，罗津度让人找来一辆带篷的牛车，与几个伙计一起，将他父亲的尸身用上好的绢布盖了，悄悄从小门出去，抬上了牛车。

赵光义告别王承衍、高德望二人，自带着那个仵作和几个衙役，押车往开封府去了。

入了夜，王承衍与高德望吩咐罗津度与众伙计各自回房歇息，并且叮嘱他们无论发生了什么，都不要出来。众人各自歇息后，两人坐在罗海天的起居室内，灭了蜡烛，静静地等着。

王承衍将唐刀拔出了刀鞘，横摆在膝头，右手紧握着刀柄。

"少将军，你说凶手会是何人呢？"

"罗海天若是被吓死的，吓死他的人，便是那个凶手。"

"如果只是病死的呢？"

"不太可能。罗海天死时神情恐怖，一定是看到了什么？"

高德望听王承衍这么说，不禁脊背发凉，哆嗦了一下，汗毛顿时根根立了起来。

王承衍在黑暗中睁着眼睛，死死地盯着起居室的大门。他希望那个凶手会在今夜现身。

这个十一月初的冬日夜晚，夜空漆黑一片，没有月亮，也无星辰。

大约子时过了一半，王承衍忽然听到门口有轻微的响声。

"果然来了。"王承衍心里暗想，浑身的神经顿时绷紧了。

门"咔吱"轻轻响了一声。若不仔细听，是不易被发现的。

一个黑影从门缝中缓缓"挤入"屋内。

因为外面有微弱的夜光，屋内却很黑，所以那黑影进屋后，似乎还不能适应更黑的环境。黑影以非常缓慢的动作，慢慢向里屋方向移动。

王承衍身形一动，从椅子上起身，唐刀无声无息地刺向那黑影，刹那间已经抵在了黑影的脖颈上。

"别动！若敢动一动，我便砍下你的首级。"王承衍冷冷地说道。

那个黑影似乎哆嗦了一下，依言站在当地没有动弹。

"兄弟，去把蜡烛点亮！"王承衍对高德望说道。他为人心细，不想在凶手面前暴露高德望的名字。

高德望从桌上拿了早就准备好的烛台，站到黑影前，点燃了蜡烛。

就在烛光亮起的一瞬间，王承衍、高德望看到了一张脸。两人尽管有心理准备，但还是异口同声地惊呼起来。

那是一张惨白的无嘴之脸，整张脸上，只有两只眼睛、两个鼻孔。

就在王承衍、高德望二人惊呼的一瞬间，那"无嘴之人"非常迅疾地一旋身，往后一纵，破门而出。

王承衍反应过来，大喝一声，追出门去。

高德望也吹灭蜡烛，追了出去。

他俩追出屋门一看，二楼走廊上却连半个人影也没有。

王承衍微微一呆，旋即道："上屋顶看看。"

两人登上阑干，纵身跃上了屋顶。

待在屋顶站定了，王承衍往四处一望，果然见南面几十丈外的屋顶上，有个黑影，那黑影似乎往下一纵，便消失得无影无踪了。

王承衍轻声叹道："这个凶手，功夫甚是了得啊！"

"怎么会有人长着一张无嘴的脸呢？"高德望用一只手挠着头，愣愣地说。

"不——不是一张无嘴的脸，那是一张无嘴的面具。"王承衍眼睛死死盯着黑影消失的地方，一字一顿地说道。

八

"你们怎的现在来了？"赵光义迷蒙着睡眼问道。

王承衍、高德望没有落座。仆人已经被赵光义支走了。

尚是丑时，夜正深。

赵光义府邸的会客厅里，红色的蜡烛"嗞嗞"地燃烧着。

"黉夜打扰，府尹大人见谅。凶手方才已现身，可惜被他溜了。"王承衍皱着眉头，恨恨地说道。

"哦，这么说——香铺老板罗海天确实是被谋杀的。"赵光义的眼神一凛，眼珠子转了一转，盯着王承衍说道。

"仵作尸检后如何说？"

"仵作说，没有发现尸体上有其他伤痕，更无中毒迹象。"

"这就对了。"王承衍点点头。

赵光义奇道："此话怎讲？"

"罗海天一定是被凶手所戴的面具吓死的。三更半夜，罗海天乍看到那张面具，被当场吓死并不奇怪。那是一张无嘴的面具。"王承衍说道。

"真的。方才我也看到了。那面具，确实阴森诡异，当时我吓得心头直跳，手中的烛台也差点跌落。要不是心理有所准备，还真以为见鬼了！"高德望插口说道。

"府尹大人，此事有些蹊跷，那凶手逃跑时，动作迅疾，身手了得，不是一般人。我担心，那凶手，就是后蜀枢密使王昭远派来的刺客。你想，陛下不久前下诏将举行南郊大祀，近日又在御街加强了警戒，可是，偏偏在这个时候，在通过南薰门的御街上，却发生了这样的谋杀案，难道不奇怪吗？"

"承衍兄，可是，我今日已经派府中衙役查过，那罗海天只是一般的香铺商人，又怎么会与后蜀刺客有所牵连呢？"

"这个——这我也暂时没有想通。不过，既然后蜀刺客已经潜入京城，陛下出行不是没有风险。这时来求见府尹，是想请府尹带我俩一起去见陛下，劝陛下取消南郊大祀！"

赵光义眉头一动，沉吟了一下，说道："不妥。以我对皇兄的了解，他不可能取消南郊大祀。"

"陛下实在不愿取消，推迟亦可。"王承衍急道。

"承衍兄，你想得太简单了。南郊大祀，陛下可是与宰执们多次商议后定下的，而且已经下诏通告天下，岂能轻易取消或推迟。"

"那如何是好？我等对刺客一无所知，如今又出了这样蹊跷的谋杀案，若是——，府尹，咱还是一起劝劝陛下，至少争取推迟南郊大祀。"王承衍眉头紧紧蹙了起来。

赵光义看着王承衍，沉默了片刻，说道："也罢，等天亮了，我带你俩进宫，去劝劝皇兄。实在不行，便一起想想办法。你二人先到厢房歇息少许。今日无朝会，待天亮时，我派人去叫你俩。"

赵光义安排仆人带着王承衍、高德望去厢房就寝后，并没有回到卧房去。他一个人坐在会客厅的椅子上，蹙着眉头发呆。他呆呆坐着，偶尔扭头瞥一下桌上燃烧着的那支烛火。一个念头在他心头闪过：若是这次后蜀的刺客真的将皇兄杀了会怎样？他不知不觉地狞笑了一下，但旋即又皱起眉头，摇了摇头。他非常快地否定了自己在一瞬间的想法：不行，还未到时候！夏莲说的"传位盟约"，也不知是否真的有。如是皇兄通过秋棠，借夏莲之口刺探我的心思，那么它可能根本就是子虚乌有之物。关于那个"传位盟约"，我也不能去找赵普证实。即便真有，赵普也定然会矢口否认。再退一万步，即便是真有那份东西，若是现在皇兄被刺，我手中尚无兵权，慕容延钊、符彦卿等节度使个个都如狼似虎，或可能辅助德昭继位，或可能拥兵自立。南唐和北汉说不定会趁机起兵偷袭中原，还有那个契丹，说不定也会趁机发大兵南下。若是那般，天下再次大乱，我的计划岂不全盘落空。这不是我想要的结果！不不不，现在皇兄还不能死！他想着想着，霍然站立起来，在会客厅里来回踱了几步，睁大眼睛愤懑地盯着地面，又猛地坐回到椅子上。坐了一会儿，他心绪渐渐平复，方才站起身来，慢慢走回卧房去了。

清晨，赵光义迷迷糊糊醒来，见夫人小符尚在睡梦中，便轻轻起了身，穿戴完毕，出了卧房，匆匆洗漱完毕。他令仆人去叫醒王承衍、高德望二人。三人一起吃了些早点，便往皇宫赶去。

刚刚过了州桥，赵光义突然下意识地勒住了马，往前一指，冲王承衍、高德望两人轻声说道："哎，那不是陛下吗？！"

这时，王承衍和高德望二人勒住了马。他们也已看到，前方不远处几个人正骑着马，不紧不慢往南行来。当中一人，正是当今的宋朝皇帝赵匡胤。他的旁边，分别是皇子赵德昭、长驸马高怀德、长公主阿燕、内侍李神祐，还有一个是新任殿前都虞候的杨义。

赵匡胤身上并未穿着皇袍，而是头戴黑色软翅幞头，身穿一件深褐色的绸面大袖棉袍，外罩一件驼色的羊毛大氅。他胯下骑的，并不是常常骑的那匹枣红大马，而是一匹毛色铁青的短腿蒙古马。这马儿的配饰也不华丽，攀胸带子下面只是挂着一串普通的铜制小铃铛，马的额头上空着，连装饰用的兽头当颅也没有。

望着兄长骑着马儿慢慢靠近，赵光义下意识地低头看了一下自己的枣红色大马：清晨的阳光正照着马儿的铜雕兽头当颅，一闪一闪。马儿的牛皮攀胸带子下，一溜儿金色的杏叶也在阳光下闪着光。这马儿的装饰，比起皇兄的马儿，可是太华丽了一些！赵光义不禁心下暗暗惭愧：皇兄身上，还有很多值得我学的地方啊！他暗自想着，神色有些恍惚。

赵匡胤此时显然也看到了赵光义、王承衍和高德望。他在马背上冲赵光义挥了挥手。

赵光义等三人下了马，牵着马儿，站在路边迎候赵匡胤一行。

待赵匡胤走近，赵光义往四周看了看，见除了王承衍、高德望等，并无其他路人，便抢先迎上两步，抱拳作揖，正待说话，抬头见赵匡胤举起右手，将食指放在嘴前，轻轻摆了摆。

赵光义立即会意，当即挨近马儿，轻声道："大哥，你们这是去哪里？可否借一步说话？"

赵匡胤点了点头，动作利索地翻身下了马，拉着赵光义的手慢慢走到了路边。

"承衍兄，你一起来说。"赵光义扭头招呼了一声。

王承衍听了，应诺一声，便也走到赵匡胤的身旁。

"过几日便是南郊大祀，我正要去祭坛那边瞧瞧。你们这是——？是不是出了什么事情？"赵匡胤见光义和王承衍都是一脸肃然，知道一定出了什么事。

赵光义看了王承衍一眼，当下简明扼要地将罗摩香铺店老板被害一事讲了一遍，又让王承衍将昨夜发生的事情细细说了。

"不如，暂且取消南郊大祀。待抓到刺客再说如何？"赵光义问道。

赵匡胤果断地摇了摇头，说道："已经昭告天下，怎可失信于民？多少刀枪箭雨都闯过来了，还怕那后蜀的刺客不成？再说，此前韩敏信、陈骏不也都刺杀过我，我这不是好好的嘛！"

"刺客在暗处，防不胜防啊！"王承衍焦急地抢了一句。

赵匡胤眼皮一抬，锐利的眼光一闪，说道："我倒是要瞧瞧后蜀究竟派出了什么厉害的角色。如抓住活口，正可以此为由，传檄天下，讨伐后蜀！"

王承衍未想到赵匡胤会有此想法，当下愣了一愣，说不出话来。

赵光义看了王承衍一眼，仿佛在说：你瞧，我料得不错吧，皇兄定然不会同意取消或推迟南郊大祀。

"承衍也是为大哥安危着想。既然大哥要按期举行南郊大祀，还请下诏，在这两日对御街两边店家、住户进行彻查，同时全城通缉刺客。总得把刺客提前逼出来才是。"赵光义说道。

赵匡胤淡淡笑了笑，摆摆手，说道："不行，南郊大祀，本该祥祥和和，怎可骚扰百姓，弄得满城风雨。不用怕，加强警戒便是了。刺客真要出现，也不怕他。那些金吾卫、御林军岂是摆设！大祀之前，你们暗暗调查便是，但不要惊动百姓。如今南唐等国都派了使者前来助祀，不要让他们笑话了。"

"大哥！这刺客功夫了得——"

"不必多说了。就这样子吧。南郊大祀需如期举行。你与承衍安排人手，暗中追查刺客。如无结果，南郊大祀当日，从明德门到南薰门路段，我再令禁军多派些人手，加强警戒便是了。"

赵光义和王承衍见赵匡胤神色坚定，知道再劝说也无用，便只好点头应诺了。

"光义，朕见你面带憔悴之色，可是身体不适？"赵匡胤忽然问道。

"谢皇兄关心，光义身体并无恙，只是近日因罗摩香铺一案略有些焦虑。"

"你是开封府尹，南郊大祀的御营使，合祭那日，还要做亚献礼，事务繁多，要保重身体。"赵匡胤盯着赵光义的眼，沉声说道。

"光义晓得。"

"御营部署都没问题吧？"

"皇兄放心，都已经准备就绪。"

"这是我朝初次南郊大祭祀，备祀之事，不可因那尚了无踪迹的后蜀刺客而有所迟滞。"

"是！明白！"

"韩重赟这几日正在筹备仪仗。光美这次合祭做终献。他也刚刚从兴元府回来了。明日我会召你俩、范质、赵普、韩重赟等人一起合计合计。你与承衍今日且再查查刺客，若有进展随时禀报。若无线索，明日便将他先搁一下，由承衍继续查。你多督办南郊合祭之事。"

赵匡胤与他俩说完话，便重新骑上马，带着诸人往南薰门方向去了。

赵光义等三人，兀自站在原地，愣愣地目送赵匡胤一行远去。

"府尹大人，这便如何是好？"王承衍问道。

赵光义眉头皱了皱，微微叹了口气，低声说道："便按陛下的意思吧，我等尽人事，而后听天由命！"

"我左思右想，总觉得刺客可能在罗摩香铺附近动手。要不，再去那边看看？"

赵光义紧紧锁起眉头，说道："承衍兄如何便这般肯定？在我看来，陛下南郊大祀，刺客可以下手的地方实在是不止一处。大祀前陛下需先诣太庙，再出南薰门到'青城'备祀，然后才到祭坛举行大礼。大礼之后，再到明德门大赦天下。每一处，届时都有百姓围观，都可能被刺客有机可乘。承衍兄为何独独盯住御街上的罗摩香铺？"

"因为，那罗海天死的时间、死的方式都太蹊跷。"

"承衍兄，你难道没有想过——"

赵光义话没有说完，便停住不说了。他抿着嘴，眼光射向王承衍身后。

此时，两个头戴交脚幞头的行人正从王承衍身后走过。

待那两人走出十来步之外，赵光义才压低声音继续说道："你有没有想过，万一是——刺客故意制造了罗海天之死这一事件，以此来吸引我等注意力，与此同时，刺客却在其他地方暗暗设下刺杀陛下的陷阱呢？"

王承衍听了这话，心头一惊，沉吟片刻，说道："那如何解释那个戴着可怕面具的神秘人会重新到香铺店查看呢？他定然是想弄明白，罗海天是否已死，还是又活回来了。也就是说，他杀死罗海天不是偶然的，他杀死罗海天是有动机的。可是，罗海天是一个普通商人，那凶手杀罗海天的动机是什么呢？"

"如果刺客不止一人呢？"

赵光义突然问道。这个问题，令王承衍心头猛然一颤。

"只是，咱们如今难道还有更好的线索吗？"王承衍追问了一句。

赵光义的脸色变得有些阴郁，默不作声地摇了摇头。

九

赵光义和王承衍的调查没有什么进展。

十一月十三日，距甲子还有两日。按计划，皇帝赵匡胤应该于这日至崇元殿吃斋，当晚驾宿崇元殿，次日再至太庙宿斋，待十五日未明三刻行享礼于太庙四室，以为甲子日南郊合祭天地做准备。

十三日晨，垂拱殿中，气氛有些凝重。

百官已经齐集在垂拱殿中，正就南郊大祀进行最后环节的准备。

虽然后蜀派刺客潜入汴京的消息只有赵匡胤、赵普、赵光义等有限的几个人知道，但南郊大祀本身的重要性便足以使文武百官绷紧了神经。百官们从三天前开始，已经遵照南郊大礼的礼仪规定，陆续去尚书省发誓，并在南郊大礼前吃斋，以示对天地的敬意。经过发誓、吃斋等一系列礼仪，百官们都在心理上做好了南郊合祭天地的准备。

待有司准备停当后，赵匡胤在百官的簇拥之下，从垂拱殿慢慢走向崇元殿。望着眼前的景象，他不禁心潮澎湃，百感交集。短短数年，物是人非，发生了太多的事情。

崇元殿前，殿庭广阔，可容数万人。每次站在崇元殿前，赵匡胤便会回想起陈桥兵变那一日的情景。

"朕平定了昭义节度使李筠和淮南节度使李重进的叛乱，朕迫使南唐主李璟迁都南昌府，朕吞并了荆南、湖南。可是，阿琨不知所终，柳莺姑娘为了救德昭死在泽州城头，可怜的韩敏信为报仇丢了自己的性命。世事难料！上天啊，朕祈求你给朕足够的时间，令朕可以一统天下，开创太平盛世！"赵匡胤心里默默祈祷着——这种内心的祈祷他已经不记得有过多少回了。

赵匡胤慢慢走上崇元殿殿门前的台阶，在崇元殿前站定，然后缓缓转过身，扫视着殿前晨阳普照之下的百官和仪仗。他看到的是一幅庄严肃穆、壮观宏大的场面。

百官们都穿着法服，都依照各自的品从戴着相应的头冠。范质、王溥、魏仁浦等宰执戴着九梁的貂蝉笼巾。从官们则依照官品，分别戴着七梁至二梁的貂蝉笼巾。所有官员法服，身上衣裳，都是绛袍皂缘，方心曲领，中单环佩，脚上则穿着云头履鞋。每人都手中执笏，其形制，都依照官品而定。其他的执事之人，都着绯袍，样式都根据等级有所差别。

仪仗车辂，也在殿庭中整齐排列，其中有信幡、龙旗等各式旗幡，有相风鸟、指南车等各种明方位定风向的器具，有木辂、象辂、革辂、金辂、玉辂等各式承载车辆。殿庭四周，千百名金吾卫衣甲鲜亮，整装肃立。

除了金吾仪卫之外，殿庭两侧还排列数十队"喝探兵士"。这些兵士，十余人一队，聚首而立，身着锦络缝宽衫，头戴裹锦缘小帽，手执银裹头黑漆杖子。他们将参与夜晚崇元殿外的警备。

赵匡胤将眼光移过文武百官的阵列，投向南面。他远远望见宣德门城门大开，自崇元殿殿庭前直至宣德门外的御街，数万禁军铁骑整整齐齐排列着。

这一刻，赵匡胤心中的豪气勃然大盛，心中默想："有万千好男儿，何愁我中国不统！"

待赵匡胤进入崇元殿落座后，百官则都前往侧殿斋戒。数万禁军铁骑则静静地从崇元殿殿庭和宣德门往南出宣德门，环布大内四周。

宣德门外，则很快设置了警场，布列禁军中所谓的"武严兵士"。警场中战鼓两百面，每面鼓配以号角。"武严兵士"都戴小帽，黄缭抹额，黄缭宽衫，青窄衬衫。日晡、三更之时，这些"武严兵士"会击鼓吹号，一为报时，亦为提醒禁卫之军提高警惕。

这天夕阳西下之时，赵匡胤在崇元殿内闻号角吹响又落，鼓声响起，那鼓声高低起伏，节奏分明，震天动地，不禁一时间心潮澎湃。

赵匡胤听着鼓声，眼光穿过崇元殿大门，穿过殿庭，穿过宣德门，一直望向远方。外面的天色渐渐昏暗了，赵匡胤对于一些往事的记忆却渐渐清晰起来。他回想起了曾经的战场，回想起了周世宗，回想起了曾经与他一起战斗后来却作为他的对手而在泽州自焚的李筠。沉默的回想，令他感到胸口有些闷塞。有那么一刹那，他有一种冲动，想要从御座上站起来，冲出崇元殿的大门，跨上一匹战马，冲上无边无际的原野，在金色的夕阳下尽情地飞奔。他想要对天呐喊，对着空旷无垠的天地呐喊——没有任何祈求地自由自在地呐喊！

可是，这时有一个声音从大殿外传来，打断了赵匡胤的思绪。

"启禀陛下，范宰相觐见。"

赵匡胤一惊，说道："宣。"

老宰相范质听宣后，脚步飞快地步入大殿。

"赐座。"

"启禀陛下，薛知州的札子到了。"范质并不落座，而是手捧一份札子呈上。

"札子里怎么说？"赵匡胤听说是薛居正的札子，眉头跳了一下。

"薛知州报告了一个好消息。汪端已经被擒伏法，湖南大定了！"范质声音颤抖，有些激动。

"好！好！好！"

"不过——"

"什么？"赵匡胤见范质面露难色，心底生起一种不祥的预感。

"不过，薛知州在札子里还说，慕容延钊病重了。"

"什么？慕容将军病重？"

"是，慕容延钊将军病重，卧床不起了。湖南缺药，当地大夫开的方子，缺了好几味珍稀药材啊。薛知州乞陛下派御医赐御药，火速赶往湖南，为慕容延钊将军治病。如果晚了，只恐——"

赵匡胤听了，脸色大变，"腾"地从龙椅上立起来，问道："朕倒知道慕容将军之前生了病，可是怎么会突然变得如此严重？"

"薛知州说，慕容将军为擒汪端，带病亲自上阵。结果，结果——"

"是朕之失啊！是朕之失啊！是朕令慕容延钊将军带病率军，他是不想负朕啊！"赵匡胤仰起了脸。他感到胸口发闷，鼻子发酸，不禁自己捶了一下胸口。

"陛下——"

"神祐，你去请御医来，快！去尚药局请御医来。"赵匡胤扭头对内侍李神祐说道。

李神祐听了，应诺一声，匆忙往大殿门口奔去。

"等等！"赵匡胤突然呼喊了一声，"朕自己去尚药局备药！卿家，你随朕一起来吧。"

范质踟蹰了一下，说道："陛下正在大礼斋戒期间，不宜问疾。不如老臣代陛下去备药吧。"

赵匡胤愣了一愣，面上露出坚决的神态，断然说道："朕是去备药，不是问疾。即便是问疾，想来祖先也不至于怪罪！走！"

说完，赵匡胤大袖一甩，走下墀阶，大步往殿门外走去。

范质无奈，跟着赵匡胤往殿外走去。

赵匡胤在范质、李神祐的陪同下，匆忙赶到尚药局，照着札子里写的方子，亲自督促御医备足了量，又多备了一些其他珍稀药材。随后，他令一小队禁军，护送着两名御医，带着药材，星夜赶往湖南。

待为慕容延钊备了药，又安排御医送去后，赵匡胤回到了崇元殿内。

这时，百官各自回去歇息，按照诏令，他们将于次日三更，到崇元殿侧殿内等候，五更将在殿庭集合，以迎接皇帝出崇元殿，然后一起前往太庙。

赵匡胤回到崇元殿，发现尚食局已经按时准备好斋饭斋菜送来了。匆匆吃完斋饭后，他陷入了沉思。万一慕容延钊出事，湖南会不会发生变乱？这个问题扰乱了他的心绪。

正自沉思，他忽听大殿外的卫士大声通报王承衍请求觐见。他略微一惊，心知此刻王承衍前来，必然与后蜀刺客之事有关，便急令传王承衍上殿。

因参与了警戒，王承衍穿了一身盔甲，外披战袍，比平时显得更加英武。赵匡胤瞧着年轻英武的王承衍，对他更添了几分喜爱之心。

赵匡胤支走了多余的侍从，只留内侍李神祐在侧，方问道："承衍，是不是调查有了进展？"

"陛下，微臣不才，调查一直没有进展。微臣是特来向陛下告假出去几个时辰。我想今夜带着德望出宫城，再前往御街与其周边查看一番。"

"依朕看，也不必太紧张了。承衍，区区几个刺客，掀不起啥风浪来。朕早就说了，不必怕他！"

"陛下，今日禁军环卫大内，刺客一定没有机会，不过，明日、十五日、十六日，陛下出了大内，御街沿线，南薰门内外，观看大礼的百姓可以万计。前几日，我与德望去查看时，大街两边都已经搭起了彩棚，有的人家门口还用竹架子搭起了观礼楼。四处可见卖泛索、纸画、粉捏玩偶等各种生意人。到大礼之日，沿路一定会变得更加熙熙攘攘。那时人多眼杂，刺客躲在暗处，陛下不可不防啊！微臣希望，能够在陛下出大内之前，将那刺客拿下了。"

"说得也是，这样吧。你与杨义交代一下，带上德望，再多带几个人手。"赵匡胤看着王承衍一脸急迫的神色，便不再勉强。

"谢陛下。那微臣便先告退了！"王承衍行礼后往殿外走起。

赵匡胤看着王承衍，忽然心中一动，想起一事，说道："承衍，你等一下。"

王承衍听到声音，转过身来，有点吃惊地望着赵匡胤问道："陛下还有吩咐？"

赵匡胤微笑道："你方才说起粉捏玩偶，朕倒是想起一事，前两天，朕那两个宝贝公主托朕给她们在御街买几个粉捏小象儿，朕一忙，便给忘了。你这不是正要去御街吗，记得帮朕替两位公主买几个粉捏小象儿回来。"

王承衍听了，微微愣了一愣，不及多想，便道："是！微臣记住了。"

"好了，你去吧。小心一点儿！"赵匡胤微笑着冲王承衍摆摆手。

看着王承衍大踏步走出崇元殿的殿门，赵匡胤不知不觉地微笑起来。他心中已经暗暗为琼琼公主挑好了驸马。

两个多时辰后，王承衍回到崇元殿。

赵匡胤一见王承衍垂头丧气的样子，便知调查又是没有进展。

不过，王承衍倒是没有忘记买了粉捏小象儿回来。粉捏小象儿都装在几只锦盒里。

赵匡胤打开一个锦盒，取出里面的粉捏小象儿，见它的样子惟妙惟肖，甚是可爱，不禁心中欢喜，说道："果然是精巧之物。朕那两个宝贝公主一定会喜欢。承衍，你也不必哭丧着脸。朕不怕什么刺客。你也瞧见了，禁军千骑万乘，威风凛凛，即便后蜀刺客潜入京城，今日见到护卫大内的禁军铁骑，八成早吓破了胆，躲起来了。"

说罢，赵匡胤哈哈大笑。

王承衍被赵匡胤一说，不禁脸上一红，说道："陛下，微臣愚钝，花费多日，竟然查不出一点蛛丝马迹。那夜出现的神秘之人，一定还藏在什么地方。"

赵匡胤将粉捏小象儿放回锦盒，交给身旁的内侍李神祐，笑着说道："好了，且不管那刺客，你也去歇息一下。明日三更，你还需早早前来。朕去飨太庙，还需你与杨义及诸将士辛苦一番呢。"

"是！陛下，微臣告退。"

王承衍施了礼，告退而去。

三更时分，赵匡胤被宣德门外警备鼓角声惊醒，慕容延钊病重一事又在脑海中冒了出来。"荆湖初定，若是慕容病重消息被南唐获知，恐被李煜趁机偷袭。"这个念头，令他一霎间额头微微冒出汗来。

赵匡胤索性不再睡，起身穿戴完毕，令侍者于殿内点亮烛火。

此时，从殿外隐隐传来马队行进之声。

赵匡胤凝神听着。他知道，自三更时，宣德门外禁军铁骑一部开始整队了。太常寺负责飨太庙礼仪的官员执事也都先行赶往太庙，准备各项祭祀物件。

崇元殿内，内侍遵照赵匡胤的吩咐，备好了笔墨。

按照大礼前致斋的规定，这个时间只能行祀事，不可再从事其他事情，但是赵匡胤却顾不得那么多了。他伏案疾书，很快写了一份密诏，令薛居正务必就慕容延钊病情严加保密，不得外传。

写完密诏后，赵匡胤令内侍李神祐将殿前都虞候杨义宣入了崇元殿。

"杨将军，禁卫都快准备停当了吧？"赵匡胤温言问道。

"是！"杨义哑着嗓子，简单作答。他患有暗疾，平日说话几以字计。

赵匡胤满意地点点头，说道："你安排心腹之人，立刻将此密诏火速送去湖南，让送信人亲手交给薛居正。然后，速速回京复命。不可延误。"

李神祐从赵匡胤手中接过密诏，转交给丹墀之下的杨义。

杨义举起双手接过密诏，躬身哑着嗓子道："遵旨！"

"你去吧！"

杨义也不多言，将密诏揣入怀中，再次一行礼，然后转身大踏步走出殿门。

将近五史时分，摄大宗伯执牌至崇元殿奏中严外办，请皇帝准备好赴太庙致斋，并奏禁军铁骑已经开始陆续出发，其一部已经先行赶到太庙警戒，文武、侍部、执事、助祭之官、宗室，也都已行前往太庙祠所。

此前三天，殿中监等已经在太庙门外道北和阼阶东南处营构青城幄宫和更衣殿。所谓的青城幄宫和更衣殿，即《周礼》所载之"大次""小次"。随后，又设文武侍臣之次于大次之前，行事、助祭官、宗室及有司次于太庙的内外，设东方、南方客使之次于文官之后，设西方、北方客使之次于武官之后，还设馔幔于太庙南门之外。前二日，宫闱令率领下属已扫了太庙内外，太常寺则负责在太庙内设立了祀位、堂上位、宫架等，又设燎柴于南门之外。光禄寺则负责将祭祀用牺牲牵到祠所。户部也没有闲着，他们负责将各州岁贡陈列于宫架置于南门外。

在赵匡胤于崇元殿致斋时，奉礼郎、礼直官等也在太庙与南郊圜丘设定了皇帝、文武侍臣、宗室以及诸享官等致祭的方位，并排列好了祭器的位置。

对于国朝第一次合祭天地，赵匡胤甚为重视，令宰相范质等亲自督办各种礼仪细节。如今，赵匡胤在即将前往太庙致斋告祭时，不禁稍稍有些紧张。

五更时，赵匡胤遵照礼官的安排，戴好通天冠，穿上绛纱袍，手执元圭，乘上玉辂，由卤簿仪仗前导，出宣德门，一路往太庙行去。

宣德门外，灯火通明。

无数支燃烧的火把，升起了无数缕烟雾。这无数缕烟雾，在灯火的照耀下，于夜色中上下浮动，呈现出一幅梦幻的色彩。

便在这梦幻般的祥烟笼罩中，文武百官、侍祠之官分拨迎驾，奏圣躬万福。

看热闹的百姓早早便聚集在大街两旁。方才，百姓们刚刚见识了禁军威风凛凛的阵容，情绪已经高涨，如今他们又看到了皇帝仪仗从宣德门出来，情绪顿时高涨到了极点。尽管官府已经警告祭祀大礼，务必肃静，但依然有人禁不住高声欢呼起来。只要一有欢呼，便有官员喝止欢呼，于是人群便又立刻安静下来，欢呼声变成极其细微的窃窃私语。

这时，仪仗中的乐队奏唱南郊鼓吹歌曲：

> 气和玉烛，睿化著鸿明。缇管一阳生。郊禋盛礼燔柴毕，旋轸凤凰城。森罗仪卫振华缨。载路溢欢声。皇图大业超前古，垂象泰阶平。岁时丰衍，九土乐升平。睹寰海澄清。道高尧舜垂衣治，日月并文明。《嘉禾》《甘露》登歌荐，云物焕祥经。兢兢惕惕持谦德，未许禅云亭。[1]

这歌曲，正是刑部员外郎兼博士、判太常寺和岘所作的南郊《导引》词曲。

赵匡胤坐在玉辂之中，听着和岘所作之雅乐祥歌，看着街道两旁的百姓，心里涌起一股暖流。可是，这时，他突然想起了王承衍的提醒。是啊！后蜀的刺客说不定便藏在这群百姓中呢！他突然感到有些害怕。但是，他不是害怕死——死，他并不怕，他曾经无数次在战场上身先士卒杀入敌阵，他曾经被飞石击中，在泽州城外坠马，游走在冥府的边缘，他怎么会怕死呢？可是，在这一刻，他确实感到害怕——他害怕莫名其妙地死在刺客手中，他害怕突然眼前的一切都烟消云散，他害怕他不能完成宏愿统一天下开创一个太平

卷
三

---

[1] 歌曲见《宋会要辑稿》乐八。

盛世，他害怕不能实现承诺、对不起柳莺对不起阿琨，他害怕那些跟随他赴汤蹈火的将士们都白白牺牲了。不！我不能白白牺牲在刺客的手中！我还有没有做完的事情！他想到这些，振作起精神，睁大了眼睛，透过玉辂的前窗，警惕地盯着前方。

身在禁卫队列中的王承衍，也绷紧了神经，眼光不停扫视着街边的人群。

不过，前往太庙的路上很是顺利，什么事也没有发生。

到了太庙近前。御史台、太常寺阁门等官员分引文武侍祠、行事、助祭之官及宗室人员，丁太庙棂星门前，立成横班，再拜奏迎。

赵匡胤下了玉辂，乘舆进入棂星门，到大次前下舆，进大次歇息。

是夜，赵匡胤宿于太庙。太庙内外，如同崇元殿一样戒严。

到了十五日凌晨三更时分，赵匡胤起床沐浴完毕，见时候尚早，便走出大次，巡视仪仗。他在仪仗前慢慢走过，当眼光落在左谏议大夫摄太仆崔颂脸上时，忽然心中一动，便想考考他是否知道仪仗的名物。令他吃惊的是，崔颂竟然对各种仪仗的名字如数家珍。见官员忠于职守，他心中欣慰，不禁对崔颂大为夸奖。

待近五更时，赵匡胤按照礼官的安排，穿上祭祀礼服，戴上衮冕，执镇圭，由宗室执事，入太庙四室施行告庙仪式，向高、曾、祖、祢四代祖先告知明日即将赴南郊圜丘合祭天地。

在四室之中，赵匡胤逐一告祭完毕，然后出室起驾，由禁卫甲马前导，仪仗开路，百官簇拥，乘玉辂往南薰门方向行去。这一日，他将驾宿南薰门外的青城幄宫致斋，以待十六日一早合祭圜丘。

这日，根据礼仪，皇后如月、长公主阿燕、御侍秋棠、玉儿等也加入队列，陪同皇帝赴南郊合祭天地。皇后如月尚在病中，赵匡胤本想让她在宫中歇息，她却以礼仪之需，执意加入郊祀陪祭之列。

陪祀的队伍中，还有专门从荆南迁来汴京的荆南节度使高继冲。之前，高继冲上表乞陪祀。赵匡胤乐得将高继冲的势力从荆南连根拔除，因此顺势请高继冲举族迁到汴京。更早前，赵匡胤已经拿定主意要吞并荆南，因此早早就在汴京城内物色好了宅院，以用来安置高继冲家族。

当礼官宣布御驾出发前往南郊合祭天地之后，御街之上，禁军铁甲、仪仗乐队、百官宗室，一队一队，犹如大河波浪，一波波缓缓向南薰门方向涌去。

在御街两侧，人群簇拥，赶早起来的百姓们个个抬起脚后跟抻长了脖颈，观望仪仗盛况。

车马过了州桥，乐队奏起南郊礼乐：

严夜警，铜莲漏迟迟。清禁肃，森陛戟，羽卫俨皇闱。角声励，钲鼓攸宜。金管成雅奏，逐吹逶迤。荐苍璧，郊祀神祇。属景运纯禧。京坻丰衍，群材乐育，诸侯述职，盛德服蛮夷。（和声）

殊祥萃，九苞丹凤来仪。膏露降，和气洽，三秀焕灵芝。鸿猷播，史册相辉。张四维。卜世永固丕基。敷玄化，荡荡无为。合尧舜文思。混并寰宇，休牛归马，销金偃革，蹈咏庆昌期。

一曲完了，又奏一曲：

承宝运，驯致隆平。鸿庆被寰瀛。时清俗阜，治定功成。遐迩咏由庚。严郊祀，文物声明。会天正、星拱奏严更。布羽仪簪缨。宸心虔洁，明德播惟馨。动苍冥。神隆享精诚。

燔柴半，万乘移天仗，肃銮辂旋衡。千官云拥，群后输诚。玉帛旅明庭。《韶》《沪》荐，金奏谐声。集休亨。皇泽浃黎庶，普率洽恩荣。仰钦元后，睿圣贯三灵。万邦宁。景贶福千龄。

以上两曲，也都是和岘所作。

王承衍并辔骑马行在殿前都虞候杨义的身旁。他听到"玉帛旅明庭"一句时，脑海中忽然如一道电光闪过：那日，第一次去罗摩香铺时，从二楼见对面的绸绢店大门紧闭未做生意，前夜与德望再去罗摩香铺查看，对面的绸绢店好像依然大门未开。大礼之前，御街其他店铺生意兴隆，门庭若市，为何此家绸绢店偏偏未开门营业？从罗摩香铺二楼窗棂处正好可以望见对面绸绢店的二楼，莫非——莫非那天罗海天看到了什么？想到这里，王承衍只觉头皮发麻，浑身汗毛刹那间都悚然而立。

"该死！我之前怎么就没有想到呢！那绸绢店一定有蹊跷。罗海天可能看到什么不该看到的事情，才招来惨祸！"

王承衍心里连连自责。他扭头看了杨义一眼，见他正聚精会神盯着前方。

"杨将军！"王承衍呼唤了一声。

"嗯？"杨义扭头应了一声。他见王承衍神色异常紧张，不禁感到有些奇怪。

"杨将军，我突然想到刺客可能的藏身之地，想带上德望绕道赶去。你这边，尽量压住禁军甲马行进速度。切记，尽量压住队列前进速度。拜托了！"王承衍在马上倾身靠近杨义耳边说道。

杨义听了，脸色一变。

王承衍不待杨义回答，扭头对高德望说道："快！随我来！"

高德望一惊，旋即会意。

王承衍将马带到路边，掏出赵匡胤亲赐的大内腰牌，对御街边的两个禁军兵士岗哨亮了亮，说道："快！移开这段杈子，有紧急情况，我俩需要出去处理！"

两个岗哨见了大内腰牌，不敢多问，慌忙将最近的杈子移开了一个口子。

杈子外的围观百姓见两名骑士策马而出，不知出了何事，慌忙往旁边避闪，让开了一个口子。

王承衍先冲出那个口子，发现前面几步远便是大录事巷口，便冲高德望喊道："随我来，我们从大录事巷走！"

话音未落，王承衍便策马往南奔了几步，然后往东拐入了大录事巷。大录事巷内倒是没有观望仪仗之人，甚是安静。

高德望旋即纵马跟上。

"少将军！出何事了？"高德望问。

"罗摩香铺对面的绸绢店一定有问题！"

王承衍一边策马飞奔，一边简单地将自己的想法告诉了高德望。

两人转眼间骑行到马道街口，便往南拐入马道街，往保康门方向奔去。在保康门，王承衍取出大内腰牌，令守门兵士暂时看管他与高德望的坐骑。他可不想骑着马，打草惊蛇，让刺客溜掉。

出保康门，去横街与武学巷口的罗摩香铺并不远。

王承衍与高德望在黑夜的掩护下，出了保康门，沿着保康门街继续往南，朝罗摩香铺飞奔赶去。

此时，在离他们一个街区之西的御街上，南郊仪仗正在明德门内稍稍停歇。

出了明德门后，沿着御街南行不久，便是罗摩香铺所处的武学巷、横街路口了。

王承衍和高德望知道，他们必须抢时间消除隐藏于黑暗中的大患。

从保康门街拐入横街后，便看到西边从御街那边发散出来的一片红光。红光犹如一条长飘带，浮在天空中，在原本黑黢黢的天空中抹出一道朦胧的亮色。

王承衍、高德望奔近横街与武学巷的路口，看到那里早已经聚集了众多翘首等待仪仗前来的百姓。他们很快靠近了路口。没有人注意到他俩。

天上浮着厚厚的云，看不到月亮，也没有星光。除了御街的灯火发出的一片光，四处都是黑沉沉的。

借着黑暗的掩护，他们攀上了横街南侧的一个两层楼的楼顶。汴京人口众多商业发达，街道两边的建筑建得很密。这些楼阁的屋顶，往往一个挨着一个。他们攀上的那个屋顶与御街罗摩香铺对面的那家绸绢店屋顶正好挨着。

两人俯着身子，小心翼翼地踩着屋顶的瓦片，往绸绢店的屋顶摸去。

没过多久，他们已经来到了绸绢店二楼的屋顶上。

当俯身趴在屋顶上将脸贴近瓦片的一瞬间，王承衍鼻中忽然一酸，眼睛模糊了。这一刹那间，周远的面容突然在他眼前浮现。他想起了与周远一起在南唐时的冒险经历。他想起，他曾经与周远一起，潜入南唐七皇子李从善的府邸刺探消息。王承衍想起，那一晚，正是周远爬上了从善府中的楼顶，而自己则在楼下为周远望风。可如今，那个不打不相识的患难之交，竟然已经不在人世了啊！

"周兄保佑，让我们这次能够抓到刺客！"王承衍于心中暗暗祈祷。他抑制住心中的激动，深深吸了几口气，很快平复了心情，将那差点夺眶而出的眼泪慢慢压了下去。

此时正是十一月中，汴京的气温甚低。

王承衍趴在屋顶上，以极慢极轻的动作从屋顶上慢慢抽出一块瓦片。怎样不弄出响动的技巧，还是那次南唐行动之后周远教他的。因为动作极慢，花费的时间很长，所以当他抽出那块瓦片放在一边时，他才突然感到，自己的手指几乎快冻僵了。

瓦片是抽出了，屋顶漏出一个窟窿。可是，没有光从里面透出来。

王承衍在那一刻有些失望。他以为自己的判断错误了。

他有点失望地透过那个窟窿往下看，眼睛渐渐适应了屋内的黑暗。

这时，他的心开始剧烈地跳动起来，额头不禁冒出了热汗。

黑暗的屋子中，并不是什么都没有。

御街上的灯光，从窗棂密密的格纹间挤入几道。这几道微弱的光，模模糊糊勾勒出了屋内事物的轮廓。

王承衍看到，屋内有四个人影，一人将身子贴在窗棂边，似乎在观察外面御街上的情况。其他三人，呈半圆状围立在一架奇怪的器械旁。

"那是什么东西？"王承衍心里暗暗嘀咕。他睁大了眼睛，努力去分辨那器械的形制。

看了一会儿，那器械的形制慢慢变得清楚起来。

"是机弩！"王承衍在心中惊呼了一声。他抬起头，冲蹲在一边的高德望做了手势，示意其也俯下头观看一下。

高德望俯下头往屋顶的窟窿里看了一会儿，也立刻明白了当下的局面。

王承衍冲高德望伸出四个指头。

高德望点了点头。

王承衍举起右手，伸出两个指头，然后握起拳头，伸出一根手指回点了一下自己，又重复伸出两个指头，握起拳头，指了指高德望。随后，王承衍又做了一个抹脖子的动作。在这种情况下，他知道，抓活口恐怕很难，当务之急，是杀个出其不意，快速解决刺客。

高德望立刻明白，王承衍的意思是每人负责解决两个人。

这时，仪仗乐队奏唱歌曲的声音从北边传来。王承衍、高德望远远看到南郊祭祀的仪仗队缓缓由御街往南行来。

王承衍、高德望俯下身子，再次观察屋内动静。

这时，他们听到屋里有人说话了。

一个人道："快到了。"

又一个声音道："撑起窗棂。"

只听"咯吱"一声，旋即有一道光射了进来，屋内顿时亮了许多。

又一个声音道："这排弩一发九支，力贯铁甲。瞄准玉辂，不要射失了。只要射准，即便披了盔甲也没用。"

第四个声音道："放心吧。"

此前，王承衍数次在御街查看，已经注意到这座房屋沿御街街道一面的二楼有个廊道，廊道外侧还有一道半身高的阑干。

这时，王承衍略一思索，马上决定了进攻的办法。他扭头冲高德望点点头，然后伸手往屋檐处一指，又将手掌一曲，做了一个动作，示意从屋檐倒挂金钩下去，然后从二楼走廊杀入屋内。

高德望会意，与王承衍一道，慢慢立起身来，摸到了屋檐边。为了不被发现，他们稍稍与那间屋子离开了一点距离。

接着，他俩倒挂金钩，又借助阑干，迅速腾跃到绸绢店二楼的走廊上，然后猫着腰，摸到了那撑起半扇窗棂的屋门前。

两人屏息冷静了片刻。

楼下，仪仗队列越来越近了。

王承衍冲高德望做了几个手势，示意同时从那撑起半扇的窗棂两旁破窗而入。

待时机合适，王承衍做了一个开始行动的手势。

两人也不呼喊，一人抽出唐刀，一人抽出腰刀，各自一腾身，撞向窗棂。

那屋了窗棂哪经得住两人奋不顾身猛撞过去，只听"咔啦啦"一阵大响，王承衍、高德望已经破窗而入。

屋里的四个人大惊，可是在一刹那间并没有做出快速反应。

原来，那机弩是搭设在屋内的一个高台上，以便于从二楼往下形成足够的射击角度。这时，刺客中的三人都站在发射机弩的高台上。其中一个刺客愣了一愣，方才抽刀砍向王承衍。

王承衍动作迅疾，不待那刺客落地，唐刀斜斜砍去。

只听"啊——"一声惨叫，那个扑向王承衍的黑影已经被唐刀砍中，顿时便扑倒在地板上。

那个原先在窗口观察的人，刚刚反应过来，挥刀向高德望砍去，可是高德望比他的动作早了半拍，已经一刀斜砍在他的脖子上。他惨叫一声，也翻身倒地。

高德望也不顾细察那人是死是活，抽刀往机弩高台上的一人腿上削去。

那人刚刚反应过来，抽出腰间的佩刀，挡了一下，从机弩高台上跳了下来，躲到一边去了。

机弩的另一边，王承衍挥着唐刀，与第四个人战在一起。那人功夫不弱，连连躲过了王承衍的几次砍杀。过了几招后，王承衍大喝一声，挥唐刀直直向那刺客头顶劈去。那刺客举刀一格，只听得"嗡"一声，刺客手中的大刀已经断为两截。那刺客一闪身，躲过了王承衍的砍杀，往机弩跑去。他奔上高台，将机弩转了个方向，一扣扳机，机弩早就上弦的九支弩箭顿时射向王承衍。

王承衍正扑向机弩，见那刺客去扭转机弩，心里已经有所准备，闻得机弩声响，便立刻往地上仰面一躺，但听弩箭"嗖嗖"从头顶飞过，"笃笃笃"地射入后面的木墙上。

那刺客见没能射杀王承衍，便又从腰间抽出一把匕首来，一腾身，往躺在地上未及起身的王承衍凌空刺落。

王承衍再想翻滚躲到一边已经来不及了，情急之下，将唐刀在胸前一竖。

那刺客未料到王承衍反应如此之快，半空中吓得魂飞魄散。

旋即，只听"噗嗤"一声，唐刀洞穿了那刺客的胸口，将那刺客像糖葫芦一样穿透了。

王承衍翻滚着起身，使劲一抽刀，将那名刺客的尸身甩在一边。旋即，他抹了一把溅射在脸上的鲜血，便前去帮助高德望。

经过这番打斗，形势已经发生了转变。

机弩的危机已经消除。如今，只剩下一名刺客还在苦斗。

"捉活口！"王承衍大喊。

"是，少将军！"高德望应了一声，手中的大刀不再使用致命的招式，只是往那刺客非要害处砍去。

黑暗中，那刺客的动作似乎也变得有些迟滞了。

"你跑不了的！投降吧！"王承衍大声喝道。

"你们答应不杀我，我便投降！"那刺客一边挥刀抵抗，一边大呼。

"好！我答应你。"王承衍道。

"好，你们先退两步。"

这时，王承衍忽然感觉到这个刺客的声音似乎有些熟悉，不禁大觉诧异，他冲高德望喝道："咱先退！"

高德望听了，答应了一声。

王承衍与高德望旋即挥刀退了两步，成掎角之势站在那刺客近旁。

那刺客见两人退后，果然将手中大刀一下子掷落在地板上。

"蜡烛在哪里？"高德望问道。

"在东边墙角的案子上。"那刺客答道。

高德望走到墙角，模模糊糊见那案子上果然立着一只烛台。他从烛台旁边摸到火镰，点亮蜡烛，走回到王承衍身边。

黄色的烛光照到了那刺客的脸上。他现在还蒙着面。

王承衍一把扯下那蒙面人脸上的黑巾。他和高德望的眼光同时落在了那刺客脸上，这一瞧，两人不禁都大惊失色。

"怎么是你？杜道真！"王承衍惊问道。

那刺客此时抬头看着王承衍、高德望，顿时也认出了两人，露出又惊又惧的眼神，喃喃道："怎么是你们？"

王承衍心中不禁一阵惭愧，说道："不错，是我们，我们是宋人，此前去成都，乃是为了去劝降孟昶的。可惜——"

"这么说，你们之前用的都是假名？"杜道真问道。

"是！我乃宋人，姓王，名承衍。你怎么会做了刺客？怎么回事？"王承衍这次开诚布公地说道。

杜道真一呆，面露惭色，踟蹰道："兄台曾经救过我的性命，我也不再隐瞒了。此前，我与张济远投奔了他兴州的表兄赵延韬。不久，他表兄得到枢密使王昭远密令，前往成都。他将我俩作为亲信，带往成都听差，见过了王昭远。不料，王昭远的亲信曹万户不知被何人暗杀。王昭远之前已派刺客潜往汴京，他担心曹被杀可能与大宋间谍有关，也担心自己派出的刺客出事。因为曹是他的心腹，曹的死亡，令王昭远疑神疑鬼，便想再派一人去汴京帮助之前派出的刺客。他担心自己身边可能早就潜伏着大宋的间谍，便决定用外人。他想到了赵延韬身边的亲信——张济远和我。赵延韬不想得罪王昭远，便令我潜入汴京。我本推辞不想来，可是王昭远说用人之际，由不得我。也是我不小心，回家探望了几次老母，被王昭远的人知道了。王昭远便派人软禁了我那老母，表面说帮我好好照顾，还说若是行动成功，必然重赏我，实际上却是以挟持我老母威胁我。兄台，我也是迫于无奈，才来汴京做刺客的。"

王承衍见杜道真神色诚恳，不似在说谎。他也见过杜道真的老母亲，听说她被软禁，也不禁暗骂王昭远卑鄙无耻。

"对面罗摩香铺的老板是你们杀的吗？"王承衍问道。

"是他去的。"杜道真伸手指了指方才刚刚被王承衍当胸刺死的那个人。

"为何？"

"那一日下午，我去为他们三个买午餐回来，他们说，有人在对面楼上，看到了他们在安装机弩。当时，他们为了调校射击角度，打开了窗棂，不巧被对面的人看到。他们说，那是个意外。之前，他们自知道了南郊合祭天地的消息，便开始踩点。根据他们的观察，那家罗摩香铺的二楼那间屋总是关闭着窗户，从未开过。所以，他们才选定在此安装机弩。这家绸绢店，是他们以重金租下作为掩护的。我潜入汴京时，他们已经在此做前期准备了。可是，没有想到那天对面楼上的窗户突然打开了。为了避免计划泄露，他们便决定杀人灭口——"

王承衍听了，转身走到那被他当胸刺死的刺客尸身边，在尸体上搜了搜。他从那尸体胸前的衣服中，掏出一团软软的物件，走到烛光下展开一看，正是之前半夜见到的那张无嘴面具。

"我信你没有说谎。"王承衍冲杜道真说道。

"兄台，请你饶我一命，放我回成都。否则，我老母性命难保啊！"杜道真说着，跪倒在地板上哭泣起来。

王承衍见杜道真哭得伤心，不禁心下伤感。他一时间不知如何作答，转过身去，往身后那面钉着弩箭的墙走去。他想拔出那几支弩箭来看看。

这时，杜道真听到王承衍的脚步，抬起头来说道："兄台，你小心，那弩箭的箭头都淬了剧毒，见血封喉的。"

王承衍听了，脚步一停，呆了一呆，心想："这杜道真亦是一个可怜之人。若拿住他，令他在陛下面前作证，指认后蜀王昭远是本次行动的主使，陛下或可以此为借口发兵征讨后蜀，可是这样一来，杜道真的老母亲必无活路！可是，难道我便应用一个普通无辜老夫人的生命，来换取这样的出兵理由吗？如果我那样做，岂不是与后蜀那帮营造'净垒'的家伙没有两样！不，我不能那样做。"

经过一番激烈的思想斗争后，王承衍做出了他的决定。

他扭头走回到杜道真的身边，说道："趁着官兵未到，你赶紧走吧。先躲一躲，待南郊合祭之后，再出城去。"

"兄台真的放我走？"杜道真没有想到王承衍这便要放他走。

"走吧！见到你老母亲，代我俩问声好。"王承衍道。

"在下再谢兄台全命之恩。异日兄台有吩咐，我必赴汤蹈火，在所不惜！"

"快走吧！"

杜道真这时看了高德望一眼，突然说道："两位兄台也代我再谢周兄！"

王承衍听了这话，心中一痛，说道："周兄已死，被孟昶的手下射杀了。"

杜道真闻言，不禁呆了。

此时，窗外的仪仗队奏响的歌曲声渐渐近了。

王承衍慢慢走到窗边望向御街，他看到华贵的玉辂正在仪仗队中缓缓从楼下经过……

十

十一月十六日的南郊合祭天地非常顺利，没有发生什么意外的事情。

王承衍在赵匡胤合祭天地仪式完成后，便将刺客已经被消灭的消息先做了一次简单的禀报。赵匡胤闻讯大喜。

赵匡胤于南郊圜丘合祭天地后，返回皇城，登上明德门，发布了赦书，并宣布改元，启用"乾德"年号。虽然建隆四年尚有一个半月才到年终，但是因为改元，所以这一年也可被称为乾德元年。

颁布大赦天下的赦书后，赵匡胤又宣布免除建隆三年以前百姓拖欠官府的官物，又下诏将建国以来牺牲的将校的子孙录用为官员。

随后，百官奉册，上尊号于崇元殿。

十七日一早，赵匡胤在御书房秘密召见了王承衍与高德望。

到了这时，王承衍将那晚在绸绢店二楼发生的一切向赵匡胤细细做了禀报。他没有向赵匡胤隐瞒任何细节。

待说了放走杜道真后，王承衍单膝跪地，口中道："微臣擅自放走刺客，请陛下治罪！"

高德望也跟着王承衍跪倒在地，口中道："人是我与少将军一起放走的，也请陛下治罪。"

赵匡胤静静听王承衍说完，缓缓从椅子上立起来，嘴角抽动了一下，心里如同打翻了五味瓶。王承衍的话，让他回想起当年率大军围攻泽州城的情景。那时，李筠起兵反宋，利用韩敏信、陈骏挟持了皇子德昭。德昭在城头尚有性命之忧，他却狠下心来下令攻城。他一直对此事心怀内疚，此刻再次想起，犹如感到有把钢爪狠狠地将他的心脏攥住了。他抿着嘴，沉默了片刻，叹了口气，说道："承衍，你做得对。何罪之有啊！"

王承衍本已经做好受处罚的准备，此时听赵匡胤这样说，不禁微微一愣。

"起来吧！你救了朕的性命，朕想要感谢你还来不及呢，又怎会加罪于你？朕难道能够以牺牲一个无辜老妇人的性命，来换得讨伐后蜀的机会吗？况且，即便有杜道真的证词，这刺杀之事，也是后蜀枢密使王昭远指使，孟昶完全可以把自己与此事撇清的。你不用自责了，好好歇息吧。待壬寅日，南郊礼成，朕会在广德殿内摆设饮福宴，大宴群臣。到那天，朕要当着百官的面，奖赏你和二狗子。"

赵匡胤这么说着，走到王承衍身前，伸出右手在他肩膀上拍了拍。

"好了，起来吧。"赵匡胤说道。

王承衍心里涌起一股暖流，缓缓立起身，行礼道："谢陛下！"

赵匡胤微笑着点点头，又扭头看了高德望一眼，踱步到他的跟前，伸手拍了拍他的肩头，说道："二狗子，朕第一次见你，应该是在泽州城外吧。"

"是！陛下！"高德望说道。

"好！二狗子，你又立了大功啊。朕也要感谢你啊！"赵匡胤微笑着。

高德望显出拘谨的神色，憨笑着不知如何作答。

"你现在可是一名了不起的战士了啊！你也起身吧。"说着，赵匡胤伸手去扶高德望。

高德望慌忙站起身来。

赵匡胤又夸奖了高德望一句，忽低声道："没想到，竟然转眼三年多了。"说完，他扭头朝窗外望去，仿佛盯着什么细细看了起来。

王承衍、高德望顺着赵匡胤的眼光也望向窗外，却见窗外灰蒙蒙的天空下，立着几株高大旱柳，旱柳在微风中轻轻晃动着无叶的枝条……

时间转眼便进入了十二月。天气愈发寒冷了。

这一日虽无朝会，但是赵匡胤还是早早醒了。早晨的寒意令他接连打个两个哆嗦。突然之间，他仿佛听到了皇后如月痛苦的呻吟声。

自从南郊合祭天地回宫后，皇后如月再次病倒了。如月本来重病在身，这次祭祀天地，受了些寒气，加之劳累，因此情况比之前更糟了。

为了不打扰如月休息，赵匡胤令内侍在如月的卧床前拉了个大帘子，在帘子外加置了一张床。这些天来，他便是在帘外这张床上就寝的。

这时，他听到如月痛苦的呻吟，不禁顿觉心如刀绞。昨日傍晚，御医王守愚为皇后如月煎了一壶药，如月服药后，便躺下休息了。

难道，那药竟然使病情加剧了不成？

赵匡胤心里起了一种非常不祥的预感。他匆忙披起衣服，点燃立在墙边的高大铜烛台上的几支蜡烛，然后轻轻掀开帘子走到如月床边。

如月听到了他的脚步声，在床上睁着眼睛看着他。病痛已经将她折磨得憔悴不堪。

他看到如月的眼中泪水盈盈，眼光中透着哀怨、悲伤，却又充满了无限的深情。更令他感到心头一颤的是，他仿佛还在那眼光中看到了无限的怜悯与关心。他看着如月的眼睛，看着她那凌乱散在枕上的缕缕乌丝，心痛得浑身颤抖起来。

"怎么？更难受了？"他有些不知所措地问道。

如月额头不断冒出黄豆般大小的汗珠，口中却只管呻吟，说不出话。

"来人！来人哪！"赵匡胤见如月气若游丝，不禁大声呼喊起来。

几个值夜的宫女听到呼喊，慌慌张张从外面跑了进来。

"快去传御医王守愚来！快！不，再多叫几个御医！一起来！你们，快去端盆热水，弄条毛巾，给皇后擦擦额头的汗！"

"匡胤大哥！"如月突然睁大了眼睛说道。

听到如月突然唤他的名字，泪水顿时模糊了他的双眼。自从他登基当了皇帝以来，她便从来没有叫过他的名字。

"我在呢！"他跪倒在床边，抓住了如月瘦骨嶙峋的手。

如月惨白的脸上，露出了一丝笑容。

"不用叫御医了。有匡胤大哥这般陪着我，如月便知足了。"如月费力地呢喃道。

"先不说话啊！啊？你会好起来的。"赵匡胤哽咽着安慰如月。

如月凄然一笑，轻轻摇了摇头。

赵匡胤抽泣起来。他深深垂下了头，将额头贴在如月的手背上。

一个宫女用铜脸盆端了热水来，其他两三个宫女手忙脚乱地或端着水杯，或拿着毛巾，或举着烛台站在旁边。她们见了眼前这番情景，也都抽泣起来。

这时，赵匡胤抬起头，抬起右手，摆了摆，口中说道："你们都退到门外去吧。"

几个宫女抽泣着，掩面退了出去。

如月见宫女退下了，口中说道："匡胤大哥，你不要怪我，没有再多给你生个皇子。"

赵匡胤哽咽道："我怎会怪你呢。别说傻话。"

"你答应我，一定为琼琼、瑶瑶招上好驸马啊。"

"放心，我一定会的。对了，你觉得王承衍这孩子如何？我倒想将琼琼许配给他。"在这一刻，赵匡胤希望如月能够知道他心里的打算。他希望，这也算是个好消息，能够带给如月一丝欣慰。是的，哪怕能让她高兴一点儿也是好的。

如月听了，稍稍呆了一呆，微笑着点点头，却不说话。

过了片刻，如月仿佛再次积聚起气力，轻轻说道："德昭这孩子，心地善良，可惜我却不能再保护他了。还有，好好保护德芳这孩子。别让老天爷盯上他。等到德芳出阁那天，你要代我好好抱抱他。匡胤大哥，我也谢谢你能送我那面古琴，我好想——好想再为你弹奏一曲啊。"

如月说完这句话，又是淡淡一笑，两眼中无声无息地滑出热泪来。接着，她微弱地、长长地出了一口气，就在一刹那间，笑容在她的脸上僵住了。

赵匡胤感到心肺瞬间被撕裂了，肠子也被割断了，愧疚、伤痛、留恋，种种情绪如一颗颗火药球在他内心燃烧起来。他大声呼唤了几声，如月却再也没有反应了。她只是睁着眼睛，嘴角挂着一丝凄然的笑，仿佛还在静静地看着赵匡胤。

如月的手还有点暖。赵匡胤还是紧紧地握着她的手。可是，他知道，如月已经走了……她的生命，仿佛残月，无声地退入云层。

十一

皇后如月的死，给赵匡胤造成了巨大的打击。处理完如月的后事，赵匡胤对于如月之死不能释怀，欲以用药不精审之罪将御医王守愚处死。长公主阿燕、皇弟开封府尹赵光义、宰相范质、枢密使赵普等人轮番劝解，赵匡胤才怒气稍却，最终将王守愚流放海岛，以示惩戒。

天气越来越冷，赵匡胤的心情，自流放王守愚之后，也仿佛冬日寒冷的天气，越来越糟糕。

有人传言，右拾遗杨徽之私下说皇后如月之死，乃是上天对赵匡胤窃取天下的惩罚。此话传到宫中，赵匡胤闻言大怒。杨徽之在后周时，曾经私下提醒周世宗要小心赵匡胤，建议周世宗不要让赵匡胤执掌禁军。赵匡胤因此事，早就对杨徽之不满，即位之后便欲杀杨徽之，当时赵光义说："杨徽之乃周室之忠臣，不宜深罪。"赵匡胤听了赵光义的劝诫，才没有杀杨徽之。此时，赵匡胤又听到杨徽之私下议论的传言，便又起了诛杀杨徽之的心思。不过，左思右想后，赵匡胤最终将自己的怒气稍稍抑制，只是将杨徽之贬出朝廷，降为天兴县令。

不久，又发生了一件事，再次打击了赵匡胤。

十二月庚子，尚书左丞高防卒于凤翔的噩耗报至京城。

高防为人沉稳厚道，为官事迹斐然，赵匡胤对他甚为器重。正值用人之际，高防的死，令赵匡胤甚为惋惜。

赵匡胤听到噩耗后，立即下了一份诏书，在诏书中说自听到了高防去世的噩耗，"闻之甚伤，不能自已"。赵匡胤又遣供奉官陈彦珣护送高防归葬洛阳，并令所有的费用，都由朝廷支付。高家因此感激不已。

一日午后，赵匡胤由内侍李神祐陪着，在宫中散步。

行至福宁殿附近，赵匡胤见路边几株花树，开出黄色的小花，花瓣如同蜜蜡，透明晶亮。

这些黄色的小花，映入他的眼中，不知不觉触动了他的心弦。

"那是蜡梅吧。"

"陛下，正是蜡梅。"

"嗯，开得甚是可爱啊。"

赵匡胤一边说，一边迈步走到一株蜡梅前，愣愣地盯着枝头的一朵花，仿佛陷入沉思。

李神祐不敢多言，在赵匡胤身后几步外静静地立着。

这时，一内侍匆匆跑来，禀报道："陛下，南唐使者来了，在宫外请求觐见。"

赵匡胤听了禀报，眉头皱了皱，缓缓转过身，沉声说道："今日无朝会，令南唐使者去驿馆歇息，待来日再见。"

那内侍听令，正要离开，赵匡胤忽然说道："且慢，传南唐使者到延和殿，朕在延和殿接见他。"

"是！"那内侍听令，匆匆跑开去了。

"走，去延和殿。"话未说完，赵匡胤便迈开大步往福宁殿后的延和殿方向走去。

南唐使者进了延和殿，依臣礼参见了赵匡胤，旋即进呈了上表。

赵匡胤坐在宝座上，打开上表一看，原来是为清源之事。

此前，赵匡胤应陈洪进之请，已经任命其为清源节度使。陈洪进统治的清源，本依附于南唐。南唐主李煜对于陈洪进依附中朝的做法，自然耿耿于怀。这次，李煜上表赵匡胤，称陈洪进首鼠两端，不可轻信，请求赵匡胤削夺陈洪进的节钺。

赵匡胤看了诏书，心想："朕怎么可能在此时免去陈洪进节度使之职。如今，清源已成朕下在南唐之腹的一颗棋子，朕怎能轻易拿掉！"

当即，赵匡胤想了想，并不表态，只让南唐使者回驿馆休息。

随后，赵匡胤召宰相范质、枢密使赵普、翰林学士陶穀等大臣前来商议。

"这李煜为何如此之蠢，竟然提出如此无理要求。李煜应该能够想到，朕绝不可能听从他的请求，为何还要如此上表？"赵匡胤的眼光扫过几位重臣。

赵普微微一笑，却不主动开口。

赵匡胤将赵普的微笑看在眼内，便道："掌书记，你说说。"

"陛下，这上表并不蠢也。"赵普的脸上，依然挂着略带神秘的微笑。

"此话怎讲？"

"李煜乃是借这上表，提醒陛下，陛下的用意他亦知也。他是担心陛下要向南唐用兵，在警告陛下，南唐并非没有防范啊！"

赵匡胤一听，微微点头，沉吟片刻，道："听掌书记这么说，朕细细想来，这上表倒确实有此效果。"

"此必韩熙载之流在李煜身边出谋划策也。"赵普道。

"韩熙载！此人倒不可小觑。"赵匡胤说话间，脑海里闪过韩熙载的面容。

"孔子言，《韶》尽美尽善，而《武》尽美却未尽善。这是劝勉天下的君主学习文王，以德服天下，尽量避免像武王用武力统一天下。陛下，老臣以为，陛下还是下份诏书，且将李煜安抚一番，以免南唐生出事端。若南唐与我大宋相安无事，则是天下苍生大幸啊。"范质谏言道。

赵匡胤点点头，却不言语，只微微皱起眉头，沉默了一会儿，又仰起头，往前方虚空中看了片刻，方才慢慢将眼光投向范质，斩钉截铁地说道："嗯。卿家所言甚是。不过，如今天下战乱祸根未除，朕宁先学武王，后学文王也！"

范质闻言，垂首不语。

众人又讨论了一番，赵匡胤最终决定下诏安抚李煜，同时暗示朝廷将约束陈洪进，保证陈洪进不会骚扰南唐，令李煜放心。他并不想刺激南唐太甚，在他的战略目标中，如今首当其冲的是后蜀。

时间过得飞快，日子转眼到了闰十二月。

十二月底时，赵匡胤因久久不见降雪，便令有司到京城各处祈雪。到了闰十二月初，老天似乎听到了来自人间的祈祷，向京城及周边地区的大地纷纷扬扬洒下了雪花。雪一连下了数日，时大时小。百姓们因天降瑞雪而笑逐颜开。

这日一早，天尚未明，气温极低，呵气成冰。卯时刚过，天空中又飘下了鹅毛大雪。

赵匡胤在垂拱殿召见了老宰相范质、皇弟赵光义、枢密使赵普、翰林学士陶谷、吏部尚书张昭、太常寺卿和岘等大臣，商讨将于内殿召翰林学士、中书舍人复试吏部试中应拔萃科之事宜。

众人正商议时，侍者突然前来通报，说监军使查无铭从朗州赶来紧急求见。

赵匡胤一听是查无铭前来，眼皮直跳，慌忙宣其觐见。

查无铭急匆匆进了垂拱殿，肩头兀自留着一些尚未拍掉的雪花。他见了赵匡胤，仿佛呆了一下，旋即"扑通"一声，双膝跪地，哭报道："启禀陛下，慕容将军病卒了！"

赵匡胤闻言，只觉脑中"轰"一声响，身子重重靠在了椅背上。

"何时之事？"赵匡胤呆了一下，方才颤声问道。

"本月乙卯那日。薛知州在那边秘不发丧，令微臣黄夜赶回京城报讯，只等陛下示下。"

"嗯，薛居正做得没错。军中岂能无大帅。慕容将军可有何遗言给朕？"

"慕容将军临终前，托薛知州将伴其血战沙场的巨剑'血寒铁'赠予陛下。"

"哦，你可曾带来？"

"薛知州将慕容将军的宝剑用檀木匣子装好，已令微臣带来，现下正存在待漏院内。"

赵匡胤点点头，对李神祐说："你速速去替朕取来。"

李神祐应了一声，匆忙去了。

待李神祐出去后，赵匡胤将查无铭招到跟前，向他细问慕容延钊最后一段日子里的生活起居情况。查无铭将慕容延钊带病巡城、巡营的故事一一细述。赵匡胤听着听着，不禁心内暗生惭愧。慕容延钊本无二心，我竟然心怀疑虑，先后派李处耘、查无铭前去监军，是我有负于他啊！他这样想着，不觉泪眼蒙眬了。

这时，李神祐捧着一个乌黑长大的檀木匣子匆匆步入了殿门，跪到赵匡胤跟前，口中道："启禀陛下，慕容将军宝剑取到。"

赵匡胤从椅子上立起，走了过去，伸出两只手，缓缓打开了那个檀木匣子。

一柄又长又宽的带鞘巨剑静静躺在匣子里。

赵匡胤伸手握住巨剑的剑身，往上一提，顿觉手中沉甸甸的。

那巨剑比他想象的还要重许多。他手中用力，缓缓从匣子中取出巨剑，另一只手握住长长的剑柄，慢慢地将巨剑抽出剑鞘。

巨剑出鞘，宽大的剑身上，隐隐透着紫红的寒光。

赵匡胤一手握剑柄，一手轻轻抚过宽大厚重的剑身。他盯着巨剑，看了好久，方才将巨剑插回剑鞘，又缓缓放回檀木匣子。

便在要合上檀木匣盖时，赵匡胤突然悲从中来，浑身颤抖，泪如雨下，无声地恸哭起来。

范质、赵普、和岘等人见赵匡胤恸哭不已，无不黯然神伤。

过了片刻，范质劝道："陛下，古贤云，不以死伤生，毁不灭性。更何况，慕容将军乃是臣，陛下为君，不可过于哀伤啊！"

赵匡胤却似乎没有听到，依然恸哭不已。

和岘见状，往前两步，轻声问道："为臣子发哀，宜有节制。陛下为何如此哀伤？"

赵匡胤仰天长叹，泣声道："吾不知哀之所出也！"

他确实很难说清楚自己为何如此哀伤，便在这一刻，很多往事、很多旧人的容颜一起涌上心头。短短几年，他的敌人，他的战友，他的亲人，他的爱人，一个一个，辞世而去。如今，慕容延钊——这位昔日的属下、多年的朋友，这位也被他一直小心提防的当世名将，也悄然离他而去了。在这一刻，他再次感到人生如白驹过隙，所有的喜、怒、哀、惧、爱、恶、欲，看起来便如无意义的游戏，终将伴随着死亡而消失得无影无踪。想到这些，他不仅仅为慕容延钊而哭，也为如月而哭，为柳莺而哭，为窅娘而哭，为韩敏信、李筠、李重进、张琼而哭。

恸哭了片刻，他渐渐平静下来，将那装着巨剑"血寒铁"的檀木匣子轻轻合上，令李神祐收了，退到一边。随后，他眉头一蹙，厉声喝道："来人，快，去宣王承衍来见朕。"

众大臣见皇帝突然宣王承衍觐见，一时面面相觑，不知皇帝做出了什么决定。

殿内的小黄门得令，匆忙出殿去传王承衍。

这时，赵匡胤才让查无铭起身，他自己也缓和了神色，继续与诸位大臣商议内殿殿试的事情。

张昭将通过吏部中应拔萃科选出的田可封、孙迈、宋白、谭利用等四人的情况一一做了介绍。赵匡胤听在耳内，也不言语。待张昭说完，赵匡胤便嘱咐陶毂等好好出题，务必谨慎考察四位新人的才干，以供除任时作为参考。

过了多时，王承衍前来觐见。

见王承衍来了，赵匡胤阴沉着脸色，眼中射出冷峻的光，用沉稳的口气，肃然说道："慕容延钊将军已卒，朕将另派大将镇守朗州。南唐若知慕容延钊已死，说不定会觊觎我之东南。若北汉于此时联合后蜀进击，我朝将三面受敌。前些日子，北汉骚扰我北境，朕已派遣客省使曹彬、通事舍人王继筠分别去了晋州、潞州，与节度使赵彦徽、李继勋会兵入北汉境，攻击其边邑及辽州、石州。世宗时，辽州本为周所辖，如今落入北汉之手，亦说明北汉虽小，却不可小觑。加之其背后的大辽，疆土广阔，战士凶悍，若其借道北汉，自太原、辽州一带南下中原，则我中原百姓，将再遭铁蹄蹂躏。麟州、府州、胜州，乃是我大宋在北汉西北角三颗重要棋子，它们可以牵制北汉，约制大辽。慕容延钊的死，不仅可能让南唐觊觎我东南，也可能使后蜀加快联合北汉合击中原的行动，更可能也会让北汉看到有南下的机会。不过，北汉南下之前，必然不想让自己脊背上还有颗大钉子，所以，其极有可能近期派大军偷袭麟州、府州。若是朕替北汉用兵，必会首选边境之城府州作为偷袭对象。如今，永安节度使折德扆将军镇守着麟州、府州。朕欲派一两人，由隰州北上，潜入北汉境内，沿石州、宪州、兰州一带，刺探北汉军情，然后自岚州，前往府州将军情通报给折德扆，同时授其朕意，严防北汉大军来袭，如有机会更可主动出击北汉，勿令其伺机觊觎东南。此任务甚是危险，但关系重大，你可愿担此重任？"

"是！陛下！"这一次，王承衍斩钉截铁地答应了，他没有再说任何推脱的话。自从那一夜见到杜道真，知道了后蜀王昭远的所作所为，他渐渐对世间残酷的现实有了一个新的认识。"君子素其位而行，不愿乎其外。素富贵，行乎富贵；素贫贱，行乎贫贱；素夷狄，行乎夷狄；素患难，行乎患难。君子无入而不自得焉。"这是他曾经读过的《中庸》中的一句话，他一直对此中真意懵懵懂懂。如今，他觉得自己已经领悟了其中的道理。他在心里勉励自己说，对于君子而言，富贵、贫贱、夷狄、患难，各种外境的变化都可能遇到，只要内心合乎正道，便没有必要逃避任何可能的境遇，也不该躲避降临到自己肩头的责任。

赵匡胤见王承衍这次答应得非常痛快，似乎有些意外，但是旋即便冲他微微点了点头，说道："好！既如此，朕赐你金牌，任你为朕之特使，速速前往府州！至于后蜀——"

说到这里，赵匡胤皱起眉头，冷笑了一下，将眼光投向垂拱殿的大门。

垂拱殿的大门之外，大雪还在纷纷扬扬下着。

盯着那殿门外的大雪看了一会儿，赵匡胤从宝座上缓缓起身，走到了李神祐的身旁。

赵匡胤抬起两手，再次慢慢打开了李神祐捧举着的那个檀木盒子，再次从檀木匣子中取出了那柄巨剑——"血寒铁"。

这次，他"噌"一声将巨剑抽出剑鞘，提在手中，快步向殿门口走去。

众大臣不知皇帝何意，一时间呆若木鸡。

待出了殿门，赵匡胤往殿门一立，用双手横托"血寒铁"巨剑的剑身，仰望天空，冲着漫天的大雪，放声说道："信我者，慕容兄也！不负我者，慕容兄也！今日，我赵匡胤对天再次发誓，慕容兄，我会用好你的这柄剑！不负众望，不负黎民！混一天下，开创太平！"

此时，一阵大风吹过，从垂拱殿前的地面上卷起一大堆雪花，仿佛要将誓言与雪花一起吹走。那团雪花被大风吹着，竟然旋转着、翻滚着往半空中飞扬，转眼间便同正在飘落的雪花混为一体。

赵匡胤双手托着剑，脸上、身上瞬间落满了雪花。他仰着头，默默望着天空。

灰蒙蒙的天空中，雪花在狂舞。

卷
三

卷
四

一

从京城到隰州，王承衍、高德望二人乃是转乘官家驿马，夤夜前往的。因此，一千多里的路途，只用了数日。但是，从隰州北进潜入北汉境内，就无法像在中朝境内一样骑着驿马大模大样行动了。

为了掩人耳目，王承衍乔装打扮成一个仗剑游走天下的文士，高德望则扮成他的带刀仆从。唐代，因天下尚武，文士仗剑游学的风气很盛。经历五代之乱，到了宋初，文士佩剑而行的遗风尚存。王承衍虽然生在武人世家，但自小喜爱读书，加之相貌英俊，所以穿上文人装束，其气质风采活脱脱便是一个浪迹天涯的侠义书生。反倒是高德望带着佩刀，背了书匣，略显得有些不自然。不过，因为他那天生憨厚的样子，还不至于引人怀疑。

二人自东京出发，经晋州、隰州，穿越北汉与宋的边境，向北汉辖内的石州潜行。石州一带，是北汉军与宋军反复争夺的地带。在双方军队"拉锯"争夺的区域，当地的百姓，能跑的都跑了。石州的军情，中朝方面已经掌握。王、高二人因此并未在石州附近滞留多久，而是很快沿着离石河东岸，往汾河西岸的宪州进发了。两人到了宪州附近，从当地百姓口中得知，近来北汉已经在宪州集结了重兵，似乎有重大军事行动。"看来，陛下所料非虚！"王承衍心底暗暗佩服赵匡胤的远谋洞见，当下不敢久留，带着高德望往岚州方向夤夜赶路。

这日凌晨，两人来到岚州地境。与石州类似，北汉也已在岚州驻扎了重兵。在岚州城外，王承衍、高德望两人从土人口中刺探了岚州的驻军情报，得知最近岚州已经增兵至一万两千人左右。具体来说，在岚州城内有五千驻军，在宜芳县北三十五里处的合河关，在县东七十里的蔚汾关，分别有三千人，在县北的隋古长城上，还有一千人。他们很快打探到一个重要消息。此消息说，岚州的北汉军将在七日后偷袭府州。这些消息，使两人的心情变得更加沉重。因为他们知道，镇守府州、麟州的永安节度使折德扆虽以勇悍闻名，但手下军队的人数却并不多，在府州可能只有三四千人。即便是集合沿河五镇的兵力，也不过是一万六千人左右。

时值闰十二月中，西北之地，天寒地冻。

这日午后，阴沉沉的天上飘下了雪花。

王承衍、高德望冒雪朝西北方向行去，但见大地起伏，白雪如浪，远方的青灰色大山，如少年一夕白头。

有那么一瞬间，王承衍的心头，闪过唐代诗人皮日休的一句诗——青山生白髭；几乎与这诗句同时闪过脑海的，还有唐丰与周远的面容。人的回忆就是这样，往往受到某一风景某一事物的触动，就会突然从脑海深处冒出来。他恍然间仿佛回到了过去——那时，他与周远、高德望一起，护送着唐丰从汴京去南唐。一路上，触景生情，他曾与唐丰一起望着江南的原野，一起畅谈起古人的诗文。如今，记忆犹新，唐丰、周远的人却已经不在了，这怎能不让他倍感伤怀。

黄昏时分，王承衍与高德望抬头往前方看去，只见一座大山高高耸立于漫天雪花中，看上去足足有两千丈之高。

"少将军，这该死的雪越下越大了！这山——"高德望看看前面的大山，不禁皱起了眉头。

"这山应该就是位于岚州宜芳县西北的苛岚山了。此山与雪山相接，那雪山才高呢。"

"少将军，你说你咋啥都知道呢！"高德望咧嘴笑了起来。

"关于苛岚山，我是从家父那里听说的。山中有路，可前往府州。走！咱找个农家歇一夜。看这雪，连夜赶路是不成了。"

高德望应了一声，便重新振作起精神，踩着厚厚的积雪，随着王承衍往苛岚山方向行去。

不多时，两人看到前面露出几间茅屋的屋顶，心中不禁大喜，加快脚步往前赶去。

眼看与那几间茅屋渐渐近了，两人忽然听到从前面茅屋那边传来兵刃激烈碰撞的声音。

"有人在那边打斗！"高德望轻声道。

"走！悄悄靠近，看看发生了什么事。见机行事！"王承衍冷静地说道，说完，俯着身子，加快脚步往茅屋靠近。

高德望慌忙跟了上去。

两人在那几间茅屋附近的一个土坡后隐蔽下来，偷偷探头看茅屋那边发生的情况。

只见风雪中，几间茅屋呈"凹"字形分布着。这个"凹"字的缺口朝着南面，前面围着一堵两尺高的土坯围墙，圈出一个小小的院子，院子的两旁，有几棵枯树。此时，三个北汉士兵模样的人，正挥着腰刀，围着一个身穿灰色棉袍的汉子打斗。在茅屋门前的角落里，一个农夫模样的男人抱着一个女人和一个小女孩，缩成了一团。

打斗甚是激烈，那身穿灰色棉袍的汉子武功看起来甚高，以一敌三似乎也不甚吃力。王承衍看那身穿灰色棉袍的汉子的招式，似曾见过，但却又一时想不起来于何时何地见过，心下不禁暗暗奇怪。

突然，三个士兵中有人喊道："我俩压住这厮，你去杀了那一家子。"

随着喊声，一个矮个子士兵跃出战团，挥刀往那农夫一家人冲去。

王承衍、高德望心中大惊，想要抢出去救人，也已经来不及了。

这时，只见那灰色棉袍的汉子迅疾地连挥两刀，荡开了两个士兵的腰刀，一个腾身，跃到农人一家子身前，后发先至，挡住了那个矮个子士兵。

"有本事就先杀了我，杀害手无寸铁的百姓，算什么本事！"那汉子怒喝道。

矮个子士兵似乎被那汉子的气势震慑,慌忙连退了数步。不过,他的两个同伴很快围了上来。

三个士兵一旦找到了这个阴招,便大占了便宜,开始占了上风。而那汉子一方面要救助那农人一家子,一方面要抵挡士兵们的围杀,顿时方寸大乱,转眼间手臂上便被砍了一刀。

"怎么办?咱救不救?"高德望焦急地问王承衍。

王承衍心里与高德望一样焦急,听高德望这样一问,瞬间便拿定了主意,决然道:"救!怎能见死不救!我去救他们。你待在原地别动。"

"这怎么成?"高德望急道。

"听着,这是命令。如果我俩一起杀出,万一周围还有北汉士兵出来,将我等团团围住,不但救不了他们,咱们也恐都丢了性命。丢了性命也就罢了,误了给折德扆将军传递军情和陛下的旨意,那可就耽搁了大事!放心吧。对付那三个士兵,我一个人足够了!若是——若是真有大批北汉士兵过来围攻,你不要管我,要设法赶紧离开,一定要赶往府州,传递情报!"说着,王承衍从怀中掏出赵匡胤赐给他的金牌,塞到了高德望的手中。

"少将军!"

"若我杀了那三个士兵,还没有其他士兵出来,说明至少暂时没有危险,你便赶紧过来帮忙处理现场。"说完,王承衍不再等高德望回答,便跃身而起。他从背上抽出唐刀,一声不发,直往茅屋前面冲去。

那边,三个北汉士兵已经明显占了上风。

矮个子士兵狂笑道:"哈哈哈,瞧你这贼人能撑多久!"

那灰色棉袍的汉子一边抵抗,一边骂道:"便能撑到你等鸟飞蛋打时!"他嘴上虽硬,心中却暗暗叫苦,做好了舍生取义的准备。转眼间,他手臂又被砍一刀,鲜血汩汩流出,不断滴落在雪地里。

忽然,灰色棉袍的汉子见三个士兵身后的雪花中出现了一个身影,正在惊诧之际,便见一道寒光划成半圈圆弧,伴随着一声惨叫,一股鲜血在白雪中飞飙起来。

刹那间，那个矮个子士兵已经倒在雪地上，身体拦腰被砍，几乎断为了两截。

剩下的两个北汉士兵见到同伴的惨状，顿时吓得魂飞魄散，舍了灰色棉袍的汉子，连连退了几步。

鲜血喷洒，染红一大块雪地，显得异常恐怖。

王承衍杀了一人，不待多言，挥着唐刀，向剩下的两个士兵杀去。

两个士兵仓皇间举刀抵抗，转瞬间三人连过数招。

两个士兵武功并不弱，但是数招一过，已知不敌面前这个不速之客，便急着想要逃命。

王承衍哪里容得他俩逃跑，连使几个杀招，便将那两个士兵砍翻在地。

转瞬之间，三个北汉士兵便被王承衍杀死。那穿灰色棉袍的汉子看得目瞪口呆，一时间立在原地说不出话来。

"快！帮忙处理掉尸身再说。"王承衍见那汉子发愣，冷静地提醒了一句。

"少侠说得是！"那汉子猛然回过神来。

这时，高德望见四周暂时没有北汉士兵出现，便匆匆跑过来帮忙。他经过泽州大战，见过战场上尸横遍野的惨状，自然也不怕见到三具尸体。

可是，三人环视了一下院子，并无合适的掩藏之处，一时也不知该在何处掩埋北汉士兵的尸体。

王承衍略一沉吟，走到那依然瑟瑟发抖的农夫跟前，从怀中摸出几块碎金递了过去，说道："老伯，别怕！我等先去外面掩埋尸体，你们且在屋里生起火，一会儿我等会回来。天马上黑了，风雪越来越大，估计官兵今夜是不会来了。明日一早，我等便会离开，你再带着妻女，去附近村庄避一避。"

那农夫何曾见过金子，一时间没了主意，也不敢伸手去接。

"收下吧，如今生计艰难。你们再在此处待下去，太危险了。官兵少了人，很快会过来搜查。换个地方，好好讨生活，这也不算多，

卷
四

253

便当盘缠吧。"王承衍说着，将金子塞到农夫手中。这次潜入北汉，他与高德望不敢带着在宋境内流通的铜钱，只随身带了些碎金子。

农夫听了，感激涕零，便想下跪磕头。

王承衍一手托住，说道："老伯，锄具在哪？"

农夫听了，猛然醒悟，慌忙往西边一间厢房指了指。

"二狗子，你去取锄头来，咱去外面埋了尸体。"

"是！"高德望听了，快步往厢房跑去。

这边，王承衍安抚了农夫与其妻女进了屋。

转眼间，高德望取了两把锄头一把镐子出来了。

此时，天色愈加暗了，风呼呼吹着，雪越下越大。三人将三具尸体拖出院子。在离屋子二十丈外的一个土坡后头，三人费劲地掘了一个坑，然后将尸体草草埋葬了。

大雪狂舞，转眼间便将那块地上血迹覆盖得不露痕迹。

三人回到茅屋内，围着农夫刚刚点燃的火炉，这才将绷紧的神经慢慢地放松下来。

农夫为了感谢王承衍等人的救命之恩，将家中仅有的一坛老酒拿了出来，又让妻子做了两个农家菜，备了点面食，权作招待。待备好酒菜，谢过了救命之恩，农夫自带了妻女去厢房收拾东西，歇息去了。

"少侠救命之恩，王琦我没齿难忘！"那穿灰色棉袍的汉子跪倒在王承衍跟前谢恩。

王承衍慌忙扶起王琦，说道："路见不平，拔刀相助，我也是向兄台学习的。"

王琦一愣，旋即哈哈大笑。

两人复又回身坐到火炉边。

这时，王承衍忽然心念一闪，想起周远曾经提起过"王琦"这个名字，连忙问道："兄台名叫王琦？"

"是啊！"王琦道。

"你可有一位江湖大哥叫周远，绰号'黑狼'？"

王琦听了，神色大变，惊道："不错。周远正是俺大哥。少侠可认识周大哥？"

"原来你便是王琦，真是巧啊！周兄曾经说起过你。说你是他的好兄弟。那个夜晚，你为了帮助周兄等人从张文表那里脱身，带着两人断后，杀下山坡与张文表的人恶战。那夜之后，你便与周兄失去了联系，再无音讯。周兄以为你已经死了呢。我虽然不认识你，但也看到过你与张文表的人战斗的身影。"王承衍缓缓说道。这时，他已经想明白了，为什么自己方才见到王琦与北汉士兵搏杀时，会对其招式有种熟悉之感。

听了王承衍这段话，王琦不禁大奇，说道："那个夜晚——不错，便是在那天夜里，我是差点死了。那时，为了救周兄，我带着两人杀下山坡。其中一个兄弟转眼便被射杀了。我与另一位兄弟冲下山坡，一路砍杀，结果被一支冷箭射中了左胸。我当时一口气缓不过来，便晕厥过去。等我醒来，发现四周山坡上四处都是尸体。之前与我留下断后的兄弟，也被张文表的人杀死了。那支箭的箭头，碰巧被卡在我的两根肋骨之间，没有伤及内脏。估计张文表的人以为我已死，也未细细查验，所以我才侥幸活了下来。那时，我也不知周兄是死是活，便只好一个人偷偷躲了起来，待养好了伤，才重新到江湖上走动。我四处打听，怎么也打听不到周兄的消息。后来，听说朗州城被宋军攻破，张文表也死了。我孑然一身，无处可投，在江湖上又浪迹了一段时间。我听人说，当下天下名将，宋有慕容延钊、石守信、高怀德、王审琦、折德扆等，南唐有王崇文、林仁肇等。我琢磨着我这一身功夫，或许投靠一位名将，还能在战场博得一个出路，便想去投军。我本想投慕容延钊，不料慕容延钊已死，石守信将军也早已解甲归田。高怀德如今是宋帝的驸马，自然也不会再去带兵杀敌。左思右想后，我便决定去西北的永安军投折德扆将军。于是，我潜入北汉，想在宪州、岚州一带刺探军情，作为献给折德扆将军的礼物。老天不负有心人。果然还让我打听到了一些军情。我从岚州军营中探得，北汉军已经决定七日后偷袭府州。于是，我准备连夜赶往府州报讯。这军情，便是我投军的见面礼。今日遇到大雪，我便找到这农家躲避风雪。谁想到，三个北汉士兵这时候前来搜刮军粮。这农夫家里本已无多少冬粮，那北汉士兵却不依不饶。不仅如此，还对这农夫的妻女动了邪念。我忍不下这口气，便与他们斗了起来。未想到那三个北汉士兵倒是异常凶悍，而且功夫了得。要不是少侠与这位兄弟及时赶到，我的小命便丢在这里了。对了，少侠，还未问你和这位兄弟尊姓大名？你怎么会认识周远大哥的？你们与周远兄甚熟吗？"

"是！我与你周远兄很熟悉。"

王承衍经王琦一问，想起周远已死在后蜀，不禁眼圈便红了。

他与高德望对视了一眼，当下报了自己和高德望的真实姓名，从那个夜晚开始讲起，将自己救下长公主阿燕、李雪霏和周远，带着他们一起回到京城，以及后来带着周远、高德望远赴南唐、后蜀的经历细细说了一遍。

王琦听到后来，闻知周远已死，便冲着南面，跪倒在地，放声恸哭。

"光阴如流水。没有想到今天会在此遇到周兄的故人。这也是缘分啊！来，兄台，咱喝酒！"王承衍扶起了恸哭不已的王琦。

王琦几口酒下肚，慢慢压下了悲恸之情。

三人于是一边喝酒，一边筹划着如何前往府州报讯。对于此番行动的目的，王承衍也不再对王琦有所隐瞒。

次日一早，雪虽然不如昨日那么大，却依然还在漫天飞舞。

王承衍、高德望和王琦告别了农夫一家，带着农夫为他们准备的干粮，匆匆从苛岚山的狭窄山谷中穿过，往府州方向行去。

从苛岚山到永安军，大概一百四十里，而自苛岚山到府州直线距离，不过一百余里。为了绕开沿途北汉军设立的哨所，他们不得不绕了许多远路。深至小腿的大雪，更是影响了他们前进的速度。因此，从农家茅屋出发，他们足足用了一天一夜，直到次日凌晨，才到了黄河边。他们绕过府州附近北汉军的前哨，走过府州南面一段已经封冻的黄河冰面，过了黄河，才赶到府州城下。

府州城，便建在黄河西岸。准确地讲，应该说是位于府州段黄河的西北岸。因为黄河经过府州城下的一段，从南北走向变为东西走向，从府州城下西向奔流了十余里，才又折向西南方流去。府州城南城墙距离黄河，不到三里地，城池两边，皆为隆起的山体。山体大都有三十余丈高，虽然算不上崇山峻岭，但是却像与城池连成一体，成为一道黄河岸边很好的防线。从南城门外到黄河岸边，被两边山地夹着，形成一块纵深不到三里的喇叭状的平地。因为这种地形，府州城池虽小，却可谓易守难攻。北汉军要想进攻府州，首先要过了黄河，然后冲过这片不到三里的平地，才能攻到府州城下。王承衍在进府州城之前好好观察城池一带的地形，暗暗记在心里，琢磨着如何在此迎战北汉军的进攻。

折德扆家土生土长在府州，镇守府州，已历数代。府州，本来是河西蕃界的府谷镇。折德扆的先祖折太山、折嗣伦乃是府谷的镇将。

折德扆今年四十七岁，颧骨高高凸起，须发已经花白，看上去的年纪要比实际年龄更大一些。西北的风霜与多年的战斗生涯让他的神色显得有些苍老。王承衍等到达府州城时，他已经带着两个儿子德勋、德卿早早在城头巡视了一番，正在城楼议事厅中歇息。折德扆还有一个女儿小名赛花，早年嫁给了麟州一个叫杨重贵的年轻人。后来，这个杨重贵改名为杨业。北汉开国后，当时年仅弱冠的杨业，想着好男儿志在四方，应该开创一番惊天动地的事业，便前往并州追随北汉世祖刘崇。他的妻子——折德扆的女儿也自然随着他去了太原。因为杨业英勇善战，他很快被任为保卫指挥使。此后，他屡立战功，又迁升建雄军节度使，一时成为北汉名将。如今，北汉与大宋为敌，而归附中朝的折家也成了北汉的眼中钉。不过，折德扆并未因为女儿嫁在北汉杨业家而想要归附于北汉，而是坚定地效忠于中朝。杨业为了避嫌，对外只称自己娘子的娘家姓"佘"。

王承衍、高德望和王琦在府城城楼的议事厅中拜见了折德扆。

"在下王承衍，奉陛下密旨，前来拜见节帅。"王承衍取出了赵匡胤亲赐的大内金牌，说道。

折德扆见了大内金牌，慌忙率领两个儿子跪下接旨。

王承衍见状，赶紧扶起折德扆，低声说道："在下转达的是密旨，节帅不必拘礼，听了便是。"

主宾在议事厅中坐定后，王承衍开门见山地转达了赵匡胤的旨意，又将王琦刺探到的北汉军即将在两天后偷袭府州的情报告诉了折德扆。

折德扆听了王承衍的话，脸上露出佩服的神色，说道："陛下英明！竟然在千里之外能够料到北汉的行动。不瞒特使，本帅近日也担心北汉借黄河封冻，踏冰前来偷袭，已经略略做了一些准备。不过，照王兄与特使刺探到的情报，这次北汉军来头甚大，本帅的准备尚远远不够啊！走，三位随我一同到城头去，咱们议议对敌之策！"

"甚好！"王承衍爽快地回应。

众人说话间，便往城头走去。

雪一直在飘飞。城头上积的雪变得更厚了。

出了议事厅，众人踏雪而行。折德扆在城墙垛口边立定了身子，手扶着垛口，眼睛望向东南方，缓缓说道："建隆二年时，本帅曾经举族前往京城觐见，并请求陛下准许我家族定居于京城。赖陛下信任，令我重回府州，率兵捍卫边疆，抵御蕃族。没想到转眼便过了数年，想起那年觐见陛下之情景，如在眼前啊！看那边，那边便是黄河了。你们来时，应该也见到了。不过，站在这里看它，又是另一番景象吧。"

王承衍顺着折德扆所指方向，往南面望去，但见尽是白茫茫一片，一时间分不清哪里是土地、哪里是河面。不过，稍稍看了一会儿，王承衍便很快分辨出在起伏的白色山地间，仿佛铺有一道巨大的、平坦的白练。那白练的白色，与高低起伏的山冈的白色并不完全一样。在它表面的那层白雪下面，冰面将蓝白色的寒光隐隐地透过覆盖在其上的白雪散发出来。

"天气日寒，冰面日坚，对于北汉军来说，确实是有利啊！"折德扆叹了口气，旋即厉声道，"不过，他若是敢来，我折德扆便要用他们的血，来暖暖这条冰冷的河！"

"节帅，北汉军这次进攻，若是岚州驻军全部出动，那便有一万五六千人啊。府州城中，可有多少兵马？"王承衍神色凛然地问道。

"你猜猜？"

"五千？"

"再猜？"

"四千？"

"不，不瞒特使，府州城中现在只有三千兵马。"

王承衍闻言一惊，道："要不要去麟州求救兵？"

"不可，若是抽麟州兵前来救援，北汉若是派兵偷袭麟州，岂不中了其计。"折德扆摇摇头。

"可是，用三千兵马，抵抗一万五六千人，恐怕实力相差太大了。"高德望插嘴说道。

折德扆哈哈一笑，说道："以本帅的经验，北汉不可能一次出动一万五六千人来偷袭府州。这天寒地冻的，筹措军粮是一大难事。如果府州久攻不下，万人大军岂能驻扎在这茫茫冰雪中！本帅料他即便偷袭，顶多也便派几千人。他敢偷袭，乃是寄希望于这风雪之日我府州没有防备。不过，有了特使的情报，他们的偷袭已经丧失了优势。如今，主动权在我府州一边。"

"这么说，节帅已经有了破敌之策？"王承衍问道。说话间，他感到一阵寒风刮过，脸上便如被刀割一样。几片雪花沾到了他的眉毛上，一时间模糊了他的视线。

折德扆没有再笑，而是皱起了眉头，脸上露出杀气，神色凛然地说了他的战略部署……

两天之后的清晨，王承衍带着高德望、王琦立在府州城头上，警惕地盯着城下。大雪在前天便已经停了。但是，天气却变得更冷了。他们前半夜短短睡了一觉，自三更时分便上了城头，做好了战斗的准备。因为根据情报，今天便是北汉军前来偷袭的日子。

天光未明，府州城下的景物一片朦胧。

天地之间，呈现出大战之前的寂静。

王承衍凭着职业军人的直觉，已经嗅到了战斗即将发生的气息。他知道，如果让他处于北汉军的位置，一定会选择在这个时候偷袭。这个时候，天地朦胧一片，即便站在城头，也很难看清城下发生的一切。守军也最可能沉醉在天亮前的深沉睡梦中。不过，王承衍有些担心折德扆与他率领的战士们。天寒地冻，他们能拿下这场战斗吗？

正当王承衍为折德扆担忧之际，高德望伸手往城下黄河方向一指，忽然轻轻喊了一声："少将军，快看那边！"

王承衍一惊，定睛往黄河方向看去。

封冻的黄河上，朦朦胧胧一片，似乎什么都没有。王承衍看了一会儿，终于发现那封冻的黄河上似乎有一大片灰色的影子在慢慢蠕动。

"敌人来了！"王承衍感到自己的嗓子发涩，说出来的话仿佛与身体一样，被冻得有些颤抖。

"敌阵中都是些什么东西？"王琦盯着那一片缓缓往前蠕动的灰色影子，惊惧地问道。

"那些应该是砲车、云梯等攻城器械！"王承衍低声说道。

不知从天空的哪个地方，忽然飞出两只金雕，张开巨大的翅膀，从府州城头掠过。

高德望指着城楼之下，紧张地说道："北汉军过河了。看人数，少说也有一万。岚州的驻军大部分出动了。"

王承衍若有所思地点点头。

一千步、八百步、五百步，北汉军离府州城门越来越近。府州城头的守军们依照军令，依然蹲在垛口后面，没有直起身子。城头只有几面军旗，在冬日寒冷的风中轻轻飘动，呈现出没有丝毫防备的样子。

此时，北汉军似乎意识到了什么，在距离城门四百余步的地方突然不再前进了。

但是，对于北汉军来说，他们对危险的察觉，已经太晚了。

城门两边的山头上，忽然响起了进攻的鼓声，一刹那间，无数身着白衣的战士，从北汉军两翼的山头上呼啸而下。这些战士脚下都踩着用马毛包裹底部的长雪橇，手中或持长枪，或挥着砍刀，以奇快的速度冲向敌人。

北汉军发现被伏击，匆匆忙忙在两翼组织防线。但是，在雪橇战士的冲击下，防线几乎毫无作用。滑着雪橇冲下山头的府州军，高速灵活地冲入北汉军中砍杀。一时间，北汉军中残肢断臂四处横飞，鲜血染红了大片大片的雪地。

在战阵中，折德扆手持长枪，左冲右突，连挑十余名北汉士兵。

便在折德扆率雪橇战士冲下山头期间，王承衍根据事先定下的策略，与高德望、王琦一起，率领留在城内的一千骑兵精锐，打开了城门，铁蹄踏雪，呼啸着杀向敌阵……

二

折德扆在府州城下大败北汉军的消息很快传到了汴京。

根据战报，这次战役打败了北汉军数千人的进攻，并且擒获了北汉专门从卫州北调上来对付折德扆的名将——卫州刺史杨璘。这个好消息，让赵匡胤稍微松了口气，他在战报带来的兴奋中，度过了乾德二年的春节。

但是，正当赵匡胤还沉浸在府州大捷的兴奋中的时候，南边传来了战报，说南汉皇帝刘鋹派兵进攻潭州。赵匡胤得报，心中大为忧虑，暗想："若南汉入侵潭州得逞，将极大威胁南部诸州，也必然影响我将来对后蜀用兵。"所幸，这次南汉的进攻，很快便被宋防御使潘美击退。赵匡胤由此开始对潘美寄予厚望。

春正月己酉那天，回鹘遣使来到汴京进贡。这又是一个好消息。回鹘是西北天山地区一支非常强悍的部落。他们能够主动前来进贡，说明宋王朝的威慑力已经远及天山一带。

丁亥那日，三位老宰相范质、王溥、魏仁浦等再表求退。赵匡胤没有很快下诏同意他们的请求。自从开国以来，他其实一直想任命一位新宰相，但是为了笼络周世宗时期留下的大量官员，任命新宰相的考虑一推再推。他担心，一旦罢免范质、王溥、魏仁浦的宰相之职，会动摇王朝统治的中坚层。老宰相范质、王溥、魏仁浦对于皇帝赵匡胤的顾虑，也一清二楚，加之赵普在朝中的势力日盛，他们也不想因相位与赵普产生正面斗争，所以数次主动上表求退。这次，他们三人再三合计，便趁着府州大胜和回鹘进贡之机上表，盛赞了王朝的新气象，顺便提出请求，恳请皇帝罢免他们的宰相之职。

这一次，在再三斟酌了两日之后，赵匡胤接受了三位老宰相的请辞。不过，赵匡胤并没有打算立刻任命赵普为朝廷首相。

庚寅日，赵匡胤以枢密使赵普为门下侍郎、平章事、集贤院大学士，以宣徽北院使、判三司李崇矩为检校太尉，充枢密使。

《赵普拜相制》云：

> 阅散同功。归马遂隆于周道。萧张叶力。断蛇因肇于汉基。必资佐命之臣。以辅兴王之业。

> 推忠协谋佐理功臣、枢密使、光禄大夫、检校太保、兼御史大夫、上柱国、天水县开国伯、食邑七百户赵普。功参缔构。业茂经纶。禀象纬之淳精。契风云之良会。洎赞枢机之务。屡陈帷幄之谋。沃心方伫于嘉猷。调鼎宜膺于大用。俾践台衡之位。仍兼书殿之荣。尔其罄乃一心。熙予庶绩。君臣相正。勿忘献纳之规。夙夜在公。勉致隆平之化。往服休命。无愧前修。

> 可门下侍郎、同中书门下平章事、集贤殿大学士，功臣、散官、勋、封如故。[①]

---

① 《宋大诏令集》卷第五十一。

大宋王朝Ⅶ笔与剑

宋朝因唐代制度，命相分领三馆，同朝可以有三相，其中首相领昭文馆大学士，亚相监修国史，次相领集贤院大学士。首相必须领昭文馆大学士——尽管一般情况三相皆可称为宰相。按照这种制度，赵普被任命为门下侍郎、平章事、集贤院大学士乃是属于次相。

　　赵普对于自己被任命为门下侍郎、平章事、集贤院大学士似乎并不感到意外，实际上，他还因为没有立刻被封为首相而稍稍感到有些失望。不过，他并没有丝毫将情绪表现出来，而是一切行事如常。他同时也在心底勉励自己，借用增加的权力，他将继续为消除世间武人的威胁、创立文人政治而努力。

　　但是，有一件事让赵普颇为担心。近来，皇帝赵匡胤多次在朝会上夸赞窦仪有执守，莫非有用窦仪为首相或亚相之意？赵普心底忌惮窦仪的刚直。如窦仪为首相或亚相，此后在朝中，我面前岂不多一个掣肘之人！不行！若陛下欲重用窦仪，我便以"传位盟约"制约陛下！赵普心里冒出这般念头，不过转念一想，迅速否定了这个主意。不，这样太危险了，如果硬来，陛下说不定会杀我灭口。那时，所谓的传位盟约，不过是一纸空文。赵普左思右想，忽然想到首相签署敕书的制度，不禁心中大喜，暗呼："天助我也！"

　　这一日，赵普根据赵匡胤之意拟好一份敕书，探得赵匡胤正独自在资福殿披阅奏章，便前往资福殿入奏。他知道，按照制度，敕书经皇帝认可，得有首相签署，可是赵匡胤并未任命首相和亚相，如欲令敕书生效，这签字之人，必然便是他这个次相了。先将实权谋到手，首相之位，届时必入我囊中！赵普想到这层，不禁暗自得意。

　　赵匡胤阅了赵普起草的敕书，待签署敕书时，忽然想到首相范质已经去位，并无首相可签署敕书，便道："卿家，朕来签署这敕书如何？"

　　赵普就怕皇帝不问话亲自签署了敕书，赵匡胤这一问，他便按照早就想好的说辞答道："陛下，此事乃有司所行，非帝王事也！"

　　赵匡胤听了，不禁一愣，一时没了主意，想了想，便宣翰林学士陶毂、窦仪前来咨询。赵普见赵匡胤宣两位翰林学士前来咨询，不禁心底忐忑不安起来。那陶毂倒是好对付，可是窦仪刚直忠正，不会变通，可不能让他坏我大事。仓促之间，赵普心思百转，却也想不出什么好主意。皇帝都已经宣翰林学士前来咨询，此事断不可收回了。只好听天由命吧！赵普立在资福殿内，盘算着一会儿如何见机行事。

不一会儿，陶毂、窦仪从翰林院赶到资福殿。赵匡胤将无首相签署敕书的事情说了，先开口征询陶毂的意见。

赵普偷偷朝陶毂使了个眼色。陶毂心思机敏，他本来便想讨好赵普，见赵普给自己使了一个眼色，心底立即便明白了，当下便说道："自古以来，宰相未尝虚位。惟大唐太和中，甘露事败后，朝内数日无宰相。当时，便由左仆射令狐楚代宰相签署制书。如今，尚书亦南省长官，可以签署敕书也。"

按照宋初制度，六部侍郎、尚书以上至三省长官带"同中书门下平章事"者，为宰相。赵普本官居尚书省门下侍郎、平章事、领集贤院大学士，陶毂说尚书便可签署敕书，实际上即认可赵普作为宰相（尽管是次相）即可签署敕书。

赵普听了陶毂的建议，心底暗喜，脸上却依然不动声色。

赵匡胤正自微微点头，不料此时窦仪神色一凛，大声说道："陛下，微臣以为，陶毂所言，非承平令典，不可援据。"

赵匡胤一听，沉吟不语。

陶毂听窦仪这般说，不禁皱起眉头，心底暗骂窦仪不识趣。

赵普依然不动声色，心底却对窦仪暗生怒气。

赵匡胤沉吟片刻，看着窦仪，问道："那么卿家有何建议？"

窦仪从容道："如今皇弟为开封尹，同平章事，即宰相之任也！"

赵匡胤听了窦仪的建议，心中大喜。自与母亲杜太后约定传位盟约以来，赵匡胤心底一直惴惴不安。加之赵光义的婢女夏莲意外身亡，赵匡胤一直担心弟弟光义可能知道了传位盟约的存在，便琢磨如何试探光义的心思，同时又能够安抚他。窦仪的这个建议，突然让赵匡胤意识到，这是一个试探光义心思，同时又是一个安抚光义的好办法。

于是，赵匡胤便冲窦仪说道："卿家所言甚是。便依卿家之言，今后敕书便由开封尹签署。"

赵普见皇帝做出了决定，自己的算盘落空，心底虽然大为沮丧，脸上却装出一副毫不在意的样子，谢恩后退出了资福殿。

赵光义突然得知自己被授予首相之责，颇感意外。

数日后，赵匡胤再次下诏，命开封尹光义为改卜安陵使，兼辖五使公事。这改卜安陵使之职，原来也是由首相范质兼任。赵匡胤对光义的这一任命，显示了自己对这个弟弟的充分信任。光义领命后，心底渐安。他心想："历朝历代，首相之职，从不轻易任命，皇兄用人，尤为谨慎，如今虽然名义上未领昭文馆大学士，但既赋我首相之责，可见对我依然信任，皇兄也一定还不知道我已知传位盟约的存在。或者——皇兄也顶多只是猜疑我，至于夏莲之死的危机，应该算是已经度过了。"

心底消除了这个疙瘩后，光义接连几个晚上，去情人小梅那里过夜。对于他来说，小梅那里，成了一个可以放松紧绷神经的港湾。

这个月，在北汉与宋的边境，发生了一件大事。昭义节度使李继勋、兵马钤辖康延沼、马步军都军头尹勋等率步骑万余攻辽州。尹勋经岳州之战，将功赎罪，随后被赵匡胤任命为马步军都军头，调往西北边境助李继勋防北汉。与尹勋一同调往西北在李继勋麾下听命的，还有慕容延钊之弟慕容延忠。

宋朝大军兵发辽州后，北汉马步军都指挥使郝贵超领兵来援，双方战于辽州城下，贵超大败。北汉刺史杜延韬危急之下，无可奈何，与拱卫都指挥使冀进及兵马都监、供奉官侯美打开辽州城城门，归降了宋朝。

北汉主借辽州之失，派使者去契丹游说，称辽州一失，南面门户大开，北汉国危，唇亡齿寒，契丹不可不援。契丹于是发兵六万，会同一部北汉军，由北汉边境借道，浩浩荡荡杀向辽州。昭义节度使李继勋于是联合章德节度使罗彦环、西山巡检使郭进等，合兵六万，赶赴辽州。宋军与契丹、北汉军大战于辽州城下，大破之。

这次辽州大战，使宋朝兵威大盛，朝野振奋。

翰林学士承旨陶毂自被窦仪当面指出议论不合时宜之后，对窦仪一直耿耿于怀，寻机报复窦仪。不过，窦仪为人方正，陶毂一时间也没有找到打击窦仪的办法。陶毂不甘心，安排了几个心腹专门盯着窦仪的行踪。盯了些时日，这几个心腹也未发现什么，只报知陶毂，某月某日给事中李昉、左谏议大夫崔颂等人偶尔拜访窦府，又有某月某日崔颂造访李昉宅邸。除此之外，别无所得。陶毂费尽心思却无所获，不免郁悒不乐。

二月，赵匡胤令张昭与陶毂一同掌选，铨授京官七品以下官员。给事中李昉也参办掌选的具体事务。一日退朝，陶毂于崇元殿前听得崔颂与窦仪闲谈，话中提及其有亲戚刚刚被选为东畿县令。说者无意，听者有心。陶毂忽然生出一计，准备以旁敲侧击之法报复窦仪。他暗中让心腹之人，花钱买通了一个帮闲，令那厮写了一张密状，告左谏议大夫崔颂托付给事中李昉为其亲戚安排一个县令的职位。密告中写出崔颂某月某日几时造访窦府，又写出崔颂某月某日造访李昉。陶毂的阴损之计，是要从崔颂、李昉下手，再牵扯上窦仪。

陶毂带着这份他亲自策划的密报，直接来到皇帝赵匡胤跟前告状，诬告崔颂托李昉为其亲戚安排县令职位。那崔颂确实有亲戚被选为县令，而其造访李昉的时间却又具体详实，赵匡胤得报，不禁大为震怒。

赵匡胤让陶毂离去后，旋即传来与陶毂一同掌选的张昭质问。

张昭心知此中必有蹊跷，当即对赵匡胤道："密状所言，不过是牵强附会之辞。李昉行事公正，崔颂也并无为亲属向李昉求职之事。望陛下明鉴！"

赵匡胤手指密状，厉声道："此中写崔颂某月某日几时造访窦仪，又写出崔颂某月某日造访李昉，莫非都是捏造不成。"

张昭听了，脱去官帽，振声道："陛下！恕臣直言，此必是陶毅嫉贤罔上。陛下若无罪而责李昉、崔颂，请连微臣一并追责吧！"

赵匡胤一听这话，又见张昭脱去官帽进言，心下不悦，道："你是说朕糊涂，听信了陶毅的谗言！"

赵匡胤的这句话，让张昭心头一冷，心想，看来，方才我是说错话了，陶毅罔上即便确实，我却也将皇帝给得罪了。

当下，张昭亦不多言，沉声道："微臣不敢，但请陛下明鉴！"

赵匡胤阴沉着脸，说道："如今将士们在边境浴血厮杀，捍疆拓土，尔等却彼此钩心斗角，互相倾轧。如此以往，我朝何以能长治久安！"

说完这话，赵匡胤便令张昭退下。

三月丁丑，朔日，赵匡胤下诏，李昉坐责彰武行军司马，崔颂坐责保大行军司马。

吏部尚书张昭听到这个消息，知是皇帝为维护自己帝王的权威，故意下诏责授李昉与崔颂。他思索数日，遂三上章请老。

赵匡胤连收张昭的三次上章，心下更是不悦，最终顺水推舟，同意了张昭的请求。张昭于是以本官致仕。张昭致仕后，京官七品以下官员便普遍改用他官铨判。至于京官七品以上官员，则由中书门下特除，官员幕职则都由铨授。

批准张昭致仕后，赵匡胤闷闷不乐。分散在节度使手中的兵权正在被他逐渐收回到手中，但是对于势力正在不断崛起的文臣，他开始渐渐感到有些头疼。

像陶毅这样的大臣，他虽然在心底并不喜爱，但是却依赖他们拟定制敕。他不想因为陶毅状告李昉、崔颂而反过来罢免陶毅。他隐隐感到，张昭所言非虚，但是对于张昭的抗言，却非常不满。在批准了张昭致仕后，他又不禁因自己的决定而感到耻辱。不过，他在心底暗想："也好！朕正好起用新人！"他用这种想法，给自己带来了一丝安慰。

窦仪建议以开封府尹赵光义为首相之后，刚刚晋升为次相的赵普担心赵匡胤以窦仪为亚相。"窦仪刚直，常与我不协，如他居我之上，对我必然处处掣肘。"赵普一想到这点，便如芒在背。再三思索后，赵普一方面在赵匡胤跟前密言窦仪不宜为相，一方面决定拉拢薛居正、吕余庆为自己的副手，建议赵匡胤授薛、吕二人为次相的副手。赵匡胤本也有采取措施限制、牵制文臣的权力的想法，张昭抗言之事，使得这种想法变得更加强烈了。赵普提出这样的建议，正中赵匡胤的下怀。

对于薛居正、吕余庆，赵匡胤早有重用之心。既然赵普先行提出，赵匡胤便决定顺水推舟，以薛居正、吕余庆二人来分赵普之权。但是，赵普似乎也料到了赵匡胤的心思，事先提出，宣制、知印必须由次相亲为。赵匡胤心知这是赵普提出的条件。为了继续发挥赵普的才智以完成统一大业，赵匡胤虽然踟蹰了一番，但还是接受了赵普的条件。

可是，为次相再设置副手，似无先例啊！赵匡胤不禁感到有些棘手。这时，他再次想到了翰林学士陶毂。

四月的一日，赵匡胤召来翰林学士陶毂，问道："下宰相一等者为何官？"

陶毂一听，心知皇帝有意以某种方式限制赵普的权力，当下略一犹豫，回答道："启禀陛下，在唐代，曾经以参知机务、参知政事为副宰相。"

"参知机务、参知政事！"赵匡胤听了，沉吟许久，不置可否，令陶毂先退下了。

几日后，赵匡胤下诏，以枢密直学士、兵部侍郎薛居正、吕余庆并本官参知政事，不宣制、不压班、不知印、不升政事堂，只令就宣徽使厅上事。

至此，宋初皇帝集权、宰执执政的体系初步形成。赵匡胤以赵光义为开封府尹、代首相，以赵普为次相，以枢密直学士、兵部侍郎薛居正、吕余庆并本官参知政事，以宣徽北院使、判三司李崇矩为检校太尉，充枢密使，以陶毂、窦仪等为翰林学士，形成了宋初朝廷新一拨最为核心的统治层。

三

脚下的石板路湿漉漉的，清晨的水雾迷迷蒙蒙，笼罩着草木繁密的院子。

韩熙载背着手，微微低着头，一个人缓缓地沿着院子里的一条小路往前走着。至于要走到哪里去，他并没有明确的目标。他的右手大拇指、食指和中指捏着一枚铁钱，一边走一边摩挲着。他的手指，能够感受到铁钱边缘一些细小的芒刺，也能感受到这枚铁钱深阔的轮廓。他继续用手指摩挲那枚铁钱表面，探索着其上由徐铉所篆的文字。这枚铁钱，并非南唐官方铸造的，而是民间盗铸的。官方铸造的铁钱，最初以铁钱六当铜钱四而行。后来，南唐官方不得已推行二铁钱当一铜钱。可是，民间大量盗铸铁钱，致使铁钱飞快贬值。如今，在市场上，一枚旧制铜钱已经可以抵上四五枚铁钱了。

不知走了多时，他抬起头看了看前方，鼻子忽然一酸。

一座三开间的二层小阁楼静静地伫立在清晨的雾气中，阁楼中没有灯光，久已无人居住，露出些颓败的气息。小阁楼的附近，立着两株巨大的老樟树。这两株老樟树，却仿佛与从前一样，没有丝毫的变化。两株老樟树之间，有一张石桌，石桌旁边，围放了四个石礅子。韩熙载常常在老樟树之下，与友人斗茶论诗。可是，自从宥娘死后，他再也未曾到那石桌边坐过。

这一刻，他呆呆地望着那小阁楼，陷入了沉思。过了一会儿，他抬起一只手，捏了一下鼻子，深深地吸了几口有些微冷的清晨的空气，心想："若是宥娘还在，或许可以给老夫出出主意啊。"

近来，由于推行铁钱，南唐境内物价腾涨数倍。不久前，按照韩熙载的设想，李煜下诏停用了永通大钱，铸造了以二文当一文铜钱的铁钱。韩熙载为了解决南唐境内铜钱之荒，大力主张推行铁钱。

为此，韩熙载曾经在朝堂上与宰相严续声色俱厉地争议。李煜最终听取了韩熙载的建议。可是，韩熙载没有想到，推行铁钱没有多久，南唐境内竟然出现了物价腾涨的局面。虽然几日之前，李煜刚刚表示要将他从吏部侍郎提升为兵部尚书、勤政殿学士，但是他却一点也高兴不起来。他已经依礼推辞了担当兵部尚书、勤政殿学士之职。为了弄清楚物价飞涨的原因，他最近派人去南唐境内各处调查，终于发现了其中的关节。原来，自推行二当一的铁钱后，百姓们担心铁钱贬值，都悄悄收藏铜钱。结果铜钱在市场上越来越少。到了最近，南唐商人出境做生意，为了携带方便，也为了便于与他国的商人交易，有时甚至不惜用十文铁钱来换一文铜钱。这样一来，市场上的铜钱更加稀罕了。与此同时，铁钱大大贬值，物价跟着飞涨。

出现了这种局面，韩熙载回想起当初宰相严续说行铁钱种种不利的话，不禁暗自后悔。在后悔的同时，内心的自信也受到重重一击。

"看来，我韩熙载终有无能之处啊！我曾信誓旦旦，要以一己之力对抗大宋，护南唐周全，如此看来，实在是妄自尊大啊！"这种想法，如恶犬一般用利齿撕咬着他的自信心。最近几天，他连连失眠，仿佛一下子苍老了许多。

便是在这种心境下，他触景生情，想起了因实施自己的计谋而牺牲的窅娘。

为了实施美人计、苦肉计，他曾经将窅娘囚禁在眼前的这栋小阁楼中。如今，人去楼空，老樟依旧，怎能不叫他倍感伤怀！

他在小阁楼前站了许久，并没有走向那小阁楼，而是转了身，往来路慢腾腾地走了回去。

便在方才那一刻，他决定去窅娘的衣冠冢看看。他找到管家老陈，让老陈准备了一些祭品，让一个亲信用食盒装好了，又备了火石火镰、两支白蜡烛、一把高香和一沓冥钱，便径往别宅附近的那座山上去拜祭窅娘的衣冠冢。

快到清明时节了，清晨的山中充满了寒气。

韩熙载在亲信的陪同下，在山上找到窅娘的衣冠冢时，衣裳的下摆已经尽被露水打湿了。

无字碑伫立在坟头，石碑的表面长满了青苔。石碑的顶部，一块长满了青色苔藓的鹅卵石，压着几张经过风吹雨淋日晒的旧冥纸。旧冥纸粘贴在石碑上，仿佛已经成为石碑的一部分。

韩熙载从亲信手中接过食盒，缓缓打开食盒的盖子，将食盒中一碟肉、两碟糕点小心翼翼地取出，轻轻在坟头摆放好，接着将两支白蜡烛插在烛台上，用火石火镰点燃了。

随后，他抬手挪开了石碑上压着冥纸的石头，转身从亲信手中接过三支高香，凑在一支白蜡烛的火焰上点着，然后站在坟前冲着坟头接连俯身拜了九拜，口中喃喃地祈祷着。过了一会儿，他直起身子，待了一下，方才俯下身，默默地将三支高香插入了坟头前的香炉。

这时，亲信将几张冥钱递给了他。他颤抖着手，默然接过，蹲下身子，在一支白蜡烛的火焰上点燃了冥钱。

冥钱很快燃烧起来，冒出黄白色的火焰和黑烟。

黑烟很快升腾起来。

韩熙载被黑烟呛了一下，连连咳嗽。

"宵娘啊，你还相信老夫能救南唐吗？"他忽然喉头"咕噜"响了一下，轻轻冒出了一句话。

他呆呆望着无字碑，直到冥钱的火焰烧到了他的手指，方才慌忙将烧着的冥钱抛在地上。

没有人回答他的提问。

他忽然跪倒在宵娘的衣冠冢前。

"大人！地上阴冷，你保重贵体啊。"亲信看了，慌忙趋步上前，想要扶起他。

他扭过头，眼睛一瞪，用力推开了亲信的手。

"不要管我，你在一边等候便是。"他大声地喝了一句。

那亲信无奈，只得退到了一边，看着韩熙载的样子，也不禁伤心地啜泣起来。

韩熙载的眼光，重新落在了无字碑上。他感到自己的眼睛模糊了。泪水不知不觉间已经充满了他的眼眶。

"宵娘啊，你定相信老夫，你不会白白牺牲的。老夫要用老夫的笔，抵挡赵匡胤的剑，老夫要用老夫的一副朽骨，敌住他大宋的百万雄兵！有我韩熙载一日，他大宋休想踏入我南唐江山一步！"

他这样喃喃地自言自语着，不知不觉挺直了腰背……

从宵娘的衣冠冢拜祭回来到别宅后，韩熙载将自己关在书房中。待近正午时分，韩熙载打开了书房门，叫上两名亲信，匆匆赶往金陵城内的南唐宫。

进了南唐宫，韩熙载才知南唐主李煜与周后娥皇去了百尺楼上。于是，在小黄门的引导下，他又带着亲信前往百尺楼求见李煜。

韩熙载登上百尺楼，见李煜在一张紫檀书案前端坐，右手执笔，正在纸上书写着什么。娥皇轻轻倚在李煜身体左侧，一双妙目盯着书案，嘴角带着微笑。在周后的身后，立着两个孩子，一个十岁左右，一个看上去只有四五岁。韩熙载知那两个孩子正是李煜的长子仲寓和次子仲宣。

李煜见韩熙载来了，便缓缓放下了手中的笔，抬头朝韩熙载看过来。

"原来是韩夫子来了。快赐座。"李煜抬手捋了捋颌下的胡须，微笑着，神色显得从容而淡然。

韩熙载拜舞之后，却不落座，说道："微臣打扰陛下了。"

李煜笑道："卿家说的哪里话，仲寓、仲宣，快来见过韩夫子。"说着，他冲两个儿子招了招手。

仲寓、仲宣二人听到父皇呼唤，便一起走上前来拜见韩熙载。那仲寓脸上现出木讷害羞的神色，冲韩熙载深深鞠了一躬，便退到一边。

仲宣也像他大哥一样朝韩熙载深深一鞠躬，不过脸上却现出肃然之色，口中道："仲宣这厢有礼了，请韩夫子多多指教。"他只有四岁，鞠躬的样子仿佛大人一般，甚是可爱。

韩熙载被仲宣可爱的样子逗乐了，看了李煜一眼，赞道："陛下，仲寓皇子举止沉稳，深沉大度，仲宣皇子虽小，方才却能改容而揖，宛若大人。真是不简单啊。"

韩熙载说完，从自己腰间的金玉腰带上解下两块玉佩，递给了仲寓和仲宣，说道："来，快收下，这两块玉佩，算是我送给你们的小礼物。"

君子爱玉。

韩熙载系挂在身上的两块玉佩，都是一等的和田玉，由当世名匠精心雕琢而成，可谓价值连城。他随手解下，送给两个小皇子，实在是因为心中对他俩甚为喜爱。

李煜听韩熙载称赞自己的两位皇子，又赠以名玉，不禁心中大喜，畅怀大笑，冲两个皇子说道："收下吧，这是韩夫子的一片好意，以后你们要多向韩夫子好好请教才是。"

听了父亲之言，仲寓、仲宣才睁大了孩子才有的那种明亮清澈的眼睛，伸出双手，毕恭毕敬地从韩熙载手中接下玉佩。

周后将两个孩儿的举止看在眼里，面露喜色，在一旁说道："仲宣这孩儿，虽然还小，却甚是聪明，去年便能背诵《孝经》全文，一字不漏。今后，还望韩夫子多加教诲呀！"

韩熙载听周后这么说，当下爽快地答应了。

"韩夫子此时前来，可有要事？"李煜收敛笑容，端坐着问起韩熙载。

"正是有要事向陛下禀报。"韩熙载敛容说道。

李煜看了看周后，说道："皇后，你且带两个孩子去后宫玩耍吧。朕在此与韩夫子商议一些事情，之后再去后宫寻你。"

周后听了，深情款款地看了看李煜，便起身带着仲寓、仲宣两位皇子下百尺楼而去了。

待周后离开后，韩熙载说道："陛下，近来民间物价飞涨，微臣调查了原因，一方面乃是因民间盗铸大量铁钱，另一方面，乃是因百姓们怕铁钱贬值，大量藏匿铜钱。"

"哦？原来如此。可有何对策？"

韩熙载略一沉吟，沉声道："微臣请陛下下诏加铸一批铁钱，同时为朝廷百官加薪，一来安抚百官，二来也可抵物价腾涨造成的压力。在加铸铁钱期间，朝廷可着人前往民间，用宫中储藏的旧制铜钱交换盗铸的铁钱以平抑物价。"

"只是这样一来，宫中的旧铜钱流入民间，岂不也哄抬了物价。"

"如果将进入民间的旧制铜钱控制在一定数量之内，它们会被百姓暗中藏匿，不至于在市场上流通。这样一来，既可利用它们回收一部分盗铸铁钱，又不至于大规模增加市场上的钱币流通量。"

"百官加薪，岂不亦推动物价飞涨？"李煜面露疑虑之色。

"不错，加铸官钱，百官加薪，都可能促使物价腾涨。不过，百官手中有钱，自不怕他物价飞涨。百官手中有钱，自然也惠及其家族亲戚，如此一来，虽然物价飞涨，却不至于撼动我南唐的稳定。加铸的官钱一旦通过买卖进入民间，百姓手中的钱自然也会变多，如此一来，便可极大抵消物价飞涨带来的恐慌。"

"韩夫子的意思是，物价虽然飞涨，但只要百姓手中有钱，便不怕他物价飞涨？"

韩熙载听了，点点头，说道："大致如此吧，但朝廷亦须尽量控制物价上涨的幅度，若非如此，物价上涨过快，即便官钱大量流入市场，百姓也会生出恐慌之心！"

李煜听韩熙载这么说，沉默不语，低头思索了一会儿，方才抬头说道："好，便依卿家之言小心应对吧。不过，朕下诏之前，你再去与严相商量商量。勿得使朝廷失信于民，勿得使百姓心生恐慌才好！如百姓之心大乱，大宋恐怕会趁乱而入也！"

韩熙载闻言，深深鞠躬，悚然道："是，熙载谢陛下信任，请陛下放心，熙载定不负陛下之托！"

韩熙载告辞后，李煜拿起书案上的笔，脑子中却是一片空白。他深深叹了一口气，将笔搁在笔山上，眼睛朝百尺楼外望去，但见高高低低的屋顶，在一片淡淡的烟雨中若隐若现。原来，天上不知何时已然下起了毛毛细雨……

当日下午，韩熙载冒着霏霏细雨，前往宰相严续的府邸求见。

门人将韩熙载领到正厅。正厅并无其他人。韩熙载在西首的一张椅子上坐下等候。

约莫过了一炷香工夫，严续方在一个随从的陪同下，慢慢踱入正厅。

韩熙载见严续来了，便从容立起身来施礼。

严续斜眼瞥了韩熙载一眼，一时没有说话，踱着步子走到面对大门的北首的一张靠背椅前，缓缓坐下，捋了捋颔下的三绺胡须，方才开口说道："原来是韩夫子来了。坐！"

韩熙载知严续心中对自己有成见。不过，他对于严续的冷漠与怠慢，却并不介意，口中道了声谢，便微笑着坐回椅子。

"韩夫子今日冒雨前来，可有见教？"严续板着脸问。

韩熙载上身往前微倾，沉声道："熙载今日前来，是特来向严相致歉的。"

严续一听，微微一愣，"哦"了一声。

韩熙载继续说道："此前，熙载为推行铁钱一事，与严相相争于殿堂。自铁钱大量推行后，物价腾涨，百姓颇有怨言。如此看来，昔日严相的担心，不是没有道理。熙载心中惭愧，故特来向严相道歉。"

严续见韩熙载说得诚恳，脸色稍稍缓和了一些，鼻子里"哼"了一声，说道："韩侍郎力主铁钱，如今铁钱盗铸严重，物价腾涨，百姓有怨言是难免的。老夫之前力主继续使用旧钱，不铸新钱，正是有此担心也。"

"严相，熙载心中，依然认为不铸新钱，不足以应对局面。熙载所悔，乃是虑事不周，推行铁钱过于仓促。但是，若不铸新钱，市场上铜钱短缺，百姓不得不从用钱交易，改为大量以物易物，岂不如车轮倒转，江水西流，终非顺时之举也。"

严续再次一愣，皱起眉头道："韩侍郎，只是如今出现这般局面，于国于民，又有何益？韩侍郎又有何高见，可扭转局面？"

韩熙载当即起身，冲严续深深鞠了一躬，说道："熙载今日前来，正是望严相能助熙载打破眼下困局。"

当下，韩熙载将与李煜商量过的办法，细细同严续说了一遍。

严续听了韩熙载的一番话，沉吟半晌，捻着胡须，沉声说道："韩侍郎所说的办法，未尝不可一试。只是，此举若再出问题，老夫恐朝议纷纷，民言沸沸，局面难以收拾也！财政本是户部之事，韩侍郎如今身在吏部，何必赶着蹚浑水，招惹大臣的非议与嫉恨！"

韩熙载肃然道："推行铁钱，始于熙载之议，熙载岂能提完建议，便甩手不管。故身在吏部，亦不敢对此视而不见听而不闻也。熙载知左仆射殷崇义等人反对钞法屡变。熙载何尝不知钞法屡变，易招大乱。只是，我南唐偏居一隅，中原有大宋，北面有大辽，南有南汉、清源，吴越虽小国，却挟大国之势，觊觎我国。自失淮南，我南唐屏障大失，财源大损，境内交易，受大宋、吴越影响日盛，市场铜钱紧缺，铁钱盗铸，已非取决于我南唐一己之身，我南唐的钞法，若不变化，则必将受困于僵化，受制于大宋。熙载力主变钞法，乃不得已而为之也！熙载并不奢望物价不涨，但求其平稳上涨，以保持市场百货流通，百姓丰衣足食。如再有失，熙载愿担全责，只求严相打消顾虑，助熙载破此一局。"

严续叹了口气，说道："韩夫子啊，此前你与老夫因铁钱之议，争于朝堂，左迁秘书监，幸国主宽容，才刚刚右迁为吏部侍郎，以韩夫子之才具，如平稳佐政，他日必为我南唐之相，何苦又为自己添乱呢！"

韩熙载从容道："熙载初心，为官乃是为天下谋事，为百姓谋利。若只是为了做官，岂非本末倒置。熙载之心，天地可鉴，还乞严相鼎力相助啊！"

韩熙载的一番话，触动了严续的内心。严续心想，我为官多年，初心难道不是与韩熙载一样吗？为何近来当了宰相，便瞻前顾后，患得患失，莫非真的被乌纱帽迷了初心！他这般思索着，不禁缓缓站起身来，走到韩熙载跟前，伸出双手，紧紧握住韩熙载的双手，说道："韩夫子忠心可鉴，苦心可叹。老夫今日方懂韩夫子啊！我南唐如有十个、百个韩夫子，他大宋、大辽再强，岂奈我何！"

四

风有些凉。

赵匡胤拽了一下披在肩头的灰色大氅，眼睛盯着在石桌对面坐着的封禅寺住持守能和尚，静静地听着他说话。

赵普在赵匡胤左手的一张石凳子上坐着。他的一只手搭在石桌上，低垂着眼皮，也在仔细听守能和尚的话。他不时会瞥一眼赵匡胤的脸色，似乎想从赵匡胤的脸上读出些什么。

负责为赵匡胤主管秘密察子的守能和尚穿着一件普通的灰色袈裟，脖子上戴着佛珠。他说话时，不时会皱一下眉头，脸上的那道疤，便随着皱眉抽动一下。

赵匡胤的带刀内侍李神祐远远侍立。此时的金凤园，显得格外安静。

为了威慑南汉，赵匡胤刚刚派潘美、尹崇珂率兵进攻南汉的军事重镇郴州。郴州戍将暨燕赟、刺史陆光图据城坚守，皆战死。宋军随即占领了郴州。南汉军退守韶州。"南汉尚有忠勇卫国之将士，国尚难灭也！"南汉将领暨燕赟、刺史陆光图的战死，给赵匡胤的内心造成了一定的刺激。此时，他有些后悔派出潘美、尹崇珂进攻郴州。"虽下一城，恐惊其崛起，树立长城啊！"他在心底暗暗叹道。果然不出所料，南汉皇帝刘铱因郴州之失，想起之前邵廷琚备师以防宋的谏言，便起用其为西北面招讨使。邵廷琚就任后，率水陆兵马屯于洸口，以拒宋军。这些消息，都已经报到了汴京。赵匡胤知邵廷琚乃南唐宿将，有其守卫洸口，今后若想南下，恐不易也。想到这点，他心情颇为沉重。

沉默了一会儿，赵匡胤暂时将思绪从南汉转到了南唐，冲守能和尚问道："南唐那边有何消息吗？"

"近来，南唐境内老百姓私下盗铸铁钱，导致铁钱贬值，物价腾涨。李煜采纳了韩熙载的建议，一边拿出内府藏的铜钱进入市场，交换盗铸的铁钱，一边暗中大量没收盗铸的铁钱。"守能和尚说道。

"韩熙载的措施效果如何？"赵匡胤问，又将大氅紧了紧，身子微微哆嗦了一下。

守能和尚却不接赵匡胤的问话，只是盯着赵匡胤的脸看了看，说道："陛下，贫僧见你气色，似是寒气入侵，回宫后还请御医看看，开些方子，小心调理。"

赵匡胤一笑，说道："大和尚早年从奇人那里习得医术，看来还未曾淡忘啊。不打紧，这点小风寒，奈何不了朕。"

守能和尚微笑着点点头，说道："这个自然。"

"快说说吧，那韩熙载的法子，效果如何？"

"似乎收到一些效果，物价还在涨，但已经不如之前那般涨得异常迅猛了。"守能和尚答道。

赵匡胤若有所思地点点头，说道："大和尚，据你方才说，有不少南唐百姓渡江到我大宋来做买卖？"

"不错，据察子报告，南唐百姓渡江做生意的越来越多了。"

"他们买的是何物？常卖的又是何物？"赵匡胤追问。

"卖的多是南唐各地的土产，南唐的丝绸、瓷器、纸笺等颇受中原人士的欢迎。他们买的东西，倒是什么都有。对了，陛下，我得到报告，南唐近来过境买粮食之人与日俱增。"

"掌书记，你对此有何看法？"赵匡胤扭头问赵普。

赵普看了守能一眼，搭在石桌上的那只手轻拂了一下石桌，仿佛要拂去石桌上的尘土一般。

"民间交易，自古为常。不过，听守能住持方才所言，我倒建议陛下，可禁止商旅过江擅自交易，在江北设立折博务，统一管理。如此，一来可增加国家财入，二来也可防止南唐细作潜入中原。"

赵匡胤听了赵普的话，又将身上的大氅紧了紧，说道："后蜀近来动作日多，我大宋与后蜀迟早将有一战。当务之急，是防止南唐趁机偷袭我中原。掌书记，你的建议甚好，一会儿回朝廷，你便赶紧安排人，好好去江北勘查一番。大和尚，你让你的人，配合一下。待摸清楚最主要的几个交易地，朕便下诏在那些地方设置江北折博务。"

赵普和守能对视一眼，各自都点了点头。

"陛下，臣还有一计。"赵普说道。

"哦，说来听听？"

"南唐苦于铁钱泛滥，物价飞涨，我何不借机照着盗铸的铁钱，大量仿制，然后派人将仿制的铁钱，偷偷带入南唐、带入金陵。这些铁钱大量流入市场，必然加剧南唐的危机。届时南唐境内，物价飞涨，民怨沸腾，上下离心，南唐自然无暇顾及我大宋对付后蜀。待吞并后蜀，我大宋便可寻机发兵，再灭南唐。此举，可以一举两得也。"

赵匡胤听了，眼角抽动了一下，沉默了片刻，看了看守能，又转眼盯着赵普道："掌书记说的，果然是一个好计策。只是——"

"只是什么？"赵普见赵匡胤神色犹豫，便追问道。

"只是，南唐的百姓，并无罪愆。物价飞涨，其生必艰。朕于心不忍也！"

赵普闻言，振声道："若南唐上下离心，我大宋来日发兵，才能减少将士伤亡，南唐百姓亦能少受兵殇。陛下为何于此犹豫不决？"

赵匡胤瞪了赵普一眼，说道："朕何尝不知此理，只是于心不忍也。掌书记所言甚是，朕更期望，待南唐上下离心，朕能令李煜主动纳土归降，免除兵祸也！"

"既如此，请陛下采纳臣计！"赵普起身向赵匡胤深深一揖。

赵匡胤凝视着赵普，呆了一呆，心头感到一股沉重的压迫。这种压迫，不是来自赵普的力谏，不是来自外部的任何力量，而是发自内心深处的罪恶感。他依然深信统一天下、开创太平盛世的宏愿的正义性，但是，他同时也感到自己内心的平静、安宁已经渐渐地失去，他的骄傲，在做出这种决定的时候，被某种更加深刻而沉重的东西无声地击碎了。他感觉到自己正在四分五裂，如同从高处落在坚硬石板上的瓷盘，摔得粉碎。罪恶感在内心深处发出深沉的吼声，在这巨大的吼声中，他仿佛感到自己的魂魄正在消失。如果统一了天下，而没了魂魄，这值得吗？地狱是离我越来越近了。他痛苦地沉思着。过了半晌，他的脸部肌肉明显地抽动了几下，内心斗争以这种表象隐晦地泄露出来。他皱起眉头，扭头对守能和尚道："朕准备写一封密诏，令薛居正在襄阳铸造南唐铁币。此事须得绝对保密。大和尚，你可愿意先去襄阳，再赴南唐，以成掌书记之策？"

守能和尚心头一颤，缓缓起身，合掌说道："贫僧愿往！但愿这是消减兵灾之策也。"

说完这话，守能和尚沉默不语。

赵匡胤、赵普听了守能和尚的话，一时间也陷入了沉思。

风无声地吹着。金凤园中寂然一片，安静得有些诡异。

李煜看着在花丛背后同两个孩子一起嬉戏的周后，不知不觉露出了微笑。近臣徐游站在他的一旁。

此时的李煜，他的脸色有些苍白。他那对双瞳之眼，闪烁着盈盈的泪光。这双眼睛，已经看到过了人生中的某些痛苦，但是，它们所见的痛苦，还远远没有令李煜产生铭心刻骨的感觉。

他疼爱地望向周后，心里很清楚，她大病初愈，身子还很弱。他不能不为她担心。他用这双独特的眼睛，贪婪地从周后的身上、从他的两个孩子身上感受着爱。

风儿轻轻吹过，花儿随着风儿轻轻在枝头摇动。周后的衣袂被花枝轻轻挂住了。她扭过腰肢，轻轻地将衣角拨离了花枝。一瞥之间，她注意到李煜正在盯着她看，不禁莞尔一笑。便在这一瞬间，李煜仿佛看到，从她脸上，散发出神秘的光芒。他以近乎崇拜的眼神望着那团光芒中的身影，感觉自己亦仿佛被那光芒逐渐笼罩，欣欣然漂浮于温柔的水波之上。这一刻，周后在他心中，表现为一种近乎永恒的存在。

他盯着周后看了很久很久，然后，他恋恋不舍地将眼光移到两个孩子身上时，他的心感到又温暖又酸楚。他想象两个孩子长大成人的样子，想象着两个孩子站在他的身旁，高大强壮，英姿飒爽。

他同时也想起了死去的父亲李璟，眼前浮现出父亲的面容。在他的内心，在那些温暖而又酸楚的心绪中，又渐渐生发出羞愧与怨愤。他的脸上，微笑在不知不觉间消失了踪影。

"父皇仙逝，强邻在侧，我竟然无力中兴我南唐，我竟然为了保住荣华富贵而向大宋屈服！惭愧啊！惭愧啊！可是，我又该怎么办呢？不！不！我绝不能让赵匡胤得逞。是他，迫使父皇迁都南昌；是他，害得父皇英年早逝！若是有机会，我必为父皇复仇。不不不，这不行，还是忍辱负重为好。若是将赵匡胤激怒了，恐有兵戈之祸啊。不行，不行，绝不能冲动。四月份，黄延谦节度卒于鄂州。在我南唐最需要猛将的时候，陈诲死了，如今黄延谦也死了。将林仁肇调到武昌军任节度使，究竟对是不对？父皇死前，林仁肇与七弟走得最近。现在七弟已经不是威胁，我也舍不得将这个弟弟治罪。可是，林仁肇值得信任吗？"他眼光再次转向周后，可是此刻的双瞳之中，却是一片空洞。他的内心，被各种矛盾的思想冲击着、折磨着。

过了许久，李煜看到周后牵着两个孩子的手向他慢慢走来。他渐渐将那些矛盾的想法抛到一边，脸上露出微笑看着周后和两个孩子。

这一日夜晚，李煜与周后一起用完晚膳，忽然道："明日便是七月七日？"

"看来陛下还记得。"周后笑道。

"孤家差点给忘了。明日孤家便让人洒扫宫廷，孤家要与你一起向河鼓、织女二星祈愿。"

周后听了，心里想起往年与李煜一起祈愿的情景。"去年，我向二星祈求保佑两个皇儿身体康健，看来都是实现了。可惜每次只能许一个愿，明日，我该许一个什么愿望呢？"她不觉微微低头，幽幽地想着。

"怎么了？"李煜问道。

"啊？"周后一惊，抬起头，见李煜正一脸忧虑地看着她。"陛下近来定是担忧国事，憔悴多了。明晚，我便为夫君祈福吧！"她心里默默地拿定主意，向李煜莞尔一笑。

李煜见周后笑了，便道："你方才恍然出神，定然有些心事。"

"哪有什么心事，陛下多虑了。我只是在想明天祈愿的事情呢。"

"明日，你想许什么愿望呢？"李煜笑道。

"这可不能说。"

"那孤家将心里的愿望告诉你吧。"李煜一笑，从凳子上侧身，将嘴往周后耳边凑过来。

周后嫣然一笑，将身子往后微微一倾，抬起一只手，伸出手指轻轻按在李煜的嘴唇上。"别！千万不能说出来。说出来，祈愿可就不灵了。陛下的愿望也不要说出来。"

"好！"李煜伸出了手臂，轻轻地将周后揽在了怀中。周后将头轻轻倚靠在李煜的肩头。"孤家真想永远这样抱着你。"李煜微微叹了口气，轻声说道。

周后听了，身子微微一颤，心里一热，一时泪眼蒙眬。

次日夜晚，李煜吩咐内侍洒扫了寝宫内的庭院，在庭院里摆上了桌案，桌案上摆好了美酒、果脯和糕点，又在桌案上遍撒香粉。

李煜携周后立于案前，两人偎依着，仰望夜空。此时的夜空，幽黑高远。它的黑，是一种奇怪的、神秘的黑暗。这种黑暗，使夜空显得既是沉厚的，又是空灵的；既是板滞的，又是流动的。本来似乎是不可共存的性质，在这种黑暗中和谐地共存着，形成一种世人无法看透的存在。仿佛有非常巨大的一片白云，无始无终地飘浮在那神秘的无边无际的黑暗之中，无声无息地横亘于天顶。那看起来像比九万九千里还长的"白云"，看起来又像是一条涌着白色波涛的大河，自无名中涌出，毫无目的地缓缓流过夜空。数不尽的繁星，在那黑色的夜空和白色的"大河"中闪烁着或强或弱的光芒。在那条白色的"大河"两边，有两颗星，看起来似乎比平时亮得多。

"'一道鹊桥横渺渺，千声玉佩过玲玲。别离还有经年客，怅望不如河鼓星。'天下有多少有情人，终不能成眷属啊！你我能在一起，得感谢上天啊！快看，那牵牛与织女就要相会了。让我们一起向二星祈愿吧。"李煜抬手往夜空中指了指，说着，含情脉脉地看着身旁的周后。

周后轻轻应了一声，微微点了点头，她发髻上的金步摇，在星光下微微一闪。

李煜心中一动，眼前闪现了一张熟悉的女人的面容。他突然想起了死去的窅娘，顿觉酸楚，眼中不觉泛起了泪光。

周后见李煜忽然神色有些恍惚，眼中泪光闪烁，便柔声问道："陛下，你怎么啦？"

李煜听到周后的声音，摇了摇头，说道："没事没事，孤家是觉得有你陪在身边，真是三生有幸啊，咱们一起向二星祈愿吧。"

周后听李煜这么说，心中顿觉温暖，也不再追问，与李煜一起，合十于胸前。

两人默默地向着河鼓、织女二星，许下了心中的愿望……

七月中旬时，李煜封长子仲寓为清源公，封次子仲宣为宣城公。

韩熙载私下谏言："两位皇子尚小，如今强邻在侧，早早给皇子封公，恐为强邻所疑也。尤其是小皇子，年方四岁，身负重名，不利其寿。"

李煜听了韩熙载之谏，心下不悦。他虽心中害怕大宋威胁，但是爱子心切，在此事上，心意已决，因此并未收回成命。

当周后拉着两个孩子走到近前时，李煜才注意到，在她温柔的笑容里，似乎隐藏着淡淡的忧虑。

"怎么了？"

周后笑道："陛下何有此问？"她还并不想将内心的忧虑告诉他。

"不必多虑，有何不快之事，告诉朕便是了。"李煜柔声道。

周后眼光一闪，含情脉脉地盯着李煜，轻声道："陛下，也不知为何，臣妾近日来心底总是突突直跳，臣妾担心，是要出什么事情。"虽然七夕之夜她为李煜祈了平安，但还是有些担心。

李煜伸手扶住周后的双肩，说道："莫不是节气变化，天气转凉，害了心神的安宁。"

周后悠悠摇头，想了想，说道："许是如陛下所言。陛下，臣妾明日想带着两个孩子去南山寺祈愿，求个平安。"

"也好。明日朕陪你们去祈愿便是。"

周后听了，心中欢喜，将两个孩子往臂弯中搂了搂，说道："两个孩儿前些日子也嚷嚷着想去佛寺看看，陛下能一同去，那真是再好不过了。"

周后话音未落，一个阁门使匆匆跑了过来。

"出了何事，如此慌慌张张？"李煜看那阁门使慌慌张张的样子，露出不悦之色。

那阁门使行了礼，禀报道："陛下，兵部尚书、勤政殿学士承旨韩熙载在勤政殿求见陛下，说有十万火急之事要禀报。"

李煜于九月拜韩熙载为兵部尚书、勤政殿学士承旨。韩熙载照礼又推辞不就，不过这次李煜没有同意韩熙载的推辞，正式授其为兵部尚书、勤政殿学士承旨。李煜自授林仁肇为武昌军节度使后，一直不放心，思虑再三，朝中唯有韩熙载有驾驭武人之才，便决定以韩熙载为兵部尚书，以约制林仁肇等在各处的节度使。

此时，李煜听韩熙载有十万火急之事求见，不禁心中一慌，冲周后道："你且带孩儿玩耍，朕需赶去勤政殿了。明日去南山寺，朕自会安排。"

说完这话，李煜拔腿便往勤政殿赶去。方才远远立在一边的近臣徐游，见李煜行得急，也只好与阁门使一起，慌忙跟了上去。

在去勤政殿的路上，李煜想着明日拜佛之事，便嘱咐徐游速去安排。徐游遵旨，匆匆离去了。李煜于是便在阁门使的陪伴下往勤政殿去了。

李煜进了勤政殿，韩熙载依礼拜舞。

"韩尚书，有何要事，速速说来便是。"

"启禀陛下，近来，刚刚平抑了一阵子的物价有腾涨之势，微臣觉得有些奇怪，便令人暗中调查，结果发现了一些蹊跷之事。"

"哦？"

"据派出的探子回来报告，最近在各地，市场流入大量铁钱，这些铁钱，与前一阵子盗铸的铁钱相比，仿佛是出自同样的模子，只是，这些铁钱更新，明显是新近才流入市场的。可是，之前盗铸铁钱之人，已然被朝廷捕获，模子也都已没收。有大量新铸铁钱流入市场，民间必然还有盗铸铁钱之人。微臣想要找到这些新铁钱流出的源头，便着人秘密调查，但令人感到奇怪的是，这些新铸铁钱仿佛根本没有铸造之地，如同从天而降一般。臣于是又派人向那些收到盗铸铁钱的商人探问，得到的说辞各异。根据他们的说法，在使用新铸铁钱购物的人中，有的是商人模样，有的是道士，还有和尚。但是，最近发现了一个规律，就是那些交易时收受新铸铁钱的商人，没有一个人认识与他进行交易的买家。微臣因此担心——"韩熙载说到这里，打住了话头，神情肃然地盯着李煜。

"韩尚书担心的是什么？"李煜被韩熙载的眼光盯着，感到心中一紧，慌忙追问。

"臣担心新铸铁钱，不是民间普通谋利者所为，而是暗中有一股势力，试图利用市场，扰乱我南唐的民心，毁败我南唐的财政。"

李煜听韩熙载这么说，心头大震，额头瞬间渗出汗珠子来，连手心也湿了。

"以韩尚书之见，这背后的势力可能是——会不会是韩王？"

李煜说的韩王，正是之前与他争夺皇位的七弟从善。李煜登基之后，并未因争夺皇位之事而报复从善，反而对其优待有加，拜其为韩王。但是，在这一刻，李煜内心受到重重一击，他感到自己的善意，被从善无情地背弃了。他的心底，有种再次被背叛的感觉，对于从善的怀疑，犹如乌云在心底升腾而起。

"不，不一定是韩王。今日臣前来，正是盼望得到陛下的授意，请准许臣暗中进行调查。"韩熙载谨慎地说道。

韩熙载的话，令李煜对从善的疑心稍减。

李煜的双瞳中精光一闪，问道："不一定是韩王？那么，韩尚书还怀疑是谁呢？"

韩熙载略一迟疑，旋即眼睛一瞪，肃然道："臣心底暗自怀疑，有可能是中朝，或是吴越国，暗中铸造铁钱输入我南唐境内，以此扰乱我市场，打击我财政，离间我君民。"

"中朝?!吴越?!"李煜惊叹道。此时,他忽然发觉,脊背上的内衣,已经被汗水浸湿了。

"不知陛下是否许臣继续调查此事?"韩熙载神色严峻地追问。

"此事干系我南唐国运,朕自然许你继续调查。韩尚书,你可有何计划?"

"为了排除潜在的威胁,臣打算首先暗中调查韩王,同时,暗中调查白云观、南山寺、南禅寺等地。"

"南山寺?朕已决定明日陪皇后、皇子去那里拜佛祈愿,徐游已遵朕的旨意去安排明日祈愿之事。为何要调查它?"李煜惊问道。

韩熙载没有想到李煜已经决定去南山寺拜佛,也是微微一愣。他略一沉吟,说道:"南山寺是金陵大寺,臣知各处大寺庙,香火甚旺,钱财存贮颇多,有的甚至买地置田,雇佣农户耕作。如今,新铸铁钱大量流行,像南山寺这种大寺中,必然也会有新铸铁钱流入。臣想安排人在各大寺庙暗查,一旦看到有新铁钱流入,便顺藤摸瓜,寻找新铸铁钱的源头。况且,之前的调查得知,在使用新铸铁钱购物的人中,也有和尚。从各大寺庙展开调查,或许是一个捷径。"

李煜听韩熙载这么说,心下略宽,说道:"原来如此,这未尝不是一个好法子。"

韩熙载心下一动,忽然道:"既然陛下明日去南山寺拜佛祈愿,臣请随同陛下一同前去,也好趁机探探南山寺的情况,看看它与新铸铁钱是否有瓜葛。"

李煜略一迟疑,说道:"也好。不过,明日事在拜佛祈愿,还望卿家只在暗中观察,不要声张。"

韩熙载说道:"谢陛下,这个熙载自然理会。"

次日清晨,李煜携周后和两个皇子,由一帮近臣扈从,乘着香车宝马,由金吾卫护卫着,浩浩荡荡往南山寺去了。兵部尚书韩熙载也骑马跟在李煜的车舆之后。

南山寺住持法通方丈昨夜已经接到来自南唐宫的命令,一早便带着寺内大小僧众,在山门等待南唐国主一行的到来。

到了山门外，李煜下了车舆，带着周后和两个皇子，在诸位大臣的陪同下，由法通方丈引着，向寺内徐行而入。金吾卫和大量随从，则在山门之外守卫、等候。

在法通方丈的陪同下，李煜缓缓迈着脚步往前走着。

行了片刻，雄伟的大雄宝殿便耸立在众人面前。大殿前高大的铜香炉里面插上了一些高香，香烟袅袅。香炉内，积着厚厚的香灰。不过，今日因国主前来礼佛，南山寺已不对普通香客开放。这些高香，是寺内僧人刚刚点上的。大雄宝殿的广场两侧，分别列队站着数十位僧人。他们身披袈裟，静候着国主的到来。

李煜抬头往大雄宝殿的匾额看了看，又将眼光下移，看了一眼殿前广场上那个巨大的铜香炉。当他眼光继续回收时，他看到十步之外，一只身子长长的大黑猫从西往东慢慢地走入道中。在穿过大道中间时，那大黑猫忽然停下脚步，扭过头，眼睛盯着李煜，静静地站了一会儿。

李煜见那大黑猫的双眼发光，神色诡异，心下一惊，大感不悦。

那大黑猫被李煜看了一眼，仿佛也颇为不悦，扭回头，快步往大道东边跑去，转眼在路边的草木丛内消失得无影无踪。

法通方丈似乎察觉到李煜的不悦，慌忙说道："寺内常有山里的野猫出现，陛下受惊了。"

李煜"嗯"了一声，并不说什么，继续抬脚往大雄宝殿行去。

待走上大雄宝殿的台阶，到了殿前广场，李煜带着周后和两个皇子先行上了香，便前往大雄宝殿内去拜佛。

李煜右手牵着长子仲寓，抬起脚迈过大雄宝殿高高的门槛。

周后在李煜的左边，怀中抱着四岁的次子仲宣进了大雄宝殿。

五丈多高的巨大的如来金身耸立在大雄宝殿内，显得无比辉煌、威严，同时又给凡人们一种强烈的压迫感。金光灿灿的如来佛像前，左右各摆着一座高大的琉璃灯。璀璨的灯光，增添了大殿内辉煌肃穆的气氛。

一排明黄色的绣花锦垫整整齐齐地排放在如来佛像前的地上。

周后将仲宣从怀中放下，让他立在自己的身子左边。

李煜合掌向佛，缓缓跪倒在佛像面前的锦垫子上。

周后亦心怀虔诚，随着李煜缓缓跪拜。大皇子仲寓学着父亲的举止，像模像样地往锦垫上跪去。

平日举止乖巧、行如大人的小皇子仲宣此刻的神情却有些古怪，他抬着头，好奇地仰望着如来佛像，眼睛里闪着光，发起愣来。

站在大雄宝殿门槛之外的兵部尚书韩熙载见小皇子仲宣神色古怪，不禁有些吃惊。他顺着小皇子仲宣的眼光，仰头往如来佛像望去，只见如来佛像的手指之上，立着一只大黑猫，正瞪着眼睛，诡异地盯着仲宣。

便在这一刻，四岁的仲宣抬起手，往那大黑猫一指，说道："大黑猫！"

那大黑猫似乎受到惊吓，猛然往侧下方一跃，正好撞着如来佛像右手侧下方的大琉璃灯。那大琉璃灯在大黑猫的猛然碰撞下，"咣啷啷"地翻砸下来，正好落在仲宣的身子左边，发出可怕的巨响。

四岁的仲宣尖叫一声，翻身倒地。

周后与李煜听到仲宣尖叫，慌忙起身，奔到仲宣身旁，但见仲宣双目紧闭，面无血色。

"瑞保，瑞保！"周后俯身在仲宣身上，带着哭声，大呼着仲宣的小字。

李煜亦惊惶地呼唤着。

仲寓被吓得呆站着放声大哭。

这一变故，亦使众人惊得目瞪口呆。大臣们、僧人们纷纷拥到了大雄宝殿门口。法通方丈匆匆走入大雄宝殿内，神色惶恐地立在一边。

"御医！快传御医！"李煜扭头大呼。

大雄宝殿外，随队御医听到传唤，慌慌张张地跑入大雄宝殿。

那御医蹲到仲宣小皇子跟前，在仲宣的小手上搭了一下脉，又俯身在仲宣心口听了听，再抬起头时，已经脸色大变。

"御医，快快施救啊！"李煜歇斯底里地大吼道。

"陛下，陛下，恕微臣无能，小皇子他——已没了气息，怕是活不了！"

周后、李煜闻言大惊，绝望地瞪着御医。

周后拽住御医的双手，哭泣道："御医，御医，你行行好，再想想法子，救救这孩儿吧！"

李煜亦大呼请御医再行施救。

那御医无奈，只得在仲宣身上的一些穴位掐了一番。过了片刻，仲宣依然双目紧闭，没有丝毫生气。御医再次无奈地摇起头来。

这时，李煜仿佛想起了什么，望向立在一旁的法通方丈，说道："方丈，你寺内可有僧人会医术？"

此刻的李煜，希望再从僧人中寻到一根救命稻草。

法通方丈无奈地摇摇头，惶恐说道："本寺内确有医僧，但却只能治寻常病痛，遇到疑难杂症，本寺都是去金陵城内请大夫的。这孩儿连御医都无力救治，恐怕本寺的医僧——"

正在这时，大殿门外挤过来一个僧人。那僧人身材魁梧，眉头上有一道斜斜的刀疤，直延伸到脸颊上。

这僧人不是别人，正是受赵匡胤差遣，潜入南唐发放新铁钱的守能和尚。原来，自薛居正在襄阳暗中仿铸好一批铁钱后，守能和尚便带着一批人，各携大量新铸铁钱潜入南唐。他们有的扮作商人，有的化身为假和尚、假道士，分往南唐各地。守能和尚假名"悟灭"，带着几个小僧人，携了伪造的文牒，亲自来到金陵的南山寺，假托向南山寺捐赠香火钱，挂名在南山寺修行。捐赠给南山寺的香火钱，以新仿铸的铁钱为主，也混入了一些旧铁钱和铜钱，以掩人耳目。法通方丈收了那些钱财，更无怀疑。在数月之内，南山寺内的僧人用这些捐赠而来的新铁钱，买了不少粮食、器物，新铁钱由此流入金陵市场。这段时期，在南唐各地，宋朝在襄阳仿铸的新铁钱，以各种方式流入了南唐的市场。南山寺只不过是宋朝往南唐暗中输入铁钱的据点之一。

方才，守能和尚见仲宣惊厥倒地，犹豫着是否现身出来救治。如果现身，就有可能暴露被抓，怎么办？守能和尚犹豫间，见御医出现，松了口气，便隐身在众人当中。此刻，他见御医无法救醒四岁的仲宣，终于忍不住站了出来。

"让贫僧试试！"守能和尚大声说道。

"好！好！快，快！"李煜虽见守能和尚相貌有些可怕，心里不喜，但是为了救儿子，却也顾上自己的好恶了。

守能和尚闻言，便抬脚迈过了门槛。

突然，有人厉声发问："且慢！方才法通方丈说寺内并无高明医僧，这位大和尚又如何能救？"

厉声发问的人，正是韩熙载。

李煜闻言，心中一惊，满眼疑虑地看了守能和尚一眼。

法通方丈在旁慌忙道："陛下，这位是在本寺挂名修行的悟灭大师。贫僧倒不知他会医术。"

守能和尚合掌道："贫僧早年遇到奇人，习得一些医术。如陛下信任，贫僧斗胆一试。"

李煜又看了一眼守能和尚脸上那一道长长的刀疤，犹疑不决。他扭头看了看仲宣皇子，但见这孩子双目紧闭，脸色铁青。他用手一探，仲宣的鼻子里依然没有气息。

此时，周后蹲在仲宣皇子身边哭泣起来。仲寓皇子见弟弟晕死过去，也吓得浑身哆嗦，抱着母亲的身子，大声哭起来。

李煜强稳住心神，犹豫了一下，便冲守能和尚说道："好！那就有劳悟灭大师试一试。"

韩熙载在一旁虽有疑虑，但转念一想，小皇子没了气息，若再拖下去，恐怕神仙也救不活了，让这和尚一试，也未尝不可。于是，他也不再说话。

守能和尚听了，慌忙蹲下身子，拿手指在仲宣皇子的人中、涌泉等穴位或重或轻掐了一阵。

过了片刻，只听仲宣皇子轻轻打了一个嗝，竟然悠悠然睁开了眼睛，活了过来。他瞪着眼睛，并不开口说话，虽说是拿眼睛看着四周，眼中却如空洞一般，没有任何神采。

李煜见状，大喜，冲守能和尚道："谢谢大和尚起死回生啊！朕要重重赏赐你。"

守能和尚却只拿眼睛盯着仲宣，面色沉重。

李煜见守能和尚面无喜色，心中一紧，颤声问道："大和尚，孩子他——"

守能和尚合掌低首道："启禀陛下，这孩儿尚小，受惊过度，伤了元神，贫僧只是一时将他救活，此后三日，他若能开口说话，进食如常，便会慢慢好转，若是——"说到这里，守能和尚悲哀地叹了口气，继续说道，"出家人不打诳语，陛下回宫后，务必另请名医仔细治疗，若是孩儿命大，或许还有救。"

李煜听守能和尚这么说，一颗心顿时如同掉入无底的冰窟窿。

"大和尚，朕求求你，再想想法子，救救这孩儿。只要救得这孩儿，大师想要什么，朕给你什么！"李煜不禁以祈求之语，向守能和尚求助。

守能和尚看着李煜的痛苦之状，心中亦不禁大悲，暗想："我奉陛下之命，暗带铁钱入南唐，以乱其政。未曾想到会撞见此事。这孩儿只有四岁，来到世上并不曾犯有任何罪过，为何却要遭此横祸啊？佛祖啊佛祖，你法力无边，为何要这般对待无罪之小儿呢？我已经尽力，却只能暂时为这孩儿延命。佛祖啊，若这是天意，岂非过于残酷！"

这一刻，守能和尚百感交集地仰头看着金光灿灿的如来金身，心中大悲，两眼中不禁无声地涌出热泪。

"佛法无边，天意难测。人生悲苦，生死有命。恳祈佛祖，大慈大悲。救此孩儿，吾奉吾身。"大悲之际，一句偈语，从守能和尚心中自然浮现，脱口而出。他口诵偈语，朝着如来佛像深深下跪，伏地不起。

李煜见守能和尚如此，心下更是大悲。他冲跪地不起的守能和尚深深一揖，旋即俯身抱起仲宣，下令速速回宫。

韩熙载离开大殿之前，犹疑地回望跪地不起的守能和尚，待了一待，长长地叹了口气，匆匆跟着众人，往寺门方向走去。

数日后，小皇子仲宣不治身亡。此日，乃宋乾德二年冬十月甲辰日。

周后自爱子仲宣死后，忧伤过度，卧床不起。周后妹妹女英，为了照顾姐姐，搬入宫中居住。

守能和尚自李煜离开南山寺后，便向法通方丈告辞。回到汴京后，守能和尚将往南唐输入铁钱之事向赵匡胤做了禀报，但隐去了南山寺遇李煜之事，同时向赵匡胤婉言提出，不愿再管秘密察子事务，但求此后安心研究佛法，以身事佛。

赵匡胤见守能和尚回京后仿佛变了一个人，又见他此次诚心归佛，也便不再勉强，遂了他的心愿，令他在封禅寺全心事佛。

"不过，朕还会不时前来，向大和尚请教佛法啊！"赵匡胤不忘对守能和尚这般说道。

守能和尚听了，淡淡一笑，只是合掌言道："阿弥陀佛，善哉善哉！"

五

冬十月，朔风渐起。王承衍曾在泽州、上党一带戍守过，对于西北的风雪是早已经熟悉的了。但是，今年的冬天，似乎格外寒冷。

王承衍在府州城头，回忆起十个月之前的那场战斗。节度使折德扆将军在那场战斗中受伤，十个月来，伤势不断恶化，终在一个月前病逝了。折德扆长子折德勋代父守卫府州城，赵匡胤授其为府州团练使，权知府州。次子折德卿辅助其兄。

十个月来，京城也不断传来消息。四月时，赵匡胤下诏侍卫马军都指挥使刘光义领兵奔赴潞泽，以防北汉。此举，其实也是有一箭双雕的打算。按照赵匡胤的计划，如果今后要对后蜀动兵，最好是分南北两路，同时进攻后蜀。派刘光义赴潞泽，当下是为了防备北汉，实际上已经为未来对付后蜀埋下了一股重要的力量。六月里，赵匡胤以开封府尹、同平章事光义兼中书令，以山南西道节度使光美同平章事。王承衍还听说，赵匡胤为赵光义聘娶乾州防御使李英的女儿为妾。这个消息，令王承衍突然想起了李雪霏。他知道，赵光义单恋着李雪霏，可是李雪霏却似乎对赵光义没有兴趣。如今，赵光义纳了李英之女为妾，他心里还会想着李雪霏吗？王承衍心里暗暗担心起来。他为自己辜负了李雪霏感到内疚，因此竟然默默为她的命运担心起来。

赵光义对皇兄的授命喜忧参半。他一直在心底猜疑，赵匡胤是否怀疑他已经知道了传位盟约。夏莲虽然死了，可是向夏莲传递消息的秋棠，会如何看待此事呢？张琼也死了，此事应该死无对证。赵光义有时这般想着，以使自己的心情得以平复。如今，皇兄继续升了他的官，在他看来，其中不免有笼络、安抚甚至迷惑他的可能性。因此，自再兼了中书令后，赵光义行事更加谨慎小心。当然，赵光义的这些想法，远在府州的王承衍是不可能知道的。

在赵光义兼了中书令之后，皇子德昭被封为贵州防御使。王承衍算了一下，皇子德昭今年应该已经十七岁了。他不知道，为何皇帝赵匡胤一直不为德昭封王。在前代，凡是皇子，出阁即封王，然而赵匡胤则以德昭未冠，特暂缓封王之礼。王承衍还听说，皇帝赵匡胤半年来多次前往玉津园习射，多次前往教船池、新池观习水战。他隐隐有种感觉，皇帝可能很快就要下诏对后蜀动兵了。

"可是，今上为何迟迟不动，究竟在等何时机呢？"王承衍脑海里盘旋着这个疑问，两眼茫然地盯着远方。远处的黄河河面已经结冰了。此时是辰时，银灰色的河冰在灰黄的太阳的照射下，反射着刺目的光。

突然，王承衍注意到有四个灰色的人影，正在飞快向城门方向奔来。他带着一点好奇，看着那四人渐渐靠近城门。那四人中，一人穿着褐色的厚锦袍，两人穿着暗绿色的锦袍，还有一人则穿着灰色的棉袍。四人都戴着皮帽子，腰间挎着腰刀，用布巾围着脸，只露出眼睛。

"究竟是何人？莫非北汉派了使者前来？"高德望在一旁问道。

王承衍心里也有此一问，只摇摇头道："不好说。"

更令王承衍感到有些奇怪的是，他隐约感到城下的那四个人的举止，似乎曾在哪里见过，却一时想不起来。

"快开城门，我等有要事要见折德扆将军！"城门下那个穿灰色棉袍的人拉下蒙着脸的布巾，仰面冲着城头放声大喊。

折德扆死后，为了不被北汉知晓，是秘密发丧并下葬的。来人显然不知道折德扆已死。

王承衍身子趴在箭垛口，瞪大眼睛上往下细看。这一看，他不禁又奇又惊。

"此人不是杜道真又是谁！"王承衍心底暗道。

"王将军，开门吗？"王承衍身旁的一个军校问道。

王承衍抬眼往黄河方向看了一眼，见那里白闪闪一片，更看不到半个人影。当下，他向军校下令打开城门，将城门下的四人带到城楼里去。

王承衍带着高德望先行进了城楼，折德勋、折德卿、王琦正好都在。

不一会儿，军校将四个来访者带入了城楼。

杜道真进了城楼，不禁立刻愣住了。他显然很快认出了坐在西首的王承衍。

"这不是王将军吗？！小人杜道真，再谢王将军不杀之恩！"杜道真说着，便"扑通"跪在地上，朝着王承衍磕起头来。

折德勋、折德卿等人见杜道真突然下跪向王承衍磕头，都不禁一愣。

王承衍不及向折德勋、折德卿解释，忙问道："你怎么会来此处？这三位又是何人？"

杜道真说道："王将军、诸位将军，这三位乃是蜀枢密院大程官孙遇、蜀兴州军校赵延韬、杨镯。"

王承衍等人听杜道真这么一说，无不大吃一惊。城楼内在旁站列的军校，无不悚然一惊，有的竟然"噌"一声抽出腰刀来。王承衍暗想，原来是孙遇、赵延韬，我曾在那天夜里见过他俩一眼，难怪方才看着身影有些眼熟。

"诸位将军休惊，请屏去左右，容小人慢慢说来！"杜道真倒是面无惧色，跪在地上，抱拳说道。

王承衍与折德勋、折德卿彼此对视了一眼。王承衍朝两个将军冷静地点了点头。

折德勋会意，朝两边军校挥了挥手，示意他们都退出城楼去。他武艺超群，有胆有谋，加之对王承衍信任有加，因此并不怕此刻身边无人护卫。

"好了，你且细细道来。"待军校们退出城楼后，王承衍瞪着杜道真，从容道。

那杜道真随即说出一番话，令王承衍等人又惊又喜。

原来，杜道真在京城被王承衍放了之后，便潜行回到了成都。他回到成都时，他那被王昭远软禁的老母亲，焦虑成疾，已经病逝。杜道真心中暗恨王昭远，隐忍不发，只向王昭远说刺杀行动失败，自己侥幸逃回了成都。王昭远因刺杀赵匡胤的行动失败，便说服蜀主孟昶，暗中写就蜡丸帛书，联络北汉，渡河共同进攻中原。王昭远劝孟昶派遣枢密院大程官孙遇、兴州军校赵延韬、杨蠲一同前往北汉，暗促联盟。赵延韬和杨蠲早从杜道真、张济远口中知王昭远残忍无道、空谈无谋，便决定暗中反了后蜀，归顺大宋。他们五人一起谋划停当后，赵延韬便令张济远先回兴州，暗中安顿好他和杨蠲的家眷，同时他还写了密信，令张济远带给兴州他的几个亲信，共谋待大宋发兵后起义策应。孙遇、赵延韬、杨蠲和杜道真四人，则商量好了，先假装到北汉送蜡丸帛书，再寻机前往汴京报信。不料，他们很快发现，王昭远暗中派人盯着他四人前往北汉。为了避免王昭远起疑心，他们将计就计，一直进入北汉境内，寻思着另找机会南下前往汴京。可是，他们没有想到，因为北汉与大宋关系变得日益紧张，前往汴京的道路关卡重重。他们南行了一段路，便不得不改变计划。他们随后北进到达了府州，趁着这日天寒地冻，北汉军不备，渡过冰封的黄河。他们想先向折德扆归顺，再由折德扆派人将蜡丸帛书送往汴京。

众人听完杜道真的叙述，王承衍又将在入川路上如何遇到张济远、杜道真，后来又如何在汴京放过了杜道真的来龙去脉细细说了一遍。众人听了，无不啧啧称奇。

杜道真等人听折德扆已死，都不禁大为意外。

"此蜡丸帛书，干系重大。末将想与高德望、王琦一起，带着他们几个，绕道定难军，一同前往汴京，向陛下禀报。"王承衍沉吟了片刻，向折德勋、折德卿说道。

折德勋、折德卿亦知此事非同小可，当下也不反对。

"既然如此，王将军、高将军小心为是，本将派人护卫你等。"折德勋道。

"不可。人多恐招人耳目。我们几人，装扮成一小队行商，带些西北特产前往汴京售卖，如此必能成功。"王承衍说道。

折德勋、折德卿虽然担心王承衍等人的安危，但也想不出其他更好的办法，也只好点头同意了。

次日，王承衍等人准备停当，便从府州西边，绕道定难军，前往中原去了。

天渐渐凉了。田间的农人们开始收芜菁、藏瓜。京城里的百姓，有的循月令之俗趁机培筑垣、墙，有的开始酿制冬酒，有的则早早开始制作脯、腊，以供腊祀之用。黎民百姓为着各自的生活忙碌着，辛劳着。

岁月便是这样静静地流逝着。

十月戊申，周世宗第三子周纪王希谨卒。赵匡胤回想起昔日周世宗的恩情和陈桥兵变前后之事，不禁闷闷不乐。歉疚之情如同一股暗流，多年来一直在他心底无声地汹涌着。或许正是出于这种歉疚，或许感到在道德上有着永远无法弥补的缺憾，赵匡胤于几日之后，下诏将广德殿改为崇政殿。

十一月的一天，赵匡胤在便殿内召见了一个叫穆昭嗣的翰林医官。此人原来以医术事于荆南高家，荆南入宋后，便因医术甚高，被带到汴京，做了翰林医官。

"穆昭嗣，朕听闻，你不仅精通医术，亦通晓地理。你且与朕说说蜀中地理。"赵匡胤冲穆昭嗣说道。

穆昭嗣见皇帝开门见山问蜀中地理，知其有伐蜀之意，当下略为谦逊了一番，便直言道："荆南乃西川、江南、广南的都会，陛下今已克此，则水陆皆可趋蜀也。"

赵匡胤闻言大喜，不禁哈哈大笑起来。

笑声未落，殿外报赵普紧急求见。

赵匡胤收了笑声，令穆昭嗣退下后，方宣赵普进殿。

"卿家有何急事？"赵匡胤问道。

赵普施了礼，从怀中掏出一份上表呈上，然后说道："南唐上表，报宣城公仲宣薨，数日后，周后病逝于金陵。"

赵匡胤听了，微微一呆，刹那间仿佛魂魄离了身体。

赵普见赵匡胤神色有异，不禁略略吃惊。

这时，赵匡胤已经将接在手里的上表缓缓翻开，两眼茫然地看着，心底却想起自己那早早夭折的两个孩子和妻子如月生前的样子。在这一刻，不知为何，南唐周后的亡故令他产生一种与李煜同病相怜的感觉。他郁郁然沉默半晌，问赵普道："那仲宣才几岁？"

"年方四岁。"赵普答道。

赵匡胤微微仰头，深深叹了口气，瞪着眼，沉沉说道："四岁夭折，殊为不幸。皇皇上天，如何这般残忍对待无罪小儿！"他的语气，仿佛在向上天质问。

赵普听赵匡胤语气含怒，心下一惊，抬头细看赵匡胤神色，只见他一脸沉郁，怒气暗藏。

赵匡胤看了赵普一眼，继续说道："周后于芳华之龄而殂，可怜可悲也。朕需派使者前去吊祭才是。"

赵普方才急急前来禀报，原是打算趁机进言，趁着周后新丧，南唐境内物价腾涨，李煜无暇西顾，可速速发兵蜀中。方才一刻，他见了赵匡胤的神色，当即决定暂时不提出兵后蜀之言，稽首说道："是，陛下仁心，天地可鉴。"

卷
四

数日后，赵匡胤于崇政殿开朝会。正在议事间，殿外忽报王承衍自府州前来，有十万火急之事求见。

赵匡胤与诸位文武大臣，都不禁略感意外。

赵匡胤立即宣见王承衍。

王承衍一人步入殿内，拜舞完毕，说道："启禀陛下，微臣此番回京，乃有极重要情报向陛下禀报。"

"承衍，朕看你风尘仆仆，看来尚未回家歇息过。好，你且说来。"

此前，在府州战报中，王承衍已经将遇到王琦之事做了禀报，因此赵匡胤对府州之战及之前的事情是知晓的。当下，王承衍将孙遇、赵延韬、杨蠋、杜道真四人到府州送蜡丸帛书之事简略说了一番。

赵匡胤闻言，神色肃然，问道："蜡丸帛书现在何处？"

"现在赵延韬身上。微臣恐他们担心被背弃，看了蜡丸帛书后，复还于他们，令赵延韬随身携带。"

"他们现在何处？"

"高德望、王琦正带着他们在殿外待宣。"

赵匡胤听了，令人速带高德望等人入殿。

高德望、孙遇、赵延韬等人听宣，入得殿来。赵延韬从怀中取出蜡丸帛书，双手呈上。

赵匡胤令侍者接过蜡丸帛书，打开一看，果然是孟昶写给北汉主的密信。密信中言，后蜀将于褒、汉之地增兵，约北汉渡河同击中原。

"真是天赐我大宋良机也！如今，南唐国后新丧，境内物价飞涨，必无暇西顾。孟昶约北汉袭击中原的密信又被朕得到，朕岂能再错过这个机会！"赵匡胤拿着蜡丸帛书的手，因为内心激动，微微颤抖了一下。

沉默了片刻，赵匡胤抑制住内心的激动，看了赵普一眼，又环视了殿内文武大臣，淡淡笑道："吾西讨有名也！"

随后，赵匡胤赦孙遇、赵延韬、杨蠋、杜道真、张济远等人无罪，令孙、赵、杨、杜等四人在京内安顿下来，细细将蜀中山川形势、戍守处所、道路远近，画以为图，以资军用。

十一月甲戌，赵匡胤下诏，发兵讨伐后蜀。

诏曰：

> 朕奄宅万邦，于兹五稔。陈师鞠旅，出必有名；伐罪吊民，动非获已。眷惟庸蜀，久限化风，舞阶讵识于怀柔，干纪自贻于祸衅。近擒获四川伪枢密大程官孙遇二人，搜得孟昶与河东刘钧蜡书，潜相表里，欲起寇戎，致奸谋之自彰，盖天道之助顺。将定一方之乱，难稽六月之师。爰命将臣，俾正戎律，建灵旗而西指，授成算以徂征。言念坤维，久沉污俗。既为民而除害，必徯后以来苏，式清全蜀之封，止正渠魁之罪。况西川将校多是北人，所宜翻然改图，转祸为福。苟执迷而不复，虽后悔以何追。如能引导王师，供馈军食，率众归顺，举城来降，咸推不次之恩，用启自新之路。重念征行之际，宜申约束之文，已戒师徒，务遵法令，不得燔荡庐舍、殴掠吏民、开发丘坟、剪伐桑柘，共体救焚之意，以成不阵之功。凡彼烝黎，勿怀忧虑。故兹诏示，知朕意焉。①

赵匡胤命忠武节度使王全斌为西川行营凤州路都部署、行营前军兵马都部署，武信节度使、侍卫步军都指挥使崔彦进副之，枢密副使王仁瞻为都监；命宁江节度使、侍卫马步军都指挥使刘光义为归州路副都部署、行营前军兵马都部署，内客省使、枢密承旨曹彬为都监。给事中沈仪伦为随军转运使，均州刺史曹翰为西南面转运使，发步兵、骑兵共六万，分路进讨。

在下诏西讨的同时，赵匡胤又令八作司在右掖门附近，南临汴水，专门为后蜀主孟昶修建了府邸。所规划的府邸规模颇大，大小房间五百余间。赵匡胤随后又令人准备好帐什器具，以待收了后蜀之后，接孟昶族人前来居住。

---

① 《宋朝事实》卷十七。

府邸开建之日，赵匡胤声称，伐蜀必成，孟昶必归于中朝。京城百姓围观孟昶府邸开工，议论纷纷，一时间，中朝将收后蜀的传言，四处散布。

六

赵匡胤并没有派王承衍参加征讨后蜀的大军，而是派他带着高德望和王琦，再次去了南唐。这一次，王承衍没有犹豫。在他心里，尽管怀着为周远复仇的欲望，也怀着想要摧毁那个"净垒"的决心，想要参加征蜀之战，但是，在赵匡胤令他去南唐的那一刻，他意识到，这是一次机会，不仅使他有机会劝服李煜纳土归宋，消除一场未来可能发生的战争，拯救万千战士和百姓的性命，也使他有机会可以再次去宥娘的衣冠冢前看一看。他因无法参加征蜀之战而感到有些愧疚，也因想着借机要去看宥娘的私心而感到有些羞愧，但是，他还是毫不犹豫地接受了命令。

王承衍以皇帝私人信使身份，带着高德望、王琦等人，在宋作坊副使魏丕之后到达金陵。南唐主李煜见宋朝皇帝再次派人前来吊祭周后，心中惶恐。他已经得知宋朝发兵征讨后蜀，心知赵匡胤接连派使者前来吊祭，实乃监督南唐的行动。

对于宋朝皇帝赵匡胤派来的王承衍，李煜自然不敢怠慢。况且，在此之前，他也曾经与王承衍打过交道，因此，对于王承衍特加优待，专门安排了一处南唐宫附近的宅子供王承衍及其随从居住。

王承衍依礼拜见了南唐主李煜，随后按照礼节，会见了严续、殷崇义、韩熙载等南唐重臣，又同使者魏丕见了面，交代了赵匡胤的旨意。

待处置一番公事后，王承衍便与高德望一同，带着香火，去宥娘的衣冠冢上了坟。这是他第二次来到宥娘的衣冠冢前。

从十一月底到次年乾德三年正月，宋军攻破后蜀要塞的消息不断传到南唐。

乾德三年正月初十，壬午，南唐葬周后于懿陵。

葬礼结束后，王承衍带着高德望、王琦等人刚刚回到宅邸，作坊副使魏丕匆匆赶来。

"王将军，后蜀降了！后蜀降了！"魏丕一见王承衍，便迫不及待地说道。

"真的？好！好！好啊！"王承衍闻言大喜，让魏丕将他了解的征蜀之战细细说来。

原来，自宋朝发兵后，蜀主孟昶为抵御宋军，命枢密使王昭远为北面行营都统，左右卫圣马步军都指挥赵崇韬为都监，率兵三万自成都北上，扼守利州、剑门等要塞；又以山南节度使韩保正为招讨使，以洋州节度使李进为副招讨使，率兵数万趋兴元，加强北面防御；孟昶又令昭武节度使高彦俦等扼守夔州，防御东面进攻的宋军。

"据说，孟昶发兵之日，颇为不满地对王昭远说，'今日之宋师，乃卿家所招致也，卿家要为朕立功啊！'孟昶又令宰相李昊等送王昭远于城外，那王昭远手执铁如意指挥大军行动，自比诸葛武侯。送行宴上，王昭远抓着李昊的手臂说：'吾此行何止克敌，当领此二三万雕面恶小儿，取中原如反掌耳。'如今，那王昭远的豪言，已沦为天下笑谈也！"魏丕说罢哈哈大笑。

王承衍却并不笑，只是沉默着等待魏丕接着讲述战争的进展。于是，魏丕又耐下心来，细述了此后的战局。

据魏丕说，去年十二月中旬，宋北路军在王全斌率领下，进入蜀境，攻克韩渠渡、万仞、燕子等寨，遂克兴州，败蜀军七千人，获得军粮四十余万石。后蜀刺史蓝思绾退保西县。在宋军进攻兴州时，有一支后蜀部队果然在军校张济远的带领下反了后蜀，对于宋军攻克兴州立下了汗马功劳。

克兴州之后，王全斌随后连克石图、鱼关等二十余座城寨。蜀招讨使韩保正闻兴州失守，弃兴元，移师西县。韩保正本性怯懦，不敢出击，以数万人依山背城，结阵自固。宋马军都指挥使史延德率军乘胜进攻西县，击溃蜀军，擒韩保正、李进等，获得军粮三十余万斛。

宋军连续克地，又获得大量军粮，使此后长距离进军成都的成功可能性大增。

宋北路军将领崔彦进与马军都监康延泽随后克三泉，直趋嘉川，俘杀甚众。后蜀军韩、李余部为阻宋军南进，烧断栈道，退保剑阁东北处的葭萌。

时王昭远、赵崇韬率军据守利州城及其以北的大、小漫天寨诸妥地，阻击宋军。

利州在嘉陵江东岸，群山环绕，地形险峻，是入蜀的咽喉要地。

王全斌鉴于栈道断绝，难以直进。命崔彦进率兵一部抢修栈道，进克小漫天寨；自率主力由嘉川东南的罗川狭径迂回南进。两路兵马于小漫天寨南嘉陵江渡口的深渡会师，并夺占桥梁。王全斌旋又分兵三路夹攻大漫天寨，大败蜀军精锐，俘义州刺史王审超等。

王昭远、赵崇韬率兵出战，三战皆败，遂于桔柏津渡江，焚浮桥，退保剑门。

宋军随后便占了利州。

十二月下旬，刘光义率东路军，入三峡，连破松木、三会、巫山等寨，杀蜀将南光海等，擒后蜀都指挥使袁德弘等一千两百人，夺战舰两百余艘，斩获水军六千余众。乘胜向夔州急进。

夔州为巴东之咽吭。此前，后蜀军于城东设锁江浮桥，上置木栅三重，夹江列炮，防御甚严。刘光义军进至浮桥东三十里处，按照赵匡胤在出征前授予的计谋，避实击虚，舍舟登陆，夺取浮桥，水陆配合，一举攻破蜀军防线，屯兵白帝庙西边。

说到刘光义屯兵白帝庙后，魏丕突然在椅子上挺直了腰杆，肃然道："要说那后蜀也不是没有忠臣悍将，夔州一战，我军便遇到了劲敌。"

"哦？"王承衍见魏丕一脸肃然，不禁想要知道在夔州究竟发生了什么。

魏丕于是接着说道："那夔州宁江节度使高彦俦对副使赵崇济、

监军武守谦说,我军涉险远来,利在速战,当坚壁固守。监军武守谦说:'宋军踞我城下而不击,又等待什么?'高彦俦再三劝说,那武守谦终不听从,率其所部千余人贸然出战,大败而归。我军都指挥使张廷翰率军追击,突入城内。高彦俦力战,身披数十创,左右皆逃去。那高彦俦奔归城内的府邸,其判官罗济劝他单骑逃往成都。高彦俦道:'我昔已失秦州,今复不能守此,纵人主不杀我,我何面目见蜀人乎?'罗济又劝高彦俦降我朝,那高彦俦道:'老幼百口,俱在成都,以一身偷生,举族何负?今日只有死耳!'说罢,高彦俦解下印符,授罗济道:'君自为计吧!'于是,高彦俦请罗济出,从内关了门,登楼自焚而死了。高彦俦自焚前说的这些话,都是后来罗济告诉他人,又在军中传开的。高彦俦死后数日,刘光义将军等得其骨,以礼葬之。刘光义、曹彬军占领夔州后,沿江西上,收降万、开、忠、遂等州,直逼成都。"

说完高彦俦的事迹,魏丕面露戚色,沉默了下来。

王承衍听到高彦俦自焚而死,亦不禁唏嘘,默然无语。高德望、王琦在一旁听了,也不禁神色肃然。

过了片刻,魏丕继续说道:"今年正月初,孟昶闻王昭远等败,惊惧之余,拿出大量金帛,招募士兵,防守剑门。他命素不习武的太子孟玄喆为元帅,以武信节度使、兼侍中李廷珪及前武定节度使、同平章事张惠安副之,率甲兵万余,增援后蜀的重要屏障剑门。孟玄喆出兵时,用文绣、锦帛布包裹旗杆。正要出城时,天降大雨,那孟玄喆怕旗帜被雨淋湿,令士兵将旗帜都解了下来。过了片刻,大雨停了。那孟玄喆又令将旗帜挂上。这次倒好,连旗帜都挂颠倒了。可笑之处还不止于此。孟玄喆出兵时,还令姬妾、伶人数十乘辇随行。此军不败,岂有天理!"

王承衍叹道:"孟昶无道,我军破蜀,此天意也!"

魏丕继续说道:"王全斌等自利州趋剑门,次益光,会议曰:'剑门天险,古称一夫荷戈,万夫莫开,诸军宜各陈进取之策。'侍卫军头向韬说:'得降卒进言,益光江东越大山数重,有狭径,名来苏,蜀人于江西置栅,对岸可渡。自此出剑门南二十里,至青疆店与官道合。若大军行此路，则剑门之险不足恃也。'全斌等从其言，即欲卷甲赴之，康延泽说：'蜀人数战数败，胆气夺矣，可急攻而下也。且来苏狭径，主帅不宜自行，但可遣一偏将往即可也。若抵青疆，北与大军夹击剑门，昭远等必成擒矣。'全斌等同意了康延泽的提议。全斌遂命史延德分兵趋来苏，跨江为浮梁以济。蜀人见之，弃寨而遁。延德遂至青疆。那后蜀王昭远等引兵退驻汉源坡，以其偏将守剑门。全斌等以锐兵奋击，遂破之。我军随后进抵汉源。蜀军大将赵崇韬布阵，策马先登，昭远则据胡床，不能起。崇韬战败，犹手斩数人，乃被执。那王昭远却是免胄弃甲，仓皇而逃。全斌等遂取剑州，杀蜀军万余人。王昭远投东川，匿民仓舍下，悲嗟流涕，两目尽肿，惟诵罗隐诗曰'运去英雄不自由'。不久，王昭远亦为我军追骑所获。太子玄喆与李廷珪等日夜嬉游，不恤军政，至绵州，闻剑门已破，将退保东川。翌日，弃军西还，所过尽焚其庐舍仓廪而去。蜀主孟昶知剑门已破，太子玄喆亦奔还，惶骇不知所为，问左右：'各位有何计谋抵敌？'有老将石奉頵说道：'东兵远来，势不能久，请聚兵坚守以敝。'那孟昶叹道：'吾父子以丰衣美食养士四十年，一日遇敌，不能为吾东向放一箭，今虽欲闭壁，谁肯效死者！'据说，当时孟昶环顾左右，无人应。后来，蜀司空、兼武信节度使、平章事李昊劝孟昶封府库以请降。孟昶从之，因此便命李昊起草降表。本月己卯，也就是正月七日。孟昶遣通奏使、宣徽北院使徽奉降表诣军前。以前，前蜀灭亡时，降表也是李昊所起草，蜀人夜书其门，曰'世修降表李家。'众人皆笑之。没有想到，如今后蜀降我中朝，又是李昊写的降表。少将军，你说这事，也真是巧啊！"

王承衍想起之前带着周远、高德望游说李昊之事，心潮起伏，黯然神伤，心想："看来冥冥中自有天意，最终那孟昶还是令李昊写了降表归降。他孟昶若早知如此，当初或许会早早归降，宋、蜀两国也不会牺牲无数的性命。周远兄或不至于牺牲。"他心里这般想着，脸上露出悲戚之色。

愣了一愣后，王承衍问道："魏大人可见过李昊所写的降表？"

魏丕一笑，从怀中掏出一卷文稿，说道："李昊之文，送至汴京，陛下令公之天下，以服人心。我倒是抄录了一份。"

王承衍接过那卷文稿，打开细读。

降表云：

> 三皇御宇，万邦归有道之君；五帝垂衣，六合顺无为之化。其或未知历数，犹昧死亡。致兴貔虎之师，实惧雷霆之怒。敢祈英睿，俯听哀鸣。伏念臣生自并门，长于蜀士，幸以先臣之基业，获从幼岁以纂承，只知四序之推迁，不觉三灵之改卜。爰自大明出震，盛德居尊，声教被于遐荒，庆泽流于中夏。当凝旒正殿，亏以小事大之仪；及告类圜丘，旷执赞奉琛之义。素居退僻，久阻声明，曾无先觉之心，固有后时之责。今则皇威电赫，圣略风驰，干戈所指而无前，鼙鼓才临而自溃，山河郡县半入于提封，将卒仓储尽归于图籍。且念臣中外骨肉二百余人，高堂有亲，七十非远，弱龄侍奉，只在庭闱，日承训抚之恩，粗勤孝养之道。实愿克修甘旨，保此衰年，次望免子孙之睽离，守血食之祭祀，敢冀容之如地、盖之如天，特轸仁慈，以宽厄辱，臣辄援故事上渎严聪。窃念刘禅有安乐之封，叔宝有长城之号，皆自归款，尽获生全。愿眇昧之余魂，得保家而为幸，使先臣寝庙不为樵采之场，老母庭闱尚有问安之所。已令缄封府库，肃靖军资，用付典司，将期临照。今则车书混其文范，正朔奉以灵台，敢布腹心恭听赦宥。臣昶谨率文武见任官望阙再拜，上表归命，披沥肝胆以闻。[1]

王承衍读完那降表，说道："这孟昶、李昊心里，实已早早忘了天下，忘了百姓，只念念不忘其自家，方有今失国之痛也。"

魏丕闻言，默然点点头。

卷
四

305

---

[1] 《宋朝事实》卷十七。

"这么说来，是王全斌将军先进了成都？"王承衍又问道。

"不错。王全斌将军自京师出征，到孟昶归降，只用了六十六日。刘光义、曹彬军是数日后由峡路到达成都的。"魏丕应道。

王承衍听了，心下暗想，那王全斌与刘光义素多不合，陛下以两人分率两军，分路齐趋成都，奋勇争先，既下成都，恐怕并不会就此无事也。

魏丕又道："方才我倒是忘了一事，先锋都指挥使、凤州团练使张晖，在督兵开大散关路时，身先士卒，且战且役，劳累生疾，在青泥岭病卒了。"

王承衍听闻张晖已死，想起曾在京城见过他一面，不禁心生悲戚，惘然无语。

这日晚上，天降大雪。王承衍心中怀念窅娘，便又想去窅娘的衣冠冢拜祭。

次日清晨，王承衍令人备好香烛祭品，背负唐刀，带着高德望和王琦，骑着马，踏雪出了金陵城，前往城南窅娘的衣冠冢所在的山头。待到了山下，他们将马系留在山脚，踩着一夜在山道上积起的厚雪，循路往山上行去。

这是王承衍第三次来拜祭窅娘。第一次来，是跟随韩熙载深夜而至。第二次，是去年十一月到南唐之初时来拜祭过。这一次再来，虽然是同一条路，但因为是雪天，山路及其周围的一切都让他感到既熟悉又陌生，令他顿生恍如隔世之感。

王承衍带着高德望、王琦二人踏雪登山，离窅娘的衣冠冢渐行渐近。

突然，王承衍停住了脚步。他远远望见，窅娘的衣冠冢前已经站着一个人。那个人微微低着头，显然正在全神贯注地盯着无字碑。那个人身后五六步远的地方，有个随从模样的人垂手侍立。

王承衍看着那个立在衣冠冢前的人的背影，顿时瞪大了眼睛，呆立在原地。他一瞬间便从背影认出来，那个人是韩熙载。

高德望、王琦二人见王承衍停住脚步，便也站住了。

"咦，坟前有人。那人是谁？"王琦不禁开口问高德望。

"是韩熙载。"高德望轻声道。他也已经认出了韩熙载。

"那个闻名天下的韩熙载？"王琦吃了一惊。

这时，韩熙载缓缓转过身来。他似乎已经听到了王承衍等人发出的声响。不过，他只是转了个身，便站在原地不动了。

雪花不断飘落下来。宥娘的坟前，安静异常，能听到雪花落在雪地、枝头发出的轻微的窸窣声。

在漫天白色的飞雪中，韩熙载与王承衍静静地望着对方，谁都没有动弹。王承衍发现，与去年相比，短短六十来日，韩熙载变得更加瘦削，仿佛老去了许多。

过了片刻，王承衍迈步继续往前走去。

高德望、王琦见状，便只好拎着食盒，跟上王承衍。

宥娘的衣冠冢前，已经点着了蜡烛，烧起了高香，还摆放了几盘简单的祭品。两支白蜡烛的火焰，在飞雪中无声地燃烧着。

"把咱带来的祭品都摆上吧。"王承衍这时不再看韩熙载，只是扭头吩咐高德望、王琦二人。

"还点蜡烛吗？"高德望踟蹰了一下，问王承衍。

"不用了。"王承衍说着，从高德望手中拿过三支高香，在韩熙载之前点燃的蜡烛火焰上燃着了。

王承衍沉默着为宥娘上了香，高德望和王琦二人也跟着恭恭敬敬地上了香。

"让我同韩尚书单独说几句。"王承衍待高、王二人上完香，说道。

高德望、王琦二人都看了韩熙载一眼，便依言退到一边。

韩熙载朝自己的随从看了看，示意他也退到一边。

于是，宥娘的无字碑前，只剩下了王承衍、韩熙载二人。

两人都将目光远远投向了山下的那片平原。一时间，谁都没有先开口说话。

雪已经下了多时，山头上、平原上已经被大雪覆盖得严严实实。白色的大地上，东一块、西一块点缀着微微反射着光的灰黑色的色块。这些色块，是没有被大雪覆盖的池塘的水面。

雪花也落在了王承衍、韩熙载的帽子上、衣衫上。

对于大雪，王承衍并不陌生。在上党、在府州，他都曾见过漫天的大雪。但是，江南的雪，却让他感到同西北的大雪有些不同。西北的大雪，很干，被风刮到脸上，会有刺痛的感觉。这江南的雪花，却是湿润的，被风吹到脸上，虽然有些冰凉，却没有那种刺痛的感觉。但是，此刻，当他看着被大雪覆盖的大地，扑面而来的雪花虽然没有刺痛他，他的心却不知被什么东西深深地刺痛了，痛得让他几乎流出泪来。

"多美的江山啊！"王承衍突然忍不住脱口说道。他看到自己口中哈出的白色热气在面前的空中一冒，便很快消散了。

"是啊，江山多娇啊！"韩熙载没有看王承衍，却沉声回应道。

王承衍扭头看着韩熙载，踟蹰了一下，说道："今上有混一天下之宏愿，今已收后蜀，恐日后必图南唐。我中朝，你南唐，黎民皆用同样之文字，都说同样之言语，合为一国，同事一主，更无争斗之累，更无兵戈之乱，岂不更好？韩夫子何不劝国主纳土归宋，以全天下，以救黎民？"

韩熙载轻轻"哼"了一声，说道："江山如此多娇，我南唐岂能拱手于人！况且，逐鹿中原，胜负难料，我南唐也不是毫无机会。"

"韩夫子不惜黎民遭兵殇之苦吗？"

"天下自有九州以来，合久必分，分久必合，即便以后天下大同，这大同，若无万千黎民鲜血的浇灌，恐怕也不稳固吧。苍天啊！苍天啊！这恐怕就是你赐给天下人的宿命吧！是吗？是吗？！"韩熙载话音沉沉，充满怒气，他是在向上天质问，不，与其说是在质问上天，还不如说是在斥责上天！说到后面两句时，他已经抬起头，仰面对着空中盘旋着、密集着的雪花。

王承衍闻言，心头大震。他从侧面看去，突然发现，韩熙载的眼角，竟然流下了泪。那行泪，穿过韩熙载眼角的皱纹，正往脸颊上滑落。有那么一刻，他念头一闪，想立刻抽出背上的唐刀，杀了韩熙载。韩熙载的随从，此刻在十步以外，武功再高，也救不了韩熙载。但是，他终究没有去碰唐刀。

"她，窅娘，正是为了这多娇的江山而死，亦是因我韩熙载的计谋而死，我韩熙载岂能负她！"韩熙载突然又垂下头，伸手一指窅娘的无字碑，厉声说道。

王承衍低头盯着窅娘衣冠冢前的无字碑，热泪终于从双眼中涌出，滴落在雪地上。他突然非常强烈地意识到，不论是窅娘，还是他，不论是韩熙载，还是赵匡胤，他们都是斗士，也都是大地的祭品，是多灾多难的人世的受难者。但是，他们一样都不愿屈从于外部的暴力，也不愿屈从于命运，即便明白了自身是大地的祭品，也会不惜牺牲性命、不惜代价地要活出人的尊严。在这时，他也为之前自己的酗酒感到羞愧。如今，他渐渐看清楚了自己，也进一步看到了窅娘内心的骄傲。在他的心底，对她更多了许多敬重和怜悯。他提醒自己，必须振作起来，不管前路还会遇到什么，他都会尊重他的对手，他会严肃地对待自己的命运。

山坡上积雪的表面，被风吹过，飞扬起一片雪尘，仿佛旱地表面被风吹起的尘，纷纷扬扬。天空中的雪花，也被风吹着，被风卷着。它们飘飞着往大地上落去，同积雪表面扬起的散发着碎光的雪尘混合在一起。雪越下越大。天地苍茫一片。被大雪覆盖的江南大地，显出一种无法形容的妩媚与壮丽。

望着眼前大雪中的江南大地，王承衍身子微微颤抖起来，朝着韩熙载站着的方向，微微侧头，低声说道："是啊，她是为这多娇的江山而死的。你我的血，也都得献给它才是！我们，都会跟随着自己内心的声音，直到最后。"

卷四